Melissa Foster

Mondschein in Bayside

Die Autorin

Mit mehr als zehn Millionen verkauften Büchern ist Melissa Foster eine preisgekrönte *New-York-Times-*, *Wall-Street-Journal-* und *USA-Today*-Bestsellerautorin. Ihre Bücher werden vom *USA-Today-Bücherblog*, vom *Hagerstown Magazine*, von *The Patriot* und vielen anderen Printmedien empfohlen. Melissas Bücher sind als Taschenbuch, digital oder als Hörbuch bei den meisten Online-Buchhandlungen erhältlich.

Besuchen Sie Melissa auf ihrer Website oder chatten Sie mit ihr auf Social Media. Sie diskutiert gern mit Buchclubs und Lesegruppen über ihre Romane und freut sich über Einladungen. Melissas Bücher sind bei den meisten Online-Buchhändlern als Taschenbuch und E-Book erhältlich.

www.MelissaFoster.com

Melissa Foster

Mondschein in Bayside

Bayside Summers

LOVE IN BLOOM – HERZEN IM AUFBRUCH

Aus dem Amerikanischen von Stefanie Kersten

Die Originalausgabe erschien erstmals 2019 unter dem Titel
»Bayside Romance« bei World Literary Press, MD, USA.

Deutsche Erstveröffentlichung
2025 bei World Literary Press, MD, USA

Lektorat: Judith Zimmer, Hamburg
Umschlaggestaltung: Elizabeth Mackey Designs
Cover-Foto: Sara Eirew Photography

Vorwort

Schon seit der Reihe *Seaside Summers* habe ich darauf gewartet, dass sich mir der perfekte Held für Harper Garner offenbart. Harper ist klug, umsichtig und Familie ist ihr enorm wichtig. Als ich Gavin Wheeler kennenlernte, wusste ich, dass er der richtige Mann für sie ist. Gavin ist ein brillanter Innenarchitekt, ein loyaler Bruder, und er hat die Frau, die letzten Sommer sein Herz berührt hat, nie vergessen. Außerdem ist er wirklich heiß und für jeden Spaß zu haben. Ich hoffe, Sie genießen die sexy Liebesgeschichte der beiden genauso wie ich.

Wenn Sie die Liebesromane der »Love in Bloom«-Familie kennen, dürfen Sie sich nun auf ein Wiedersehen mit Harpers Familie aus der Serie *Seaside Summers* freuen, und ebenso mit Gavins Bruder Beckett aus der Serie *Die Bradens & Montgomerys (Pleasant Hill – Oak Falls)*. Sollte dies Ihr erstes »Love in Bloom«-Buch sein, können Sie direkt in die Geschichte abtauchen! Alle Bücher aus meiner großen Sammlung von Liebesromanen sind so geschrieben, dass sie als eigenständige Bücher oder als Teil der übergeordneten Reihe gelesen werden können.

Lust auf weitere prickelnde Liebesromane voller Romantik und sexy Momente? Melden Sie sich für meinen Newsletter an, damit Sie keinen verpassen:
www.MelissaFoster.com/Newsletter_German

Die Reihe »Love in Bloom – Herzen im Aufbruch«

Bayside Summers ist nur eine der vielen Serien aus der weitverzweigten Reihe »Love in Bloom – Herzen im Aufbruch«. Sie werden den Figuren aus jeder Geschichte immer wieder begegnen, sodass Sie keine Verlobung, Hochzeit oder Geburt verpassen. Eine vollständige Liste aller Serientitel sowie eine Vorschau auf den nächsten Band finden Sie am Ende dieses Buches und auf meiner Website:
www.MelissaFoster.com/Herzen-im-Aufbruch

Besuchen Sie auch meine Seite mit »Reader Goodies«! Dort gibt es Serienübersichten, Checklisten, Stammbäume und einiges mehr:
www.MelissaFoster.com/Checklisten_und_Stammbaume

Eins

Harper Garner starrte die leere Dokumentenseite auf ihrem Laptopbildschirm an in Erwartung einer inspirierenden Eingebung. Sie war davon ausgegangen, dass ihre Konzentration sich verbessern würde, sobald sie Los Angeles verließ, aber wenn dieser Flug nach Hause ihre mentalen Kapazitäten widerspiegelte, musste sie wohl davon ausgehen, dass sie nie wieder schreiben würde. Wenn doch nur der Kerl neben ihr die Klappe halten würde. Sie hatten gerade einmal die erste der sechs Flugstunden hinter sich gebracht, und wenn er sie den Rest der Zeit weiter anbaggerte, erstach sie ihn vielleicht am Ende mit ihrem Kugelschreiber. Klar, *Trey* war heiß, eloquent und mit seinem dunklen Designeranzug schick gekleidet, doch eins hatte sie gelernt, während sie in Hollywood daran mitarbeitete, die von ihr geschriebene und verkaufte Pilotfolge zum Leben zu erwecken: Männern konnte man nicht trauen. Ihr selbst anscheinend auch nicht, aber sich nicht auf seine Instinkte zu verlassen, war etwas anderes, als nicht vertrauenswürdig zu sein.

»Sind Sie geschäftlich oder privat in Boston?«, fragte er.

Er hatte ihr bereits erzählt, dass er sich auf der letzten Etappe einer ganzen Reihe von Geschäftsreisen befand, was vermutlich darauf hinweisen sollte, dass er wichtig war. Sie hatte die Nase so dermaßen gestrichen voll von egozentrischen Menschen.

»Haben Sie eine Schreibblockade?« Er warf einen Blick auf ihren Laptop. »Wissen Sie, was ich mache, wenn ich mal nicht weiterkomme?«

Ihre Finger schlossen sich fester um den Laptop. Alles, was sie geschrieben hatte, seit ihre Serie vor ein paar Wochen abgesägt worden war, war Mist. Ein Monat Arbeit, und alles, was sie auf den vielen Seiten seitdem vorzuweisen hatte, war weder lustig noch sexy oder interessant. Sie versuchte, ihn nicht anzufahren, aber die monatelang aufgestaute Frustration entlud sich in einer sarkastischen Erwiderung. »Lassen Sie mich raten: Einen weiteren Erfolg auf der Mile-High-Club-Liste verbuchen? Oder vielleicht wartet zu Hause ja ein Freund auf Sie und Sie wollen mich als Füllung ihres *Männer-Sandwichs* einladen? Hören Sie, ich bin mir sicher, dass viele andere Frauen auf diesem Flug sich gern auf eine unverbindliche Affäre mit Ihnen einlassen würden, aber ich gehöre nicht dazu.« Die Worte drängten einfach so aus ihr heraus. »Ich habe es mit Affären probiert. Mit *einer* Affäre, um genau zu sein, und es war fantastisch, aber dann war es vorbei, und vorbei fühlt sich schrecklich an. Wahrscheinlich habe ich mich deshalb so leicht auf die Schönlinge in L. A. eingelassen, die aber alle einfach Geier sind – und zu denen man Sie offensichtlich auch zählen kann. Und glauben Sie mir, die Typen vor Ihnen haben mir schon gezeigt, dass mein Männergeschmack unterirdisch ist. Das brauche ich nicht noch mal zu testen.« Sie atmete tief durch und fühlte sich auf einen Schlag viel besser.

Sein Gesichtsausdruck wandelte sich von verwirrt zu amüsiert und er lachte laut auf. »Ich bin kein Talentagent, aber wenn ich einer wäre, hätte mich das überzeugt.«

Ihr klappte die Kinnlade herunter.

»Oh …« Er wurde wieder ernst und rieb sich übers Kinn. »Das war nicht geschauspielert? Oh, verdammt. Das ist jetzt blöd.«

»Ich bin *keine* Schauspielerin. Ich bin Drehbuchautorin. Oder zumindest war ich das, bevor Los Angeles mich restlos fertiggemacht hat. Jetzt muss ich mit eingekniffenem Schwanz zurück nach Hause und darf dort allen erzählen, was für eine Versagerin ich bin. Könnten wir dieses Gespräch also beenden? Offenbar muss man im Moment damit rechnen, dass ich mein inneres Miststück raushängen lasse. Tut mir leid. Ich sollte meine schlechte Laune nicht an Ihnen auslassen, das haben Sie nicht verdient.«

Er zuckte die Schultern. »Vielleicht ja doch.« Er schenkte ihr ein warmes Lächeln. »Ich lasse Sie dann mal weiter starren.«

Damit richtete er den Blick aus dem Fenster, als würde ihn ihr kleiner Ausbruch kein bisschen stören.

Harper verbrachte den Rest des Fluges damit, sich unglaublich dumm vorzukommen, genau vier Worte zu schreiben – *Ich bin durch damit* – und zu überlegen, wie sie sich bei Trey entschuldigen konnte. Es war nicht seine Schuld, dass ihr Leben aus den Fugen geraten war.

Aber als ihr schließlich eine zündende Idee kam, landeten sie bereits, und danach hing er sofort am Handy. Als sie aufstand und sich im Gang Richtung Ausgang wandte, tippte er ihr jedoch auf die Schulter und nahm sein Telefon einen Moment lang vom Ohr. »Hey, Herzensbrecherin, hier, bitte. Mir sind die Visitenkarten ausgegangen.« Er drückte ihr ein Stück Papier in die Hand. »Für den Moment, in dem Sie Ihr Mojo wiederfinden. Nicht alle in der Unterhaltungsbranche sind Arschlöcher.«

Bevor sie antworten konnte, telefonierte er bereits wieder, und dann wurde sie von der Schlange der Menschen mitgezogen, die das Flugzeug verließen wie Ratten ein sinkendes Schiff.

Harper beeilte sich, zum Gate von Cape Air zu kommen, damit sie ihren Anschlussflug nicht verpasste. Als sie in der kleinen Sardinenbüchse nach Provincetown saß, schaute sie schließlich auf den Zettel, den er ihr gegeben hatte. Darauf stand seine Telefonnummer und: *Ich betreibe einen Streaming-Dienst. Rufen Sie mich an, wenn Sie all die Energie in ein Drehbuch verwandelt haben. Trey*

Sie schnaubte spöttisch und steckte den Zettel in ihre Handtasche. Von einem Kerl eine Absage zu bekommen, dem sie derart die Meinung gegeigt hatte, war auf einem Niveau peinlich, das sie sich gern ersparen würde.

Als das Flugzeug abhob, schloss sie die Augen und überlegte, was sie ihren Freunden erzählen sollte.

Die Wärme des Lagerfeuers nahm der kühlen Meeresbrise, die über Gavin Wheelers Haut strich, den Biss. Er hatte die Füße im Sand, ein kaltes Bier in der Hand und hörte seinem Freund Drake Savage beim Gitarrespielen zu. Vor ein paar Wochen hatte Drake Gavins Geschäftspartnerin und Freundin Serena in einer kleinen Abendzeremonie an demselben Strand geheiratet, an dem er ihr auch den Heiratsantrag gemacht hatte. Gavin schaute zu Serena, die sich nur ein paar Meter entfernt mit ihrer Schwester Chloe und Justin unterhielt. Vor einem Jahr hätte er sich überhaupt nicht vorstellen können, seinen hoch dotierten Job als Innenarchitekt in einer der führenden Agenturen in

Boston für eine kleine Partnerschaft auf Cape Cod aufzugeben, aber es war die beste Entscheidung, die er je getroffen hatte. Serena und er hatten einen Sinn fürs Geschäft und stellten ihre Kunden über Profitgier, und das war nur einer der Gründe, die sie zu perfekten Businesspartnern machten. Außerdem waren sie beide bodenständig und befanden sich an einem Punkt in ihrem Leben, an dem die Arbeit allein sie nicht mehr erfüllte.

Während seiner Zeit in Boston hatte Gavin die Gemeinschaft enger Freunde vermisst, wie die, mit denen er in Oak Falls in Virginia aufgewachsen war. Seit der Firmengründung mit Serena und dem Umzug ans Cape, wo alles ein bisschen gemütlicher lief, waren die neu gefundenen Freunde für ihn bereits wie eine Familie geworden, nur besser. Niemand hier wusste von all dem verrückten Zeug, das er in seiner Jugend angestellt hatte.

»Ihr hättet sehen sollen, wie sich die Frau eines unserer Kunden an Gavin rangemacht hat«, erzählte Serena, während sie versuchte, ihre langen Haare zu einem Pferdeschwanz zusammenzubinden, damit sie ihr nicht ins Gesicht geweht wurden. »Ich schwöre, Mrs. Cachelle hat nicht nur üppige Kurven, sondern setzt sie auch ziemlich dreist ein, oder, Gav?«

»Was soll ich sagen? Die Mädels stehen auf mich.« Gavin nahm einen Schluck von seinem Bier.

Serena und Chloe verdrehten die Augen.

»Ganz der Frauenflüsterer«, sagte Chloe und ihre Worte trieften nur so vor Sarkasmus. Sie war blond, schlagfertig und eine gute Freundin.

»Gott sei Dank«, meinte Justin lachend. »Niemand sonst verhilft einem zu so vielen Dates.«

Gavin gab ihm ein High-Five.

Im letzten Herbst hatte er Justin Wicked kennengelernt und

sie waren direkt auf einer Wellenlänge gewesen. Justin trug gerne Leder, war ein tätowierter, bärtiger Biker und Mitglied des Motorradclubs Dark Knights. Auf den ersten Blick wirkte er wie das komplette Gegenteil von Gavin mit seinem sportlichen, gepflegten Äußeren. Justin war Bildhauer und sie hatten kürzlich die Eröffnung seiner Ausstellung in einer örtlichen Galerie gefeiert. Doch er war nicht nur ein erfolgreicher Künstler, sondern besaß zusammen mit einem seiner Brüder auch Cape Stone, ein Steinmetz- und Steinhandelsunternehmen. Unter der rauen Schale steckte ein kluger, geschäftstüchtiger Mann, der hart arbeitete und gerne Spaß hatte, genau wie Gavin. Er vertraute Justin wie einem Bruder.

Tatsächlich war Justin die einzige Person, die von Parker wusste, der hinreißenden, intelligenten, unkomplizierten Blondine, mit der er im letzten Sommer auf einem Musikfestival in Romance, Virginia, eine unglaubliche Nacht verbracht hatte und die ihm seitdem nicht mehr aus dem Kopf ging. Wie ein Teenager hatte er das Streichholzbriefchen der Pension aufbewahrt, in der sie übernachtet hatten. In den letzten zehn Monaten hatte er es unzählige Male betrachtet und sich daran erinnert, wie sie gegenseitig ihre Körper erkundet hatten und wie richtig sie sich in seinen Armen angefühlt hatte. Mit seiner Erzählung Serena gegenüber war er etwas vorsichtiger gewesen und hatte Parkers Namen und den Ort, an dem sie sich kennengelernt hatten, weggelassen. Auch die erotischen Details dieser fantastischen Nacht brauchte sie nicht zu erfahren. Als Serena ihm damit in den Ohren lag, dass er sich nicht öfter verabredete, hatte er ihr einfach gesagt, dass er eine kurze Affäre mit einer Frau gehabt hatte, die er gerne besser kennengelernt hätte.

Die eine, die ich nicht hätte gehen lassen sollen.

Chloe warf Gavin einen Blick zu. »Ich habe dich in Aktion gesehen und du kommst tatsächlich bei den meisten Frauen gut an, also warum bist du immer noch Single? Ich meine, ich verstehe, warum Justin so ein Aufreißer ist. Er muss schließlich seinen Ruf aufrechterhalten.«

»Ganz genau.« Justin zwinkerte ihr zu.

»Halt die Klappe, Biker«, sagte Chloe mit dem Anflug eines Lächelns und fuhr sich mit der Hand über den Mund, als würde sie einen Reißverschluss zumachen.

Justin sah ihr fest in die Augen und lehnte sich so nah zu ihr, dass es aussah, als würde er sie gleich küssen. »Ich kann bei mir den Reißverschluss gerne mal aufmachen, wenn du wissen willst, was die Frauen an mir so toll finden.«

Chloe verdrehte die Augen. »Ferkel. Es ist ein Wunder, dass du mit solchen Sprüchen überhaupt Frauen abkriegst. Vielleicht kann Gavin dir ja beibringen, wie sich ein Gentleman verhält.«

Drake zupfte seine Gitarre lauter und sang: *»Chloe ist in Gavin verknallt.«*

Drake betrieb nicht nur eine Kette von Musikgeschäften, sondern zusammen mit seinem Bruder Rick und ihrem gemeinsamen Freund Dean Masters auch das Bayside Resort. Die Anlage mit den Cottages befand sich auf den Dünen hinter ihnen, mit Blick auf die Cape Cod Bay.

»Da musst du dich schon hinten anstellen, Schätzchen«, erwiderte Gavin hochnäsig. Er wurde von vielen Frauen angeflirtet, aber in den zehn Monaten seit der Nacht mit Parker hatte er keine einzige getroffen, die ihr das Wasser reichen konnte.

Serena lachte leise.

Chloe verschränkte sichtlich genervt die Arme vor der Brust. »Ihr seid doch alle albern. Ich mein's ernst.«

»Tatsächlich? Oder bist du vielleicht *neugierig*?« Gavin wackelte vielsagend mit den Augenbrauen.

Justin und Drake glucksten in sich hinein.

»Ach, vergiss es.« Chloe griff nach Justins Bier und lehrte es in einem Zug.

Justin zupfte an ihren Haaren. Sie hatte sie nach der Kurzhaarfrisur vom letzten Sommer wachsen lassen und Justin schien es zu gefallen.

»Babe, wen erwarten wir denn noch?«, fragte Drake Serena und deutete in Richtung der Dünen, wo gerade eine Frau den Pfad verließ, der vom Resort zum Strand führte, und in ihre Richtung kam. Ihre langen Haare wehten im Wind und ihr Kleid flatterte um ihre Beine.

»Das ist Harper!«, rief Serena. »Ich hab dir doch gesagt, dass sie kommt!«

Chloe sprang mit ihr auf und sie sprinteten zu den Dünen.

Serena erzählte schon eine ganze Weile von ihrer Freundin Harper, einer Drehbuchautorin, die kürzlich ihren großen Durchbruch gehabt und die letzten Monate in Los Angeles verbracht hatte. So wie Serena von ihr schwärmte, war die Frau für Gavin fast zu gut, um wahr zu sein.

»Dann ist die Märchen-Traumfrau also endlich hier?« Gavin schnaubte spöttisch. »Wir werden sehen, ob sie den Erzählungen gerecht wird.«

Justin stand auf. »Verlass dich drauf, das wird sie. Harper ist klasse.«

»Wollen wir wetten? Fünfzig Dollar, dass ich sie nicht so toll finde.« Gavin nahm noch einen Schluck von seinem Bier.

»Die Wette nehme ich an«, sagte Drake, der sich ebenfalls erhob. Er strich sich durch die dunklen Haare. »Harper ist cool.«

»Abgemacht.« Gavin hörte die Mädels lachen und kam auf die Beine, um die viel gepriesene Harper zu begrüßen.

Die drei Frauen kamen Arm in Arm und wild gestikulierend zurück, wodurch sie ein paarmal im Sand stolperten. Der Wind trug ihre Stimmen herüber, und Gavin blieb fast das Herz stehen, als sein Blick auf die gertenschlanke Blonde fiel, die ihn seit dem letzten Sommer in seinen Träumen verfolgte. Hitze durchfuhr seinen Körper, genau wie beim ersten Mal, als er sie gesehen hatte, und der verregnete Nachmittag von damals stand ihm direkt wieder vor Augen.

Es fühlte sich an, als wäre es erst gestern gewesen, dass er auf dem schlammigen Gelände stand, sein Herz wie wild hämmerte und er den Blick nicht von Parker abwenden konnte. Sie stach aus der Menge hervor, sah ein wenig verloren und wahnsinnig schön aus in ihrem cremefarbenen, locker fallenden Boho-Kleid mit Spitzenakzenten und einem ungleichmäßigen Saum, der vorne und hinten kürzer und an den Seiten länger war und ihr ein ätherisches Aussehen verlieh, als wäre sie nur für ihn vom Himmel gefallen. Ihr Haar war zerzaust und feucht vom Regen. Sie trug etwa ein Dutzend Halsketten und ebenso viele Armreifen an ihren Handgelenken. Ihre braunen Stiefel zierten bunte Libellen und Sterne. Sie sah so verdammt heiß aus, dass er damals nicht hatte wegsehen können, ebenso wenig wie jetzt.

»Parker«, murmelte Gavin abwesend, während sie Drake umarmte.

»*Harper*«, korrigierte Serena ihn. »Mensch, Gavin, was ist denn los mit dir?«

Harper? Sofern die Frau, an deren Körper er sich so gut erinnerte wie an keinen anderen, keinen Zwilling hatte, war seine Parker Serenas Harper. Sie war am Morgen nach ihrer gemeinsamen Nacht noch vor Sonnenaufgang verschwunden, um ihren Flug zu bekommen, ohne ihn zu wecken und ohne sich zu verabschieden. Er war so in dem Moment mit ihr versunken gewesen, in dem Moment zwischen ihnen, dass er nicht dazu gekommen war, nach ihrer Telefonnummer zu fragen oder nach ihrem Nachnamen. Verdammt, er wusste nicht mal, was sie beruflich machte.

Jetzt schon. Sie war Drehbuchautorin und offenbar eine gute, eine geschätzte Freundin der Leute, die nun auch ihm nahestanden, und das Beste von allem: Sie lebte am Cape und kam hoffentlich zurück, um dauerhaft hierzubleiben.

Harper wurde auf ihn aufmerksam. Ihre Blicke trafen sich, und für einen Moment wurde er in jene Nacht zurückkatapultiert, in der seine Hände und sein Mund über ihre erhitzte Haut gewandert waren und ihre sinnlichen Laute den Raum erfüllt hatten.

Sie zog die Augenbrauen zusammen und ein Lächeln breitete sich auf ihrem schönen Gesicht aus, doch es verblasste ebenso schnell wieder. »*Gavin?* Was machst *du* denn hier?«

»Ich wohne hier«, entgegnete er.

Ein erschrockener Ausdruck erschien in ihren Augen, so greifbar wie die Überraschung, die seine Brust erfüllte.

Chloes Blick wanderte zwischen ihm und Harper hin und her. »Ihr zwei kennt euch? Aber du hast doch behauptet, dass du sie nicht für echt hältst.«

Gavin konnte seinen Blick noch immer nicht von ihr abwenden. »Weil sie Parker ist, nicht Harper.«

»*Sie* ist deine Parker?«, fragte Justin ihn perplex.

Gavin nickte.

»Parker? Wer ist Parker?«, wollte Chloe wissen. »Jetzt bin ich verwirrt.«

»Das bin wohl ich«, antwortete Harper.

»Du hast gesagt, dass du Parker heißt.« Himmel, sie war sogar noch schöner als in seiner Erinnerung, aber nun verengte sie die hellblauen Augen wütend und machte mit abwehrend erhobenen Händen einen Schritt zurück. *Was soll das denn?*

»Nein. Du hast mich falsch verstanden und ich habe dich nicht korrigiert.« Sie warf ihm einen vorwurfsvollen Blick zu. »Du hast behauptet, dass du aus Virginia kommst.«

»Tue ich ja auch.«

Sie schluckte schwer und der Ausdruck in ihren Augen wurde plötzlich besorgt. Er ließ fieberhaft ihre gemeinsame Nacht im Kopf Revue passieren und suchte nach einem Grund, warum sie so abweisend reagierte, und als ihm wieder einfiel, was sie gesagt hatte, krampfte sich sein Magen schmerzhaft zusammen. Sie hatte gemeint, dass ein One-Night-Stand völlig untypisch für sie war. Zuerst hatte er ihr nicht geglaubt, aber je länger sie sich unterhielten, desto klarer war ihm geworden, dass sie die Wahrheit sagte. War sie deshalb so besorgt?

Ihr Blick schweifte nervös zu den Mädels. »Woher kennt ihr ihn denn?«

»Er ist mein Geschäftspartner«, sagte Serena. »Ich habe dir doch erzählt, dass ich eine eigene Firma gegründet habe. Gavin war Senior-Designer in der Agentur, in der ich in Boston gearbeitet habe.«

Harper warf ihm verstohlene Blicke zu, während Serena kurz rekapitulierte, wie es zu ihrer Partnerschaft gekommen war. Er wollte sie zur Seite nehmen und ihr versichern, dass die anderen nichts von ihrer gemeinsamen Nacht wussten, aber Serena und Chloe löcherten Harper bereits mit Fragen.

»Woher kennst du Gavin?«, fragte Chloe. »Kanntest du ihn schon vor dem Umzug nach L. A.?«

»Wir haben uns auf einem Musikfestival kennengelernt«,

antwortete Harper und schaute nervös zu ihm.

»Wo? Und wann?« Serena warf Gavin einen perplexen Blick zu. »Du warst in L. A. und Gavin war abgesehen von den Feiertagen immer hier.«

»Das war, bevor ich ans Cape gezogen bin«, erklärte Gavin. »Wie wär's, wenn ihr Harper erst mal ankommen lasst? Sie sieht aus, als könnte sie ein Bier vertragen.«

»Ja!«, rief Chloe, und sie machten sich auf den Weg zur Kühlbox.

Gavin fasste Harper am Arm und raunte ihr mit gesenkter Stimme zu: »Mach dir keine Sorgen. Deine Freunde wissen nichts von unserer gemeinsamen Nacht. Justin weiß, dass wir was miteinander hatten, aber er wird nichts ausplaudern.«

Ihre Kiefermuskeln spannten sich, ihr Blick war auf die anderen gerichtet, die Getränke aus der Kühlbox holten. Sie sah ihn nicht an, als sie sagte: »Da gibt es ja auch nichts zu erzählen, oder?«

»Sag das nicht.« Ihr kalter Tonfall schockierte ihn. Hatte er sich die Verbindung zwischen ihnen nur eingebildet? Sie zu etwas gemacht, das nicht real war? »Es ist schön, dich wiederzusehen.«

Sie schaute ihn aus ihren atemberaubenden Augen an und befreite ihren Arm aus seinem Griff. »Du hast nie angerufen, so schön ist es also nicht.«

Harper schlenderte zu den Mädels rüber und ließ Gavin mit der Frage zurück, wie zum Teufel er eine Frau hätte anrufen sollen, deren richtigen Namen er nicht mal kannte.

»Alles okay?«, fragte Justin, als Gavin sich neben ihn setzte. »Du siehst aus, als wärst du total neben der Spur. Was ich absolut verstehen kann, jetzt wo ich weiß, dass Harper die Frau ist, an der du alle anderen misst. Aber, Mann, sie scheint sich nicht gerade zu freuen, dich wiederzusehen.«

Nein, das tat sie nicht, und Gavin wollte herausfinden, warum – und wenn es das Letzte war, was er tat.

Zwei

»L. A. war traumhaft«, schwärmte Harper. Sie saß auf einer Decke zwischen Chloe und Serena und zeigte ihnen Fotos auf ihrem Handy, während ihre Freundinnen ihr praktisch an den Lippen hingen. »Das Wetter ist grandios und die Männer und Frauen sind alle umwerfend attraktiv. Es ist eine ganz andere Welt als hier. Die Leute dort sind so schick. Selbst in legeren Klamotten strahlen sie eine Eleganz aus, die in einem den Wunsch weckt, wie sie zu sein. Und es gab immer irgendwo eine Party oder Filmpremiere ...«

Gavin fiel auf, dass Harpers Lachen nicht mehr so unbeschwert klang wie auf dem Festival, und sie wich seinem Blick sehr bewusst aus. Ihre blonden Haarsträhnen wehten ihr um die Schultern und sie steckte sie immer wieder hinters Ohr, eine nervöse Angewohnheit, an die er sich gerne erinnerte. Doch so vertraut Harper ihm auch vorkam, etwas an ihr war anders. Er konnte nicht genau sagen, was es war, aber die Frau, die von Partys und Mittagsevents schwärmte, war nicht dieselbe, die er an jenem regnerischen Nachmittag kennengelernt hatte. Die Frau damals war eher daran interessiert gewesen, durch eine Kleinstadt zu spazieren, mehr über die Geschichte der Gegend zu erfahren und durch die Geschäfte zu bummeln, als auf einem

Festival mit Rockstars zu feiern.

Konnte sie sich in zehn Monaten so sehr verändert haben?

»Wie ist es so in den Studios?«, fragte Chloe. »Sind sie wie in den Filmen, mit Promis, die in Golfwagen herumfahren? Hast du viele Schauspieler kennengelernt?«

»Die Studios sind ganz genau so. Aber Schauspieler sind immer in Begleitung von Leuten, die sie betreuen, ich konnte da nicht einfach hingehen und um ein Autogramm bitten oder so was.« Harper warf einen raschen Blick in Gavins Richtung und die Luft zwischen ihnen knisterte.

Er hatte sich die Verbindung also doch nicht eingebildet.

Ihre Wangen röteten sich und sie schaute schnell weg, während sie weitere Fragen beantwortete. Ihre weißen Zähne blitzten beim Lächeln auf und ihr Tonfall war lebhaft, aber sie wirkte angestrengt dabei. Etwas an ihren Gesten und sogar ihrer Stimme kam ihm aufgesetzt vor. Wollte sie ihre Freunde beeindrucken? *Ihn* beeindrucken? Warum sollte sie das tun? Und warum störte es ihn so sehr?

Er knirschte mit den Zähnen, denn er wusste genau, warum. Gavin konnte Menschen mit falschem Getue nicht ausstehen. In jener Nacht hatte sie sich kein bisschen verstellt, im Gegenteil, sie war herzzerreißend ehrlich gewesen. Warum kam es ihm also jetzt so vor, als würde sie etwas verbergen? Stand sie unter Stress, weil sie das Geheimnis der gemeinsamen Nacht unbedingt bewahren wollte? Oder war da noch mehr? Es gefiel ihm nicht im Geringsten, sie so zu sehen. Warum hinterfragten ihre Freundinnen ihr Verhalten nicht? Merkten die überhaupt nicht, dass Harper sich seltsam verhielt?

Verdammt. Er musste herausfinden, was mit ihr los war.

»Wie geht es denn für dich weiter?«, fragte Serena. »Wann gehst du zurück?«

Harper senkte den Blick und zeichnete mit dem Zeigefinger ein unsichtbares Muster auf die Decke. »Ach, ich bin mir nicht sicher. Mir war nicht klar, wie viel Bürokratie es in Hollywood gibt. Es könnte also eine Weile dauern.«

In diesem Moment wusste er mit Sicherheit, dass etwas nicht stimmte. Die Harper, die er kannte, war keine »Ach, ich bin mir nicht sicher«-Frau. Sie war selbstbewusst, direkt und damals wirklich mehr als gut über die Geschichte des Festivals und die auftretenden Künstler informiert gewesen. Sie hatte ihre Hausaufgaben gemacht, obwohl sie sich erst ein paar Tage vor ihrem spontanen Abenteuer entschlossen hatte, das Festival zu besuchen.

»Nachdem wir jetzt grob im Bilde sind, wie dein Trip war, will ich wissen, was *hier* los ist.« Chloe zeigte zwischen Gavin und Harper hin und her. »Mit dir und Gavin.«

Wenn die anderen ihre Affäre unter die Lupe nahmen, würde Harper sich sicher nur noch unwohler fühlen.

»Das würde ich auch gern herausfinden«, meinte Gavin, stand auf und ging zu Harper hinüber. Er würde weder zusehen, wie ihr jemand noch mehr Unbehagen bereitete, noch sie weiter Spielchen spielen lassen. Sie hatten eine unglaubliche Nacht miteinander geteilt, und er würde nicht zulassen, dass sie vergaß, wie wundervoll das gewesen war. »Was meinst du? Wollen wir reden?« Er nahm Harper am Arm und zog sie auf die Beine.

Serena musterte sie neugierig, und Gavin fragte sich, ob sie sich wohl schon zusammengereimt hatte, dass Harper die Frau war, von der er ihr erzählt hatte.

»Was soll das?«, fauchte Harper ihn im Flüsterton an.

Gavin drehte den Kopf zur Seite, weg von den anderen. »Ich hole mir ein paar Antworten. Du kannst vielleicht allen anderen

was vormachen, aber ich kaufe dir das Fake-Lächeln nicht ab.«
Er griff nach ihrer Handtasche und sagte: »Wir gehen spazieren.
Wartet nicht auf uns. Es könnte eine Weile dauern.«

Harper blieb der Mund offen stehen.

Drake stimmte die Melodie von »Wrecking Ball« auf der
Gitarre an. Die überraschten Bemerkungen ihrer Freunde
folgten ihnen, als Gavin Harper von der Gruppe wegführte.

»Ich weiß nicht, was du hier vorhast, aber ein Kerl, der nach
allem, was wir da miteinander getan haben, nicht anruft,
verdient meine Aufmerksamkeit nicht.« Harper versuchte,
verärgert zu klingen, aber sie konnte nicht verbergen, dass sie
komplett durch den Wind war, und hoffte einfach, dass Gavin
es nicht bemerkte. Sie mochte im Moment eine Auszeit von
Männern nehmen, aber deswegen war sie noch lange nicht
immun gegen Gavin Wheelers Attraktivität, seinen Charme
oder die Erinnerung daran, wie sie in seinen Armen sämtliche
Hemmungen hatte fallen lassen. Sie über den Strand zu
schleifen war zwar nicht unbedingt charmant, aber die Tatsache,
dass er ihr kleines Täuschungsmanöver durchschaut hatte,
während die Freunde, die sie seit Jahren kannten, es nicht
mitbekamen, war definitiv ... *besonders*.

Er warf ihr einen Blick aus dem Augenwinkel zu. »Sehe ich
aus wie ein Hellseher? Wie zum Henker hätte ich an deine
Nummer kommen sollen, wenn ich nicht mal deinen richtigen
Namen kenne? Den hättest du mir übrigens verraten können.
Ich habe von Parker geträumt, obwohl es Harper hätte sein
sollen.«

»Als ob das einen Unterschied gemacht hätte. Ich kann mir nicht vorstellen, dass du deinen Wichsvorlagen Namen gibst.«

Er ließ ihren Arm los und wurde langsamer, erwiderte darauf jedoch nichts. Sie schaute über ihre Schulter und war überrascht, wie weit sie schon gegangen waren. Das Lagerfeuer war nur noch ein Flackern in der Ferne. Nach langem Schweigen hielt Gavin inne und trat ihr in den Weg, sodass sie keine andere Wahl hatte, als ihn anzusehen.

Unvermittelt erwachte ihr Körper und erinnerte sich an die hungrigen Berührungen, das tiefgründige Flüstern und die heißen, kribbelnden Küsse des großen, gut aussehenden Mannes vor ihr. Seine braunen Haare waren vom Wind zerzaust und standen ihm in sexy kleinen Strähnen vom Kopf ab, genau wie an dem Morgen, als sie sich aus dem Zimmer der Bed-and-Breakfast-Pension geschlichen hatte. Die anderen Festivalbesucher schliefen in Zelten und Vans auf dem Festivalgelände. Aber nicht Gavin. Er hatte ein Zimmer im Wysteria Inn, einer hübschen, fußläufig erreichbaren Pension, gebucht. Ihm war ein gewisser Komfort wichtig und das hatte Harper noch mehr zu ihm hingezogen. Sie war zwar naturverbunden und verbrachte gerne Zeit unter freiem Himmel, besuchte das Festival aber mit ihrem kleinen Bruder Colton, und die Vorstellung, in seinem Van zu nächtigen, war nicht besonders verlockend.

Colton und sie waren beide der Meinung gewesen, dass sie endlich mal lockerer werden musste, und das Festival war ihr Versuch, genau das zu tun. Schließlich wollte sie nach L. A., und wie Colton es so schön formuliert hatte: *Die kleine Miss Anständig braucht ein bisschen Lebenserfahrung, bevor sie auf die andere Seite des Landes zieht.* Sie hatte nicht erwartet, dass Colton sie so schnell sich selbst überlassen würde, doch er war ein Riesenfan von Axsel Montgomery, dem Leadsänger der

Band Inferno, weswegen er sich schon kurz nach der Ankunft auf dem Gelände auf *Axsel-Pirsch* begeben hatte. Harper war schon drauf und dran gewesen, einen Stadtbummel zu machen, als sie Gavin über den Weg gelaufen war.

Was folgte, war ihr erster und einziger One-Night-Stand.

Es war die beste Nacht ihres Lebens.

Bis sie zu Ende ging.

»Also, es tut mir leid, dass ich dich eben so weggezerrt habe, aber …« Gavins Worte holten sie zurück in die Gegenwart.

Mist. Sie war völlig in Gedanken versunken und hatte keine Ahnung, was er eben gesagt hatte.

»Alles in Ordnung?«, fragte er.

»Was? Klar. Warum? Ich habe nur nachgedacht.«

Er schob die Hände in die Taschen seiner schwarzen Sweatshirtjacke und musterte ihr Gesicht aufmerksam. »Hör zu, Harper, ich weiß nicht, was gerade mit dir los ist oder worum es da vorhin ging, aber irgendwas stimmt doch nicht.«

In jener Nacht hatte sie keine Probleme gehabt, mit ihm zu reden. Oder andere Sachen zu machen, einschließlich ein paar echt heißer, von denen sie nie gedacht hätte, sich mal mit einem Mann darauf einzulassen.

»Du hältst mich wahrscheinlich für verrückt«, fuhr er fort, »schließlich kenne ich dich gar nicht so gut, aber du kannst mit mir reden. Egal, ob du das mit uns inzwischen abgehakt hast oder nicht, du musst zugeben, dass die Sache zwischen uns wirklich intensiv war, und das geht mir nicht aus dem Kopf.«

Sie straffte die Schultern. Seine Aufmerksamkeit ließ sie nicht kalt, aber sie war auch sauer auf sich selbst, weil sie ihr gefiel. Sie verschränkte die Arme, weil sie eine Barriere brauchte zwischen den warmen, verlockenden Erinnerungen, die in ihrem Kopf herumwirbelten, und dem Mann, der sie hervorrief.

»Wenn dem so ist, warum hast du mich dann nicht angerufen? Ich habe dir meine Nummer dagelassen.«

»Ach ja? Wo denn? Ich habe sie nirgends gesehen.«

»Komm schon, Gavin. Fällt dir nichts Originelleres ein? Sag doch einfach, dass du nicht mehr als die eine Nacht wolltest. Darauf hatten wir uns doch sowieso geeinigt. Aber wenn du auf eine Wiederholung aus bist: Ich habe dir von Anfang an gesagt, dass das nicht mein Ding ist.«

»Du willst was Originelles? Wie wäre es damit?« Er trat näher zu ihr und seine Miene war vollkommen ernst. »Du hast mich in dieser Nacht umgehauen, und das nicht nur, weil der Sex überirdisch gut war. Sondern weil *du* … Weil die Frau, die ich damals kennengelernt habe, anders war als alle anderen Menschen, die mir je begegnet sind. Wenn es eine Chance gegeben hätte, dich wiederzusehen, hätte ich dafür verdammt noch mal meine Seele verkauft. Aber *Parker* war weg, bevor ich aufgewacht bin. *Parker*, die Frau, die gar nicht existierte, hat mir keine Gelegenheit gegeben, sie zum Frühstück einzuladen und nach ihrer Nummer zu fragen.«

Ihr Herz raste. Die Ehrlichkeit in seinen Augen und seiner Stimme ließ ihr Herz aufmerken, genau wie in jener Nacht. Sie schluckte schwer, unfähig, schnell genug eine Erwiderung zu formulieren, bevor er weitersprach.

»Sag mir, dass du es nicht auch gespürt hast«, meinte er herausfordernd.

Ich habe es auch gespürt! Ich habe versucht, es nicht zu tun, aber es war da.

Nach allem, was sie in Los Angeles durchgemacht hatte, wollte sie sich nicht noch mal so öffnen. Sie log schon ihre Freunde an, was sie noch nie zuvor getan hatte, und sie mied ihre Familie, weil ihr Leben so ein riesiges Durcheinander war.

Da musste sie sich nicht noch auf etwas einlassen, das wahrscheinlich böse enden würde, egal wie heiß, maskulin und aufrichtig Gavin war. Anstatt auf seine Herausforderung einzugehen, sagte sie: »Ich habe meine Nummer auf einen Zettel geschrieben und den in die vordere Reißverschlusstasche deines Koffers gesteckt.«

Seine Kiefermuskeln spannten sich an und sein Blick schweifte übers Wasser, während sich ein kleines Lächeln auf seine Lippen legte. Dann schaute er ihr wieder in die Augen. »Du wirst mir wahrscheinlich nicht glauben, dass ich dort nicht reingeschaut habe. Benutzt überhaupt jemand diese Fächer? Da passt doch gar nichts rein.«

Ihr entwich ein Lachen, bevor sie Zeit hatte, ihre Gedanken zu sortieren, und das entlockte ihm ebenfalls eins, tief und kehlig und so echt, dass sie den wohligen Klang aufnehmen wollte, um ihn später noch mal abzuspielen. Er hatte recht; diese Fächer waren furchtbar. Sie hatte keine Ahnung, warum die Dinger überhaupt existierten oder warum sie gedacht hatte, dass Gavin den Zettel dort ganz sicher nicht übersehen würde.

»Das ist ja das Problem. Ich glaube dir«, gestand sie ihm. »Du hättest meinen richtigen Namen erfahren, wenn du ihn auf dem Zettel gesehen hättest. Ich habe ihn zusammen mit meiner Telefonnummer notiert. Tut mir übrigens leid wegen der ganzen *Parker*-Sache. Als du dich bei meinem Namen verhört hast, kam mir die Idee, dass ich einfach mitspiele, um mich in die Rolle des geheimnisvollen One-Night-Stands einzufinden. Und als ich es dann richtigstellen wollte, waren so viele Stunden vergangen, dass ich es gelassen habe. Aber das ist jetzt auch egal. Du hast keine Ahnung, was mir in der Zwischenzeit passiert ist. Ich bin niemand, mit dem du dich einlassen willst.«

»Wie wäre es, wenn du mir erzählst, was dir passiert ist, und mich dann selbst entscheiden lässt?« Er strich ihr über den Arm, und der Ausdruck in seinen grünen Augen wurde weicher und drängte sie, ihre Abwehr fallen zu lassen.

Der Wind ließ ihr sein Aftershave in die Nase steigen. Diesen Duft hatte sie in all den Monaten seit ihrer Begegnung nicht vergessen. Er roch so *ehrlich*, wie er sich äußerte, was in Bezug auf einen Duft seltsam klang, sie jedoch zutiefst beruhigte. Sein Aftershave war wie er selbst – intensiv und doch unaufdringlich, gefestigt und vertrauenswürdig. Anders als andere Männer hatte er keine Prahlerei nötig und baute auch keine Fassade auf, die ihn als harten Kerl darstellte. Er fühlte sich wohl in seiner Haut, so wie Harper es früher in ihrer getan hatte.

»Nimmst du mich auf den Arm? Niemand will sich die Probleme anderer Leute anhören.«

»Ich will mir deine anhören, Harper. Nach dem Wochenende, an dem wir uns kennengelernt haben, hast du dein ganzes Leben aufgegeben und bist für ein unglaubliches Abenteuer quer durchs Land gezogen. Zumindest hab ich das so von deinen Freunden erfahren. Jetzt weiß ich, dass unsere gemeinsame Nacht der Startschuss für all diese Veränderungen war, und trotzdem hast du es damals geschafft, die Aussicht darauf und wie du dich damit gefühlt hast, in dir unter Verschluss zu halten. Ist dir eigentlich klar, wie mutig du bist? Du bist verdammt beeindruckend. Du wirkst auf mich nicht wie eine Frau, die sich leicht aus dem Konzept bringen lässt, doch irgendetwas hat dich aus der Bahn geworfen, und ich möchte wissen, was es war.«

»Ich fühle mich im Moment nicht gerade mutig oder beeindruckend. Ich fühle mich eigentlich ziemlich unzulänglich.«

»Ein Grund mehr, darüber zu reden.«

Harper nahm den Mut zusammen, den er in ihr sah. »Können wir beim Reden weitergehen?«

Sie setzten ihren Weg am Wasser entlang fort und Gavin legte ihr eine Hand auf den unteren Rücken. »Du zitterst ja.«

Es war Mai, was Tage mit angenehmer Brise und kühle Nächte bedeutete, aber im Moment litt sie eher unter Nervosität als Kälte. Gavin zog seine Sweatshirtjacke aus und legte sie ihr um die Schultern, womit er nur noch ein langärmeliges, graues Shirt trug. Sie erinnerte sich sofort daran, wie sich die Muskeln anfühlten, die sich unter dem eng anliegenden, dünnen Stoff abzeichneten.

»Danke«, sagte sie und versuchte, ihre Gedanken in eine andere Richtung zu lenken. »Bist du sicher, dass du das hören willst?«

Er nickte mit dem verspielten Lächeln, mit dem er sie schon damals direkt für sich eingenommen hatte. »Ja, bin ich.«

»Es ist verrückt, du wirst es nicht glauben und du darfst es niemandem erzählen.«

»Du legst wirklich viel Wert auf deine Privatsphäre.«

»Ist das ein Problem?«

Er schüttelte den Kopf und sah ihr fest in die Augen. »Nein, Süße. Ich mag meine auch.«

»Okay.« Sie holte tief Luft, um sich zu beruhigen. »Es fing mit unserem Kennenlernen an. Weißt du noch, wie ich gesagt habe, dass ich noch nie einen One-Night-Stand hatte?« Sie wartete nicht auf eine Antwort. »Das war die Wahrheit. Ich bin nicht der Typ für kurze Affären, mein kleiner Bruder meinte jedoch, dass ich nach einer Nacht ohne Verpflichtungen weniger verklemmt und offener für neue Erfahrungen sein würde. Und mir ist klar, dass Brüder so etwas normalerweise nicht vorschlagen. Mein älterer Bruder würde uns beide umbringen, wenn er das wüsste. Aber da meine Schwester Jana früher *nur* kurze Affären hatte, sich in eine von ihnen verliebt und den Mann geheiratet hat, dachte ich mir, ich probiere es mal aus. Jana und Hunter sind so glücklich miteinander, als wären sie füreinander geschaffen.«

»Hey, ich kenne einen Hunter und eine Jana. Wie viele von denen gibt es wohl? Hunter gehört *Grunter's Ironworks*. Sind das die beiden?«

Sie hätte sich denken können, dass er sie kannte, da er Teil des großen Freundeskreises war. »Ja.«

»Ich habe sie an einem Abend kennengelernt, als ich mit Justin im Undercover war. Die Welt ist wirklich klein. Ich hatte keine Ahnung, dass Jana deine Schwester ist. Verdammt, ich dachte ja, dass du – also *Harper* – gar nicht wirklich existierst. Deine Freunde halten übrigens große Stücke auf dich. Und jetzt weiß ich auch, warum, *Parker*.« Er zog die Augenbrauen hoch. »Moment mal, das heißt, ich kenne auch deinen großen Bruder Brock, oder?«

»Ja. Ihm gehört der Boxclub in Eastham.« Eastham war eine der Nachbarstädte.

»Ah, die Teile des ›Parker alias Harper‹-Puzzles fügen sich zusammen. Und Colton ist der, dem das Undercover gehört?«

»Genau, er ist mein kleiner Bruder. Der, der mich auf das Festival geschleppt und mich überzeugt hat, diese Sache ohne Verpflichtungen auszuprobieren.«

Gavins Gesichtsausdruck wurde wieder ernst. »Der, der dich allein gelassen hat? Der Egoist in mir ist froh, dass er verschwunden ist, weil ich dich damit die ganze Nacht für mich allein hatte, aber du hättest auch bei einem Drecksack landen können. Ich muss mal ein Wörtchen mit ihm reden.«

»Nein, bitte nicht.« Doch dass er sich ihr gegenüber so beschützend verhielt, fühlte sich viel zu gut an. »Das war meine

Schuld. Ich habe ihm versichert, dass es mir nichts ausmacht, wenn er den Kerl stalkt, wegen dem er überhaupt dort war.«

»Der Leadsänger von Inferno. Ich erinnere mich, dass du mir das erzählt hast.«

»Wie kannst du das noch wissen? Du warst ziemlich angetrunken.«

»War ich nicht«, erwiderte er grinsend. »Ich habe betrunkener getan, als ich war.«

»Warum das denn?« Sie hatte nicht viel übrig für Alkohol und hatte wahrscheinlich beim Tanzen mehr Bier verschüttet, als sie tatsächlich getrunken hatte. Zum Glück gingen sie gerade nebeneinander her, denn sie konnte nicht aufhören zu lächeln und sah wahrscheinlich ziemlich albern aus. So war es auch an jenem Tag gewesen. Gavin hatte ihr sofort mit seiner Offenheit und seiner rücksichtsvollen Art die Nervosität genommen. Und diese Augen. *Gott, seine Augen.* Sie sagten: »Vertrau mir.« Und das hatte sie getan, genau wie jetzt.

»Weil du so auf ›eine einmalige Sache‹ versessen warst. Ich wollte nicht komisch rüberkommen und dich abschrecken. Kerle, die klammern, sind ätzend.«

»Irgendwie glaube ich nicht, dass du ein Kerl bist, der klammert. Was war der tatsächliche Grund?«

Er schenkte ihr wieder dieses jungenhafte Lächeln. »Es war einfacher, so zu tun, als wäre ich betrunken, und mich darauf zu konzentrieren, als dich merken zu lassen, wie sehr ich die Zeit mit dir genossen habe. Ich hatte nicht erwartet, Gefühle für dich zu entwickeln, die über eine einmalige Sache hinausgehen.« Er schlang den Arm um ihre Taille. Das Geräusch der Wellen, die ans Ufer schlugen, konkurrierte mit dem Rauschen des Blutes in ihren Ohren und seiner tiefen Stimme. »Oder wie unglaublich heiß und sexy du warst, als wir miteinander die

Laken zerwühlt haben. Aber mal ehrlich, Harper: Du hast noch kein Wort über Ärger in deinem Leben verloren.«

Himmel, dieser Mann …

Er war warm und stark und schien sowohl ein Gentleman als auch ein Sexgott zu sein – und in Letzterem war er herausragend, wie sie aus eigener Erfahrung wusste. Sie wand sich aus seiner Umarmung, bevor sie vergaß, warum sie *nicht* über ihn herfallen durfte.

»Gerade mache ich einen Strandspaziergang mit jemandem, der mir eine Menge Ärger einbringen könnte. Lass uns auf all die Gründe zurückkommen, warum ich das nicht mit dir tun kann.« *Ich brauche die mahnende Erinnerung.*

»Was tun?«

»Mich dir in die Arme werfen.«

Ein freches Grinsen erschien auf seinen Lippen. »Aber wir passen so gut zusammen. Es kommt nicht jeden Tag vor, dass man jemanden findet, der die gleichen Lieblingsmuffins hat wie man selbst.«

»Ah, verstehe. Es geht um unsere gemeinsame Liebe zu Schoko-Bananen-Muffins.« Die hatten sie beim nachmittäglichen Besuch einer Bäckerei in Virginia entdeckt.

»Es geht *nur* um die Muffins. Was ist schon ein bisschen emotionale Nähe unter Freunden? Wir schlafen nicht miteinander. Ich biete dir nur ein bisschen Verständnis an.« Er griff nach ihrer Hand und ihre verfluchten, verräterischen Finger umfassten seine. »Jetzt kannst du weitererzählen.«

Bei ihm klang das so einfach, doch allein die Nähe zu ihm rief ihr all die Dinge, die er getan und gesagt hatte, wieder in Erinnerung, sodass sie am liebsten direkt zu dieser Nacht zurückkehren wollte, um alles noch einmal zu erleben.

Sie hatte Mühe, das aus ihrem Kopf zu verdrängen. »Nach

unserer gemeinsamen Nacht – die *nicht* wie ein One-Night-Stand geendet hat, da ich dir meine Nummer dagelassen habe, ob du sie nun gefunden hast oder nicht. Das beweist nur, wie schlecht ich darin bin. Jedenfalls bin ich nach dieser Nacht nach L. A. geflogen, um an meinem Drehbuch zu arbeiten, das in eine Fernsehserie umgesetzt werden sollte. Ich war neu in einer Stadt, in der ich niemanden kannte, und völlig außerhalb meiner Komfortzone. Aber ich habe nicht aufgegeben, habe schließlich ein paar Leute kennengelernt und irgendwann auch jemanden gedatet. Eigentlich dachte ich, dass alles ziemlich gut läuft. Zum Glück habe ich nicht mit ihm geschlafen.«

»Ich bin dem Glück auch ziemlich dankbar dafür.«

»Ich auch. Es stellte sich heraus, dass er bisexuell ist und eine Dritte für ihn und seinen Partner suchte. Hm, nein danke. Nicht, dass ich etwas gegen Bisexuelle hätte. Mein Bruder Colton ist übrigens schwul.«

»Ich weiß. Er hat mich vor ein paar Wochen im Undercover angegraben.«

»Klingt nach Colton. Na ja, ein One-Night-Stand war für mich ja schon außerhalb meiner Komfortzone, aber einen Dreier hatte ich nicht mal irgendwo auf dem Schirm.«

»Im Ernst? *Verdammt.*« Er blieb stehen und atmete tief durch. »Das war's dann wohl mit uns.« Er machte kehrt und ging in die Richtung zurück, aus der sie gekommen waren.

»Oh mein Gott! Siehst du? Ich kann Männer kein bisschen einschätzen.« Sie schloss die Augen und seufzte, doch Gavin nutzte diesen winzigen Moment, um sie zu packen und hochzuheben. Sie quietschte erschrocken auf, als er sie herumwirbelte. »Gavin! Stopp!«

Er stellte sie lachend wieder auf die Beine, ließ sie aber nicht los. Er drückte sie fest an sich und lachte mit ihr.

»Du bist verrückt.« Er wusste genau, wie er sie aufheitern konnte.

»Vielleicht ein bisschen. Setzen wir uns.« Er zog sie an der Hand mit sich nach unten auf den Sand. »Ich musste dich nur für einen Moment auf andere Gedanken bringen. Du wurdest also für ein potenzielles Abenteuer zu dritt ausgewählt. Das bedeutet doch nur, dass du heiß bist und gewirkt hast, als wärst du offen für neue Erfahrungen. Was, wie ich zufällig weiß, auch stimmt, denn wir haben ja unsere eigenen Experimente gemacht.« Er wackelte mit den Augenbrauen.

Hitze stieg in ihrer Brust und ihrem Hals auf. Mit ihm war sie ganz untypisch, schockierend ungezügelt und frei gewesen. Sie hatten einander erforscht, Fantasien ausgelebt und neue Dinge ausprobiert, als wären sie schon ewig ein Paar. Sie hatte sich ihm so verbunden gefühlt, so im Einklang mit ihm, sie hatte ihn Dinge tun lassen, die sie keinem Mann davor erlaubt hatte, und sie hatte jede Sekunde genossen. Erst später, auf dem langen Flug nach L. A. am nächsten Morgen, hatte sie sich gefragt, ob er ihr geglaubt hätte, wenn sie ihm erzählt hätte, dass sie noch nie so hemmungslos gewesen war. Doch auch da war es ihr nicht peinlich gewesen. Sie hatte es wiederholen wollen, so wie sie es auch jetzt wollte.

Und das war ein Problem.

Sie versuchte erneut, die Sehnsucht beiseitezuschieben. »Aber das bedeutet auch, dass ich Signale nicht wahrnehme, die ich mitbekommen sollte.«

»Vielleicht, vielleicht auch nicht.« Er lehnte sich entspannt zurück, als ob er das alles schon x-mal gehört hätte.

»Tja, das ist nur der Anfang meines Albtraums. Nach diesem Kerl habe ich einen Mann in einem Café auf dem Studiogelände kennengelernt und wir sind ein paar Wochen lang miteinander ausgegangen. Wir haben uns wirklich gut verstanden, und es war toll …«

»Das ist nicht die Art von Glück, auf die ich gehofft hatte …«

Sie lachte leise. »Na ja, ich kann mir nicht vorstellen, dass du nicht mit einer Menge Frauen zusammen warst, seit ich dich das letzte Mal gesehen habe.«

»Zwei«, gab er zu. »Aber sie waren nicht du, also zählen sie nicht.«

»Oh, ist das die Regel?« Sie grub ihre Zehen in den Sand und fügte schnell hinzu: »Antworte nicht darauf.«

Er setzte sich auf, fasste sie sanft mit Daumen und Zeigefinger am Kinn und zog ihr Gesicht zu sich heran. Die Intimität dieser Berührung ließ ihren Puls in die Höhe schießen.

»Ja, das ist die Regel«, sagte er mit einem leicht autoritären Ton. »Sie waren nicht du, und ich habe danach nie wieder an sie gedacht, also zählen sie nicht. Du dagegen zählst sehr, sehr viel.«

Sein Blick war so durchdringend, dass sie wegschaute, bevor sie am Ende dem Wunsch ihres pochenden Herzens folgte und etwas tat, das sie nicht zurücknehmen konnte. »Jedenfalls«, fuhr sie ein wenig atemlos fort, »stellte sich heraus, dass er verlobt war. Seine Verlobte hat uns zusammen in seiner Wohnung erwischt. Ich habe mich noch nie so gedemütigt und furchtbar gefühlt.« Sie sah Gavin an, um seinen Gesichtsausdruck zu deuten, und war froh, Besorgnis statt Verachtung darin zu erkennen. »Die arme Frau hat mich schrecklich beschimpft, und ich konnte mich nicht mal verteidigen, weil ich keine Ahnung hatte, wer sie war und was da gerade passierte. Ich würde nie absichtlich was mit einem Mann anfangen, der mit jemand anderem liiert ist. Sie muss allen und jedem davon erzählt haben, denn die Gerüchte verbreiteten sich am Set, und mein Ruf war ruiniert. Und dann wurde meine Serie abgesägt, mein Agent hat mich abserviert und ich habe meine Freunde einfach angelogen. Ich habe meine Freunde noch nie belogen. Ich bin keine Lügnerin. Ich *hasse* Lügner. Trotzdem habe ich ihnen in die Augen gesehen und ihnen Geschichten über ein fabelhaftes Leben erzählt, das ich nie geführt habe.«

»Genau genommen hast du ihnen nicht in die Augen gesehen, als du sie angelogen hast.«

»Das macht es aber nicht besser.«

»Vielleicht nicht«, meinte er zurückhaltend. »Aber dadurch habe ich gemerkt, dass du etwas verheimlichst.«

Sie blickte hinaus aufs Wasser, auf dem sich das Mondlicht spiegelte. Es war so einfach, ehrlich zu Gavin zu sein. »Ich bin nach L. A. gezogen, um mir einen Namen zu machen. Ich war blauäugig und stolz. So was von stolz. Die meisten Produzenten und Regisseure haben ihre eigenen Autoren, die Änderungen und solche Dinge am Drehbuch vornehmen. Aber sie hatten mich nicht nur engagiert, um bei der Überarbeitung der Drehbücher zu helfen, sondern auch, um während der Produktion mitzuwirken. Das ist alles andere als selbstverständlich. Mir ist auch klar, dass der Produzent, mit dem ich gearbeitet habe, keine große Nummer war, doch ich bin nur ein kleiner Niemand aus einer Kleinstadt. Für mich war das also sehr wichtig.«

»Ich bezweifle, dass du jemals ein Niemand warst, Harper.«

»Danke.« Sie fühlte sich ein wenig besser, nachdem sie ihre Last mit ihm geteilt hatte. »Vor ein paar Jahren wurde ich angeheuert, um eine witzig-freche Sitcom fürs Kabelfernsehen zu schreiben. Da habe ich von zu Hause aus oder in Cafés gearbeitet und bin nur zu Besprechungen nach New York gereist. Diese Erfahrung war so anders. Nach L. A. bin ich gezogen, weil ich dachte, dass ich dort groß rauskomme und damit meine Eltern und Freunde stolz mache.« Sie zuckte die Schultern, als würde ihr das Eingeständnis leicht fallen, aber der Schmerz in ihrer Brust war unerträglich. »Ich war immer das Mädchen, das sich an alle Regeln gehalten und alles richtig gemacht hat. Ich habe mich auf dem College auf mein Studium konzentriert, nicht zu viel gefeiert, hatte genau einen One-Night-Stand, vielen Dank dafür, und trotzdem habe ich es geschafft, mir das Leben zu versauen.«

»Du versaust dir damit das Leben nur, wenn du diesen Erfahrungen so viel Macht darüber gibst. Und wenn es dich tröstet: Wir hatten einen verdammt guten One-Night-Stand. Es ist nicht ein Tag vergangen, an dem ich nicht an dich gedacht habe.«

Ihr Herz setzte einen Schlag aus, als zu ihr durchdrang, dass er genauso viel an sie gedacht hatte wie sie an ihn. »Wirklich? Das sagst du nicht nur so?«

Er nickte. »Ich habe keinen Grund zu lügen, und ich würde gerne da anknüpfen, wo wir aufgehört haben.«

»Gavin, ich kann nicht. Ich traue mir im Moment bei Männern nicht über den Weg.«

»Das verstehe ich. Und es ist okay. Irgendwann kannst du das wieder und ich bin ein geduldiger Mensch.«

»*Selbstsicher* ist wahrscheinlich das bessere Wort.« So unbeschwert wie in diesem Moment hatte sie sich lange nicht gefühlt. »Es tut mir leid, dass mein Leben so verkorkst ist. Seit die Serie abgesägt wurde, war ich nicht in der Lage, etwas Gutes zu schreiben, und jetzt bin ich hier, lüge meinen Freunden was vor und meide meine Familie. Der habe ich noch nicht mal Bescheid gegeben, dass ich wieder auf dem Cape bin.«

»Warum nicht?«

»Weil ich sie auch schon angelogen habe. Meine Brüder und meine Schwester rufen ständig an oder schreiben mir Nachrichten, um sich zu vergewissern, dass es mir gut geht. Ich wollte nicht, dass sie sich Sorgen machen, also habe ich sie in dem Glauben gelassen, dass alles großartig läuft, selbst als sich schon abzeichnete, dass die Serie den Bach runterging. Ich war auf dem Höhepunkt meiner Karriere. Aber ganz ehrlich? Allein am anderen Ende des Landes zu sein, weg von den Leuten, die mich am besten kennen, hat mir irgendwie das Gefühl gegeben, haltlos zu sein. Ich weiß nicht, wie es jetzt weitergehen soll. Ich schäme mich für alles, was passiert ist. Meine Familie muss nichts von den Sachen in meinem Privatleben erfahren, aber *ich* weiß es. Die Sache ist die – ihnen war klar, dass ich nicht nach L. A. passe, und sie waren für mich da und haben mir trotz der Tausenden von Meilen zwischen uns das Händchen gehalten. Letzte Woche habe ich noch behauptet, dass es gut läuft.« Sie schüttelte den Kopf und stieß einen wehleidigen Laut aus. »Ich bin so eine Versagerin. Jana wäre in L. A. wunderbar zurechtgekommen, aber ich bin nicht sie, genauso wenig wie ich eine Frau für eine Nacht bin, wie ich dir vorgemacht habe.«

»Ich habe Neuigkeiten für dich, Harper: Du hast dich bei mir auch nicht gerade gut verstellt.«

»Aber du hast doch gerade gesagt, dass du seitdem jeden Tag an mich gedacht hast.«

Er schaute ihr tief in die Augen. »Genau.«

Mehr sagte er nicht. Sie hatte vergessen, was für ein guter Zuhörer er war und dass die langen Gesprächspausen sich nicht unangenehm angefühlt hatten oder als ob sie gefüllt werden mussten. Sie kamen ihr ganz natürlich vor. Er dachte nach, bevor er sprach, fiel ihr wieder ein, so wie er es auch jetzt tat, und sie merkte erneut, wie sehr sie das an ihm mochte.

»Hast du vergessen, wie offen wir miteinander umgegangen sind?«, fragte er schließlich nach einer Weile. »Du hast mir erzählt, dass ich dein erster One-Night-Stand bin, und ich habe dir gesagt, dass ich kein Typ bin, der durch viele Betten turnt. Du wolltest so tun, als wäre es total okay für dich, wenn es bei der einmaligen Sache bleibt, doch ich glaube nicht, dass einer von uns das tatsächlich so empfunden hat.«

Er hielt wieder inne, als ob er wüsste, dass ihr noch einmal alle Einzelheiten durch den Kopf gingen, die er gerade erwähnt hatte.

»Wenn man einen bedeutungslosen One-Night-Stand will, sucht man sich dafür meistens eine Person, die man direkt wieder vergessen kann.« Er schob seine Hand näher zu ihrer und strich mit den Fingern über ihren Handrücken. »Ich wusste schon, bevor wir auf mein Zimmer gegangen sind, dass du was Besonderes bist. Aber ich hätte mir nie träumen lassen, dass ich einfach nicht aufhören kann, an dich zu denken.«

»Jetzt bringst du mich in Verlegenheit *und* mein kaputter Männerradar warnt mich, dass du vielleicht einfach nur richtig gut darin bist, Frauen um den Finger zu wickeln, und dass ich nicht drauf reinfallen sollte, wenn du deine besten Sprüche auspackst.«

Er lächelte. »Dein Männerradar irrt sich tatsächlich, das sind nicht meine besten Sprüche, Harper.«

»Ich bin absolut nicht bereit für so was. Ich brauche mehr Übung, bevor ich mich auf einen Kerl wie dich einlassen kann. Vielleicht bin ich auch nie bereit für einen Kerl wie dich, denn du wirkst so offen und ehrlich, aber ich kann mich im Moment nicht auf mein Bauchgefühl verlassen.«

»Dann lass uns das in Ordnung bringen.« Sein Gesichtsausdruck wurde ernst. »Ich verschaffe dir ein paar Übungs-Dates.«

»Oh, nein.« Sie winkte ab. »Ich habe genug geübt und versagt.« Sie gähnte. »Tut mir leid. Es war ein langer Tag. Ich habe so einem Kerl im Flugzeug eine Predigt gehalten, meine Freunde angelogen, und jetzt wünsche ich mir wegen dir, dass ich auf mein Bauchgefühl gehört hätte.«

»Das solltest du auch.« Er stand auf und griff nach ihrer Hand. »Komm, ich bring dich zurück zu deinem Auto und erzähle dir ein bisschen von einem meiner Freunde.«

»Keine Dates.« Sie stemmte sich hoch.

Er legte ihr einen Arm um die Schultern und zog sie an sich. »Ich habe gesagt, dass ich Geduld habe, aber ich bin nicht dumm. Wenn du lernen willst, dir selbst in Bezug auf Männer wieder zu vertrauen, wirst du das auf keinen Fall mit irgendeinem dahergelaufenen Kerl machen.«

»Ich mache es überhaupt nicht«, grummelte sie.

»Du bist zu toll, um dich nie wieder auf jemanden einzulassen, und du wirst auch nicht jünger«, neckte er sie und kitzelte sie an den Rippen.

»Hey!«

»Ich mein ja nur. Ich werde auch nicht jünger, also müssen wir das in Angriff nehmen, bevor das Alter seinen Tribut fordert, ich einen Bierbauch bekomme und nicht mehr diesen Prachtkörper habe.«

Sie lachte.

»Zurück zum Thema: Ich habe einen Freund, für den ich bürgen kann. Er sieht gut aus, ist klug und witzig. Er wird dich wie eine Lady behandeln.«

Ein Windstoß wehte vom Meer herüber, und sie lehnte sich an ihn, um ihm ein bisschen Körperwärme zu klauen. »Du willst mich doch nicht ernsthaft mit einem anderen Mann verkuppeln.«

»Nicht irgendeinem Mann. Wie gesagt, er ist fast so gut wie ich, nur nicht ganz so attraktiv.«

»Warum sollte ich dann mit ihm ausgehen?«, stichelte sie. Als eine Welle ans Ufer brandete und das Wasser auf sie zuschoss, schnappte Gavin sie sich und trug sie rasch ein Stück weiter.

»Weil du Übung brauchst und ich ihm vertraue.« Er ließ sie herunter und zog sie wieder seitlich an sich, während sie ihren Weg den Strand entlang fortsetzten.

Mit dem Wind im Rücken erfüllten der Duft des Meers und der von Gavin sie mit Glück. »Ich habe es mehr vermisst, hier zu sein, als ich dachte.«

»Sind die Strände in Kalifornien nicht angeblich schöner?«

»Nein. Ich bin mir nicht sicher, ob es irgendwo schöner ist als hier. Ich liebe den kalten Wind, der nachts übers Cape fegt, und dass die Leute ihre Kleidung nach ihrer Bequemlichkeit aussuchen, anstatt damit beeindrucken zu wollen. Ich fühle mich wohl damit, an dem Ort zu sein, an dem ich aufgewachsen bin.«

Sie mussten lange unterwegs gewesen sein, denn ihre Freunde waren nicht mehr am Strand, und hatten auch das Lagerfeuer gelöscht. Das Bayside Resort kam oberhalb der Dünen in Sicht, ebenso wie das Summer House Inn, die Pension ihrer Freundinnen Desiree und Violet. Harper vermisste die beiden, und sie vermisste es auch, sich mit den anderen zum Frühstück zu treffen, das Desiree und Violet regelmäßig für ihre Freunde ausrichteten. Drake und die Bayside-Jungs joggten morgens zusammen und stießen dann zum Frühstück in der Pension zur Mädelsrunde.

Als sie den Pfad zum Parkplatz des Resorts hinaufgingen,

meinte Gavin: »An der Sache mit dem Schreiben werden wir auch arbeiten.«

»*Auch* impliziert, dass wir an mehr als einer Sache arbeiten.«

Er zog sie näher zu sich. »Kämpf nicht dagegen an, Harper. Wir sorgen dafür, dass dein Bauchgefühl wieder ordentlich funktioniert, dass du wieder schreiben kannst *und* dass du die Menschen, die dich lieben, nicht mehr anlügst.«

Seine tiefe, selbstsichere Stimme schickte ihr einen heißen Schauer über den Rücken. Das hatte sie schon lange nicht mehr empfunden. Seit sie das letzte Mal zusammen gewesen waren, um genau zu sein.

»Wie kommst du darauf, dass du mir dabei helfen kannst?«, fragte sie, als sie die Kuppe der Dünen erreichten und über die Grünfläche zum Parkplatz gingen.

»Weil ich ausgezeichnet im Anleiten bin. Denk mal drüber nach. Wir haben deinen ersten One-Night-Stand hervorragend hinbekommen, oder? Da wird das hier ein Kinderspiel.«

»Das mit der Unverbindlichkeit haben wir allerdings nicht gut hinbekommen.« Sie kramte in ihrer Handtasche nach dem Schlüsselbund.

»Im Gegenteil, wir waren darin *zu* gut. Hättest du dich verplappert und mir deinen richtigen Namen verraten oder gesagt, dass du Drehbuchautorin bist oder gerade nach L. A. ziehst, hätte ich dich vielleicht schon früher aufgespürt. Wir haben eine Menge Zeit verschwendet.«

Er nahm ihr die Schlüssel aus der Hand und öffnete ihre Autotür. Dann ließ er den Schlüsselbund mit einem frechen Grinsen vor ihrer Nase baumeln, bei dem Hitze in ihr aufstieg. Sie wünschte, sie hätte ihm all das erzählt, aber sie hatte auf Colton gehört und ihre persönlichen Informationen für sich behalten. Na ja, abgesehen von dem Zettel in seinem Koffer, der ihr jedoch nichts gebracht hatte.

»Wir schaffen das, Harper. Also, wie lautet deine Adresse?«

Sie griff nach den Schlüsseln, doch er brachte sie außer Reichweite. »Gavin …«

»Ich sagte doch, ich bin geduldig. Ich kann die ganze Nacht hier stehen oder du kannst mir deine Adresse geben.«

»Hat dir schon mal jemand gesagt, dass du eine Nervensäge bist?«

»Nur alle, die ich kenne.«

»Ich brauche Zeit, um mein Leben wieder auf die Reihe zu bekommen, keine Dates mit Männern, die mir egal sind.« Eigentlich hatte sie keine Ahnung, was sie wirklich brauchte. Einen Freund wie Gavin zu haben, schien jedoch ein guter Anfang zu sein.

Er drückte ihr den Schlüsselbund in die Hand und legte eine Hand auf ihre Hüfte. Feuer glomm in ihrem Körper auf, als er sich zu ihr beugte, als wollte er sie küssen. Irgendwo in ihrem Kopf schrillten Alarmglocken, doch sie schloss die Augen. Ihre Lippen öffneten sich leicht in Erwartung des Kusses, der ihr schon viel zu lange nicht aus dem Kopf ging.

»Deine Adresse, Harper?«, flüsterte er dicht an ihren Lippen.

Als hätte er damit einen Damm in ihr bersten lassen, platzte sie mit ihrer Adresse heraus.

»Er holt dich um sieben ab.« Er drückte ihr einen Kuss auf die Wange. Seine Hand verschwand von ihrer Hüfte und die Luft um sie herum wurde kühl, als er einen Schritt nach hinten machte. »Viel Spaß morgen Abend.«

Zum dritten Mal an diesem Abend stand sie mit offenem Mund da und das war dreimal zu viel. Gavin winkte ihr zu und ging zu seinem Auto.

»Ich gehe nicht mit!«, rief sie ihm nach.

»Das ist dein gutes Recht, meine Schöne.« Er drückte auf einen Knopf an seinem Schlüsselanhänger und die Scheinwerfer seines Autos schalteten sich ein. »Aber ich bin ein super Freund, also fädle ich es trotzdem ein.«

Drei

»Das klingt fantastisch«, sagte Gavin am Freitagnachmittag gerade ins Telefon, als Serena durch die Eingangstür von *Mallery and Wheeler Interior Design* hereinkam.

Ihre hohen Absätze klackerten über den Parkettboden bis zu ihrem Schreibtisch, wo sie ihre Umhängetasche abstellte. Gavin deutete auf die Muster, die er für die Gestaltung einer neuen Boutique im Ocean Edge Resort herausgesucht hatte, dem größten Luxusresort am Cape. Serena zeigte ihm einen Daumen nach oben und schaute die Auslage durch, während er sein Telefonat beendete und den Termin für die kommende Woche bestätigte.

Nachdem er aufgelegt hatte, fragte er: »Wie lief der Pitch?«

Serena hatte den Besitzern des *Wharf,* einem Restaurant in Orleans, ein Angebot vorgestellt. Jared Stone, einer ihrer wichtigsten Kunden, für den sie im vergangenen Winter die Inneneinrichtung eines Restaurants in Provincetown designt hatten, hatte diese an sie verwiesen.

»Ist das eine ernst gemeinte Frage?« Serena kam mit auf einen Ring gefädelten Stoffmustern zu ihm und setzte sich auf die Kante seines Schreibtischs. »Nächste Woche stelle ich den Vertrag zusammen und schicke ihn ihrer Rechtsvertretung zu.

Sobald er unterschrieben ist, suchen wir uns ein günstiges Zeitfenster für unser erstes Design-Meeting. Ich gleiche den Termin dann vorher mit deinem Online-Kalender ab, bevor ich zusage.«

»Klingt gut. Ich habe gerade das Treffen mit Mia am Dienstag im Ocean Edge bestätigt. Ich trage es gleich noch in den Kalender ein.« Mia Stone war Jareds Schwester, auch wenn Gavin erst kürzlich erfahren hatte, dass sie verwandt waren. Mia war die Assistentin der weltberühmten Modedesigner Josh und Riley Braden, die hauptsächlich von ihrer Niederlassung in Manhattan aus arbeiteten. Nun wollten sie eine neue Boutique im Resort eröffnen, das dem Immobilienmogul und Joshs Bruder Treat Braden gehörte. Treat plante, die Hotelanlage so umzugestalten, dass sie nicht mehr nur für die oberen Zehntausend, sondern auch für Familien mit unterschiedlich großen Geldbeuteln interessant wurde. Die neue Boutique, Coastal Enchantments, war Teil dieser Veränderungen.

»Toll. Die sind übrigens wunderschön.« Sie strich mit einer Hand über die Stoffmuster. »Fast so schön wie *Harper*.«

»Sehr subtil, Serena.«

»Fast so subtil, wie ihren Namen in dein Notizbuch zu kritzeln. Wie alt bist du, zwölf?«

Er warf einen Blick auf die Notizen vom Telefonat mit einer Frau heute Vormittag, die ununterbrochen geschwafelt hatte, und stellte überrascht fest, dass da tatsächlich überall Harpers Name stand. Er klappte das Notizbuch mit einem unterdrückten Fluchen zu. Als er gestern Abend nach Hause gekommen war, hatte er als Erstes im vorderen Fach seines Koffers nach Harpers Nummer gesucht. Den Zettel hatte er genau da gefunden, wo sie gesagt hatte. Am liebsten hätte er sich in den Hintern getreten, dass er im letzten Sommer dort nicht nachgesehen hatte, wo er doch jede nur erdenkliche Ablagefläche in der Pension abgesucht hatte, in der Hoffnung auf eine Nachricht von ihr.

»Ich will alle Einzelheiten wissen!« Serena legte die Stoffe weg und sah ihn mit großen Augen neugierig an. »So wie du sie am Strand weggeschleppt hast, sah es so aus, als wärt ihr auf diesem Musikfestival deutlich mehr als platonische Freunde geworden.«

»Wir hatten direkt einen Draht zueinander«, sagte er gelassener, als er sich fühlte.

»Seid ihr jetzt ein Paar? Ihr würdet wirklich gut zusammenpassen.«

»Ich würde sie wirklich gern daten, aber nein. Sie ist noch nicht bereit dafür.« Er hoffte, das eher früher als später zu ändern.

»Warum nicht? Es sei denn, sie steht nicht auf dich, was ich mir nicht vorstellen kann.« Sie schaute aus dem Fenster und legte nachdenklich die Stirn in Falten. »Oder vielleicht warst du ja nicht so gut, als ihr …«

Gavin stand abrupt auf. »Diese Unterhaltung ist beendet, aber nur fürs Protokoll: Du irrst dich gewaltig. *Unvergesslich* trifft es wohl eher.«

Serena sprang von der Schreibtischkante. »Aha! Ihr hattet also was miteinander! Ich wusste es. Chloe war anderer Meinung, weil Harper sich nie auf so was einlässt – oder zumindest hat sie das nie getan. Wie aufregend! Zwei meiner besten Freunde sind zusammen.« Sie packte Gavin an der Hand und zog ihn mit zur Couch. »Du musst mir *alles* erzählen.«

Er machte sich mit einem Ruck von ihr los. »Vergiss es, Serena. Ich werde ganz sicher nicht die intimen Einzelheiten unserer gemeinsamen Nacht ausplaudern.«

»Okay … es war also *eine* Nacht. Verstehe. Hattet ihr danach noch Kontakt, während sie in Kalifornien war?«

Er lehnte sich an die Kante seines Schreibtisches und verschränkte die Arme. »Nein. Du hast doch gestern Abend mitbekommen, was ich gesagt habe. Ich dachte, ihr Name wäre *Parker*. Ich kannte nicht mal ihren Nachnamen …«

»Weißt du was? Je mehr ich darüber nachdenke, desto weniger kaufe ich dir das ab. So ist Harper nicht. Irgendwas lässt du aus.«

Er zuckte die Schultern. »Habe ich je bei irgendwas gelogen?«

»Nein, und das macht die Sache noch merkwürdiger.« Sie setzte sich auf die Couch und trommelte mit den Fingern auf dem Polster herum, die Lippen nachdenklich geschürzt.

»Du kannst aufhören, dir darüber den Kopf zu zerbrechen, weil nicht mehr dahintersteckt. Wir haben uns kennengelernt, die Nacht miteinander verbracht und dann hatten wir keinen Kontakt mehr, bis sie am Lagerfeuer aufgetaucht ist.«

»Aber du hast gestern Abend ausgesehen, als würde mehr dahinterstecken.« Sie riss die Augen auf. »Oh verflixt. Sie ist *die Eine*, nicht wahr?« Sie erhob sich und wartete gar nicht erst auf eine Antwort, sondern redete weiter wie ein Wasserfall, während sie in ihrem gemütlichen Büro auf und ab tigerte. »Die, von der du mir erzählt hast? Die Frau, mit der du eine kurze Affäre hattest und die dir nicht mehr aus dem Kopf geht? Eine Nacht geht als kurze Affäre durch. Und ich habe noch nie erlebt, dass du so auf eine Frau reagiert hast wie gestern Abend auf Harper.«

Sie sah ihn an und er zuckte die Schultern.

»Oh nein, Gavin. So leicht kommst du mir nicht davon. Du wärst gerne mit ihr zusammen, aber sie ist noch nicht bereit. Also was tust du dagegen? Und warum ist sie nicht bereit?«

Er wollte Harpers Vertrauen nicht enttäuschen. »Sie hat viel um die Ohren und ist im Moment nicht scharf auf Dates.«

»Na und?« Serena warf frustriert die Hände in die Luft. »Niemand hatte mehr um die Ohren als ich, als Drake und ich zusammenkamen. Ich bin sogar zwischen zwei Städten gependelt. Also, was hast du vor?«

»Ich habe ihr ein Blind Date mit einem Kumpel von mir verschafft.«

»Du hast *was*?« Und schon war sie wieder dabei, eine Furche in den Boden zu laufen. »Warum das denn? Ich habe dich für schlau gehalten, aber, Junge, das ist das Dümmste, was ich je gehört habe. Mit wem hast du sie verkuppelt? Justin? Dwayne? Cory? Keiner von denen ist der Richtige für Harper.«

Ihr heftiger Protest brachte ihn zum Lächeln, doch mit diesen Freunden hatte sie durchaus recht. Justin und sein Cousin Dwayne waren zu draufgängerisch für Harper, und Cory war nicht Gavin, was ihn schon allein deswegen disqualifizierte.

»Mach dir keine Sorgen. Ich weiß, was ich tue.«

Sie verdrehte die Augen. »Bist du so naiv? Muss ich dir von Drake beibringen lassen, wie man die Initiative ergreift?«

»Nicht nötig.«

»Du wirst deine Chance verpassen, und dann wirst du dir wünschen, du hättest genug Mumm gehabt, direkt zu ihr zu gehen und ihr zu sagen, dass sie einen großen Fehler macht, wenn sie sich nicht auf dich einlässt.« Sie blieb stehen und fixierte ihn durchdringend. »Wenn du bereit bist, sie mit einem anderen Kerl zu verkuppeln, ist dir nicht klar, wie toll Harper ist.«

»Ich war schon mal zu vorschnell und habe mir daran die Finger verbrannt, Serena, und ich will die Fehler der Vergangenheit nicht wiederholen. Nicht, dass Harper jemals ein Fehler wäre, aber sie ist mir zu wichtig, um mich in etwas zu stürzen, für das sie vielleicht noch nicht bereit ist, und damit zu riskieren, dass es schiefgeht. Ehrlich gesagt hat es mich gestern Abend völlig umgehauen, sie zu sehen. Ich hätte nie gedacht, dass wir uns noch mal begegnen, und ja, sie ist die Frau, von der ich dir erzählt habe. Aber sie muss nicht die Hauptdarstellerin des neuesten Bayside-Dramas sein, oder von dir und den Gossip Girls unter Druck gesetzt werden, mit mir auszugehen. Das, was sie und ich in Virginia hatten, war etwas Besonderes, aber mir ist es wichtiger, dass sie sich wohlfühlt, als direkt mit ihr zusammenzukommen. Also atme tief durch, Serena. Beruhig dich und lass mich das auf meine Art machen.«

»Wow.« Sie setzte sich wieder. »Danke für die Erinnerung daran, wer du bist.«

Er ging zur Couch und ließ sich neben ihr nieder. »Was soll *das* denn heißen?«

»Du und Justin gebt gerne mal Mist von euch. Ich hatte vergessen, wie wichtig dir Familie ist und dass du dir eine Frau wünschst, die versteht, dass eine Ehe nicht immer einfach ist. Dass du auf keinen Fall eine Diva gebrauchen kannst, die keine Ahnung hat, was Familie tatsächlich bedeutet.«

Und ihm war entfallen, dass er das alles ihr gegenüber eingestanden hatte – auch wenn es natürlich stimmte. »Und?«

»Und obwohl du gerne mal mit Justin Blödsinn redest, ist dir Harpers Wohl wichtiger als dein Ego. Damit bist du immer noch einer der großherzigsten Männer, die ich kenne.«

»Danke.« Er erhob sich. »Ich muss los. Und denk dran, was ich gesagt habe: Haltet Harper aus dem Bayside-Drama raus.«

»Warte!« Sie eilte ihm auf seinem Weg zur Tür hinterher. »Wie willst du sie denn für dich gewinnen?«

»*Gute Nacht*, Serena.« Er stieg in sein Auto und ließ das Seitenfenster herunter.

»Ich kann dir helfen!«

»Keine Hilfe. Keine Einmischung.«

»Aber vielleicht bekommst du sie dann nicht!«

Er zwinkerte ihr zu. »Du kennst mich doch wohl besser.«

Harper saß an ihrem Schreibtisch, wippte mit dem Fuß zur Musik ihrer Playlist und starrte auf den blinkenden Cursor. Sie hatte einen anstrengenden Tag hinter sich mit Lebensmitteleinkauf, Auspacken, Unkraut jäten, ihr Cottage putzen und so ziemlich allem anderen, was ihr so einfiel, um nicht irgendwo zu landen, wo sie zufällig einem ihrer Geschwister begegnen könnte. Sie musste *irgendwas* tun, um sich von Gavins Drohung mit dem Blind Date abzulenken. Als ihr Handy klingelte und Chloes Nummer auf dem Display angezeigt wurde, war sie froh über die Ablenkung und griff danach.

»Hi, Chloe. Tut mir leid, dass Gavin mich gestern weggeschleppt hat.«

»Ja, klar doch«, meinte Chloe. »Ich habe gehört, dass ihr einen ziemlich netten Abend hattet.«

»Von wem?«

»Serena. Die beiden sind Geschäftspartner, schon vergessen?«

»Richtig, tut mir leid.« Wie hatte sie das vergessen können? Serena konnte ganz schön hartnäckig sein. Hatte Gavin ihr alles erzählt? In L. A. war ihr privater Klatsch und Tratsch egal gewesen. Selbst bei den wenigen Leuten, mit denen sie gelegentlich mittag- oder abendessen ging, hatte sie immer das Gefühl gehabt, dass sie nicht auf dem Laufenden war.

»Ich muss zugeben, dass ich ein bisschen neidisch bin.«

»Du stehst auf Gavin? Das war mir nicht klar. Aber keine Sorge. Da ist nichts in die Richtung zwischen uns.« Warum fühlte es sich an, als würde sie das bereuen?

»Nein, ich stehe nicht auf Gavin. Das hätte sich vielleicht anders entwickelt, wenn er irgendwann mal Interesse gezeigt hätte, aber nein, nichts. Mich hat er noch nie den Strand entlanggeschleift.«

»Tut mir leid«, erwiderte Harper, war sich aber sicher, dass ihre Nase gerade ein Stück länger wurde.

»Muss es nicht. Ich hoffe, dass da doch was in die Richtung zwischen euch beiden ist.«

»Wie gesagt: Ist es nicht. Aber wenn du kein Auge auf ihn geworfen hast, warum bist du dann neidisch?«

»Weil du gerade mal fünf Minuten lang wieder hier bist und schon einen tollen Kerl hast, der mit dir allein sein will, während ich damit beschäftigt bin, mir Loser auf Dating-Seiten und Apps wie Bumble und Tinder vom Leib zu halten.«

»Das kann doch nicht sein!«, entfuhr es Harper. »Warum das denn? Du bist wunderschön und extrovertiert. Früher wurdest du doch ständig angesprochen, wenn wir ausgegangen sind.«

»Serena und Desiree sagen, dass ich zu wählerisch bin, und Violet hält mich für zu verklemmt.«

»Ich glaube nicht, dass du verklemmt bist.«

»Dann bist du im *Team Wählerisch*. Ganz toll. Wahrscheinlich bin ich beides, zu wählerisch und zu verklemmt.«

»Nein, bist du nicht. Justin hat gestern Abend echt oft zu dir rübergeschaut. Er hat diesen heißen Bad-Boy-Touch, auf den viele Frauen stehen, aber ich versteh dich.« Chloe und sie hatten schon vor langer Zeit herausgefunden, dass sie einen ähnlichen Männergeschmack besaßen, und Bad Boys fielen bei ihnen beiden nicht ins Beuteschema. »Die meisten Männer hier sind entweder Touristen, die schnell wieder weg sind, vergeben oder Bad Boys.«

»Mehr oder weniger. Aber Gavin ist ein toller Kerl.«

Harper seufzte. »Ich habe doch gesagt, dass das mit uns nicht so ist. Er hat mir für heute Abend ein Blind Date verschafft. Das sollte dir alles verraten, was du wissen musst.« Sie hatte wirklich versucht, nicht über die Tragweite des Ganzen nachzudenken, aber es ärgerte sie maßlos, dass er einfach so bereit war, sie an einen Freund weiterzureichen, auch wenn sie ihm einen Korb gegeben hatte.

»Das hat Serena auch gesagt. Aber mit wem? Er wollte Serena nicht verraten, wen er ausgesucht hat.«

»Ich habe keine Ahnung, und ich war so überrascht, dass ich vergessen habe zu fragen. Aber das spielt auch keine Rolle. Er sollte jeden Moment hier sein und ich werde *nicht* mit ihm ausgehen.«

»Oh, das solltest du Gavin vielleicht klarmachen. Aber dann kannst du ja mit uns mitkommen! Serena, Drake und ich treffen uns in etwa einer halben Stunde mit Rick und Des im *Undercover*.«

»Ich kann nicht so tun, als wäre mein Leben kein riesiges Chaos, und Colton wird mich sofort durchschauen.« Sie verzog das Gesicht, als ihr klar wurde, was sie da gerade von sich gegeben hatte, und fügte schnell hinzu: »Ich bin immer noch am Auspacken und muss mich noch an die Zeitverschiebung gewöhnen. Ich hasse es, im Chaos zu leben. Ich muss einfach erst mal alles wieder unter Kontrolle bekommen.«

»Ich hasse es auch, unorganisiert zu sein. Brauchst du Hilfe beim Auspacken?«

Harper betrachtete die Kisten neben der Tür. Die Sachen, die sie aus L. A. hatte herbringen lassen, waren am frühen Vormittag angekommen und standen noch genau so da. »Nein. Ich schaffe das schon, aber ich weiß das Angebot zu schätzen.«

»Bist du sicher, dass alles okay ist? Du warst so lange weg. Es muss sich komisch anfühlen, zurückzukommen und dann auch noch von Gavin so überrumpelt zu werden …«

Überrumpelt war das perfekte Wort für das, was sie gestern Abend empfunden hatte. Das Problem war, dass sie es noch immer nicht überwunden hatte. Eigentlich war sie davon ausgegangen, dass sie die Wirkung, die er auf sie ausübte, romantisiert hatte, doch jetzt wurde deutlich, dass dem mitnichten so war. Nach der Nacht auf dem Festival in Romance hatte sie darüber nachgedacht, ihn zu suchen. Es wäre ein lächerlich aussichtsloses Unterfangen geworden, da sie nur seinen Vornamen kannte und nicht einmal wusste, wo er wohnte. Das hatte sie jedoch nicht davon abgehalten, es sich ein Dutzend Mal zu wünschen. Und gestern Abend hatte sie sich dabei ertappt, dass sie Chloe oder Serena anrufen wollte, nur um mehr über ihn zu erfahren. Aber auch davon hielt sie sich ab, denn ihr Leben war im Moment viel zu kompliziert für einen Mann wie ihn.

Eines Tages vielleicht …

»Hallo? Harper?«

»Sorry. Ich bin noch dran, und ja, mir geht's gut. Danke, dass du gefragt hast.«

Sie unterhielten sich noch ein paar Minuten, und nachdem sie das Gespräch beendet hatten, vibrierte Harpers Handy erneut und zeigte eine Textnachricht von einer unbekannten

Nummer an: *Mein Kumpel freut sich sehr auf das Date mit dir. Viel Spaß heute Abend!*

Ihr Puls beschleunigte sich, als sie eine Antwort tippte. *Gavin? Woher hast du meine Nummer?*

Er reagierte sofort darauf. *Du bist nicht die Einzige, die gute Beziehungen hat, Miss L. A.* Einen Moment später traf eine weitere Nachricht ein. *Hast du vergessen, dass du deine Nummer auf einem Zettel in meinen Koffer gesteckt hast?*

Es gefiel ihr unheimlich, dass er sich auf die Suche danach gemacht hatte. *Ich gehe nicht auf dieses Date. Ich kenne ja nicht mal seinen Namen!*

Das Telefon vibrierte einen Augenblick später. *Gale.*

Gale?, tippte sie. *Klingt wie ein Mädchenname.* Sie fügte ein lachendes Emoji hinzu.

Eine weitere Nachricht erschien auf dem Display. *Gar nicht. Gale wie die englische Bezeichnung für Windstärke acht. Der Kerl wird dich umhauen. Vertrau mir, meine Schöne.*

Sie verdrehte die Augen und suchte nach einer passenden Antwort, war aber nicht schnell genug. Das Telefon vibrierte wieder und sie las seine Nachricht.

Denk dran, es ist ein erstes Date. Das Sonnenblumen-Tattoo solltest du lieber für dich behalten …

Hitze durchflutete sie, als Erinnerungen sie auf einen Schlag überfielen. Gavins starke Hände, die ihr den Slip auszogen, seine weichen Lippen, die das Sonnenblumen-Tattoo auf ihrer Hüfte küssten, seine warme, feuchte Zunge, die den Stiel und jedes einzelne Blütenblatt nachzeichnete. Sie konnte noch immer den scharfen Kontrast seiner Zähne spüren, als er sich auf den Weg weiter nach unten machte …

Ein Beben durchlief ihren Körper, und sie warf ihr Handy auf den Schreibtisch, als hätte sie sich verbrannt. Sie war erregt und ärgerte sich über sich selbst, dass sie sich von den bloßen Gedanken an ihn so mitreißen ließ.

Mit einem finsteren Blick auf das Handy, als wäre es schuld an allem, schnauzte sie: »Ich gehe *nicht* auf dieses Date!« und stürmte ins Schlafzimmer. »Für wen hältst du dich eigentlich, dass du mich mit einem anderen Kerl verkuppeln willst?«

Sie schnappte sich ein altes, verwaschenes Sweatshirt aus dem Schrank und streifte es sich über ihr Trägertop, gefolgt von einer ausgeleierten Jogginghose über ihren Shorts. Dann beugte sie sich nach vorn und schüttelte kopfüber ihre Haare aus. *Je unordentlicher, desto besser.* Nachdem sie sich mithilfe eines Haargummis einen schlampigen Dutt gemacht hatte, zupfte sie für einen besseren Effekt ein paar Strähnen wieder heraus. Im Bad kramte sie ihr Make-up hervor und verteilte kunstvoll ein bisschen Eyeliner unter ihren Augen, sodass es aussah, als hätte sie wochenlang nicht geschlafen, was gar nicht so weit von der Realität entfernt war. Ein letztes Mal musterte sie ihr zerzaustes Spiegelbild.

Perfekt.

Damit marschierte sie in die Küche und schnappte sich dort den Pfefferstreuer. In diesem Moment klopfte es an der Tür und auf dem Weg dorthin gab sie sich etwas Pfeffer in die Hand und atmete ihn ein. Prompt brannte ihr die Nase und ihre Augen fingen an zu tränen. *Wie schön bin ich jetzt noch? Vielleicht hörst du ja das nächste Mal auf mich, wenn ich sage, dass ich noch nicht bereit für ein Date bin.*

Vier

Harper bekam einen Niesanfall, doch obwohl ihr Gehirn dabei ordentlich durchgeschüttelt wurde und der Tränenschleier ihre Sicht behinderte, erkannte sie Gavin, der unfassbar attraktiv auf ihrer Veranda stand und den Kopf schüttelte. Sie ließ den Pfefferstreuer fallen und hielt sich eine Hand vor Mund und Nase, um ihn nicht anzuniesen, aber das machte alles nur noch schlimmer, weil sie das Zeug immer noch auf der Haut hatte.

Er hob den Pfefferstreuer auf und zog eine Augenbraue hoch. »Ist das dein Ernst? Was Besseres ist dir nicht eingefallen? So zu tun, als wärst du krank?«

Sie gab eine Mischung aus Husten und Lachen von sich und trat vor die Tür in der Hoffnung, dass die frische Luft ihre Nase freipusten würde. Während sie noch versuchte, sich wieder in den Griff zu bekommen, schaute sie sich nach seinem Freund um. Und wo sie schon mal dabei war, fielen ihr auch gleich Gavins muskulöse, gebräunte Arme auf. Ihr Blick wanderte über das blaue T-Shirt, das sich wie eine zweite Haut an seinen Oberkörper schmiegte. Ihre visuelle Entdeckungsreise setzte sich nach unten fort und ihr Puls beschleunigte sich, als sie bei seinen Cargo-Shorts angelangte, die kräftige Oberschenkel verdeckten, an die sie sich nur allzu gut erinnerte. Anschließend

51

nahm sie den gleichen, verlockenden Weg wieder nach oben bis zu Gavins vollen, grinsenden Lippen.

Gott …

Schon wieder genervt von sich selbst wischte sie sich die gepfefferte Hand an der Jogginghose ab. »Was machst du hier, Gavin? Wo ist Gale? Versetzt er mich?«

»Das würde er nie tun.«

Sie schaute die Straße hinunter. »Wo ist er dann?«

»Du stehst vor ihm.«

»Ich …« Doch dann ging ihr ein Licht auf. »Du hast gelogen?«

Er verengte die Augen ein wenig und musterte erst ihre Jogginghose, dann den Pfefferstreuer in seiner Hand. »Tja, du bist hier wohl diejenige, die flunkern wollte.« Er machte eine ausladende Geste auf sich selbst, als würde er ihr einen Preis überreichen. »Gavin Gale Wheeler, zu Ihren Diensten. Und wenn du glaubst, dass du mit ein bisschen Pfeffer aus der Nummer mit dem Date rauskommst, hast du dich geschnitten.«

»Du hast mir ein Blind Date mit dir selbst eingefädelt?« *Oh Mann.* Charme hatte er definitiv genug.

»Du findest keinen Besseren als mich. Gehen wir, meine Schöne. Hol deine Schlüssel oder deine Handtasche oder was auch immer du brauchst. Wir haben Pläne, um dir über die Hürden in deinem Leben hinwegzuhelfen, und ich bin ein organisierter Mensch. Ich würde mich also gern an diese Pläne halten.«

Am Vorabend hatte sie ihm ihr Herz ausgeschüttet, und es war gleich auf mehrere Arten romantisch, dass er nicht einfach darüber hinwegging. Das machte ihn für sie nur noch attraktiver, was allerdings ihre Nervosität im gleichen Maß steigerte. Sie verschränkte die Arme. »Ich sagte doch, dass ich noch nicht bereit bin, wieder jemanden zu daten.«

»Und ich habe dir erklärt, dass das kein Date ist. Wir bringen nur dein Getriebe auf Vordermann, damit am Schluss alles wie geschmiert läuft.« Er wackelte mit den Augenbrauen.

Sie holte zittrig Luft, weil sie genau wusste, wie gut es mit ihm laufen konnte.

Er straffte die Schultern. »Es ist wichtig, dass du die Kontrolle über jeden Bereich deines Lebens hast, bevor du es mit dem einzig wichtigen Mann teilst.«

Wie konnte er nur so viel Vertrauen in sie beide haben? Harper schaute an sich hinunter, auf ihre ausgeleierten Klamotten. »So kann ich nicht auf die Straße.«

»Warum nicht? Du bist wunderschön. Um nicht zu sagen atemberaubend.« Er sah ihr fest in die Augen und die Aufrichtigkeit in seinen führte sie in Versuchung, sich darauf einzulassen. »Dein Augen-Make-up gefällt mir besonders gut. War sicher aufwendig. Sollte das ein Smoky-Look werden? Der ist diesen Sommer echt angesagt. Na los, Zeit, deine Schlüssel zu holen. Oder Pfefferspray«, neckte er sie und griff nach ihrer Hand, um mit ihr ins Cottage zu gehen.

Er ließ den Blick über den Dielenboden im gemütlichen Wohnzimmer wandern. Links an der Wand stand ihr Schreibtisch und darauf eine Vase mit Blumen aus ihrem Garten. Die Kommode neben dem Schreibtisch diente als Sideboard für den Fernseher und Ablage für ihre Notizbücher, Druckerpapier und andere Arbeitsmittel. An der Wand rechts von ihnen befand sich das Sofa und der Küchenbereich war durch eine Theke mit drei Barhockern vom Wohnzimmer abgeteilt.

Gavin gab einen leisen Pfiff von sich. »Hier verläuft man sich aber schon leicht, oder?«

»Ha, ha. Was soll ich dazu sagen? Ich verdiene nicht viel,

also ist das alles, was ich mir leisten konnte. Aber tatsächlich mag ich es wirklich gern. Ich brauche nicht viel Platz.« Ihr Zwei-Zimmer-Cottage war gerade mal knapp über dreißig Quadratmeter groß. Früher hatte es zur benachbarten Ferienanlage gehört, doch der Eigentümer hatte die fünf Häuschen auf dieser Straßenseite abgeteilt und sie einzeln verkauft.

Gavin holte ihr Handy vom Schreibtisch und reichte es ihr. »Das war ein Witz. Du hast es wirklich hübsch hier. Warte, bis du mal bei mir zu Hause warst. Ich wohne auch nicht groß oder luxuriös und *ich* verdiene eine Menge Geld.« Er zwinkerte ihr zu und warf einen kurzen Blick in ihr Schlafzimmer. »Kingsize-Bett. *Nett.*«

»Hör auf.« Sie stieß ihn mit dem Ellenbogen an. »Da wirst du nicht drin liegen.«

Er trat näher zu ihr, und als er die Hand an ihr Gesicht hob, hatte sie Mühe, die Hitze zu ignorieren, die zwischen ihnen aufstieg. Er strich ihr nachdenklich mit dem Daumen über die Wange unter der Nase entlang. »Pfeffer. Du hast dir ganz schön Mühe gegeben, um nicht auf dieses Date gehen zu müssen.«

»Ach was.«

Sein Blick huschte über ihre Schulter zu den Einbaubücherregalen zu beiden Seiten der Eingangstür. »Wow! Die sind ja der Wahnsinn.«

»Nicht wahr? Ich *liebe* sie.«

»Sieht aus, als hätten wir mehr gemeinsam als grandios im Bett zu sein.«

Vor Überraschung entfuhr ihr ein erstickter Laut.

»Ist doch so.« Er deutete in Richtung der Blumen auf ihrem Schreibtisch. »Aber ich muss mich wirklich mehr ins Zeug legen. Offensichtlich hast du zwischen gestern Abend und heute Morgen einen anderen Kerl kennengelernt, der dir Blumen geschenkt hat.«

Der neckende Ausdruck in seinen Augen brachte sie zum Lächeln. »Ja, tja … Es hat sich rumgesprochen, dass ich wieder zu Hause bin, und jetzt stehen die Single-Männer Schlange.«

»Sollen sie nur. Nach heute Abend wird keiner von denen noch eine Rolle spielen.« Er nahm sie erneut an der Hand und fragte: »Wo sind deine Sneaker?«

»Ich trage nie Sneaker.«

Er hob die Sandalen auf, die neben der Tür standen und stellte sie Harper hin. »Rein mit den Füßen, Prinzessin.«

»Gavin …«

»Du brauchst gar nicht erst zu versuchen, mich abzuwimmeln.« Er ging vor ihr auf die Knie und schob ihre Füße in die Sandalen. Dann richtete er sich wieder auf und schaute sich im Raum um. »Wir sind Freunde, weißt du noch? Freunde lassen nicht zu, dass ihre Freunde sich vor der Welt verstecken.«

»Ich bin mir ziemlich sicher, dass der Satz eigentlich mit *betrunken Auto fahren* endet.«

»Das würde ich dich auch nicht machen lassen. Wo ist dein Hausschlüssel?«

Sie deutete auf eine Schale auf der Anrichte und Gavin zog sie an der Hand dorthin, um sich ihren Schlüsselbund zu schnappen. »Handtasche?«, fragte er.

»Wenn du mit der abgeranzt aussehenden Frau ausgehen willst, ist das hier sehr wohl ein Date und du zahlst, oder? Also brauche ich meinen Geldbeutel nicht.«

Er lachte leise und hielt auf die Tür zu. »Du brauchst meine Hilfe doch gar nicht, oder? Das gestern Abend war nur ein Vorwand, um mich dazu zu bringen, dich auszuführen.«

Nachdem er die Tür zugemacht und abgeschlossen hatte, ohne ihre Hand loszulassen, zog er sie mit Schwung an sich – und heiliger Strohsack, er fühlte sich so *gut* an.

Auf einmal wurde er ernst. »Eins will ich direkt klarstellen, Harper: Ich weiß, dass du einiges durchgemacht hast, aber ich betrachte uns als Freunde, und du wirst ziemlich schnell merken – wenn dir das noch nicht bewusst ist –, dass ich dich nie anlügen werde. Glaubst du mir das?«

»Ich denke schon.« Sie wollte es gern glauben, und sie ging eigentlich auch davon aus, aber sie vertraute ihrem Urteilsvermögen nicht genug, um sich ganz sicher zu sein.

»Okay, das kommt auch auf unsere Liste der Dinge, an denen wir arbeiten müssen«, erwiderte er lächelnd. »Jetzt und hier möchte ich aber, dass du mir versprichst, dass du mit diesem Unsinn von wegen *abgeranzte Frau* aufhörst. Du bist wunderschön und daran werden auch zerzauste Haare oder verschmiertes Make-up nie etwas ändern. Hässlichkeit kommt von innen heraus. Das hättest du eigentlich schon als Kind lernen sollen. Bringen nicht alle Eltern ihrem Nachwuchs bei, dass Schönheit im Inneren anfängt?«

»Schon, aber …«

»Kein *Aber*, okay? Wenn du ein hässlicher Mensch wärst, hättest du keine Freunde, denen du so immens wichtig bist. Und mit *hässlich* meine ich *innerlich*. Denn du könntest morgen in ein Feuer geraten und dich äußerlich verändern, und das würde dich trotzdem nicht hässlich machen.« Er schwieg einen langen Moment, um das sacken zu lassen. Dann fügte er nicht weniger nachdrücklich hinzu: »Ich schätze Ehrlichkeit, Integrität und Mitgefühl, und ich hätte auf keinen Fall in Virginia was mit dir angefangen und erst recht nicht nach dieser Nacht noch an dich gedacht, wenn du nicht all das wärst.«

»Gavin, das war …« Sie konnte nicht in Worte fassen, welche Empfindungen das in ihr auslöste, aber sie waren *groß* und *echt*.

»Versprochen?«

Sie hatte beinahe vergessen, was sie ihm versprechen sollte. *Versprich mir, dass du mit diesem Unsinn von wegen* abgeranzte Frau *aufhörst*. Sie nickte. »Ich werd's versuchen.«

Er legte ihr erneut eine warme, kräftige Hand ans Gesicht und strich mit dem Daumen über ihre Wange. »Um mehr bitte ich dich auch nicht. Auf geht's, Freundin. Zeigen wir deinen Problemen, wo der Hammer hängt.«

Die Berührung fühlte sich an wie eine Versicherung, dass er sie während seiner *Problemintervention* beschützen würde.

Auf dem Weg zu seinem Auto regten sich jedoch Zweifel in ihr. Harper versuchte, sie beiseitezuschieben. *Hör auf, so streng zu dir selbst zu sein, und genieß einfach den Abend. Wie damals in Romance.* Ihr wurde warm und sie ermahnte sich, dass sie auch vorsichtig sein musste. *Heute Abend gibt's keine Sonnenblumen-Küsse.*

Er hielt ihr die Autotür auf und lächelte, als hätte sie ihm das beste Geschenk aller Zeiten gemacht, indem sie mit ihm ausging. »Ihre Kutsche wartet.«

Vielleicht nur ein Kuss …

Auf der Fahrt in die Nachbarstadt Brewster flatterten Schmetterlinge in Harpers Bauch. Sie fummelte an ihrem Sweatshirt herum und fragte: »Wo gehen wir denn hin?«

»Zu mir nach Hause.« Gavin warf ihr einen Seitenblick zu. »Für eine Lektion in Sachen Selbstbewusstsein aufbauen.«

Ihre Nervosität schoss in die Höhe, als ihr durch den Kopf ging, was das bedeuten könnte. »Ich *bin* selbstbewusst und nur zu deiner Information: Wir landen auch nicht in *deinem* Bett.«

»Für eine Frau, die sich normalerweise nicht auf One-Night-Stands einlässt, dreht sich bei dir ganz schön viel um Sex.«

»So bin ich nur bei dir, weil du …« *Wünsche in mir weckst, die ich nicht haben sollte.* Das konnte sie auf keinen Fall sagen. »… einen sexuellen Vibe ausstrahlst und der mein Hirn in diese Richtung lenkt.«

Lachend bog er von der Hauptstraße ab. »Ach ja?«

»Tu nicht so überrascht. Du weißt genau, was du tust.« Sie erinnerte sich daran, wie Chloe erzählt hatte, dass er keinerlei Interesse an ihr zeigte. Die Schmetterlinge begannen wieder zu fliegen, als sie sagte: »Zumindest bei mir.«

Er lenkte das Auto in eine kleine Allee, und einen Moment später schlich sich ein verschmitztes Lächeln auf seine Lippen, während er in eine weitere, von Bäumen gesäumte Straße einbog. »Scheint, als könntest du Signale von Männern doch ziemlich gut deuten.«

»Sexy Signale aufzuschnappen ist einfach. Die unauffälligeren, die mich die Männer nicht sehen lassen wollen, sind mein Problem. Wie bei dem verlobten Kerl. Ich hätte merken müssen, dass er deswegen jeden Abend um zehn gegangen ist, und warum er unsere Dates ein bisschen zu oft unter dem Vorwand von Arbeit abgesagt hat. Aber mir hat nie jemand Misstrauen gegenüber anderen Menschen eingeimpft. Ich habe nicht nach Anzeichen für ein geheimes zweites Leben gesucht. Aber das bedeutet nicht, dass ich kein Selbstbewusstsein habe. Ich kenne einfach nur meine Schwächen.«

Sie erreichten eine lange Einfahrt. Für Außenstehende sah ein Ort am Cape Cod aus wie der andere, aber Harper war hier aufgewachsen und kannte die Unterschiede. Viele Grundstücke in Wellfleet und Truro befanden sich innerhalb des Cape Cod National Seashore und damit auf Naturschutzgebiet. Durch die strengen Bauvorschriften gab es dort weniger Häuser, weniger Kommerzialisierung und höhere Immobilienpreise als in Eastham und Brewster. Sie fand es interessant, dass Gavin sich für eine günstigere Wohngegend entschieden hatte – immerhin hatte er vorhin erwähnt, dass er gut verdiente.

Er stellte das Auto vor einem einstöckigen Gebäude mit breiter Front ab, das mit seiner zedernholzverkleideten Fassade und der Veranda zwischen den beiden vorspringenden Erkern an jedem Ende zwar hübsch, aber auch recht unauffällig aussah. Hohe Bäume beschatteten einen Großteil des Grundstücks und hier und da sprossen hohe Gräser aus dem Boden, ungepflegt und spärlich. Der Anblick erinnerte sie an die Haare eines kahl werdenden Manns kurz nach dem Aufstehen. Einen richtigen Parkplatz gab es nicht, nur eine kleine, sandige Rasenfläche, was am Cape durchaus üblich war.

Aber Gavin verschönerte beruflich Häuser. Harper war überrascht, keinen perfekt in Schuss gehaltenen, üppigen Garten zu sehen, auch wenn die natürliche Schönheit der Umgebung eine unerwartete Ruhe ausstrahlte.

Gavin öffnete ihr die Autotür und griff nach ihrer Hand, um sie anschließend über einen gepflasterten Weg seitlich am Haus vorbei zu führen. »Hör mal, Harper, ich wollte damit nicht sagen, dass du kein selbstbewusster Mensch bist. Deine Selbstsicherheit ist eins der Dinge, die ich sehr anziehend an dir fand – immer noch finde. Du bist die Wortschmiedin. Ich bin definitiv in Innenarchitektur besser als mit Worten. Was ich damit gemeint habe war Folgendes: Du hast dir von ein paar wenigen schlechten Erfahrungen das Vertrauen in deine Fähigkeiten nehmen lassen, andere Menschen richtig einzuschätzen, und heute Abend kann ich dir hoffentlich dabei helfen, das loszulassen.«

»Das stimmt wohl. Aber viel Glück. Das habe ich schon versucht«, meinte sie. Vor ihnen kam einer der großen Binnenseen in Sicht, für die das Cape berühmt war. Mondlicht tanzte auf der Wasseroberfläche. An einer Gabelung führte ein Teil des Weges an der Rückseite des Hauses entlang, der andere zu einem Holzsteg, an dessen Ende sich eine Leiter befand. Im Wasser lag ein Boot, das an einem Pfahl vertäut war.

»Wow, Gavin. Das ist fantastisch.«

»Danke. Ich wollte ein Haus, das mich an meine Heimat erinnert. Als Kind war ich oft mit meinem Dad und meinem Bruder Beckett angeln, und später haben wir mit unseren Freunden Partys am Fluss gefeiert. Ein bisschen wie die Lagerfeuer am Strand hier, nur mit fünfmal so vielen Leuten. Mir war nicht klar, wie sehr ich das Wasser vermisst habe, bis ich aus Boston weggezogen bin.«

»Ging mir in Kalifornien genauso. Ich glaube nicht, dass irgendwas komplett an zu Hause rankommt. Von wo in Virginia stammst du?«

»Oak Falls. Das klingt wahrscheinlich dumm, aber es freut mich, dass du nicht vergessen hast, aus welcher Gegend ich komme.«

»Ich erinnere mich an alles von dieser Nacht«, erwiderte sie leise.

»Ich mich auch.« Er sah ihr tief in die Augen.

Die Lufttemperatur zwischen ihnen stieg trotz der kühlen Brise. Harper wehrte sich gegen das Verlangen, näher zu ihm zu treten, ihm näher zu *sein*. Nah genug, um sich zu küssen, wenn ihnen danach war.

Im nächsten Augenblick räusperte Gavin sich und richtete

den Blick aufs Wasser, als hätte er mit den gleichen intensiven Gefühlen zu kämpfen.

»Du weißt wahrscheinlich, dass Des und Emery auch dort aufgewachsen sind.« Emery Andrews war Desirees beste Freundin. Ein Jahr, nachdem Desiree ans Cape gezogen war, war Emery ihr gefolgt und gab seitdem Yoga-Kurse im Summer House Inn. Sie hatte sich in Dean Masters verliebt, und die beiden hatten im letzten Winter heimlich geheiratet. »Violet hat als Kind auch ein paar Jahre lang dort gelebt, aber damals kannte ich sie noch nicht. Ich hatte mitbekommen, dass Des und Emery ans Cape gezogen sind, wusste aber nicht genau wohin. Es war eine nette Überraschung, sie alle hier wiederzusehen.«

»Wart ihr eng befreundet?«

»Oak Falls ist wirklich klein. Man hängt mit so ziemlich jedem ab, der im gleichen Alter wie man selbst ist.«

»Schon witzig, dass ihr zusammen aufgewachsen und dann alle hier gelandet seid.«

»Ich halte es für Schicksal. Es heißt doch, dass wir uns alle irgendwie über sechs Ecken kennen.«

»Ja, vielleicht«, gab sie abwesend zurück. »Ich war so lange weg, dass ich mich wie eine Außenseiterin fühle. Ich habe Verlobungen und Hochzeiten verpasst, und bei Chloe und Serena klang es gestern Abend so, als hätte Violet sie mit einer komplett neuen Freundestruppe in Kontakt gebracht, die sich gern in einem Coffeeshop in Harwich trifft.«

»Im Common Grounds. Da gehen Justin und ich auch gerne hin. Ich nehme dich demnächst mal mit.« Er nahm sie an der Hand und schlug den Weg in Richtung Steg ein.

»Ich schreibe gern in Coffeeshops und Cafés und manchmal am Pier in Wellfleet.«

»Echt? Die Atmosphäre im Common Grounds gefällt dir bestimmt. Es ist in einer spannenden Mischung aus alt und neu eingerichtet und es sind immer interessante Gäste mit den unterschiedlichsten Lebenswegen da. Vielleicht inspiriert dich das ja beim Schreiben – über das ich übrigens unbedingt mehr wissen will.«

Sie ließ den Blick übers Wasser schweifen und lauschte den Geräuschen des Ruderboots, das leise gegen den Steg stieß, und dem Rascheln des Laubs im Wind. »Da gibt es im Moment leider nicht wirklich viel zu erzählen.«

»Wir werden sehen.« Er machte eine Geste in Richtung des Boots. »Bereit für *Selbstbewusstsein wieder aufbauen für Anfänger?* Ich hoffe, du angelst gern.«

»Ich habe schon immer eher zu den Frauen gehört, die lieber im Gras sitzen und Blumenkronen flechten.« Sie warf einen Blick ins Boot und entdeckte Schwimmwesten, Decken, eine Köderbox und Angelruten. Entweder war es ihm wichtig, sein Boot jederzeit spontan nutzen zu können, oder er hatte sich einiges an Mühe für sie gemacht. Der Gedanke ließ ein gutes Gefühl in ihr aufsteigen.

»Ah, das erklärt es.«

»Was erklärt was?«

»Warum ein paar wenige schlechte Erfahrungen dafür gesorgt haben, dass du gekentert bist.« Er stieg ins Boot und reichte ihr eine Hand. »Na komm.«

»Ich hätte ja gedacht, dass du eher der Typ Mann für ein schickes Abendessen und Wein bist.«

»Kunden muss ich zum Essen ausführen. Warum sollte ich das mit dir wollen? Ich glaube, dass wir gerade einen Teil des Problems aufgedeckt haben.«

»Welchen denn?«

»Deine Erwartungshaltung, dass Männer dich behandeln wie alle anderen in ihrem Umfeld. Wenn man eine Frau wirklich mag, sollte man sich die Mühe machen, ihr zu zeigen, dass sie anders als alle anderen ist, und neue Sachen ausprobieren.« Er wackelte auffordernd mit den Fingern. »Komm schon, meine Schöne. Oder hast du etwa Angst vorm Angeln?«

Nein, aber vielleicht davor, wie gut du dich im Zwischenmenschlichen auskennst.

»Ich habe keine Angst, ich bin nur überrascht. Du bist nicht so, wie ich geglaubt habe.« Sie zog sich die Jogginghose aus.

Er gab einen Pfiff von sich. »Wer hätte gedacht, dass Angeln dafür sorgt, dass du die Hüllen fallen lässt.«

»Ich will nicht, dass meine Hose nass wird.« Sie faltete das Kleidungsstück zusammen. »Soll ich sie einfach hier liegen lassen?«

»Ja, und die Shorts auch gerne, wenn du möchtest.«

Sie verdrehte die Augen.

Er lachte leise. »Wie wäre es mit dem Sweatshirt?«

»Nein. Es ist zu kalt.« Sie griff nach seiner Hand, und das Boot schwankte, als sie hineinstieg.

»Ich hab dich.« Gavin schlang die Arme um sie und zog sie dicht an sich, während er die Füße weiter auseinander stellte, um die Bewegungen des Boots auszugleichen.

Hitze breitete sich wie ein Waldbrand in ihr aus. Sein Körper war fest, seine Arme sicher und stark, und das weckte die Erinnerung daran, wie es gewesen war, nackt in ihnen zu liegen. Vor ihrer gemeinsamen Nacht in Romance war ihr nicht klar gewesen, dass man in so kurzer Zeit so viele verlockende und lebhafte Erinnerungen schaffen konnte. Allerdings hatte sie auch noch nie eine Nacht wie die erlebt, die sie miteinander geteilt hatten. Gavin hatte ihre Mauern mit wenig mehr als

Gesprächen, Lachen und Tanzen auf dem Festival überwunden. Vom ersten Moment an war da diese Verbindung zwischen ihnen gewesen, sexuell wie emotional. Auf ihrem Spaziergang durch die Stadt waren sie Hand in Hand durch die Läden gebummelt, als wären sie schon ewig ein Paar. Sie hatten sich am Brunnen etwas gewünscht und in einer netten Pizzeria an der Hauptstraße gegessen. Als sie sich schließlich das erste Mal küssten, war sie diejenige gewesen, die die Initiative ergriff und sich nahm, was sie wollte.

Das hatte sie bis jetzt ganz vergessen. Gavin schaute sie genau so an wie an jenem Abend, voller Erstaunen und als würde er sie anziehend finden, aber da war auch etwas, das sehr viel tiefer ging – doch sie zwang sich, nicht mal den Versuch zu unternehmen, es genauer zu bestimmen. Sie hatte gedacht, dass sie sich diesen Ausdruck in seinen Augen eingebildet hatte, doch er war so echt wie der Mann selbst.

Gavin tat alles, um seine Gefühle unter Kontrolle zu halten, doch das Verlangen in Harpers Blick weckte in ihm den Wunsch, sie zu küssen und gleichzeitig zu beschützen. Genau wie damals, als sie sich kennengelernt hatten. »Keine Angst, Süße«, sagte er und die Emotionen waren ihm genauso deutlich anzuhören, wie er sie in seinem Herzen empfand. »Ich halte dich warm.«

»Ja«, flüsterte sie. Überraschung blitzte in ihren Augen auf, und sie versteifte sich in seinen Armen. In kühlerem Ton fügte sie hinzu: »Ich weiß genau, wie gut du darin bist, dass mir warm wird, aber ich bin mir nicht sicher, wie mir das beim Einschätzen von Männern helfen soll.«

»Du hast recht. Ich habe mich einen Moment lang ablenken lassen.«

Er half ihr, sich auf die Bank zu setzen, und machte das Boot los, um es anschließend vom Steg abzustoßen. »Frische Luft hilft dir, einen klaren Kopf zu bekommen, und jeder weiß, dass man einen klaren Kopf braucht, um Männer richtig einzuschätzen. Schließlich können wir ganz schön knifflig zu lesen sein.« Er setzte sich ihr gegenüber und begann zu rudern. »Irgendwas sagt mir, dass du so auf deine schlechten Erfahrungen konzentriert warst, dass du dir schon eine Weile lang nicht mehr die Zeit genommen hast, das Chaos aus dem Kopf zu bekommen.«

»Das kannst du laut sagen. Ich tendiere dazu, alles zu zerdenken, bis nichts Brauchbares übrig ist.«

Das merkte er, aber dafür hatte er eine Lösung. Er griff nach ihrer Hand. »Komm mal rüber.« Er stützte sie, bis sie neben ihm saß. »Bist du schon mal gerudert?«

Sie schüttelte den Kopf.

»Dann lernst du es jetzt.« Er ging hinter ihr in die Knie, bevor er sie in die Mitte der Bank bugsierte. Danach schloss er ihre Finger um die Ruder und seine eigenen darüber. »Greif sie ganz vorne und leg die Daumen aufs Ende.« Erinnerungen an ihre zierlichen Hände, die sich um seine Härte schlossen, durchfluteten ihn – wie sie mit der Zunge seine Spitze neckte und reizte, bis er beinahe explodiert wäre. Er räusperte sich, um die Lust aus seinem Kopf zu vertreiben, doch da sie mit dem Rücken an seiner Brust lehnte, fühlte er, dass Harpers Herz genauso schnell schlug wie seins. Mit dem Wissen, dass sie die gleichen Auswirkungen spürte wie er, wollte er am liebsten einen dunklen, sinnlichen Pfad einschlagen, aber das würde ihr nicht über ihre Probleme hinweghelfen, und auf lange Sicht war das wichtiger, als das Verlangen zu stillen, das seit Monaten in ihm brodelte.

Er konzentrierte sich ganz bewusst wieder darauf, ihr dabei zu helfen, einen klaren Kopf zu bekommen – pure Folter, weil es so verdammt verlockend war, Erregung in ihr zu wecken. »Achte darauf, dass du beide Ruderblätter nur knapp unter die Wasseroberfläche eintauchst. Pass auf, dass du nicht zu tief reingehst.«

Fuck. Er wäre sehr gern tief in …

Langsam führte er ihre Hände in Ruderbewegungen. »Das fühlt sich vielleicht erst mal ungewohnt an, aber das ist okay.«

Als sie das erste Mal zusammen aufs Bett gefallen waren, war daran gar nichts ungewohnt gewesen, auch nicht, als sie das zweite Mal miteinander geschlafen hatten, oder beim dritten oder vierten.

»Mhm. Wäre es nicht romantischer, wenn *du* ruderst?« Bei jeder Ruderbewegung drängte sie sich nach hinten gegen seine Brust.

»Ach, ich weiß nicht, Süße. Ich finde meine aktuelle Position eigentlich ziemlich gut.«

Sie lachte leise und warf ihm einen Blick über die Schulter hinweg zu. Mondlicht spiegelte sich in ihren Augen und einen Moment lang schauten sie sich einfach nur an. So viele Frauen setzten vor allem auf freizügige Kleidung und starkes Make-up, was sie manchmal ein bisschen verzweifelt wirken ließ. Harper war auf eine natürliche, bodenständige Weise schön, die etwas in ihm ansprach, über das er schon sehr lange nicht mehr nachgedacht hatte.

Sie tauchte eins der Ruder zu tief ein und es rutschte ihr aus der Hand. »Mist!«

Das Ruder schoss nach oben und erst jetzt fiel Gavin auf, dass seine Hände auf Harpers Taille gewandert waren. Rasch schnappte er sich das Ruder. »Schon in Ordnung. Das kriegen wir hin.« Er griff um sie herum, legte ihr das Ruder wieder in die Hand und schloss seine eigene um ihre Finger. »Schön langsam und gleichmäßig.«

»Machst du das hier mit allen Frauen, mit denen du ausgehst?«, fragte sie und fing wieder an zu rudern.

»Musst du mich das wirklich fragen? Was habe ich dir über die Erwartungshaltung beigebracht, dass Männer sich etwas Besonderes für dich überlegen sollen?«

»Aber das hier ist doch eigentlich als Date unter *Freunden* gedacht«, merkte sie frech an.

»Die besten Beziehungen entwickeln sich aus Freundschaften. Frag mal Serena und Drake.« Er lehnte sich nach hinten, um sie alleine weiterrudern zu lassen, und dachte einen Moment lang darüber nach, wie viel Wahrheit in dieser Aussage steckte. Wenn er sie küsste, würden sie es nicht dabei belassen. Sobald sie diesen Punkt überschritten, würde die Hitze zwischen ihnen zu intensiv werden, genau wie in der Nacht damals. Aber er wollte sich ihr Vertrauen verdienen. Und vor allem wollte er, dass sie sich selbst wieder vertraute, bevor sie den nächsten Schritt in ihrer Beziehung machten. Die einzige Frau, mit der er zusammen sein wollte, war endlich in greifbarer Nähe, und er wusste, dass er nie wieder würde aufhören wollen, sobald sie sich darauf einließen.

»Sieht ganz schön heiß aus, wie du das Boot lenkst«, sagte er und sie schenkte ihm ein Lächeln über die Schulter hinweg.

»Läuft doch ganz gut.«

Schweigend ließ er sie weiterrudern, riss sich am Riemen und rückte auch erst wieder näher zu ihr, als sie die Mitte des

Sees erreicht hatten. »Das ist weit genug.«

Er zeigte ihr, wie sie die Ruder einziehen und im Boot verstauen musste.

»Das hat Spaß gemacht.« Sie hielt sich an den Seitenwänden des Boots fest, als Gavin sich auf der Sitzbank ihr gegenüber niederließ. »Machst du das oft? Allein, meine ich.«

»Ein paarmal die Woche. Um gedanklich aus dem Hamsterrad rauszukommen.« Er öffnete die Köderbox und holte eine Flasche Pfirsicheistee heraus. »Für Sie, Madam.«

»Du weißt noch …«

Er zwinkerte ihr zu und griff nach der Plastikdose, in der er eine Käseauswahl und Cracker mitgebracht hatte, und stellte sie auf die Bank. »Falls du hungrig wirst. Unser Abendessen müssen wir ja erst noch fangen.«

»Tun wir das?« Sie machte große Augen.

»Bitte sag mir, dass du gern Fisch isst.«

»Sehr gern sogar.« Sie öffnete die Flasche und nahm einen Schluck. Ihr Blick wanderte über sein Gesicht, während sie den Deckel wieder zuschraubte und die Flasche dann neben sich auf den Boden des Boots stellte. »Und hier bin ich auch gern, auf dem Wasser mit dir. Es ist *anders*.«

»Genau wie du, Süße.« Er zog die zweite Box unter der Bank hervor. »Ich nehme nicht an, dass du schon mal einen Köder an einer Angelschnur befestigt hast?«

»Igitt.« Sie rümpfte entzückend die Nase.

Er lachte leise. »Ich sag dir was: Darum kümmere ich mich, und du sorgst dafür, dass ich was zu essen zwischen die Zähne bekomme.«

»Du bist ziemlich gut in diesem Dating-Kram, oder? Du findest Möglichkeiten, einer Frau mit intimen Gesten näher zu kommen, indem du ihr beim Rudern hilfst oder dich von ihr füttern lässt, ohne dabei aufdringlich rüberzukommen. Gefällt mir.«

Gut zu wissen. Er versah die Angeln mit Ködern. »Eins wüsste ich gern, Harper … Du hast gesagt, dass du Dinge zerdenkst. Hast du bisher nur schlechte Erfahrungen mit Männern gemacht?«

»Nein.« Sie legte ein Stück Käse auf einen Cracker und hielt ihn Gavin vor den Mund. Während er hineinbiss, fuhr sie fort: »Ich meine, ich hatte ein paar nicht so tolle Dates, aber nichts, was mit dem vergleichbar wäre, was in L. A. passiert ist.«

»Was ist mit längeren Beziehungen? Hattest du viele?«

»Ein paar Monate hier und da, aber es war nie die große Liebe, die ich dann verloren habe, wenn du darauf abzielst. Und bei dir?«

»Ich verrate dir ein Geheimnis, aber wenn du meinen Ruf kaputtmachst, muss ich dich leider umbringen.«

»Jetzt *musst* du es mir erzählen.« Sie steckte sich einen Cracker in den Mund.

Er grinste. »Nichts Dauerhaftes seit meinem ersten College-Jahr. Ich date zwar und es gab auch einige Frauen in meinem Leben, aber ich bin nicht der Playboy, für den Chloe mich hält. Ich stamme aus einer traditionellen Familie und die hätte ich eines Tages auch gerne selbst. Wenn überhaupt, bin ich eher vorsichtig. Für mich zeugt es für einen Mann von Charakter, wenn man sich lieber nicht auf einen One-Night-Stand einlässt, anstatt die Situation auszunutzen.«

Sie schaute ihn durchdringend an und angelte sich ihre Flasche vom Boden, um noch einen Schluck zu trinken. »Wir hatten einen One-Night-Stand.«

»Das stimmt so eigentlich nicht. Du bist ja hier.«

»Oh, Mr. Wheeler.« Sie fütterte ihn mit noch einem Cracker. »Du hast wirklich auf alles eine Antwort.«

»Nein, habe ich nicht. Was schätzt du, mit wie vielen Männern du in den letzten zehn Jahren ausgegangen bist? Nicht, mit wie vielen du geschlafen hast, sondern mit wie vielen du dich auf ein Date eingelassen hast.«

»Keine Ahnung. Vielleicht acht oder zehn?«

»Und wie viele Dates davon waren schlecht?«

»Abgesehen von denen in L. A.? Keins so richtig. Sie waren nur auch nicht besonders gut.«

»Okay. Wer hat in all den Jahren entschieden, mit wem du ausgehst? Jana? Serena? Eine andere Freundin? Wer hat entschieden, wann der Punkt für dich erreicht war, um Schluss zu machen?«

»Ich selbst natürlich. Warum?«

»Weil es für mich so klingt, als hättest du lange auf dein eigenes Bauchgefühl vertraut, und es hat dich nie im Stich gelassen. Das ist eine ziemlich stabile Basis, und doch lässt du jetzt zu, dass *zwei* schlechte Erfahrungen sie untergraben.« Er warf eine der Angeln aus und reichte Harper die Rute. »Zwei ungewöhnliche oder schlechte Erfahrungen, Harper, nicht zehn oder auch nur fünf, sondern zwei.« Er musterte sie nachdenklich. »Das finde ich dir selbst gegenüber ein bisschen übertrieben und ungerecht.«

Gavin warf eine weitere Angel aus und sagte: »Du warst mit einem Fremdgeher zusammen, den wir ab sofort den Mistkerl nennen, und hast einen Mann gedatet, der eine gemischte Vorspeisenplatte einem Steak oder Meeresfrüchten vorzieht. Das kann absolut jedem passieren. Hey, ich wurde auch schon betrogen, und heutzutage sind Dreier was ganz Normales.«

Sie verschluckte sich beinahe an ihrer Spucke. »Was Normales? Hattest du schon mal einen Dreier?«

»Nein. Ich sagte ja, dass ich eher traditionell bin. Die Person, mit der ich intim bin, mit anderen zu teilen, reizt mich so nullkommanull. Aber das ist für viele Leute keine harte Grenze.« Er beugte sich nach vorn und holte ihre Angelschnur ein wenig ein. »Wenn sie zu sehr durchhängt, merkst du nicht, wenn ein Fisch anbeißt. Weißt du was? Angeln und Daten sind sich ziemlich ähnlich. Man wirft mehr Fänge wieder zurück, als man behält.«

»Das ist wohl wahr. Möchtest du noch einen Cracker?«

»Nein danke. Was Süßes wäre toll.« Er zwinkerte ihr zu und trieb ihr damit die Röte in die Wangen. Mit einem Griff in die Köderbox beförderte er zwei rote Lutscher heraus. »Deine Lieblingssorte.«

»Du erinnerst dich wirklich an alles.«

Als sie sich das Städtchen Romance angeschaut hatten, waren sie auch in einen Süßwarenladen gegangen. Dort waren die roten Lutscher jedoch aus, und Gavin hatte darauf bestanden, zum mehrere Blocks entfernten Supermarkt zu spazieren, wo er eine Tüte Lutscher kaufte, nur um ihr alle roten zu geben. Diese Geste hatte sie damals genauso berührt wie jetzt in diesem Moment.

Er wickelte die Lutscher aus und reichte ihr einen.

»Also willst du im Prinzip damit sagen, dass ich zu streng mit mir selbst bin?«, fragte sie.

»Ganz genau. Du bist eine kluge Frau. Du bist deinem Herzen gefolgt und hast etwas zum Beruf gemacht, das du liebst. Ich glaube nicht, dass dein Bauchgefühl hier das Problem ist. Hast du nicht erzählt, dass deine Serie abgesägt wurde?«

»Monatelanges Umschreiben, das Casting, dann noch mal passend auf die Besetzung umschreiben, und schließlich die Dreharbeiten, aber dann wurde die Serie eingestellt. Das hat mich wirklich fertiggemacht.«

»Kann ich mir gut vorstellen«, erwiderte er mitfühlend. »Es tut mir so leid, dass du das durchmachen musstest. Doch du hattest keinen Einfluss darauf, dass die Serie nicht gut ankam, Harper. Ich verstehe, warum dich das runtergezogen hat. Du hast dir den Hintern aufgerissen, um an diesen Punkt zu kommen. Du bist von deinem Zuhause weggezogen, weil du so viel Hoffnung hattest, etwas Größeres und Besseres zu werden, oder …?«

»Einfach nur um *irgendwas* zu werden«, gestand sie.

»Aber es klingt, als hättest du schon erreicht, wofür viele Drehbuchautoren beten und es trotzdem nie schaffen. Du hast vor ein paar Jahren eine Serie fürs Kabelfernsehen geschrieben.

Ich habe sie gegoogelt, die war lustig und sexy und hat zwei Staffeln bekommen.«

»Dann wurde sie abgesetzt.«

»Das ist nunmal die Welt, für die du dich *entschieden* hast. Wenn es einfach wäre, würde es ja jeder machen. Ist dir klar, wie fantastisch es ist, dass deine erste Serie überhaupt zwei volle Staffeln bekommen hat? Ich habe ein bisschen recherchiert und nur etwa zwanzig Prozent aller Sitcoms werden mit einer zweiten Staffel weitergeführt.«

»Das hast du nachgeschaut?«

»Ja, und ich habe mich auch über die Serie informiert, an der du zuletzt gearbeitet hast. Soweit ich das nachlesen konnte, hatte es mehr mit Hollywood-Politik zu tun, dass sie gecancelt wurde, und nicht mit dem Drehbuch selbst.«

»Ja, ich weiß. Das haben alle gesagt. Ich kann nicht fassen, dass du das recherchiert hast.«

Er zuckte mit einer Schulter, als wäre das keine große Sache. Für sie fühlte es sich allerdings sehr wohl danach an.

»Ich wollte wissen, ob es Grund zur Sorge um deine Karriere gibt oder nicht.«

»Ich habe Grund zur Sorge«, sagte sie. »Eine Serie zu verkaufen ist nicht einfach, und ich habe nur Müll fabriziert, seit alles den Bach runtergegangen ist. Um über die Runden zu kommen, musste ich einen Job annehmen, bei dem ich Zeitungsartikel über Lokalnachrichten schreibe. Das nenne ich mal einen Rückschritt.«

Die Angelschnur spannte sich und Gavin holte sie ein wenig ein, zog dann die Angel ein Stück nach hinten, und kurbelte wieder. »Das ist kein Rückschritt. Du suchst dir stabilen Halt, bis die Muse das nächste Mal vorbeikommt.«

»Egal. Es ist, wie es ist. Hast du einen Fisch am Haken?«,

fragte sie aufgeregt.

»Fühlt sich so an. Gib mir deine Angel, du kannst meine einholen.« Er nahm ihr die Rute ab und gab ihr seine.

»Nein! Kann ich nicht. So was habe ich noch nie gemacht.«

Er legte ihre Hand auf die Angel. »Doch, kannst du.«

»Was, wenn ich sie fallen lasse?«, fragte sie nervös und klammerte sich an die Rute wie an einen Rettungsring.

»Wirst du nicht.« Er stellte das Ende ihrer Angel auf dem Boden des Boots ab. »Lass dich einfach vom Fisch leiten. Wenn er zieht, lehnst du dich ein bisschen nach hinten und holst die Schnur langsam ein.«

Ihr Herz klopfte wie wild, doch sie folgte seinen Anweisungen konzentriert.

»Genau so. Immer weiter.«

Dass er sie so ermutigte und sie dabei anschaute, als wäre er genauso aufgeregt wie sie, machte die Sache nur noch besser. »Hoffentlich verliere ich ihn nicht. Was, wenn doch?«

»Dann müssen wir leider verhungern«, neckte er sie. »Du machst das toll. Gleich hast du deinen ersten Fisch gefangen, und ich wette, dass du auch nicht so grauenvolle Sachen schreibst, wie du denkst. Ich muss dieses Wochenende noch Arbeit erledigen. Wie wäre es, wenn wir uns morgen mit unseren Laptops auf ein Arbeitsdate im Coffeeshop treffen und schauen, ob wir da ein bisschen Inspiration für dich finden?«

Sie hatte gerade so viel Spaß, dass sie sich kaum noch daran erinnerte, warum sie eigentlich nicht auf ein Date mit ihm hatte gehen wollen. »Ich muss dieses Wochenende den Rest meiner Sachen auspacken und sortieren, sonst drehe ich durch. Am Montag steht ein Meeting mit meinem Chef von der Zeitung an und am Dienstag und Mittwoch muss ich mich noch um ein paar andere Dinge kümmern. Aber ich würde das wirklich gern irgendwann unterbringen.«

»Dann finden wir die Zeit dafür.« Er prüfte die Spannung der Angelschnur mit einer Hand. »Gute Arbeit, Harper. Jetzt hol ihn aus dem Wasser. Du schaffst das.«

Sie tat genau das, und als ein großer Fisch zappelnd die Wasseroberfläche durchbrach, quietschte sie begeistert. »Ich hab's geschafft! Ich habe einen! Was mache ich jetzt?«

Er schnappte sich die Angel. »Du meinst wohl eher, was *ich* jetzt mache. Es sei denn, du willst ihm den Haken aus dem Maul nehmen?«

»Iih!«

»Ich erledige das. Aber erst …« Er holte sein Handy aus der Hosentasche und machte ein Foto von ihr und dem Fisch, den sie an der Angelschnur hochhielt. Anschließend machte er sich daran, den Haken zu entfernen. »Das ist ein Schwarzbarsch, etwa vierzig Zentimeter lang. Super gemacht, Harper.«

»Es war dein Fang. Ich habe ihn nur an Land gezogen.«

»Und wie du ihn dir an Land gezogen hast …« Er sah ihr fest in die Augen und sein bedeutungsvoller Blick ließ ihren Puls in die Höhe schnellen.

Vielleicht hatte er ja recht und sie maß der Mischung aus schlechten Dates und der abgesägten Serie wirklich zu viel Gewicht bei. Vielleicht sollte sie tatsächlich auf ihr Bauchgefühl vertrauen.

Gott, das wollte sie so sehr.

Sie angelten und unterhielten sich weiter, und nachdem sie noch zwei weitere Fische gefangen hatten, meinte Gavin: »Bereit, die Fische auszunehmen und ein Abendessen daraus zu machen?«

»Gern. Das war wirklich toll. Danke, dass du nicht zugelassen hast, dass ich mich in meinem Cottage verkrieche.«

»Wenn es nach mir ginge«, erwiderte er, während sie ihre Angelschnüre einholten, »würdest du dich nie wieder irgendwo verkriechen.«

Er sah so entspannt aus mit der Angel in der Hand und der Brise, die ihm durch die Haare strich. Doch sein Blick drückte etwas ganz anderes aus, er berührte sie tief in ihrer Seele und drängte sie dazu, die Bedeutung hinter seinen Worten zu verstehen.

Ihre Angelrute bog sich durch und riss sie aus der Trance, in die Gavin sie versetzt hatte. »Ich hab einen!« Der obere Teil der Rute senkte sich so stark, dass sie Angst bekam, sie würde jeden Moment brechen. Um besser gegenhalten zu können, stand sie auf. »Ich brauche Hilfe. Nimm du ihn. Der ist wirklich stark.«

»Keine Chance, Süße. Das ist dein großer Fang. Du schaffst das.«

»Da wäre ich mir nicht so sicher.« Sie lehnte sich nach hinten und kurbelte langsam.

»Vertrau dir. Darum geht es heute Abend doch, oder?«

Sie sah ihn an, doch im gleichen Moment machte die Angel einen Ruck nach vorn. Harper verlor den Halt und ging mit einem Aufschrei über Bord, hinein ins eiskalte, dunkle Wasser. Sehen konnte sie nichts, nur in die Richtung schwimmen, in der sie die Oberfläche vermutete, während sie sich mit einer Hand noch immer an die Angel klammerte. Plötzlich spürte sie einen Sog neben sich und hielt weiterhin angestrengt die Luft an. Im nächsten Moment legte sich ein Arm um ihren Bauch und zerrte sie in die entgegengesetzte Richtung.

Sie durchbrach die Wasseroberfläche und rang nach Luft.

»Ich hab dich, Harper«, keuchte Gavin. Er hielt sie weiter mit einem Arm fest, während er sie beide über Wasser hielt. »Schon okay. Es ist alles okay, Babe. Ich hab dich.«

Sie klammerte sich mit einem Arm an seinen Nacken, hatte die Beine um seine Taille geschlungen, und erst jetzt fiel ihr auf, dass sie weinte. Aus irgendeinem Grund brachte sie das zum Lachen, womit sie ihn ansteckte.

»Geht's dir gut?«, erkundigte er sich.

»Ja. Ich bin nur erschrocken, und es ist mir peinlich, aber …« Sie hob die Angel an und war stolz darauf, dass sie sie nicht losgelassen hatte, was sie beide erneut zum Lachen brachte.

»Meine kleine Fischerin.« Er warf die Rute mit einer Hand ins Boot, ohne den anderen Arm von ihr zu lösen.

Ihre Blicke trafen sich wieder und auf einmal wurde ihr bewusst, wie angestrengt seine Muskeln arbeiteten, um sie beide über Wasser zu halten, wie ernst er sie anschaute, wie sich seine kräftige Hand auf ihrer Haut anfühlte und dass der Mond sie in seinen romantischen Schein tauchte.

»Wie kannst du nur bei irgendwas an dir selbst zweifeln, Harper? Diese Kerle wissen gar nicht, was ihnen entgangen ist, weil sie Spielchen mit dir gespielt haben. Den Fehler würde ich nie begehen, wenn du meine Partnerin wärst.«

Sie dachte nicht nach, zögerte nicht, sondern drückte ihre Lippen auf seinen warmen, weichen Mund. Obwohl er noch immer die Beine kräftig bewegte und sie Wasser ins Gesicht bekamen, fühlte es sich noch genauso sinnlich und aufregend an, Gavin zu küssen, wie in ihrer Erinnerung. Er umarmte sie ein wenig fester und vertiefte den Kuss und, *oh Gott*, sie hatte ihn so sehr vermisst.

Als ihre Lippen sich wieder voneinander trennten, war ihr schwindelig. »Tut mir leid. Nein. Tut es nicht. Es hat mir gefallen. Aber …«

Sein tiefes Lachen unterbrach ihr Gestotter.

»Du hast auf dein Bauchgefühl vertraut, Harper. Das ist was Gutes.«

»Mhm«, meinte sie. »Aber mein Leben ist immer noch ein Scherbenhaufen. Ich kann mich nicht so auf dich einlassen, bis ich wieder auf dem richtigen Weg bin. Ich mag dich, Gavin. Ich mag dich wirklich, und ich will das hier nicht versauen, doch das werde ich ganz sicher, solange mein Leben so chaotisch ist.«

»Das verstehe ich. Du bist noch nicht so weit. Schieben wir den Kuss einfach darauf, wie unwiderstehlich ich bin. Aber nur damit du es weißt: Du kannst deinem Bauchgefühl bei mir gerne so oft vertrauen, wie du willst.«

Gott, er war so draufgängerisch und süß, dass sie ihn direkt noch mal küssen wollte!

»Na komm, du zitterst. Gehen wir ins Haus und wärmen dich auf.« Er half ihr zurück ins Boot. »Wer weiß, vielleicht willst du ja noch einem anderen Hinweis deines Bauchgefühls folgen.«

Sie schlang die Arme um sich und fröstelte, obwohl sie innerlich immer noch ganz aufgedreht war von dem unglaublichen Kuss.

Ein Feuer loderte in seinen Augen auf. »Ich bin immer verfügbar. Lippen, Hände und auch andere Körperteile …«

Sie streckte eine Hand über die Bootswand und spritzte ihn nass, aber eigentlich war sie es, die kaltes Wasser gebrauchen konnte, denn sie träumte schon jetzt von diesen anderen Körperteilen.

Als sie das Boot schließlich wieder verließen, klapperten Harper die Zähne. Gavin borgte ihr ein Sweatshirt, das sie zusammen mit ihrer Jogginghose tragen konnte, und schlug vor, dass sie heiß duschen ging, während er sich kurz wusch und dann das Abendessen vorbereitete. Es war ein Ding der Unmöglichkeit, sie sich nicht nackt in seinem Gästebad vorzustellen, und er dachte an ihr sexy Sonnenblumen-Tattoo – und wie sie reagierte, wenn man Küsse darauf verteilte. Er zwang sich, über Matheaufgaben nachzudenken, was seiner Lust einen sofortigen Dämpfer verpasste, und beeilte sich mit seiner eigenen Dusche, um sich anschließend ums Abendessen zu kümmern.

Nachdem er den Fisch zusammen mit Gemüse auf den Grill verfrachtet hatte, machte er ein Feuer draußen in der Feuerstelle und ging dann zurück ins Haus, um ein paar Decken zu holen. Dort traf er auf Harper, die mit ihren nassen Klamotten in der Hand gerade die Fotos seiner Familie und Freunde an der Wand neben dem Schlafzimmer betrachtete. Ihre Haare hatte sie sich zu einem Knoten hochgebunden und die Ärmel seines Lieblings-College-Sweatshirts waren bis knapp über ihre Handgelenke aufgekrempelt. Selbst in schlabberiger Jogginghose und einem zu großen Sweatshirt war sie die anziehendste Frau der Welt. Sie legte den Kopf ein wenig in den Nacken und trat näher an die Wand heran, um sich die Bilder genauer anzusehen, und er nutzte die Gelegenheit, um *sie* noch etwas genauer anzusehen. Mit ihr fühlte sich sein Haus wärmer und zufriedener an, und Harper wirkte, als würde sie sich wohlfühlen. Keine Spur mehr von der vorgetäuschten Krankheit von vorhin. Er hatte keine Ahnung woher das kam, aber ihn überrollte das überwältigende Gefühl, dass sie hierhergehörte.

Sie drehte sich um und wurde rot, als sie ihn dabei erwischte, wie er sie bewunderte. »Danke, dass ich hier duschen durfte. Tut mir leid, dass ich ins Wasser gefallen bin.«

»Mir nicht«, sagte er und stellte sich neben sie.

Sie sog scharf die Luft ein und wandte ihre Aufmerksamkeit wieder den Fotos an der Wand zu. »Ist das dein Bruder? Der mit den dunklen Haaren?« Sie deutete auf ein Bild von Gavin und Beckett, die auf der Terrasse ihrer Eltern saßen. Es war kurz vor seinem Umzug zum College aufgenommen worden.

»Ja, das ist Beckett.«

»Mit ihm bist du zum Festival gegangen, oder? Er sieht gut aus.«

»Nicht mein Typ, aber ja, schon.« Gavin hatte noch nie Probleme mit Eifersucht gehabt, aber den Stich, den ihre Bemerkung ihm versetzte, konnte er nicht ignorieren. Auf dem Festival hatten sie nur Augen füreinander gehabt, weswegen sich keine Gelegenheit für sie geboten hatte, Beckett kennenzulernen. Jetzt wünschte er sich das, weil er zum ersten Mal seit Jahren etwas mit jemandem angefangen hatte, mit dem er eine Beziehung führen wollte. »Ich habe nur einen Bruder. An dem Wochenende war ich zu Hause zu Besuch und Beckett hat mich mit auf das Festival geschleppt. Die beste Idee aller Zeiten.«

Sie hielt seinen Blick fest und leckte sich über die Lippen, was sie feucht glänzen ließ und *verdammt*, er wollte sie noch mal küssen.

So sehr.

Doch er hatte sich geschworen, dass er ihr den Raum geben würde, den sie brauchte, um sich zu fangen und wieder auf die Beine zu kommen, also begrub er den Drang tief in sich.

»Ich bin froh, dass er es gemacht hat«, sagte sie. »Er sieht nett aus. Vermisst du ihn?«

»Manchmal schon. Wir chatten und telefonieren ziemlich oft, hauptsächlich, um uns gegenseitig mit unseren Sport-Teams zu ärgern oder einfach nur zu quatschen. Er hält mich über zu

Hause und unsere Eltern auf dem Laufenden.«

»Sind sie das?« Sie deutete auf ein Foto seiner Eltern, die neben einem Baum in ihrem Vorgarten standen.

»Ja. Mark und Marjorie Wheeler.«

»Deine Mom sieht aus wie diese Schauspielerin, Rene Russo.«

»Das sagen alle«, erwiderte er.

»Was machen deine Eltern beruflich?«

»Mein Vater leitet Wheeler Industries, einen Landmaschinen-Hersteller. Als wir noch Kinder waren, ist meine Mom zu Hause geblieben, aber inzwischen arbeitet sie Teilzeit in einem Souvenirladen. Das Geld bräuchte sie eigentlich nicht, aber ich glaube, sie ist einsam, wenn mein Vater auf der Arbeit ist. Ich bemühe mich, sie oft anzurufen.«

»Hach, das ist süß. Sie weiß das bestimmt zu schätzen.«

»Ich glaube schon. Was ist mit deinen Eltern?«

»Sie wohnen in Hyannis und sind sehr von der alten Schule. Mein Dad ist Geschäftsmann und meine Mom wirkt zufrieden mit ihrem Leben als Hausfrau, kocht für meinen Vater und löst Kreuzworträtsel. Er weiß ihre Arbeit wirklich zu schätzen und hält sie nicht für selbstverständlich. Sie sind wirklich glücklich.«

»Du hast doch gemeint, dass du keine Angst davor hast, wie deine Familie auf die Einstellung deiner Serie reagiert. Was hält dich davon ab, es ihnen zu erzählen?«

»Meine Eltern sind überzeugt von Bürojobs und traditionellen Beziehungsrollen. Wenn es nach ihnen ginge, hätten wir Geschwister alle schon unter fünfundzwanzig geheiratet und zwei Kinder bekommen. Jana und ich sollten uns anzugtragende Ehemänner suchen und für Brock und Colton waren Ehefrauen vorgesehen, die sich ehrenamtlich engagieren und im Elternbeirat sitzen.« Sie lachte leise. »Wir sind alle so weit von dem abgebogen, was sie sich für uns erhofft haben – als hätten wir dagegen rebelliert, aber tatsächlich sind wir nur unseren Herzen gefolgt. Ich glaube nicht, dass sie enttäuscht sind, doch sie machen sich bestimmt Sorgen, verstehst du? Sie können weder Brocks und Janas Leidenschaft fürs Boxen noch Coltons Sexualität oder mein Bedürfnis, Karriere zu machen, nachvollziehen. Sie haben unsere Entscheidungen akzeptiert und uns unterstützt, aber wir spüren alle den Generationenunterschied.«

»Deswegen versucht ihr alle, euch vor ihnen zu beweisen?«

»Keine Ahnung, wie es meinen Geschwistern geht, doch für mich stimmt das auf eine Art schon. Allerdings haben sie keinem von uns je das Gefühl gegeben, als wären wir in irgendeiner Form weniger wert, also ist das wahrscheinlich ein Ich-Problem. Sie sind stolz auf mich und das werden sie auch hoffentlich immer sein.«

Am liebsten würde er sich mit ihren Eltern zusammensetzen und ihnen erklären, wie wundervoll die Tochter war, die sie aufgezogen hatten. Harper war nicht einfach nur auf ein kleines Hindernis gestoßen. Sie stand urplötzlich vor einem Abgrund, der sie hätte verschlingen können, doch hier war sie und kämpfte dagegen an. Wenn das nicht zeigte, was für eine bemerkenswerte Frau sie war, was dann?

»Trotz allem haben einige ihrer Familienwerte auf mich abgefärbt. Ich habe immer von einem Leben hinterm weißen Gartenzaun geträumt. Ich will nur auch Karriere machen.« Sie schaute wieder auf das Foto. »Du siehst deinen beiden Eltern ähnlich. Ich nur meiner Mom.«

Sie versuchte eindeutig, das Thema zu wechseln, also bohrte er nicht weiter nach. »Dann muss deine Mutter wunderschön sein.« Er nahm ihr die nasse Kleidung ab. »Die können mal eben in die Waschmaschine, während wir essen, oder?«

»Das musst du nicht machen.« Sie folgte ihm in die Waschküche.

»Schon okay. Ich muss sowieso selbst Wäsche machen. Und keine Sorge«, neckte er sie, »ich lasse die Finger von deinem Spitzenhöschen.« Als sie wieder rot wurde, konnte er sich nicht verkneifen zu sagen: »Haut ist sowieso immer besser als Seide.«

»Bist du immer so?«

»So nett?«, fragte er, während er die Maschine anstellte.

»Ständig in Flirtlaune und frech.«

Er schlang die Arme um ihre Taille und schaute ihr in die Augen, in denen ein Lächeln schimmerte. »Vielleicht.«

»Das ist keine Antwort.«

Ihm gefiel das Aufblitzen in ihren Augen. »Ich bin ein netter Kerl, der gern mal flirtet und frech ist, und wenn du so weit bist, bekommst du nur das Beste von mir, versprochen.«

»Gavin.«

Sein Name klang weich und verführerisch aus ihrem Mund. Das Bedürfnis, sie zu küssen, war so stark, dass er sich mit einem Witz ablenken musste, bevor er sie an Orte entführte, für die sie noch nicht bereit war.

»Hör auf, mich anzusehen, als wäre ich ein Stück Fleisch. Dein Abendessen liegt auf dem Grill.« Er gab ihr einen Kuss auf die Nasenspitze und nahm sie an der Hand, um sie ins Wohnzimmer zu führen.

»Du wirst es mir also nicht leicht machen.«

»Was leicht machen?« Er wusste genau, was sie meinte. Natürlich sollte er im Moment nicht mit ihr flirten, aber er liebte es, wenn Verlangen und Beherrschung in ihrem Blick miteinander rangen.

»Nichts. Dein Haus gefällt mir«, erwiderte sie in einem offensichtlichen und niedlichen Versuch, das Thema erneut zu wechseln. »Sehr rustikal und gar nicht so, wie ich es mir vorgestellt hatte.«

Decken mit sichtbaren Balken, holzverkleidete Wände und Holzdielenböden mit zahlreichen Macken verliehen seinem Haus die Atmosphäre einer Ferienhütte. Bis obenhin vollgestopfte Einbaubücherregale nahmen drei Viertel der Fläche einer Wand ein. Im Lauf der Jahre war Gavin ebenso oft in Bücher abgetaucht, wie er sich in seiner Arbeit verlor. Auf der gegenüberliegenden Seite des Raums befand sich ein breiter Kamin zwischen den Türen zu den beiden Gästezimmern. Große Fenster in der hinteren Hauswand boten atemberaubende Ausblicke aufs Wasser.

»Du hast also nicht erwartet, dass ein Innenarchitekt in einem Haus mit Astkiefer-Vertäfelung, billigen Möbeln und einer uralten Küche wohnt?« Gavin schätzte seine Privatsphäre und lud nur selten Leute zu sich nach Hause ein. Serena und Drake waren ein- oder zweimal zu Besuch gekommen und Justin schaute manchmal vorbei. Abgesehen von den Fotos von seinen Freunden und seiner Familie hatte er sehr zum Leidwesen seiner Freunde keinerlei Mühe in seine Einrichtung gesteckt. Justin lag ihm ständig in den Ohren, dass er was mit seinem Garten machen sollte.

»So was in der Art«, sagte sie lächelnd.

»Ich finde, ein Zuhause sollte der Ort sein, an dem man sich entspannen und man selbst sein kann, ohne Angst zu haben, die Möbel dreckig zu machen.«

»Ich habe kein Problem damit«, meinte sie. »Es ist nur spannend, dass du ihm nicht deinen eigenen Touch verpasst hast, das ist alles.« Sie ging schnurstracks zur antiken, hölzernen Plattenspielerkommode seines Großvaters hinüber. »Ist das, wofür ich es halte? Ist da ein Plattenspieler drin?«

»Ja. Die hat meinem Großvater gehört. Stehst du auf Platten?«

»Nicht unbedingt, aber wir hatten so eine, als ich noch ein Kind war.« Sie strich über die Oberseite. »Sie ist wunderschön.«

»Ich habe sie restauriert. Ich höre gern Musik auf Vinyl.«

Sie öffnete die leere Kommode und schaute sich dann im Zimmer um. »Wo sind deine Platten?«

Er deutete auf eine geschlossene Doppeltür auf der gegenüberliegenden Seite des Raums. »Im Wintergarten.«

»Du hast einen Wintergarten?«

»Ja. Wundert mich, dass du ihn vorhin auf dem Steg nicht bemerkt hast. Man hat von da aus einen tollen Blick aufs Wasser.« Weil er sich nach der Verbindung zu ihr sehnte, legte er Harper eine Hand auf den unteren Rücken und lenkte sie in Richtung Wintergarten. Als er die Türen öffnete, gaben sie den Blick aufs Mondlicht frei, das durch die fast vom Boden bis zur Decke reichenden Fenster fiel, und die Kartons auf einer Seite des Raums in die Schatten der Kiefern von draußen tauchte.

»Warum ist dieser fantastische Raum leer?« Sie trat ein und ging direkt an die Fensterfront.

»Ich wollte hier mein Büro einrichten, bin aber noch nicht dazu gekommen. Im Moment arbeite ich nicht mehr so viel von zu Hause wie früher, also brauche ich es eigentlich nicht. Meine Platten sind in den Kartons da.« Er bemerkte den Rauch, der vom Grill aufstieg. »Wir sollten mal nach dem Essen sehen. Ich hoffe, du hast Hunger. Die Fische, die wir gefangen haben, schmecken sicher großartig.«

»Ich habe immer Hunger«, meinte sie auf dem Weg zur Terrasse.

Er wackelte mit den Augenbrauen.

Sie verdrehte die Augen. »Du bist unmöglich.«

»Ich habe mich nicht gewehrt, als du mich im Wasser ange-fallen hast, oder? Ich liege also für dich durchaus im Bereich des Möglichen.«

Sie wurde rot und das machte sie nur noch heißer.

Gavin lud Fisch und Gemüse auf ihre Teller und sagte: »Ich bin froh, dass du nicht zu den Frauen gehörst, die so tun, als würden sie nichts essen, um dann nach Hause zu gehen und sich eine Riesenpackung Eis reinzupfeifen.«

»Ich habe nie behauptet, mir kein Eis reinzupfeifen.«

Sie ließen sich das Abendessen auf der Terrasse schmecken. Der Fisch war köstlich und das Gespräch kam nie ins Stocken, als würden sie sich schon seit Jahren und nicht erst seit Tagen kennen. Sie lachten viel, sprachen über ihre Freunde und ließen Harpers unfreiwilligen Tauchgang Revue passieren. Harper erzählte ihm von ihrem Leben in L. A., das entgegen seiner Vermutung aus mehr Arbeit als Spaß bestanden hatte, und er brachte sie auf den neuesten Stand, was im Lauf des Winters so alles in Bayside passiert war.

Nach dem Essen erzählte er ihr, wie gern er mit Serena zusammenarbeitete. »Bei uns hat von Anfang an die Chemie gestimmt und wir waren mit unseren beruflichen Zukunftsvisi-onen und -plänen auf einer Wellenlänge, genau wie auf der moralischen Ebene. Wir sind ein tolles Team.«

»Und ich bin mir sicher, dass alle hier dich sehr mögen.«

»Genauso wie ich sie«, erwiderte er, während sie das Ge-schirr ins Haus brachten. »In Boston hatte ich auch Freunde, aber ich war so auf die Arbeit konzentriert, dass ich nie so eine

Verbindung zu ihnen aufgebaut habe wie früher zu meinen Freunden in meinem Heimatort. Hierherzukommen und Serenas Freunde kennenzulernen, war eine Veränderung, die frischen Wind in mein Leben gebracht hat, und genau das habe ich gebraucht.«

»Ich bin froh, dass du den Schritt gemacht hast, sonst hätten wir uns wahrscheinlich nie wiedergesehen.«

Er packte ihre Kleidung in den Trockner um und holte eine Decke, bevor sie wieder nach draußen gingen und es sich auf den Liegestühlen am Feuer bequem machten.

»Ich glaube, das gehört auch zu den Dingen, die mich in L. A. so runtergezogen haben«, sagte Harper. »Ich habe mich mit ein paar Leuten angefreundet, aber ich hatte immer das Gefühl, dass ich auch irgendwer anderes hätte sein können.«

»Austauschbar«, ergänzte er, weil er genau wusste, wie sie sich fühlte. »Ich weiß, wie es ist, wenn man in einer Millionenstadt einsam ist.«

»Ganz genau. Ich halte mich nicht für was Besonderes und brauche auch keine Sonderbehandlung, aber bei meinen Freunden hier ... Wir bedeuten einander etwas. So oder so bin ich froh, wieder zu Hause zu sein.«

»Ich halte dich schon für was Besonderes, Harper.«

Sie legte sich die Decke um die Schultern und zog die Augenbrauen zusammen. »Ich war noch nie mit einem Mann zusammen, mit dem es so einfach war. Was verheimlichst du? Es muss irgendwas geben, irgendeine Leiche im Keller. Ein ekliger Fetisch?«

Er lachte. »Keine nennenswerten komischen Fetische, aber ich bin offen für alles, was du ausprobieren willst.«

Sie zog ihre Knie an die Brust und schlang die Arme darum. »Wir haben schon ziemlich viel ausprobiert.«

Und wie sie das hatten. In der Pension hatten sie einander die ganze Nacht lang erkundet und ihre Grenzen ausgetestet. Sie hatten sogar eine nette Verwendung für die Krawatte gefunden, die Gavin auf dem Flug von Boston getragen hatte. Ach, und die Kommode, der Tisch und die Badewanne waren auch nicht zu kurz gekommen.

Ein Windstoß strich über die Terrasse und ließ sie frösteln.

»Ist dir zu kalt? Möchtest du lieber reingehen?«

»Es ist ein bisschen kühl, aber ich will nicht rein. Ich bin gern mit dir hier draußen.«

Er drehte sich auf der Liege und griff nach ihrer Hand. »Komm her. Ich wärme dich.« Als sie zögerte, fügte er noch hinzu: »Voll bekleidet.«

Sie ließ sich neben ihm nieder, und er deckte sie zu, legte dann einen Arm um sie und ihr Körper passte perfekt zu seinem, wie ein Puzzlestück am richtigen Platz.

»Du bist warm.« Sie drehte sich zu ihm und ließ den Kopf auf seiner Brust ruhen. Schließlich streckte sie einen Arm über seinem Bauch aus und kuschelte sich fester an ihn. »Das heißt nicht, dass ich mich demnächst ausziehen will. Ist das unfair? Ich will dich nicht heißmachen und dann hängen lassen.«

»Ob du es glaubst oder nicht, Harper, ich bin nicht auf Sex aus. Ich mag dich zu sehr, um irgendwas zu überstürzen, zu dem wir nicht bereit sind. Freundschaft ist wichtig, und ich genieße es, dich besser kennenzulernen. Wie wir uns im angezogenen Zustand verstehen, ist genauso wichtig wie unser Draht zueinander, wenn wir nackt sind.«

»Jemanden wie dich habe ich noch nie kennengelernt. Ich kann nicht einschätzen, ob du wirklich so nett bist, oder ob das alles Teil eines größeren Plans ist.«

Er gab ihr einen Kuss auf die Stirn. »Denk so viel darüber

nach, wie du willst, aber bei mir bekommst du, was du siehst. Erzähl mir von deinem neuen Job mit den Lokalnachrichten. Wann fängst du an?«

»Diese Woche. Mein erster Auftrag ist ein Bericht über das Konzert der Chatham Band am Mittwochabend.«

»Super. Ich bringe Abendessen mit.«

Sie legte den Kopf in den Nacken. »Du willst mitkommen? Hast du an einem Mittwochabend nichts Besseres zu tun?«

»Es gibt da diese Frau, auf die ich total abfahre. Sie ist wieder hergezogen, und ich habe gehört, dass sie dort sein wird.«

Sie legte die Wange wieder auf seine Brust und umarmte ihn. »Vielen Dank. Das ist nicht so Chloes Ding und die meisten meiner anderen Freunde haben schon was vor. Ich hatte keine Lust, allein hinzugehen. Dir ist aber klar, dass da ziemlich viel los sein wird, oder? Viele Familien und laute Kinder.«

»Ich liebe Kinder«, erwiderte er. »Warum? Bist du eine Kinderhasserin?«

»Natürlich nicht.«

»Manche Leute meinen, dass man Kinder sehen, aber nicht hören sollte. Das habe ich nie verstanden. In Oak Falls finden alle paar Wochen freitagabends Jam-Sessions in der Scheune meiner Freunde statt. Leute jeden Alters können dort auf der Bühne ein Instrument spielen. Manchmal sitzen da zwanzig Leute auf einmal und es klingt *furchtbar*. Aber es macht Spaß. Überall rennen Kinder herum, verschütten Limo und essen Cookies, und die Leute tanzen und singen. Alle bringen was zu essen mit. Meine Mom macht normalerweise ihren berühmten Thunfisch-Nudelauflauf, was eklig klingt, aber unglaublich gut schmeckt. Dazu macht sie buttrige Biscuits, die einem praktisch auf der Zunge zergehen. Und Nanas Spezial-Cookies. Mann, die vermisse ich wirklich.«

»Nana? Ist das deine Großmutter?«

»Nein, die Großmutter eines Freunds, die jeder Nana nennt. Ein paar meiner schönsten Kindheitserinnerungen sind auf diesen Jam-Sessions entstanden. Und auch welche aus meiner Teenager-Zeit.« Er stieß einen leisen Pfiff aus. »Das willst du nicht wissen.«

»Warum? Hast du dich mit deinen Freundinnen auf den Heuboden geschlichen?«

»Ach was. Normalerweise runter zum Fluss. Und du? Wohin habt ihr euch verdrückt?« Er wollte alles über sie wissen.

»Ich habe mich eigentlich nie mit Jungs weggeschlichen. Das war mehr Janas und Coltons Ding. Ich habe lieber Zeit mit meinen Freundinnen zu Hause oder am Strand verbracht.«

»Ach, komm schon. Irgendwas musst du mir verraten. Wie wäre es mit deinem ersten Kuss?«

»Mit Zunge oder ohne?«

Er drückte sie fest. »Du unartiges Ding. Belassen wir es bei unschuldig. Der erste Kuss ohne Zunge, weil ich ehrlich gesagt lieber so tue, als wäre meine Zunge die erste, die das Vergnügen hat, mit deiner zu tanzen.«

Sie blinzelte ein paarmal. »So viele waren da vorher nicht, das kannst du mir glauben.«

»Harper Garner, du hast ja keine Ahnung, was das mit mir anstellt. Selbst wenn das gelogen ist, mach bitte weiter damit.«

»Es ist die Wahrheit, aber ich erzähle dir gern von Charlie, meinem ersten Kuss, bei dem nur die Lippen zum Einsatz kamen. Wir waren in der sechsten Klasse und sind immer zusammen von der Schule nach Hause gegangen. Als wir eines Tages vor meinem Haus ankamen, wurde er plötzlich ganz unruhig und dann hat er mir in die Augen gesehen und gesagt: ›Ich muss dich küssen.‹ Ich war so naiv, wie man in dem Alter nur sein kann, also habe ich ihn gefragt warum. Er meinte, dass er mich wirklich gern mag und dass sein großer Bruder ihm erklärt hat, dass mich jemand anderes küssen würde, wenn er es nicht machte. Also habe ich die Lippen gespitzt und meinen ersten Kuss bekommen. Für mich war das der perfekte erste Kuss, weil ich ihn auch mochte. Leider war Brock an diesem Tag schon zu Hause und hat alles gesehen. Er kam rausgestürmt und hat den armen Jungen total eingeschüchtert und ihm die Hölle heißgemacht. Danach hat Charlie mich nie wieder nach Hause gebracht.«

»Warst du sauer auf Brock?«

»Und wie ich das war. Er hat gern Leute schikaniert.«

»Er hat dich beschützt. Das ist ein Unterschied. Das macht ihn mir sympathisch.«

»Tja, dann pass bloß auf dich auf, denn daran hat sich nicht viel geändert. Wobei er inzwischen eine Freundin hat, also hat er vielleicht weniger Zeit, mich im Auge zu behalten als früher.« Sie lachte leise und legte die Wange wieder auf seine Brust. »Wie war dein erster Kuss?«

»Ich war zwölf, sie dreizehn, und ich habe mich für den Allergrößten gehalten. Sie hieß Twyla und es ist auf einer der Jam-Sessions passiert. Unsere Zähne sind gegeneinandergestoßen und ich habe ihr in die Lippe gebissen. Damals war ich noch nicht besonders geschickt.«

Sie lachten beide.

»Ich kann mit Freude berichten, dass du mittlerweile viel besser geworden bist.« Sie gab ihm einen Kuss durchs T-Shirt auf die Rippen. »Vielleicht solltest du das nicht in Chloes Gegenwart erzählen. Das schmiert sie dir ewig aufs Brot. Hey, Gavin?«

»Ja?«

»Danke für heute Abend. Es hat geholfen. Ich glaube, ich werde dieses Wochenende bei meinen Eltern vorbeifahren und mich bei meinen Geschwistern melden, um sie wissen zu lassen, dass ich wieder zu Hause bin. Vielleicht treffe ich mich auch mit ihnen.«

»Das ist schön zu hören. Letzten Endes ist Familie doch alles, was zählt.«

»Mhm«, murmelte sie leise.

Angenehmes Schweigen breitete sich zwischen ihnen aus. Wenn Gavin genau hinhörte, hörte er über das leise Rauschen der Bäume hinweg Harpers ruhige Atemzüge, die langsamer geworden waren und ihm verrieten, dass sie wegdöste. Vielleicht lag es am Jetlag oder möglicherweise vertraute sie bei ihm wieder auf ihr Bauchgefühl. So oder so würde er sie nicht enttäuschen. Er steckte die Decke um sie herum fest und schloss die Augen, um den Sternen für die Magie zu danken, die Harper zurück in sein Leben gebracht hatte.

Als ihm jedoch dämmerte, dass es keine Magie gewesen war, sondern das Ende ihrer TV-Serie, versetzte ihm sein schlechtes Gewissen einen scharfen Stich und bestärkte ihn noch in dem Entschluss, ihr bei der Suche nach ihrer nächsten Muse zu helfen.

Sechs

Ein kühler Windhauch strich über Harpers Wange. Sie wurde langsam wach und nahm nach und nach wahr, wie Gavins Herz an ihrer eigenen Brust schlug, wie etwas Hartes gegen ihren Bauch drückte und dass eine sehr große Hand ihren nackten Hintern unter dem Stoff ihrer Jogginghose umfasst hielt. Sie riss die Augen auf und der Griff um ihre Pobacke verstärkte sich. Erst jetzt merkte sie, dass sie *auf* Gavin auf dem Liegestuhl lag.

Er gab ein sehnsüchtiges Ächzen von sich und schlang den Arm enger um ihren Rücken, um sie an Ort und Stelle zu halten. »Nicht bewegen. Du fühlst dich gut an.«

Er fühlte sich auch fantastisch an, warm und fest. *Hart. Oh Gott!*

»Gavin …«

»Was denn? Es ist nichts passiert. Du hast auf dein Bauchgefühl vertraut und bist eingeschlafen. Es war schön, dir nahe zu sein.«

»Deine Hand liegt auf meinem Hintern«, entgegnete sie.

Sie spürte seine warmen Lippen auf ihrer Stirn und wie er ihren Hintern drückte. »Keine Unterwäsche. Nett.« Er öffnete die Augen und stöhnte leise in die Dunkelheit. »Es ist ja noch nicht mal Morgen.«

»Wenn man den Ausdruck ›Morgenlatte‹ wörtlich nimmt, ist es deinem Körper ziemlich egal, welche Farbe der Himmel hat.«

»Das ist deine Schuld, meine Schöne.« Er drehte sich mit ihr zur Seite und legte ein muskulöses Bein über ihre, um sie so bei sich zu behalten.

Sie konnte ein Lächeln nicht unterdrücken. »Tut mir leid, dass ich auf dir eingeschlafen bin.«

»Mir nicht.« Er drückte die Lippen auf ihre, als wäre es die natürlichste Sache der Welt. Das Komische war: Für sie fühlte es sich auch so an, und sogar noch mehr, als er hinzufügte: »Guten Morgen, meine Schöne. Wollen wir uns den Sonnenaufgang ansehen?«

»Sehr gern, aber dazu muss deine Hand erst woandershin.«

»Ich dachte schon, du fragst nie.« Er schob die Finger weiter nach unten, gefährlich nah an ihre intimste Stelle.

»Gavin!«

Sie zog seine Hand aus ihrer Hose, woraufhin er sich über sie rollte und ihr Gesicht aus seinen sexy grünen Augen zufrieden musterte. Die Haare standen ihm vom Kopf ab und seine Bartstoppeln waren unübersehbar, genau wie seine Erregung. Hitze schoss durch ihren Körper und sie wandte rasch den Blick ab.

»Was ist gerade passiert?«, fragte er sehr ernst.

»Nichts«, antwortete sie und versuchte, ein Lächeln zu unterdrücken, das jedoch nicht aufzuhalten war.

»Du lügst furchtbar schlecht. Und du bist sogar noch schöner, wenn du in meinen Armen aufwachst.«

»Und du gibst morgens eine Menge kitschiges Zeug von dir. Na los, beweg dich.«

Er drängte die Hüften gegen sie.

»Gavin!« Sie lachte. »Von mir runter, meinte ich damit.«

»Sorry, das habe ich missverstanden.« Er gab ihr noch einen Kuss, nur ein kurzes Streifen ihrer Lippen. »Für eine Autorin äußerst du deine Wünsche nicht gerade präzise.«

Beim Aufsetzen zog Harper die Decke um sich. »Ich werde in Zukunft versuchen, mehr darauf zu achten. Unfassbar, dass ich auf dir eingedöst bin. So gut habe ich seit Wochen nicht mehr geschlafen.«

»Dann solltest du das öfter machen. Du warst von einem Moment auf den anderen ganz tief weg. Wusstest du, dass du schnarchst?«

»Tue ich gar nicht!« *Ach du … Schnarche ich wirklich?*

Lachend zog er sie auf die Beine. »Es ist ein ganz leises Mädchenschnarchen, so etwa.« Er imitierte leise Schnarchgeräusche.

Harper versteckte das Gesicht hinter ihren Händen. »Oh verflixt. Ich bin eine wandelnde Katastrophe.«

Er nahm sie in die Arme und grinste, als wäre er nie glücklicher gewesen. »Deine Haare sind ein Vogelnest, du schnarchst, und ich bin einmal mit deiner Hand auf meinen Kronjuwelen aufgewacht.«

»*Omeingott.*« Sie vergrub erneut das Gesicht in den Händen.

Er zog ihre Hände nach unten und sagte: »Du bist *echt*, Harper. Das war eins der ersten Dinge, die mir bei unserem Kennenlernen an dir aufgefallen sind, und seitdem beweist du mir das, wenn wir Zeit miteinander verbringen, ständig aufs Neue. Echt ist auch mal chaotisch, und ich war schon immer der Überzeugung, dass nicht immer alles glatt laufen kann.« Er hob ein paar ihrer Haarsträhnen an, die sich aus dem Dutt gelöst hatten und ihr zerzaust über die Schultern fielen. »Mir war bis eben nicht klar, dass ich mich damit geirrt habe. Offensichtlich kann chaotisch auch wunderschön sein.«

»Wow«, hauchte sie ein bisschen atemlos. »Wieso bist du noch Single?«

Er streckte sich ausgiebig, wobei der Saum seines Shirts nach oben rutschte und einen Streifen gebräunter, trainierter Bauchmuskeln und ein verlockendes Stückchen der Haare an seinem Unterbauch freigab, an die sie sich so gut erinnerte.

»Das war eine bewusste Entscheidung.« Er klopfte ihr auf den Hintern. »Gehen wir.«

Damit lief er in Richtung Haus und sie eilte ihm hinterher. »Ich dachte, wir wollen uns den Sonnenaufgang anschauen.«

»Tun wir auch, aber ich muss ganz dringend pinkeln, und wenn du nicht willst, dass ich ihn einfach hier raushole …« Er legte eine Hand auf den Knopf seiner Shorts.

»Badezimmer«, entgegnete sie.

Nachdem sie ebenfalls dem Ruf der Natur gefolgt war, sich die Haare ein wenig gerichtet und mit einem Finger und Gavins Zahnpasta die Zähne geputzt hatte, kuschelte sie sich auf der Terrasse wieder unter der Decke an ihn. Die Sonne zeigte sich langsam und überzog die blau-graue Morgendämmerung mit Orange- und Gelbtönen, bis der Himmel schließlich hell leuchtete.

Harper warf Gavin einen Seitenblick zu, und ihr ging auf, dass er die Wolken der letzten Monate vertrieb und ihr damit half, ihren Weg in einen strahlend hellen, neuen Morgen zu finden. Und sie war so fest davon ausgegangen, dass diese Monate eine unüberwindbare Mauer um sie herum erschaffen hatten.

»Ich bin froh, dass du gut geschlafen hast«, meinte er und riss sie damit aus ihren Gedanken. »Bist du dir sicher, dass du heute keine Zeit hast, mit in den Coffeeshop zu kommen?«

»Ich werde wohl heute Nachmittag bei meinen Eltern vorbeifahren, und ich muss wirklich anfangen, meine Kisten auszupacken. Aber wir gehen am Mittwoch zusammen aufs Konzert, oder?«

»Na klar. Möchtest du Hilfe beim Auspacken?«

Sie wollte nicht, dass ihre gemeinsame Zeit schon zu Ende ging, fragte sich jedoch, ob er das ernst meinte. »Hast du nichts Besseres zu tun?«

»Wahrscheinlich schon, aber ich verbringe gern Zeit mit dir. Und wer weiß, was für Geheimnisse ich noch aufdecken kann, wenn ich dir helfe.«

»Da wirst du bitter enttäuscht sein. Aber weißt du was? So gern ich dich heute bei mir hätte, ich weiß noch nicht, wie der Tagesplan meiner Eltern aussieht oder wann ich von dem Besuch wieder zurückkomme. Können wir das Auspacken auf morgen verschieben, falls sie mich länger dabehalten wollen oder dass ich zum Abendessen bleibe? Ich war so lange weg, dass ich ihnen keinen Zeitdruck machen will.«

»Aber sicher doch. Das klingt super.« Er holte sein Handy aus der Tasche. »Ich schicke nur eben Justin eine Nachricht, dass ich morgen nicht mitfahre.«

»Wohin denn?«

»Ich habe vor ein paar Monaten den Motorradführerschein gemacht. Wenn das Wetter schön ist, mache ich so oft wie möglich mit Justin und den Jungs Touren.«

Sie hätte nie gedacht, dass sie einen Kerl auf einem Motorrad sexy finden würde, aber sie überlegte, wie Gavin wohl in einer schwarzen Lederjacke auf einem aussah. Und dann ging sie noch einen Schritt weiter und stellte sich vor, wie sie hinter ihm saß, und die Arme um ihn schlang, während sie gemütlich eine Straße entlangfuhren und … Das war *unfassbar* heiß.

»Nachdem gestern schon *nichts* passiert ist, als du rot geworden bist, nehme ich mal an, dass sich das gerade wiederholt?«, neckte er sie und in seinen Augen loderte Hitze auf.

Sie versetzte ihm einen Klaps, der ihm ein leises Lachen entlockte.

Dann verfielen sie in angenehmes Schweigen, bis Harper nach einer Weile sagte: »Setzt du dich auch mal mit deinem Computer zum Arbeiten hier raus?« Sie liebte ihr Haus und den Garten, doch die Nähe zum Wasser hier hatte definitiv etwas Inspirierendes.

»Das hatte ich im Hinterkopf, als ich das Haus gekauft habe, aber bisher wurde nichts draus. Ich bin den ganzen Tag über auf Zack, arbeite an Konzepten, mit Kunden und verhandle mit Zulieferern. Das hier ist eher zu dem Ort geworden, an dem ich mich entspanne und meine Gedanken sortieren kann.«

»Das verstehe ich. Schreiben ist das Gegenteil davon, ein sehr stiller Job, bei dem ich mich immer in meinem eigenen Kopf herumtreibe. Deswegen arbeite ich wohl auch so gern in Cafés oder am Pier. Da lasse ich mich von den Dingen um mich herum inspirieren. Aber hier passiert das auf eine andere Art. Die Farben, das Wasser, die Bäume … Das strahlt so viel Ruhe aus.« In der Ferne waren ein paar Häuser zu sehen, die jedoch so weit weg waren, dass man das Gefühl hatte, ganz allein zu sein.

»Das wäre vermutlich eine gute Inspiration, um Schauplätze für Geschichten zu entwickeln?«

»Ja, das auch, ich meinte allerdings eher, dass die Atmosphäre anders ist. In meinem Garten oder am Schreibtisch in meinem Cottage fühlt es sich anders an, als wenn ich in einem Café oder am Pier schreibe, wo viele Leute unterwegs sind und das Leben sie in verschiedene Richtungen treibt. Hier ist das noch mal ganz anders. Als könnte ich mich selbst auf eine Art denken hören, die ich sonst nicht erlebe, und ich frage mich, ob sich das wohl positiv auf meine Arbeit auswirken könnte.«

»Du kannst gerne jederzeit hier schreiben, Harper.«

»Das habe ich nicht gesagt, um mich in deinen Garten einzuschleichen.«

Er drückte sie seitlich an sich. »Du hast dich schon vor Monaten in meinen Kopf geschlichen; da kannst du es genauso gut auch noch in den Rest meines Lebens tun.«

Wenn es nach Gavin ginge, hätte Harper den ganzen Tag lang bleiben können, sich am Wasser entspannen, sich mit ihm unterhalten, schreiben oder tun, wonach ihr sonst war. Er genoss die Zeit mit ihr. Sie schlich sich nicht nur in sein Leben. Sie schlich sich in sein Herz. Er hatte so lange keine Frau mehr an sich herangelassen, dass ihm gar nicht bewusst gewesen war, wie tief seine Gefühle für sie reichten. Aber nachdem sie ihm fast ein Jahr lang nicht mehr aus dem Kopf gegangen war, hätte ihm das schon auffallen sollen. Er fragte sich, woran sie wohl gerade arbeitete und warum sie es für schlecht hielt. Wie sah ihr Plan aus, um aus der Schreibflaute herauszukommen? Sie war definitiv jemand, der im Voraus plante. Solche Leute erkannte er schon von Weitem, und neben dem Computer auf ihrem Schreibtisch hatte eine To-do-Liste gelegen, deren oberster Punkt sie daran erinnerte, ihre Eltern anzurufen. Auch wenn sie einen Besuch bei ihnen hinausgeschoben hatte, dachte sie offensichtlich oft an ihre Familie, was seiner Meinung nach für eine solide, bodenständige Person sprach.

Er warf ihr einen Seitenblick zu, wie sie da in ihren Shorts und seinem Boston-College-Sweatshirt auf dem Beifahrersitz seines Autos saß. Unter dem viel zu großen Pullover trug sie ein sexy hellrosa Trägertop mit eingenähtem BH, das absolut *nichts* der Fantasie überließ. Aber er hatte kaum Gelegenheit bekommen, sie zu bewundern, bevor sie sich sein Sweatshirt über den Kopf gezogen und verkündet hatte, dass sie es behalten würde. Dieses Selbstbewusstsein, sich zu nehmen, was sie wollte, war nur eine weitere Eigenschaft, die er an ihr so verdammt toll fand. Im Moment vertraute sie ihrem Bauchgefühl vielleicht noch nicht wieder vollständig, aber sie war auf dem besten Weg dazu.

Sie spielte mit ihren Haarspitzen und fragte: »Was ist?«

»Alles.« Er griff nach ihrer Hand. Gewartet hatte er nicht auf sie, weil er nicht damit gerechnet hatte, sie wiederzusehen, aber während er so ihre Hand hielt, wurde ihm klar, dass sein Herz nicht mit voller Leistung geschlagen hatte, bis sie aufgetaucht war und es ins Leben zurückgeholt hatte.

Sie beäugte ihre ineinander verschränkten Hände, entzog sich ihm jedoch nicht. Mit über dreißig sollte sich das nicht anfühlen, als hätte er im Lotto gewonnen, aber nachdem er sich monatelang gefragt hatte, ob sie doch nur Einbildung gewesen war, löste es genau das in ihm aus. Er platzte fast vor Glück und wollte es mit ihren gemeinsamen Freunden teilen, wollte sie wissen lassen, dass diese unglaubliche Frau ein Feuer in ihm entzündete, auch wenn er sie noch nicht ganz an seiner Seite hatte.

»Wir haben nicht gefrühstückt. Hast du Hunger?«

»Ein bisschen«, meinte sie. »Ich kann mir zu Hause was machen.«

»Ich habe eine bessere Idee.« Womöglich war das eine unfaire Aktion von ihm, aber das war ihm egal. Das Leben schuldete ihm ein paar unfaire Aktionen. Er fuhr auf direktem Weg zum Summer House Inn, damit sie dort mit ihren Freunden frühstücken konnten.

Er bog in die Einfahrt ein und lenkte das Auto an Devi's Discoveries vorbei, der Kunstgalerie, in der Desiree und Violet die Gemälde ihrer Mutter und von Desiree sowie Violets Keramik- und Batikarbeiten verkauften. Im hinteren Teil der Galerie befand sich außerdem ein Laden für Sextoys. Gavin stellte sich vor, wie rot Harper anlaufen würde, wenn er vorschlug, dort mal vorbeizuschauen.

Er fuhr an Violets und Andres Cottage vorbei, in dem die beiden wohnten, wenn sie nicht gerade irgendwo auf der Welt Krankenhäuser für Andres Unternehmen Operation SHINE aufbauten. Schließlich parkte er neben Chloes Auto vor der viktorianisch anmutenden Pension mit Blick auf die Bay.

Serena und Emery kamen gerade mit Tellern in der Hand aus der Seitentür der Pension und gesellten sich zu Chloe und Daphne, die sich bereits am Tisch zum Frühstück eingefunden hatten. Daphne leitete das Büro des Bayside Resorts und wohnte auch dort auf dem Gelände, genau wie Serena, Drake, Emery und Dean. Sie ließ ihre knapp zweijährige Tochter Hadley auf ihrem Schoß wippen. Sogar hier vom Parkplatz aus sah Gavin, dass Chloe ohne Punkt und Komma redete. Dieser Anblick war so vertraut. Er kam nicht jeden Tag her, versuchte aber ein- oder zweimal die Woche vorbeizuschauen, wenn er mit den Jungs joggen ging.

»Wie schön, dass sich immer noch alle zum Frühstücken treffen«, sagte Harper, während sie aus dem Auto stiegen.

Er legte ihr einen Arm um die Schultern und fühlte sich dabei wie ein Teenager nach dem ersten Kuss, inklusive dümmlichem Grinsen und stolzgeschwellter Brust.

Harper warf ihm einen skeptischen Blick zu. »Willst du unbedingt Aufsehen erregen?«

»Du musst dir doch sicher sein können, dass du mit allem umgehen kannst, oder?«

Die Mädels bemerkten sie, als sie zu ihnen hinübergingen, und winkten.

Er erwiderte die Geste. »Also können wir dir diese Selbstsicherheit auch direkt wiederbeschaffen.«

»Immer nur Ärger mit dir«, murmelte Harper in ihren nicht vorhandenen Bart. Sie näherten sich dem Gartentor seitlich des Hauses.

»Sieh mal einer an, wer da im *selben* Auto angekommen ist«, zog Emery sie auf, als Violet gerade mit einer Platte voll Gebäck nach draußen kam. Emery trug Yoga-Hose und Sport-BH und grinste wissend. »Entweder betreibt Gavin neuerdings einen Fahrdienst, oder …«

»Oder er ist direkt auf den Zug mit der fröhlichen Vögelei aufgesprungen, um Harper zu Hause willkommen zu heißen«, ergänzte Violet. Gavin öffnete das Tor und Cosmos, Desirees struppiger kleiner Hund, rannte bellend um ihre Füße im Kreis.

»*Nein*, ist er nicht«, erwiderte Harper mit roten Wangen und warf Gavin einen finsteren Blick zu.

»Dass du rot wirst, sagt was anderes«, meinte Chloe augenbrauenwackelnd.

Harper verdrehte die Augen. Gavin überlegte kurz, ob er das Ganze aufklären sollte, aber weitere Neckereien würden sie in den Augen ihrer Freunde nur noch mehr zum Paar machen, also ließ er es bleiben.

»Wann ist das denn passiert? Was habe ich verpasst?« Daphne musterte Harper und Gavin.

Violet warf ihnen einen amüsierten Blick zu. Sie war eine

toughe, tätowierte Bikerin, auch wenn die Beziehung mit Andre ihre raue Schale ein bisschen weicher hatte werden lassen. Gavin wusste nach wie vor nie, was sie als Nächstes raushauen würde. Mit ihren dunklen Haaren, ihrer großen Klappe und dem furchtlosen Auftreten war sie das komplette Gegenteil ihrer blonden, konservativeren und zurückhaltenden Halbschwester Desiree.

»Gavin und Harper haben letzten Sommer in Virginia miteinander gevögelt«, erklärte Violet. »Und es hat ihnen so gut gefallen, dass sie zu Wiederholungstätern geworden sind.«

Gavin hatte vergessen, wie schnell sich Klatsch und Tratsch in seinem Freundeskreis verbreiteten. Violets Ausdrucksweise stieß ihm jedoch sauer auf. »Mann, Vi. Wir *vögeln* nicht miteinander.«

»Harper! Willkommen zurück!«, rief Desiree, die gerade mit einer Kaffeekanne in der Hand aus der Pension kam, in der sie und Rick auch selbst wohnten. Sie stellte die Kanne ab und umarmte Harper. »Wir haben dich so sehr vermisst.«

»Ich euch auch«, sagte Harper. »Ich habe euch alle vermisst. Es ist schön, wieder hier zu sein.« Sie lehnte sich zu Hadley hinunter und kitzelte sie am Kinn. »Hi, Schätzchen. Du erinnerst dich wahrscheinlich nicht mehr an mich.«

Hadley starrte sie ausdruckslos an und schürzte die kleinen Lippen ein wenig, als hätte sie keine Zeit für solchen Unsinn.

»Lächelt sie bei euch auch immer noch nicht oder liegt es an mir?«, fragte Harper und ließ sich neben Daphne nieder.

»Nein, es liegt nicht an dir. Sie lächelt immer noch für niemanden außer Drake und Andre«, erwiderte Daphne entschuldigend und strich mit einer Hand über Hadleys zarte braune Haare.

»Manchmal lächelt sie für mich«, verkündete Gavin stolz.

»Harper offensichtlich auch«, warf Violet ein, was ihr eine Runde Lachen einbrachte.

»Wo hast du denn das Sweatshirt her, Harper?«, erkundigte sich Chloe und warf Serena einen wissenden Blick zu. »Du hast die Nacht bei Gavin verbracht, oder? Das ist sein Sweatshirt.«

»Für die Erkenntnis hast du das Sweatshirt gebraucht?« Violet schnaubte und sah kurz zu Harper hinüber. »Ihre Frisur schreit doch geradezu *heiße Nacht*.«

»Wir haben nicht miteinander geschlafen!«, protestierte Harper laut und warf Gavin einen bitterbösen Blick zu. »Wir waren angeln!«

»Stimmt. Sie sagt die Wahrheit«, meinte Gavin.

»Ist angeln ein Euphemismus für Sex?« Desiree schaute unschuldig in die Runde. »Ich komme bei euren Codewörtern nicht mehr mit.«

Gavin lachte leise. »Nein, Des, ist es nicht. Wir waren wortwörtlich angeln und Harper ist ins Wasser gefallen. Sie hatte Jetlag und ist deswegen bei mir eingeschlafen.«

»Es ist nichts passiert«, stellte Harper klar.

Gavin nahm auf dem Stuhl neben ihrem Platz, legte ihr einen Arm um die Schultern und flüsterte: »Na ja, ein bisschen mehr als nichts war es schon.«

Harpers Miene wurde noch finsterer. »Stachelst du sie mit Absicht an?«

Er zupfte am Stoff über ihrer Schulter. »Du trägst mein Sweatshirt, obwohl dein eigenes benutzbar im Auto liegt. Das muss doch was bedeuten.«

»Ja, aber ich wusste auch nicht, dass wir *hierher* kommen.« Harper zog die Augenbrauen zusammen und kaute auf ihrer Unterlippe.

»Warum ist dir das so peinlich, Harper?«, fragte Chloe.

»Gavin ist ein toller Kerl. Ist also nicht so, als hättest du dir jemanden unter deinem Niveau gesucht. Und sein Sweatshirt steht dir.«

Harper warf die Hände in die Luft. »Ist ja gut! Wir haben uns geküsst, okay?«

»Naaa dann. Nachdem wir das geklärt haben …« Violet nahm sich ein Gebäckstück und biss kräftig hinein.

»Gott, Leute. Wir gehen es einen Tag nach dem anderen an, okay? Wir sind Freunde, und ja, vielleicht wird irgendwann mehr daraus, aber wir schlafen nicht miteinander«, bekräftigte Harper noch einmal.

»Noch nicht«, meinte Emery. »Dean und ich waren auch nur Freunde.«

Chloe sagte: »Theoretisch habt ihr ja gestern Nacht durchaus miteinander *geschlafen*.«

Gavin lachte.

»Drake und ich waren auch nur Freunde«, warf Serena ein und grinste, als würde sie ein kleines Geheimnis hüten.

»Moment, ich bin verwirrt«, meldete sich Daphne zu Wort. »Ich bin auf dem neuesten Stand was die Ereignisse hier betrifft, aber habt ihr beide nun in Virginia was miteinander gehabt, wie Vi behauptet? Oder ist das nur ein Gerücht?«

»Haben sie«, antworteten Emery, Serena und Chloe wie aus einem Mund.

Harper stöhnte entnervt auf und legte den Kopf in den Nacken. »Ich will nicht, dass mein Sexleben hier diskutiert wird.«

»Okay, Leute«, mischte sich Gavin ein, zufrieden damit, dass er nun in den Köpfen ihrer Freunde zu Harper gehörte. »Ihr hattet euren Spaß. Von jetzt an ist meine Beziehung zu Harper tabu für euch. Und fürs Protokoll: Wir vögeln nicht.«

Die Mädels gaben skeptische Laute von sich, und auf Harpers Lippen zeigte sich ein anerkennendes Lächeln, das in ihm den Wunsch weckte, er hätte die anderen früher zurückgepfiffen. »Ich helfe Harper bei ein paar Sachen und wir verstehen uns gut, also werdet ihr von nun an vermutlich öfter mitbekommen, dass wir irgendwo gemeinsam auftauchen oder gehen.«

Der Ausdruck in Harpers Blick wurde weicher.

Er zog sie fest an sich und flüsterte: »Eines Tages wirst du stolz darauf sein, dass ich dir gehöre.«

»Du machst es schon wieder«, sagte sie leise.

»Was denn?«

»Du lässt mich vergessen, warum ich mich gegen das zwischen uns wehre.«

Ihm wurde warm ums Herz, und das Bedürfnis, ihre Worte mit einem Kuss zu besiegeln, war so stark, dass er sich zu ihr lehnte, um genau das zu tun.

»Wenn ihr nicht wollt, dass die Real Housewifes von Bayside über euch reden«, ertönte Violets laute Stimme, »lasst ihr den Quatsch vielleicht lieber bleiben.«

Gavin knirschte mit den Zähnen, nur noch einen Hauch davon entfernt, Harper zu küssen. Um sie herum brach Gelächter aus.

»Vielleicht solltet ihr Harper zu eurem Buchclub einladen«, schlug Violet vor. Sie biss erneut in ihr Gebäck und sah Gavin dabei fest in die Augen.

»Ja! Das ist eine gute Idee«, stimmte Daphne ihr zu. »Unser Buchclub ist so cool!«

»Ich liebe Buchclubs«, erwiderte Harper. »Was lest ihr denn so?«

Violet zwinkerte Gavin zu. »Du kannst dich später bei mir bedanken. Die Geier brauchen nur was, worauf sie sich stürzen können.«

Vielen Dank, formte er stumm mit den Lippen.

»Erotische Liebesromane«, antwortete Chloe. »Diesen Monat lesen wir *Turn Away* von L. A. Ward.« Sie fächelte sich Luft zu.

»Ich *liebe* erotische Liebesromane«, sagte Harper. »Wie explizit wird es?«

Gavin horchte auf, als die Mädels über die düster-versauten Bücher diskutierten, die sie lasen, und die angeblich genauso viel Humor und Herz wie erotische Szenen enthielten. Harper schien sich extrem gut in diesem Genre auszukennen. Er dachte an den Abend auf dem Festival zurück, wie er ihrer beider Grenzen ausgetestet und Dinge getan hatte, die ihm bei anderen Frauen noch nie in den Sinn gekommen waren. Harper hatte ihm anvertraut, dass sie ihre Sexualität in Richtungen ausloten wollte, über die sie bisher nur gelesen hatte. Jetzt verstand er noch besser, was passiert war. Sie hatte ihm genug vertraut, um ihre erotischen Fantasien mit ihm auszuprobieren, genau wie er es gewagt hatte, ihr zu vertrauen.

»Wir treffen uns meistens online, weil unsere Mitglieder übers ganze Land verteilt sind«, erklärte Daphne. »Aber alle paar Monate machen wir irgendwo ein echtes Treffen aus, und wer kann, kommt hin. Es muss nur irgendwo an einem Strand sein, das ist die einzige Bedingung.«

»Nächsten Freitag veranstalten wir am Red River Beach in Harwich einen Grill- und Bücherabend. Die Treffen können allerdings nicht alle hier in der Gegend stattfinden, das wäre anderen Mitgliedern gegenüber nicht fair. Diesen Monat war Steph an der Reihe mit der Buchauswahl und sie hat auch den Ort gewählt«, fügte Chloe hinzu.

»Wer ist Steph?«, erkundigte sich Harper.

»Violet hat uns miteinander bekannt gemacht«, meinte Chloe. »Sie ist eine ihrer Freundinnen aus dem Common Grounds. Sie ist echt nett.«

Harper schielte zu Violet, die in Richtung der Dünen schaute, von wo Drake, Rick und Dean gerade zusammen mit einem Mann mit sandfarbenen Haaren auf sie zujoggten. Da Violet beim Anblick des Unbekannten fast schon sabberte, ging Harper davon aus, dass es sich dabei um Andre handelte, Violets Freund, von dem Serena ihr erzählt hatte. »Ich habe noch nie erlebt, dass Vi bei einem Kerl fast die Augen aus dem Kopf fallen.«

»Sieh dir diesen Mann an, Harper.« Violet war anzuhören, wie heiß sie ihn fand. »Mir fallen nicht nur die Augen aus dem Kopf, mir wird schon heiß allein beim Gedanken daran, wie sich dieser Prachtkörper nachher anfühlen wird.«

»Wow, okay …« Harper stieg Hitze in die Wangen. »Noch mal zum Buchclub …«

Dem Buchclub beitreten zu dürfen, freute Harper ebenso sehr, wie so viele ihrer guten Freunde in festen Beziehungen oder verheiratet zu sehen. Emery fing Dean am Gartentor ab, während Drake und Rick direkt auf Serena und Desiree zuhielten. Violet ging mit liebevollem Gesichtsausdruck zu Andre hinüber. Es war seltsam und wundervoll zugleich, diese weichere Seite von Violet zu erleben, als Andre sie in die Arme zog. Er flüsterte ihr etwas ins Ohr, das Violet die Röte in die Wangen trieb – Harper hätte Geld darauf verwettet, dass sie das nie im Leben sehen würde.

Drake tätschelte Hadley den Kopf und beugte sich dann nach unten, um Serena zu küssen. »Hey, Supergirl.« Serena zog ihn auf den Stuhl neben ihrem und setzte sich auf seinen Schoß.

»Wie war eure Joggingrunde?«, fragte Desiree Rick, nachdem sie einen zärtlichen Kuss bekommen hatte.

Rick fuhr sich mit einer Hand durch die dunklen Haare. »Super, aber es ist immer am schönsten, zu dir nach Hause zu kommen.«

»Will noch jemand am liebsten das Liebesgesäusel vorspulen?«, neckte Chloe.

»Oh ja«, antwortete Daphne. »Das erinnert mich nur daran, was ich nicht habe.«

»Gib nicht auf.« Gavin drückte Harpers Schulter.

Rick kam zu ihr herüber und sagte: »Unser hauseigener Promi ist zurück! Schön, dich zu sehen. Komm her und drück uns mal.«

Sie erhob sich lächelnd. »Ist auch schön, wieder hier zu sein.«

»Die Mädels dachten schon, dass du sie für immer verlässt«, ertönte Deans tiefe Stimme laut hinter ihr.

Die Jungs waren alle sportlich, aber Dean war ein Riesenkerl, ähnlich wie Harpers Bruder Brock. Pure Kraft und harte Muskeln. Sie kannte Dean nicht so gut wie die anderen, aber in der wenigen Zeit, die sie mit ihm verbracht hatte, hatte sie den mitfühlenden, zurückhaltenden und geduldigen Mann unter der bärtigen, bulligen Schale kennengelernt – auch Eigenschaften, die er mit Brock teilte.

Dean und Rick zerquetschten Harper fast in einer schwitzigen Umarmung zwischen sich, was alle zum Lachen brachte und Harper ächzen ließ.

»Du hast uns doch bestimmt vermisst«, meinte Rick, der

nun neben Desiree Platz nahm.

Harper setzte sich wieder neben Gavin. »Dich ja. Deinen Schweiß? Eher weniger.«

»Vorsicht, ihr beide«, sagte Violet. »Sie gehört jetzt zu Gavin, und ich bezweifle, dass ihm die Vorstellung von einem Harper-Männer-Sandwich gefällt.«

»Die Mädels haben erzählt, dass ihr beide neulich abends gemeinsam verschwunden seid«, meinte Dean.

Gavin grinste, und Harper wusste nicht, was sie darauf erwidern sollte, weil es ja stimmte. Sie waren wirklich zusammen gegangen.

»Andre, das ist unsere Freundin Harper«, stellte Violet sie vor. »Du weißt schon, die, die an der Westküste berühmt wird.«

Harper sackte der Magen in die Kniekehlen bei der Vorstellung, ihre Freunde zu enttäuschen. Doch Gavin hatte recht damit, dass die anderen immer für sie da gewesen waren und sie lieb hatten, ganz egal, wie es beruflich bei ihr lief.

»Ah, die geheimnisvolle Harper existiert also wirklich.« Andre schenkte ihr ein freundliches Grinsen. »Wie hat's dir in L. A. gefallen?«

Gavin nickte ihr ermutigend zu und sie sagte: »Ich habe ein paar von euch neulich erzählt, wie toll es war, aber eigentlich stimmt das gar nicht. Es war mir peinlich, euch die Wahrheit zu sagen … Meine Serie wurde eingestellt. Nach monatelanger Schufterei und zahlreichen Überarbeitungen wurde sie doch nicht umgesetzt, meine Agentin hat mich abserviert und ich habe ein paar wirklich furchtbare Dating-Erfahrungen gemacht.«

»Oh nein«, sagte Desiree. »Das tut mir so leid für dich.«

»Warum war dir das peinlich?«, wollte Serena wissen. »Das ist doch alles nicht deine Schuld.«

»Es hat sich aber so angefühlt. Wenn ich besseren Stoff geschrieben hätte, wäre er vielleicht umgesetzt worden.«

Emery deutete mit ihrer Gabel auf Harper. »Das ist Blödsinn. Meine Brüder arbeiten in der Unterhaltungsindustrie. So was passiert ständig und normalerweise hat es nichts mit den Autoren zu tun. Aber sieh es doch mal so: Jetzt hast du mehr Erfahrung. Du warst dort. Du hast es geschafft! Auch wenn die Serie letztlich nicht umgesetzt wurde, hast du das Drehbuch verkauft. Das ist eine echt große Sache. Am allerbesten ist aber, dass wir dich jetzt wiederhaben.« Sie warf Harper ein Luftküsschen zu.

Erleichterung durchflutete Harper. Sie hatte Emerys drei Brüder kennengelernt, als sie vor ein paar Jahren im Sommer zu Besuch gekommen waren. Was Austin beruflich machte, wusste sie nicht genau, aber Ethan leitete einen erfolgreichen Fernseh- und Filmsender und Alec ein Unterhaltungsmagazin.

»Tut mir leid, dass nichts aus deiner Serie geworden ist«, sagte Violet. »Aber was meinst du mit schlechten Dating-Erfahrungen? Braucht da in L. A. jemand einen Tritt in den Hintern? Andre und ich verbringen nämlich den Sommer hier. Wir können gern auf einen Sprung an die Westküste und ein oder zwei Kerlen eine Tracht Prügel verpassen, wenn es nötig ist.«

Andre legte ihr einen Arm um die Schultern. »Habe ich dir in letzter Zeit gesagt, wie sehr ich es liebe, wenn du die Krallen ausfährst, um deine Freunde zu beschützen?«

»Niemand muss verprügelt werden«, erwiderte Harper. Sie war sich ziemlich sicher, dass Gavin sich ihnen liebend gern dabei anschließen würde. »Wobei der Kerl, der im Flugzeug neben mir saß, das vielleicht anders sieht. Der arme Mann wollte nur nett sein und mir ist einfach eine Sicherung durchgebrannt. Ich war so wütend und angespannt, dass ich ihn richtig runtergeputzt habe. War echt hässlich.«

»Ach, bestimmt fand er es unterhaltsam«, sagte Serena.

»Er hat mir seine Nummer gegeben.« Harper entging das Aufblitzen von Eifersucht in Gavins Augen nicht. »Und gesagt, dass ich ihn anrufen soll, wenn ich je wieder was schreibe.«

»Vielleicht mag er ja Frauen, die ihn angiften. Was hast du jetzt vor?«, erkundigte Chloe sich.

»Im Moment schreibe ich Zeitungsartikel und versuche, meine nächste Muse zu finden.« Harper sah Gavin an und formte »Danke« mit den Lippen. Er holte sie aus ihrer Komfortzone, auf eine Art, von der sie nie gedacht hätte, dass sie es brauchte. Und er tat es ganz nebenbei, mit einem kleinen Nicken und einem zufriedenen Ausdruck in den Augen, genau wie jetzt.

Violet beobachtete sie aufmerksam. »Sieht aus, als hättest du das schon.«

Ja, glaube ich auch.

»Du findest deinen Schwung schon wieder«, warf Serena eine. »Wenn es dich tröstet: Ich bin wirklich froh, dass du wieder hier bist und dass du Zeit mit Gavin verbringst.«

»Oh mein Gott, Leute!« Emery legte ihr Handy auf den Tisch. »Ich habe gerade eine Nachricht von Ethan bekommen. Er lädt uns alle auf seine Jacht ein, um das Feuerwerk am vierten Juli anzuschauen. Ihr müsst natürlich nicht kommen, aber wenn ihr Lust habt: Er kommt zum Pier in Provincetown und die Jacht legt um sechs ab.«

»Das ist ja erst in ein paar Wochen, aber wir kommen gern, oder, Drake?«, meinte Serena.

Drake nickte. »Klar, gern.«

»Ich kann es immer noch nicht fassen, dass mein Bruder

eine eigene Jacht besitzt.« Emery stahl sich ein Stückchen von Deans Gebäck.

»So ist das, wenn man der größte Konkurrent anderer Pay-TV-Sender ist«, sagte Gavin. »Das ist schon eine ganz andere Hausnummer als in unserer kleinen Heimatstadt. Ich komme auch gerne mit. Hast du Lust, Harper?«

»Ja, das wird super. Ich bin für einen Artikel über die Parade in Provincetown eingeteilt, also bin ich sowieso dort.«

Während die Mädels Pläne für den Nationalfeiertag schmiedeten, lehnte Gavin sich dichter zu Harper. »Dann bin ich auch da.«

Sieben

Am Sonntag erschien Gavin auf einem glänzenden schwarzen Motorrad bei ihr. Er trug Jeans und schwarze Stiefel, und sein Gesichtsausdruck sagte Harper beinahe so deutlich wie der sengend heiße Kuss, dass er sie vermisst hatte. Dabei waren nicht mal Zungen zum Einsatz gekommen, nur der feste Druck seiner Lippen auf ihren, während er sie mit beiden Armen umfangen hielt. Vor ihrem Kennenlernen hätte Harper es nicht für möglich gehalten, dass ein Kuss oder eine Umarmung ein Kribbeln vom Kopf bis zu den Zehen schicken konnte, doch seit sie sich entschieden hatten, das Ganze langsam anzugehen, war ihr Verlangen um ein Vielfaches intensiver geworden.

Gavin schien sich bei ihr direkt wie zu Hause zu fühlen, er blätterte durch ihre Notizbücher und schmökerte in den alten Skripten, die sie mit nach L. A. genommen hatte, falls sie dort die Inspiration bekam, sie fertigzustellen. Ein paar Stellen las er laut vor, was ihr peinlich war, ihr aber auch exzellente Erkenntnisse für zukünftige Überarbeitungen einbrachte. Ihre Arbeit aus dem Mund einer anderen Person zu hören, machte es ihr leicht, problematische Aspekte zu erkennen. Gavin witzelte über ein paar ihrer Texte und sie lachten einmal sogar Tränen. Nicht nur ihr sexuelles Verlangen wurde stärker. Auch ihre Gefühle gegenüber Gavin als Freund, dem sie vertraute und den sie bewunderte, vertieften sich. Sogar ihr Empfinden sich selbst gegenüber veränderte sich.

Als sie nun nach stundenlangem Auspacken die Pappkartons in den Recycling-Tonnen auf der anderen Seite ihrer kleinen Siedlung entsorgten, dachte sie über den Begrüßungskuss nach und wollte so viel mehr.

»Hättest du gedacht, dass Auspacken so viel Spaß machen kann?«, fragte Gavin.

Er griff nach ihrer Hand, und der Kies knirschte unter ihren Füßen, als sie zu Harpers Cottage zurückgingen. Als er angekommen war, hatte er sich nach dem Kuss als Erstes nach dem Besuch bei ihren Eltern erkundigt, noch bevor er sie aus seinen Armen entließ. Er hielt sie fest, bis sie antwortete, als wollte er ihr eine Stütze sein, falls es schlecht gelaufen war. Als sie ihm versichert hatte, dass alles gut gegangen war, schimmerte Erleichterung in seinen Augen. Er ging so offen mit seinen Gefühlen um. Alles, was er tat, sorgte dafür, dass sie sich entspannte. Sie war sich ziemlich sicher, dass sie bei Gavin nicht vorsichtig sein musste.

»Ich glaube«, antwortete sie, während sie an ihrem Nachbar-Cottage vorbeigingen, »dass du alles besser machst.«

Er legte einen Arm um sie und gab ihr einen Kuss auf die Schläfe. »Schön zu hören, dass das auf Gegenseitigkeit beruht. Mir gefällt es übrigens hier. Die Siedlung ist hübsch.«

»Ich finde sie auch toll.« Sie mochte es sogar, nur einen Katzensprung von den Ferienhäusern entfernt zu wohnen. Da gab es immer neue Leute, mit denen man sich unterhalten konnte, und in den Gärten spielten oft Kinder, wie auch jetzt gerade. Ihr war nicht bewusst gewesen, wie sehr sie den entspannten Lebensstil hier vermisst hatte. In L. A. war jeder

Tag hektisch und stressig. Gavin ließ sie die Ängste über ihre Zukunft und beruflichen Aussichten lange genug vergessen, dass sie sich daran erinnerte, wie sehr sie das Leben genoss.

Sie musterte sein attraktives Gesicht. »Wir lachen jedes Mal, wenn wir zusammen sind.«

»Siehst du, Harper? Du hast so viel Zeit in L. A. mit Leuten verschwendet, die nicht zu deiner *Sippe* gehören, und dabei hättest du hier sein und das neueste Mitglied näher kennenlernen können.«

»Du hast dich selbst falsch eingeschätzt, Mr. Wheeler. Du kannst sehr wohl mit Worten umgehen.« Und es gefiel ihr ausnehmend gut, wie er sie einsetzte. Er war gerade forsch genug, um in ihr den Wunsch zu wecken, ihm näherzukommen. Sie schaute an sich herunter, wie sie sich seitlich an ihn schmiegte, und ihr ging auf, dass es mittlerweile ganz normal geworden war, von ihm im Arm gehalten zu werden.

»Denk nur mal, wie viel wir aufzuholen haben«, meinte er, als sie ihren Garten erreichten. Sein Blick wanderte über die Pflanzen, die sie über Jahre hinweg gehegt und gepflegt hatte. »Du hast einen ziemlich großen grünen Daumen.«

»Ich hatte schon immer Spaß am Gärtnern und Blumen machen mich glücklich.« Sie ging zu seinem schwarz glänzenden Motorrad und strich mit einer Hand über den Sitz. »Wahrscheinlich so, wie dich das hier glücklich macht. Darf ich mich mal draufsetzen?«

Er fasste sie an der Taille, zog sie an sich und seine Augen wurden verführerisch dunkler. »Du willst dich auf meinen Bock setzen?«

Ihr Herz hämmerte wild. »Wenn das mal keine eindeutig zweideutige Frage ist.«

Er sagte nichts weiter, doch sein Griff um ihre Taille wurde fester, und dann hob er sie von den Füßen, als würde sie absolut nichts wiegen.

»Gavin!« Ihr entfuhr ein Quietschen, und sie klammerte sich an seine Schultern, als er sie über die Mitte des Motorrads hielt. Ihr langer Rock schwang um ihre Füße.

»Mach die Beine breit, Süße.« Er wirkte immens zufrieden, als er sie auf den Sitz niederließ. »Du bist offiziell die erste Frau auf meinem Bike.«

Das machte es noch aufregender. Sie umfasste die Enden des Lenkers und ein Gefühl von Macht durchströmte sie. »Es fühlt sich noch größer an, als es aussieht.«

Er stieg hinter ihr aufs Motorrad, schlang die Arme um sie und küsste sie seitlich auf den Hals, was ihr eine wohlige Gänsehaut bescherte.

»Pass lieber auf, was du sagst, sonst rutscht mir am Ende noch was raus, wofür du noch nicht bereit bist.« Er drückte ihr noch einen sinnlichen Kuss auf den Hals und raunte ihr dann heiser ins Ohr: »Zum Beispiel wie gern ich dich ins Schlafzimmer tragen und deine Erinnerung an etwas auffrischen würde, das sich genauso groß anfühlt, wie es aussieht.«

Ja, ja, ja!

Ihre Finger rutschten vom Lenker ab, landeten auf ihren Oberschenkeln, und sie ermahnte sich, ruhig zu bleiben. Er legte seine Hände auf ihre. »Wir wollen doch nicht, dass du dich unwohl fühlst, nicht wahr?«

Seine Stimme ging ihr unter die Haut und brannte sich tief in sie ein. Sie versuchte, zu schlucken, doch ihr Mund war staubtrocken.

Gavin drückte ihre Oberschenkel, sagte dann jedoch plötzlich: »Also, wie wäre es, wenn wir eine Runde drehen?« Er lehnte sich nach hinten und ging auf Abstand zu Harper, als müsste auch er den Bann brechen, mit dem er sie beide belegt hatte.

»Eine Runde drehen, ja, das klingt gut«, antwortete sie zittrig. *Aber zuerst muss ich frische Unterwäsche anziehen ...*

Er half ihr, als sie etwas ungeschickt wieder abstieg. »Ich liebe diesen sexy Rock, aber zum Fahren solltest du lieber Jeans anziehen. Ich muss doch für die Sicherheit meiner Freundin sorgen ...«

Meine Freundin ...

Ihr Herz schmolz dahin, und sie senkte den Blick, damit er ihr nicht ansah, wie sehr sie ihn wollte. Selbst der Druck seiner Hand auf ihrem Rücken auf dem Weg in ihr Cottage weckte Sehnsucht nach mehr Berührungen.

In ihrem Kopf herrschte das blanke Chaos, und sie konnte keinen klaren Gedanken fassen, während sie sich umzog. Sie stand in ihrem Schlafzimmer und wollte einfach nur ins Wohnzimmer stürzen, ihm die Kleider vom Leib reißen und selbigen ins Bett schleifen, um dort all die lustvollen Dinge zu tun, die sie in Virginia miteinander angestellt hatten. Sie wollte ihn unbedingt wieder tief in sich spüren und in seinen wunderschönen grünen Augen all das sehen, was sie sich in jener Nacht nicht auszusprechen getraut hatten. Sie wollte sich tagelang mit ihm in ihrem Cottage verbarrikadieren, damit sie ihre Körper neu kennenlernen konnten, als würde die Welt um sie herum nicht existieren.

Hör auf, hör auf, hör auf! Sie wandte sich von der Tür ab, schnappte sich eine Jeans und warf ein Paar Socken aufs Bett. Während sie in die Hose schlüpfte, atmete sie langsam aus und ließ sich auf die Bettkante sinken, wo sie sich mit beiden Händen an die Tagesdecke klammerte, um ihre wild gewordenen Emotionen wieder in den Griff zu bekommen. Sie schloss die Augen, spürte jedoch immer noch seine Lippen auf ihrer Haut und seinen warmen Atem, der das Feuer in ihr anfachte und mit seinen Worten Flammen in ihre Mitte schickte.

»Was ist nur mit mir los?«, murmelte sie und streifte sich die Socken über, bevor sie die Füße in ihre Stiefel schob. Das war doch lächerlich. Dann gingen sie eben miteinander um, als würden sie sich schon ewig kennen und als würde er sie verstehen wie kein anderer, na und? Nur weil sein Anblick ihren ganzen Körper in Brand steckte, musste sie doch nicht direkt mit ihm ins Bett springen.

Nicht wahr?

Seit dem Festival hatte sie mit niemandem mehr ins Bett springen wollen. Aber in der Nacht damals hätte sie sich nicht mal davon abhalten können, wenn ihr Leben davon abgehangen hätte.

War das verrückt oder könnte es Schicksal sein? War er ihr deswegen nicht mehr aus dem Kopf gegangen?

Ist es uns vorbestimmt, zusammen zu sein?

Sie starrte ihre Schlafzimmertür an und Hoffnung stieg in ihr auf. Das Herz schlug ihr bis zum Hals, als sie sie öffnete. Gavin stand ein Stück von ihr entfernt und betrachtete ein gerahmtes Foto von ihr und Brock, das er wohl aus dem Bücherregal genommen hatte. Ihre Blicke trafen sich und seiner wanderte langsam über ihr Gesicht, ihren Körper und wieder nach oben, bis er ihr erneut in die Augen schaute. Ihr Herz geriet ins Stolpern.

»Hey, meine Schöne. Bereit?«

Sie schnaufte leise und marschierte entschlossen auf ihn zu. »Fast.«

Sie umfasste sein Gesicht mit beiden Händen und küsste ihn hart. Gavin zog sie fest an sich, widmete sich leidenschaftlich ihrem Mund und weckte in ihr die Gier nach mehr. Ihre Gefühle fuhren Achterbahn, auf und ab, machten sie schwindelig. Irgendwo in ihrem Hinterkopf regte sich eine Stimme, dass das unfair ihnen beiden gegenüber war, doch wenn sie dem Verlangen kein Ventil verschaffte, würde sie den Tag nicht durchstehen. Als er ihr eine Hand auf den Hintern legte, zwang sie sich jedoch, den Kuss zu unterbrechen. Sie atmete keuchend, ihre Haut stand in Flammen, und Gavin sah sie an wie ein verhungernder Löwe, der seine Beute fixierte. Und Himmel noch mal, wie gern sie sich von ihm fangen lassen wollte. Aber sie machte bewusst einen Schritt zurück und strich sich mit einer zitternden Hand das Tanktop glatt. Ihr Herz klopfte hektisch unter ihrer Handfläche, und sie versuchte, das Rauschen in ihren Ohren zu ignorieren und vernünftig zu denken.

»Nachdem das jetzt geklärt ist«, sagte sie selbstsicherer, als sie sich fühlte, »können wir los.« Sie schnappte sich ihre Schlüssel und ging durch die Haustür nach draußen.

Folter war noch gar kein Ausdruck für die Selbstbeherrschung, die er bei Harper an den Tag legen musste, genauso wie *glühend heiß* eine Untertreibung für die Hitze war, die in Gavins Körper flirrte, während er das Motorrad in Richtung Provincetown lenkte. *Herrliche Qual* war eine deutlich bessere Beschreibung für beides. Harpers weicher Körper schmiegte sich an seinen Rücken, ihre Hände lagen an seinem Bauch. Zum Glück pfiff der kühle Fahrtwind über seine Haut, sonst wäre Gavin womöglich in Flammen aufgegangen. Als sie so vielversprechend darauf reagiert hatte, dass er Motorrad fuhr, hatte er unbedingt eine Runde mit ihr drehen wollen und deswegen einen zweiten Helm mitgebracht. An eine weitere Jacke hatte er jedoch nicht gedacht und ihr deswegen seine eigene gegeben.

Sie stellten das Bike am Pier ab, und er half ihr, den Helm abzunehmen. Ihre seidigen, blonden Haare fielen ihr offen über die Schultern und sie schüttelte die Strähnen mit einem breiten Grinsen im Gesicht aus.

»Das war fantastisch!«, rief sie. »In meinem nächsten Skript muss ich unbedingt einen Biker unterbringen.«

Sie war so verdammt heiß und sah so glücklich aus, dass er sie einfach küssen musste, doch er achtete sorgfältig darauf, es nicht ausarten zu lassen, weil er sonst womöglich für den Rest des Tages erregt durch die Gegend laufen musste.

»Nenn ihn nur bitte nicht Gavin«, erwiderte er, während sie sich seine Jacke auszog. »Noch mehr Fangirls kann ich wirklich nicht gebrauchen.« Er verstaute die Jacke im Gepäckfach und sicherte die Helme mit einem Schloss.

In den letzten Monaten hatte er sich immer wieder ein Foto von Parker alias Harper gewünscht. Also holte er sein Handy aus der Tasche und legte einen Arm um sie, um ein Selfie von ihnen zu schießen.

»Lächel mal hübsch, damit du sagen kannst, dass du mich kennst, wenn ...«

Sie lächelte strahlend. Er machte ein Foto, gab ihr dann einen Kuss auf die Wange und machte noch eins. Anschließend steckte er das Handy wieder ein und griff nach ihrer Hand, bevor sie den Weg in die Commercial Street einschlugen, die Vergnügungsmeile von Provincetown. »Stürzen wir uns ins Getümmel.«

In der kleinen Künstlerstadt gab es eine Menge Galerien,

Restaurants, Nachtclubs und kleine Läden mit unterschiedlichstem Angebot, was im Sommer Tausende von Touristen anzog. Über den belebten Gehwegen und Gassen hingen Flaggen, die stolz den LGBTQ-Regenbogen präsentierten. Sie kamen an einer Künstlerin vorbei, die eine Karikatur von einem Mann und seiner riesigen Dogge zeichnete. Vor einer Bäckerei beobachtete eine Gruppe Leute einen Pantomimen. Straßenkünstler und -musiker traf man hier an jeder Straßenecke, ebenso wie auf den Rasenflächen vor der öffentlichen Bücherei und dem Rathaus.

»Ich bin so gern hier«, meinte Harper, während sie zwischen den vielen anderen Menschen hindurch den Gehweg entlangschlenderten. »Gibt es so was auch bei dir zu Hause?«

»Nein. Oak Falls ist eine sehr ländliche Kleinstadt, die vor allem für Pferdezucht bekannt ist. Ich wette, dass du hier eine Menge Inspiration für deine Geschichten kriegst. Kommst du auch mal zum Schreiben her?«

»Ja, aber es macht mehr Spaß, die Leute einfach nur zu beobachten und dabei nicht an die Arbeit denken zu müssen.«

»Vielen Dank, dass ich vorhin deine Skripte lesen durfte. Die waren echt witzig und spannend. In welches Genre würdest du sie einordnen? Drama?«

»Nicht so richtig. Bei Drama denke ich eher an *This Is Us*, also richtig tiefgründiger Stoff, und in letzter Zeit konnte ich über nichts anderes schreiben. Nur ist das nicht meine normale Erzählstimme, und auch wenn ich *This Is Us* und Drama generell liebe, fühlt sich das bei mir selbst schräg an, weil die Themen zu gewichtig für meine Stimme sind.«

»Ach, komm schon. Ich habe etliche Seiten deiner Arbeiten gelesen und alles war gut.«

»Na ja, das aktuelle Projekt ist es aber nicht. Glaub mir.«

»Wenn ich dir bei gewissen anderen Einschätzungen geglaubt hätte, hätten wir die letzten beiden Tage nicht miteinander verbracht.«

»Ich denke, ich weiß, wenn ich Quark schreibe. Ich zeige es dir.« Sie zog ihr Handy aus der Tasche und tippte auf dem Display herum. »Mein aktuelles Skript liegt in der Dropbox.« Dann reichte sie ihm das Telefon, verschränkte die Arme vor der Brust und beobachtete ihn erwartungsvoll. »Ich sag's dir, es ist Mist.«

Er überflog den Text, der jedoch unoriginell klang und sich dahinschleppte, ganz anders als das, was er heute Morgen gelesen hatte. Es wirkte nicht einmal, als hätte das dieselbe Person geschrieben. »Du hast recht. Es ist Mist«, meinte er und reichte ihr das Handy zurück.

»Na danke.« Sie steckte das Gerät wieder in ihre Hosentasche. »Du brauchst es nicht freundlicher zu formulieren, kein Problem.«

Er zog sie in die Arme und sah ihr fest in die Augen. »Tut mir leid. Ich will deine Gefühle nicht verletzen, aber was auch immer das war, es stammt nicht von dir. Das hat eine entmutigte, niedergeschlagene Version von dir geschrieben.«

Sie ließ die Schultern sinken, während sie weitergingen. »Ich hab ja gesagt, dass es schlecht ist. Meine Stärke lag schon immer mehr in einer Mischung aus *Sex and the City* und *Friends*. Romantische Komödien. Ich würde meinen linken Fuß dafür geben, wieder einen Draht zu Comedy-Geschichten zu bekommen, aber jedes Mal, wenn ich mich zum Schreiben hinsetze, kommt nur eine mies geschriebene Variante von *This Is Us* dabei raus.«

»Weil du dir von dem, was in L. A. passiert ist, die Stimme hast nehmen lassen«, erwiderte er. Sie blieben vor dem Rathaus stehen, wo zwei langhaarige Männer Gitarre spielten. »Du solltest über diese Erfahrungen schreiben, versuchen, das Ganze mit Humor zu betrachten.«

»Und es noch mal durchleben? Nein danke.«

»Denk mal drüber nach, Harper. Ich wette, dass eine Menge Frauen nachempfinden können, was du durchgemacht hast. Du könntest auch einen männlichen Protagonisten einbringen. Ob du es glaubst oder nicht, aber auch Männer machen schlechte Erfahrungen. Ich habe mal einen Zwilling gedatet, ohne zu wissen, dass sie ein Zwilling ist. Und halt dich fest, du wirst es nicht glauben: Sie mochte mich nicht.«

Sie schnappte gespielt dramatisch nach Luft. »Nein!«

»Doch. Klingt schwer nachvollziehbar, oder? Aber pass auf – anstatt mit mir Schluss zu machen, hat sie die Plätze mit ihrer Schwester getauscht, die total auf mich stand. Ich habe fast drei Wochen gebraucht, um es zu merken.«

»So ähnlich waren sie sich?«

»Na ja, ich war noch auf der Highschool und damals nicht gerade die Aufmerksamkeit in Person. Das hat sich erst ein paar Jahre später entwickelt, nachdem ich genug schlechte Erfahrungen gemacht hatte, um zu verstehen, dass ich *zulasse*, dass sie mir passieren. Also habe ich endlich die Verantwortung für mein Leben übernommen. Aber was ich eigentlich damit meine: Ich habe aus den schlechten Erlebnissen gelernt und mich verändert. Wenn du nicht ewig in der *This Is Us*-Schleife festhängen und Geschichten schreiben willst, die den Leuten das Herz rausreißen, solltest du deine Erfahrungen vielleicht aus einer neuen Perspektive betrachten. Nutze, was dir passiert ist, als Sprungbrett für deine Karriere, anstatt es als Fessel zu sehen, die dich in einem Loch gefangen hält. Vielleicht hast du genau das gebraucht, um die beste Romantikkomödie aller Zeiten zu schreiben.«

»Bei dir klingt das so machbar, aber ich weiß noch nicht mal, ob ich je wieder ein Manuskript in Hollywood vorstellen will. Ich passe dort einfach nicht hin.«

»Ein falscher Mensch in unserem Leben kann alles andere über den Haufen werfen. Du passt überall hin, solange du mit den richtigen Leuten zusammen bist.« Doch schon während er die Worte aussprach, überrollten ihn Erinnerungen, die er jahrelang verdrängt hatte, und trafen ihn mit einer Wucht, unter der er sich einen Moment lang wie betäubt fühlte. Er hatte dieses furchtbare Erlebnis so tief in sich vergraben, dass er es beinahe vergessen hatte. Doch hier ging es nicht um ihn oder den Schmerz, den er durchlitten hatte, oder die ungeplante Schwangerschaft, die seine Welt aus den Angeln gehoben hatte. Jetzt war nicht der richtige Zeitpunkt, darüber zu sprechen. Also schob er die Erinnerungen beiseite – genau wie damals – und konzentrierte sich darauf, Harper wieder auf die Beine zu helfen.

»Du hast eine harte Zeit durchgestanden, Harper. Dir wurde der Boden unter den Füßen weggezogen. Nun ist der Moment gekommen, in dem du dir dein Leben nach deinen eigenen Vorstellungen wieder aufbaust. Du brauchst Hollywood nicht. Oder vielleicht auf lange Sicht doch, wenn du diese Art von Prestige-Karriere weiterverfolgen willst. Aber wie wäre es, wenn du dich jetzt erst mal darauf konzentrierst, wieder Harper zu werden, und was fürs Lokaltheater schreibst?«

Ein Funkeln trat in ihre Augen. »Im WHAT-Theater in Wellfleet habe ich meine Liebe zur Kunst entdeckt. Meine Eltern sind früher oft mit uns hingegangen, und ich habe während meiner Highschoolzeit dort gejobbt und gelernt, was bei einer Produktion hinter den Kulissen passiert. Jana stand ein paar Jahre lang auf der Bühne.«

»Klingt, als hätten wir damit eine vernünftige Richtung gefunden.« Er verschränkte die Finger mit ihren und drückte ihr einen Kuss auf den Handrücken, während sie weitergingen. »Und wenn du erst mal die Szene geschrieben hast, in der deine Hauptfigur ihren attraktiven One-Night-Stand wiedersieht und sie ein Paar werden, will jede Frau auf der Welt ihre Rolle einnehmen.«

»Ich habe keine Ahnung, wie du es schaffst, so dreist zu sein, ohne arrogant rüberzukommen.«

»Das ist eine Gabe«, erwiderte er mit einem Augenzwinkern.

Sie lachte. »Können wir einen Abstecher in die Drogerie machen?«

»Klar, aber ich habe Kondome dabei, falls du dich bei mir für die Idee bedanken willst«, neckte er sie.

»Das hättest du wohl gern.« Sie versetzte ihm einen Klaps auf die Brust und schlug den Weg zur Drogerie auf der anderen Straßenseite ein. »Ich brauche ein Notizbuch und einen Kuli.«

Nachdem Gavin ein Notizbuch, einen Kugelschreiber und eine Schachtel Kondome gekauft hatte – nur um Harper die Röte in die Wangen zu treiben –, bummelten sie durch fast alle Geschäfte. Sie entdeckten lustige Hüte, mit denen sie Fotos machten, die Harper dann auf ihrem Instagram-Account hochlud. Außerdem teilten sie sich ein Eis vom Purple Feather und stöberten durch die exzentrischen Klamotten im Shop Therapy und anderen coolen Boutiquen. Am Längsten hielten sie sich in den Buchläden auf und stellten dabei fest, dass sie beide ein Faible für Memoiren hatten. Harper führte einen kleinen Freudentanz auf, als sie den Roman entdeckte, den die Mädels gerade im Buchclub lasen. Gavin blätterte ihn durch und verkündete, dass sie jede einzelne Sex-Szene nachspielen mussten, um sicherzugehen, dass sie gut auf das Treffen vorbereitet war. Das brachte ihm einen weiteren verspielten Klaps ein, doch die Hitze in ihren Augen sagte ihm, dass sie durchaus Gefallen an der Idee fand. Er legte noch zwei weitere erotische Liebesromane auf ihren Bücherstapel, den er anschließend bezahlte. Um sie noch mal so süß rot werden zu sehen, erklärte Gavin der Kassenkraft, dass sie sich die Geschichten gern gegenseitig laut vorlasen. Harper wurde nicht nur rot, sie schmiegte sich auch fester an ihn und versteckte ihr Gesicht an seiner Brust – woraufhin er sich ein gedankliches Memo machte, sie öfter in Verlegenheit zu bringen.

Während der Nachmittag langsam in den Abend überging, spazierten sie weiter durch Galerien und andere spannende Geschäfte. Harper lehnte sich an ihn und nahm ihn an der Hand, wann immer sie Lust dazu hatte.

Zum Abendessen ließen sie sich im Governor Bradford Pommes und heiße Küsse schmecken. Als die Sonne unterging, saßen sie am Strand neben dem Pier, wo Möwen im nassen Sand herumpickten. Händchen haltende Paare schlenderten vorbei und die Abendluft war erfüllt von den Geräuschen der Stadt. Harper saß in ihrer Jeans und dem Tanktop im Schneidersitz da und die Brise spielte mit ihren Haaren, während sie sich Notizen machte und ihm von den Ideen für eine Geschichte erzählte, zu denen er sie inspiriert hatte. Sie strahlte von innen heraus und unterhielt sich lebhaft mit ihm, ihre Stimme wurde vor Aufregung lauter und der Kuli huschte immer schneller übers Papier. Er war froh, dass sie noch mehr der dunklen Wolken losgeworden war, die ihr von L. A. bis nach Hause gefolgt waren. Damit kam die quirlige, selbstsichere Frau wieder zum Vorschein, die er vor all den Monaten kennengelernt hatte.

»Du bist am glücklichsten, wenn du schreibst, oder?«, fragte er.

Sie schaute zu ihm herüber. »Das dachte ich auch immer. Aber in den letzten Tagen haben sich schreiben und Zeit mit dir verbringen ein Kopf-an-Kopf-Rennen geliefert.« Sie lehnte sich zu ihm und flüsterte: »Und du hast langsam die Nase vorn.«

Er küsste sie, langsam und liebevoll. »Willkommen zurück, Harper.«

Als sie schließlich zurück zu ihrem Cottage fuhren, war Gavin vollkommen und haltlos berauscht von ihrer Nähe. Er schloss ihr die Tür auf und zog Harper in die Arme, als er ihr den Schlüsselbund reichte. Etwas an ihr hatte sich verändert, als wäre ihr eine enorme Last von den Schultern genommen worden.

Als er ihr tief in die Augen blickte, spielte sie nervös mit ihren Schlüsseln. »Möchtest du mit reinkommen?«

»Nichts würde ich lieber tun«, antwortete er aufrichtig.

Sie hatten so einen tollen Tag miteinander verbracht, und es gab nur eine Art, auf die er ihn ausklingen lassen wollte. Doch Harper öffnete sich ihm so vorbehaltlos, hatte ihm ihre verletzlichste Seite gezeigt, und sie verdiente das Gleiche von ihm. Mit ihr zu schlafen, bevor er ihr eingestand, was er vor fast allen anderen Menschen in seinem Leben verbarg, würde das Strahlen in ihren Augen erlöschen lassen, und er ertrug den Gedanken nicht, dafür verantwortlich zu sein.

Nicht heute Abend.

Also fügte er hinzu: »Das war der schönste Tag seit unserem Kennenlernen. Aber wenn ich jetzt mit reinkomme, mit dem, was ich für dich empfinde, verlasse ich das Haus erst morgen früh wieder.«

»Oh … hm …« Verlangen und Zurückhaltung zeigten sich in ihrem Blick.

Er lehnte die Stirn an ihre, weil er wusste, dass er stark genug für sie beide sein musste. Ihre Küsse hatten ihm gezeigt, dass seine Gefühle auf Gegenseitigkeit beruhten, aber ihm war auch klar, dass Harper zwar gerade wieder zu sich selbst fand, dabei jedoch womöglich den Eindruck hatte, noch nicht wieder auf sicheren Beinen zu stehen. Im Moment hatte sie genug Hürden zu überwinden, die sie an sich selbst zweifeln ließen. Er wollte nichts tun, das sie an ihnen beiden zweifeln ließ, also tat er eins der schwersten Dinge, die er jemals hatte vollbringen müssen.

Er gab ihr einen Gute-Nacht-Kuss und fuhr nach Hause, um kalt zu duschen.

Acht

Nachdem er das Wochenende mit Harper verbracht hatte, drehten sich Gavins Gedanken verstärkt darum, sich ihr anzuvertrauen. Er musste – *wollte* – Harper erzählen, was er auf dem College durchlebt hatte. Darüber zu reden brachte vielleicht die Vertrauensprobleme zurück, die zu überwinden ihn Jahre gekostet hatte, und dieses Risiko wollte er eigentlich nicht eingehen, aber ihm blieb keine andere Wahl. Ihm war nie in den Sinn gekommen, wie schön es sein könnte, sein Haus mit jemandem zu teilen, doch Harper hatte sein Angebot angenommen, bei ihm zu arbeiten, und als er sie am Montagabend auf dem Steg entdeckte, war das der beste Moment des Tages. Dass sie da sein könnte, weckte Vorfreude in ihm, das Haus zu betreten, das er sehr liebte, aber nie wirklich zu einem Zuhause gemacht hatte.

Sie waren im Common Grounds Abendessen gegangen, und wie er vermutet hatte, gefielen ihr die Leute und die Atmosphäre sehr. Als er sie dann gestern Abend nach Hause gebracht hatte, wollte er ihr davon erzählen, aber sie hatte ihn angesehen, als wäre er alles, was sie sich je gewünscht hatte, also ließ er es bleiben. Heute traf er sich mit Justin und ein paar Kumpels auf einen Drink, doch morgen stand für Harper und ihn das

Konzert der Chatham Band an, und dann würde er ihr alles erzählen, komme, was wolle.

Gavin konzentrierte sich wieder auf Mia Stone, die sich gerade neben ihm über den Konferenztisch im Ocean Edge Resort beugte. Die letzten beiden Stunden hatten sie über Gestaltungsdetails für die neue Boutique diskutiert. Fotos von Kunstwerken, Möbel- und Leuchtmittelkataloge, Stoffmuster und Vorschläge für weitere Designelemente lagen auf dem Tisch verteilt.

Mias dunkle Haare fielen ihr ins Gesicht, als sie nach der Musterkarte für eine Wandfarbe in Blutorange griff, die er mitgebracht hatte. »Nach unserem ersten Meeting habe ich ja irgendwie erwartet, dass Sie mit Hellblau und Sonnengelb ankommen, was offenbar die Standardfarben für Küstenboutiquen sind. Ihre überraschend mutigen Vorschläge gefallen mir, und ich gehe davon aus, dass Josh und Riley das ähnlich empfinden werden.«

»Hervorragend. Durch die Kombination der kräftigeren Farben und auffälligen Muster mit elegantem Mobiliar erreichen wir eine frische Optik und den Stilmix, den Sie sich vorgestellt haben.«

»Sehe ich auch so«, stimmte sie ihm zu und ließ sich auf einem Stuhl nieder.

»Dann setze ich mich für den Zeitplan mit unserem Team zusammen.« Er fing an, die Unterlagen wieder einzusammeln. »Gefällt es Ihnen denn bisher hier am Cape?«

Mia schlug die Beine übereinander und lehnte sich mit einem entspannten Lächeln zurück, das Gavin seit seinem Wegzug aus der Großstadt bei seiner Kundschaft deutlich häufiger sah. »Ich finde es großartig. Eine ganz andere Welt im Vergleich zu New York. Ich liebe die Großstadt, aber es ist eine nette Abwechslung, dass es hier geruhsamer zugeht. Und die Zusammenarbeit mit den Leuten hier ist definitiv angenehmer. Hier gibt's nicht zufällig ein paar Single-Männer, die eine Vorliebe für Metropolen haben, oder?« Sie lehnte sich mit einem Funkeln in den Augen nach vorn. »Bitte sagen Sie mir, dass Sie und Serena nebenberuflich Leute miteinander verkuppeln.«

Mia war eine wunderschöne Frau, die in Skinny-Jeans und tief ausgeschnittenen Blusen auf mörderischen High Heels durch die Gegend flitzte, als wären es Turnschuhe. Bevor sie ans Cape gekommen war, hatten sie ein paar Wochen lang übers Telefon an dem Projekt gearbeitet. Sie war professionell und umgänglich und besaß einen spitzen Sinn für Humor.

»Ich bezweifle, dass Sie in diesem Bereich Hilfe brauchen«, erwiderte Gavin und steckte ein paar Kataloge in seine Aktentasche.

»Auf Dates eingeladen zu werden, ist kein Problem. Ich werde oft von Männern angesprochen. Und ich weiß es übrigens zu schätzen, dass Sie das nie gemacht haben. Manche Geschäftsleute vergessen, dass es berufliche Grenzen gibt.«

Da kam ihm direkt Mrs. Cachelle in den Sinn. »Wir kennen alle solche Kunden, und das ist eine Grenze, die ich nie überschreiten würde. Außerdem gibt es einen besonderen Menschen in meinem Leben und ich würde sie nie durch so etwas verletzen.«

»Das sagt viel über Sie aus. Ich werde wohl zukünftig einen Privatdetektiv engagieren müssen, um potenzielle Dates zu überprüfen, bevor ich zusage. Offenbar hat jeder irgendwelche versteckten Motive.«

»Kommt mir bekannt vor.« *Leider viel zu sehr*, dachte er mit einem Anflug von Schuldgefühlen. Er hatte keine versteckten

Motive, aber Aufrichtigkeit war ihm wichtig, und es war definitiv an der Zeit, Harper alles über sich zu erzählen.

Er schloss seinen Aktenkoffer und richtete seine Aufmerksamkeit wieder auf Mia. »Serenas Ehemann kennt einen guten Privatermittler. Reggie Steele. Lassen Sie mich wissen, wenn Sie seine Nummer haben wollen.«

Ein amüsierter Ausdruck trat in ihre Augen. »Ich kenne Reggie, wir haben schon mit ihm gearbeitet. Gott, es muss Jahre her sein, dass ich ihn das letzte Mal gesehen habe, aber vielleicht sollte ich ihn mal anrufen …«

Sie witzelten darüber, dass Mia ihren Dates vorab von Reggie auf den Zahn fühlen lassen könnte, doch schließlich kehrte das Gespräch wieder zur Boutique zurück. Gavin versprach, sich in der kommenden Woche zu melden, damit sie den Zeitplan festzurren konnten.

Nachdem er gegangen war, erhielt er eine Nachricht von Harper mit einem Foto ihrer gebräunten, schlanken Beine, die über die Kante seines Stegs hingen, ihre Zehen streiften die Wasseroberfläche. *Ich hatte einen tollen Schreibtag! Hier zu arbeiten ist großartig. Vielen Dank! Wie ist das Meeting gelaufen? Hab viel Spaß mit den Jungs heute Abend.*

Er stieg ins Auto und rief sie an, während er den Parkplatz verließ. »Hey, meine Schöne.«

»Hi. Ich hoffe, ich gehe dir nicht auf die Nerven, weil ich deinen Steg besetze und dir damit auf die Pelle rücke.«

Er hörte das Lächeln in ihrer Stimme und wünschte sich, bei ihr zu sein, um es zu sehen. »Du kannst mir jederzeit auf die Pelle rücken, Süße. Nichts, was du tust, nervt mich.«

»Wie war dein Meeting? Hast du Mia mit deinen Vorschlägen um den Finger gewickelt?«

»Sie war beinahe genauso hingerissen wie ich von deinem Lächeln.«

»Kriegst du eigentlich Karies, wenn du so süße Sachen sagst?«

Er hörte sie lachen und erwiderte: »Niemals. Ich kann es nicht erwarten, dich morgen wiederzusehen. Schick mir ein Selfie, damit ich bis zum Konzert durchhalte.«

»Gavin Wheeler, du könntest mit deinem Charme eine Nonne in Versuchung bringen.«

Er wollte keine Nonne, nur Harper.

Sie unterhielten sich noch ein paar Minuten, bevor Harper schließlich sagte: »Ich fahre dann heim. Viel Spaß mit den Jungs. Wir sehen uns morgen.«

Morgen, übermorgen und, wenn es nach mir geht, auch an allen anderen Tagen danach.

Wenn jemand Harper vor einer Woche gesagt hätte, dass es ihr Spaß machen würde, Zeitungsartikel zu schreiben, hätte sie vehement protestiert. Sie war davon ausgegangen, so was hinter sich gelassen zu haben, dass das nur Zwischenstationen auf dem Weg zu größeren, lohnenderen Herausforderungen gewesen waren. Aber seit sie wieder nach Hause gekommen war, hatte sich eine Menge verändert, ihr eigener Blickwinkel eingeschlossen, und das war dem wahnsinnig sexy Mann geschuldet, der ein paar Meter weiter auf einer Decke saß. Es war Mittwochabend und sie befanden sich im Kate Gould Park in Chatham. Ballons tanzten im Wind an langen Schnüren, die um die Handgelenke von Kindern oder an Stuhllehnen gebunden waren. Familien, Freundesgruppen und Liebespaare picknickten auf den Wiesen, unterhielten sich, tanzten und machten Fotos von der vierzigköpfigen Band. Gavin beobachtete entspannt einen jungen Vater, der in der Nähe des Musikpavillons mit seinen Töchtern tanzte – zwei bezaubernde kleine Mädchen mit Zöpfen. Er wartete so geduldig, während Harper Familien interviewte. Mittlerweile war sie bei ihrem letzten Gespräch des Abends angekommen und unterhielt sich mit Edna und Frank Boema, einem älteren Ehepaar, das die Konzerte schon seit Jahrzehnten besuchte.

Edna war eine sympathische, rundliche Frau mit krausen grauen Haaren und ernsten dunklen Augen. Gerade hatte sie Harper erzählt, dass sie am vergangenen Wochenende ihren achtzigsten Geburtstag gefeiert hatte. Nun gab sie die Geschichte der Band zum Besten. »Wussten Sie, dass die Band 1931 von nur zwölf Mitgliedern gegründet wurde?«

»Oh, ja«, erwiderte Harper. »Ich habe die Konzerte schon als Kind besucht, und mein Vater hat dafür gesorgt, dass meine Geschwister und ich wussten, wie das alles entstanden ist. Kaum zu glauben, dass sich seitdem so wenig verändert hat.« Die Band trug immer noch weiße Hosen und weiße Schuhe zu farbenfrohen Jacketts, die inzwischen allerdings rot und nicht mehr blau waren. Manche Sachen veränderten sich nie. *Wie Gavin*. Er war noch der gleiche Mensch, den sie vor knapp einem Jahr kennengelernt hatte, rücksichtsvoll und enorm umsichtig. Seine Geduld und Unterstützung, sein Sinn für Humor und das Engagement gegenüber seinen Kunden machten ihn nur noch attraktiver. Ganz zu schweigen von den heißen Küssen …

»Die ersten Konzerte wurden ja nicht hier veranstaltet«, warf Frank ein und riss Harper damit aus ihren Gedanken. Er war ein leutseliger Herr mit Halbglatze in kurzärmeligem Hemd und Krawatte, der den Bund seiner Anzughose bis knapp unter die Brust hochgezogen hatte. Seine Haut war von Altersflecken übersät und von tiefen Falten durchzogen.

»Ach ja?« Harper wusste, dass sich der Musikpavillon ursprünglich auf dem Parkplatz neben dem Gebäude der Stadtverwaltung befunden hatte, aber sie überließ Frank gern die Bühne.

Seinen langen Geschichtsvortrag beendete Frank mit den Worten: »Eddie und ich hatten hier unsere erste Verabredung.«

»Darüber würde ich sehr gern mehr erfahren.« Harper machte sich fleißig Notizen, während die beiden ihr von dem Date erzählten, das in eine lange, glückliche Ehe gemündet hatte. Edna steckte ihr, dass sie sich auf den Rat ihrer großen Schwestern hin zuerst geziert und seine ersten drei Einladungen auf ein Date ausgeschlagen hatte. Als er sie das vierte Mal fragte, sagte er dazu, dass es das letzte Mal sein würde – und sie gestand ihm, dass sie schon beim ersten Mal Ja sagen wollte und hoffte, dass sie die letzte Frau sein würde, mit der er je ausging. Nach dem Konzert waren sie mit einer Pizza an den Strand gegangen, wo sie sich Frank zufolge unter den Sternen ineinander verliebten.

Die Geschichte der beiden war genau die Grundlage, die sie für ihren Artikel brauchte, in dem sich alles um Familientraditionen im Mondschein drehen würde. Nachdem sie das Interview beendet hatte, kehrte sie zu Gavin zurück.

Ihr Herz machte einen kleinen Satz, als er aufstand und einen Arm nach ihr ausstreckte. Sie warf das Notizbuch auf die Decke und ergriff seine Hand.

Er zog sie an sich und schlang den freien Arm um ihre Taille. »Wie läuft's denn, Lois Lane?«

»Ich glaube, ich habe endlich genug für den Artikel zusammen. Tut mir leid, dass es so lang gedauert hat.«

Er drückte die Lippen auf ihre. »Du erschaffst Magie für Millionen von Lesern. Dir muss gar nichts leidtun. Aber siehst du die Damen da drüben?« Er deutete mit dem Kopf auf eine Gruppe älterer Frauen in schicken roten Hüten. »Sie starren mich schon eine Weile an, als wäre ich ein Eimer Rheumasalbe. Du solltest lieber mit mir tanzen, bevor sie rüberkommen, sich die Kleider vom Leib reißen und sich an mir reiben.«

Eine der Frauen winkte neckisch mit den Fingern, eine andere zwinkerte ihm zu.

»Wow, ich stehe direkt neben dir«, murrte Harper. »Die Ladys kennen da offenbar nichts.«

Er lachte leise und erwiderte das Winken, bevor er sich mit ihr langsam zur Musik von einem Bein aufs andere bewegte. »Kannst du es ihnen verübeln? Ich bin der heiße Scheiß.«

»Ja, bist du.«

»Aber nicht ganz so heiß wie du«, sagte er.

Sie tanzten zu »Moon River« und zum nächsten Lied und danach zum nächsten, ohne auch nur ein Wort auszulassen. Gavin bewegte sich, als wäre er mit Rhythmus im Blut geboren, und sang, als wären ihm die Liedzeilen in die Wiege gelegt worden.

»Woher kennst du die ganzen Texte?«

»Ich war auf der Middleschool im Chor«, erklärte er und beugte sie über seinen Arm nach hinten.

»Du warst im Chor? Das war bestimmt niedlich. Hattest du auch Ellenbogenschoner?«

Er zwickte sie mit den Zähnen in die Unterlippe. »Kleinstadt. *Alle* waren im Chor.«

Die Band stimmte die ersten Takte von »Sweet Caroline« an. Gavin schwang sie im Kreis und brachte sie damit zum

Lachen, was ihr eins seiner wundervollen Lächeln bescherte.

»Mein Vater hat immer so mit mir getanzt, als ich noch klein war«, sagte sie.

»Kein Wunder, dass du das so gut kannst.« Er zog sie dicht an sich und wiegte sich mit ihr im Takt der Musik, als ein langsameres Lied folgte. »Dafür muss ich mich irgendwann bei deinem Vater bedanken.«

»Ein subtiler Versuch, meine Familie kennenzulernen?« Sie traf sich am Samstag mit ihren Geschwistern zum Frühstück. Kurz hatte sie überlegt, Gavin ebenfalls einzuladen, doch sie wollte ihn nicht mit den gleichen Geschichten über L. A. langweilen, wenn sie ihre Geschwister auf den neuesten Stand brachte. Er hatte sich das alles schon zur Genüge anhören müssen.

»Sobald du dazu bereit bist«, gab er zurück. »Es war schön, dir heute Abend bei der Arbeit zuzusehen.«

»Du hast mich beobachtet?« Das löste ein wohliges Gefühl in ihr aus.

»Mhm.« Er gab ihr einen zärtlichen Kuss. »Du kannst gut mit Menschen umgehen, Harper. Kein Wunder, dass die Gespräche immer eine Weile gedauert haben. Ich dachte – oder vielleicht habe ich es auch gehofft –, dass nur ich so sehr von dir verzaubert bin, aber ich habe es in den Augen von allen gesehen, mit denen du gesprochen hast. Sie waren von der sympathischen Schönheit eingenommen, die sich für sie interessiert hat. Das war auch nicht nur vorgetäuscht, oder? Du hast wirklich gern mit ihnen geredet.«

»Ja, ich hatte ganz vergessen, wie viel Spaß es macht, Leute zu interviewen. Das letzte Ehepaar vorhin kommt schon seit Jahrzehnten her. Sie haben ihre Kinder mitgenommen, als die noch jünger waren. Die Kinder wohnen inzwischen nicht mehr am Cape, aber wenn sie zu Besuch hier sind, nehmen sie die Enkel zu den Konzerten mit.«

»Das finde ich wundervoll«, sagte er.

»Ich auch, und ich finde es auch wundervoll, mit dir zu tanzen.«

»Ich auch, Süße.« Er drückte sie ein wenig fester an sich. »Du hast mal erwähnt, dass du dir vor L. A. immer eine Zukunft hinterm weißen Gartenzaun vorgestellt hast. Ist das immer noch so?«

»Ja. Das klingt vielleicht verrückt, aber ich hatte schon als kleines Mädchen den Traum von einer Hochzeit in Weiß, einem Haus mit weißem Gartenzaun und wie meine Kinder abends auf dem Heimweg im Auto einschlafen.«

»Du bist eine Romantikerin.« Er gab ihr einen sanften Kuss. »Das mag ich so an dir, Harper. Ich bin froh, dass du dir nicht von den schlechten Erfahrungen die Träume hast stehlen lassen.« Sein Blick wurde ernst. »Mir ist das passiert, und es hat lange gedauert, mir den Traum wiederzuholen.«

»Eine der Zwillingsschwestern?«

»Nein. Die haben sich nur einen Spaß erlaubt. In meinem ersten Jahr auf dem College hatte ich eine ziemlich ernsthafte Beziehung mit einer Frau namens Corinne. Sie war die Erste und Einzige, die ich je meiner Familie vorgestellt habe. Sie waren der Meinung, dass Corinne die Falsche für mich ist, und Corinne fand sie auch furchtbar. Die Reaktion meiner Familie hätte mir zu denken geben sollen, aber ich war jung und dumm. Corinne fand meine Familie hinterwäldlerisch und ihre Art kam bei ihnen nicht gut an. Mein Vater ist ziemlich vermögend, aber er hat sich alles aus eigener Kraft erarbeitet und sich was aus dem Nichts aufgebaut. Mit Geld geht er sorgsam um, und man merkt ihm nicht an, dass er reichlich davon hat, weil er nicht damit angibt. Durch und durch bodenständig. Meine Eltern hatten bis dahin noch nie ein schlechtes Wort über andere Menschen verloren, und auch deswegen hätte ich auf sie hören sollen, als sie mich gewarnt haben, dass Corinne scharf aufs Geld ist. Doch ich dachte, dass Corinne einfach missverstanden worden war, und dass ich ihr helfen könnte, sich verständlicher zu machen.«

»Meinst du damit, dass du sie *retten* wolltest?« Ihr wurde ein bisschen schlecht bei der Vorstellung, dass er zu den Männern gehörte, die sich von verletzten Vögelchen angezogen fühlten, wie sie sie nannte – Frauen mit Problemen. Sah er sie auch so?

»Nein, und bitte glaub nicht, dass meine Beziehung mit Corinne auch nur im Ansatz dem ähnelt, was uns beide verbindet. Ich versuche nicht, dich zu *retten*, Harper. Du bist nicht kaputt. Du warst verletzt, und zwar aus gutem Grund. Das ist ein Unterschied. Jeder, dem du wichtig bist, hätte dir dabei helfen können, die Trauer um den Verlust deiner Serie und die zwei schlechten Beziehungen zu überwinden.«

»Meine Freunde vielleicht, aber die meisten Männer machen einen Bogen um Frauen, die so am Boden zerstört sind. Ich hätte mir leicht ein so dickes Fell zulegen können, dass ich niemanden mehr an mich ranlasse.«

»Du *hast* ein dickes Fell, Süße. Wie denn auch nicht? Aber selbst dein dickes Fell ist weich und liebevoll, nicht abweisend oder kalt. Ich habe auch nicht versucht, Corinne zu *retten*, denn ich habe sie nicht als kaputt betrachtet. Sie hat mir erzählt, dass ihre Eltern sehr dominant waren und ihr Leben bis ins Kleinste kontrollieren wollten. Dass ihre Familie sie enterbt hat und sie sich das College durch Studienkredite und Stipendien selbst finanziert. Ihre Familie habe ich nie kennengelernt, sonst hätte ich wohl gemerkt, wie sehr ich mich in ihr geirrt habe. Um es kurz zu machen: Sie ist schwanger geworden und letzten Endes hat sich herausgestellt, dass sie nicht der Mensch war, für den ich sie gehalten habe.«

Harpers Magen krampfte sich zusammen. »Du hast ein Kind?«

»Nein. Ich dachte, dass ich eins haben würde, aber als ich ihr gesagt habe, dass ich das College abbreche, damit wir das Baby zusammen in Oak Falls aufziehen können, wo ich einen Job in der Firma meines Vaters bekomme und wir die Unterstützung meiner Familie haben, hat das ihren Plänen wohl einen Strich durch die Rechnung gemacht. Eine Woche später hat sie die Schwangerschaft abgebrochen und mit mir Schluss gemacht – in dieser Reihenfolge. Außerdem hat sie mir verkündet, dass das Baby sowieso nicht meins war. Ich hatte mich schon gefragt, wie das passiert sein konnte, weil wir immer Kondome benutzt haben, aber … Na ja, die sind nicht zu hundert Prozent sicher. Ich bin einfach davon ausgegangen, dass wir Pech hatten. Doch dann fand ich heraus, dass sie fast die ganze Zeit noch was mit einem anderen Kerl hatte. Das Baby hat sie als meins ausgegeben, weil sie dachte, dass ich reich bin und Zugriff auf das Geld meines Vaters habe. Später habe ich dann noch erfahren, dass ihre Familie sie keineswegs enterbt hatte. Sie war diejenige, die den Kontakt zu ihnen abgebrochen hatte, weil sie ihren kostspieligen Forderungen nicht mehr nachkamen. Aber ihre Eltern haben ihr weiterhin das Studium, die Lehrbücher und die Wohnung gezahlt. Das war ihr offenbar nicht genug. Und ganz ehrlich? Wer weiß, ob sie überhaupt wirklich schwanger war.«

»Gavin, das ist *furchtbar*.«

»Ich war eine ganze Weile fix und fertig deswegen. Ich konnte Frauen lange nicht mehr vertrauen und mir selbst auch nicht. Aber die Wahrheit ist – ich habe sie nicht geliebt. Ich war jung und zum ersten Mal weg von meiner Familie. Ich glaube, ich habe ihre Zuneigung gebraucht, um eine Leere in mir zu füllen, was ziemlich peinlich ist. Weißt du, andere Leute haben One-Night-Stands, aber die sind nichts für mich. Ich hatte eine Beziehung, die mir damals gut genug vorkam, und als sie schwanger wurde, wollte ich das Richtige tun.«

Er schüttelte mit verkniffener Miene den Kopf, und erst jetzt wurde ihr bewusst, dass sie sich immer noch zur Musik wiegten, auch wenn diese ganz in den Hintergrund getreten war, übertönt vom schmerzenden Mitgefühl in ihrem Herzen.

»Ich war wahnsinnig jung und unglaublich dumm«, sagte er. »Aber es ist eben passiert, und es war nur einer der Gründe dafür, warum ich zu dem Zeitpunkt, als ich Serena kennengelernt habe, so lange nicht mehr zu Hause gewesen war. Corinne hat einen Keil zwischen mich und meine Familie getrieben und ich habe es zugelassen. Von Anfang an habe ich mich auf ihre Seite gestellt, anstatt auf die Menschen zu hören, die mich mein Leben lang kennen und mich nur beschützen wollten. Danach habe ich mich für mein Verhalten geschämt und mich deswegen von zu Hause ferngehalten. Inzwischen ist das Verhältnis zu meiner Familie wieder besser, aber es war ein langer, steiniger Weg.«

»Kein Wunder, dass du so darauf gedrängt hast, dass ich ehrlich zu meiner Familie bin.« Sie fühlte so sehr mit ihm, konnte aber gleichzeitig die Frage nicht ignorieren, die an ihr nagte. »Es tut mir wirklich leid, aber ich muss nachhaken, ob du einer dieser Männer bist, die kaputte Frauen brauchen.«

»Gott, nein. Ich würde sie auch nicht als *kaputt* bezeichnen, Harper. Sie wusste ganz genau, was sie tat. Sie war manipulativ und berechnend, nicht kaputt. Als ich mich später mit ihrer

Familie unterhalten habe, kam raus, dass ich nicht der Erste war, mit dem sie das abgezogen hat. Es war für mich immer unverständlich, warum ich das durchmachen musste, die Vorstellung, ein Kind zu bekommen, und dann zu erkennen, dass alles nur vorgetäuscht war. Aber jetzt bin ich froh darüber.«

»Warum? Das muss so schrecklich gewesen sein, ohne enge Freunde oder Familie, die dich dabei unterstützen.«

»Das war es auch, aber als du nach fast einem Jahr urplötzlich am Strand vor mir gestanden hast, ist mir das Herz stehen geblieben, Harper. Ich dachte schon, dass ich mir unsere gemeinsame Nacht nur eingebildet habe, aber dann warst du da, wie ein vom Himmel herabgestiegener Engel, nur dass deine Augen nicht mehr so gestrahlt haben. Und meine eigenen Erlebnisse haben mir das Verständnis für das ermöglicht, was du durchmachst. Ich weiß, wie es ist, wenn einem der Boden unter den Füßen weggezogen wird. Ich glaube, das Schicksal hat uns wieder zusammengeführt, Harper, und wäre ich nicht durch diese dunkle Zeit gegangen, hätte ich dich vielleicht nicht so gut verstehen können, geschweige denn dir dabei helfen können, es zu überwinden.«

Ihr war schleierhaft, wie Gavin seine eigene Vergangenheit überhaupt mit ihren Erfahrungen vergleichen konnte. Was er erlebt hatte, war so viel schlimmer, viel schmerzhafter. Aber jetzt verstand sie, warum er so geduldig war und die Dinge aus einer ganz anderen Perspektive betrachtete als sie. Er war in ein tiefes Loch gefallen und hatte den Weg zurück zur Oberfläche gefunden. Er war sogar noch stärker, als sie geglaubt hatte.

Das Lied klang aus und die Zuschauer klatschten, während der Dirigent der Band sich kurz mit einem der Musiker besprach. Gavin drückte Harper fester an sich und bewegte sich weiter mit ihr zu einem Takt, der nur ihnen gehörte. Sie legte den Kopf an seine Schulter und lauschte seinem Herz, das kräftig und gleichmäßig unter ihrer Wange schlug. In diesem stillen Moment traf es sie wie ein Hammerschlag – wie viel von sich selbst er ihr preisgegeben hatte, und dazu noch die Erkenntnis, dass er die wohl schlimmste Zeit seines Lebens für sie in etwas Positives verwandelt hatte.

Sie schaute zu dem Mann hoch, der ihr vor fast einem Jahr das Herz gestohlen hatte und es seitdem mit beiden Händen sicher umfasst hielt. In ihn verliebt hatte sie sich schon die ganze Zeit über und das eben hatte das Ganze endgültig besiegelt.

Als die Band »My Girl« anstimmte, schaute Gavin ihr tief in die Augen und sang jedes Wort für sie mit. Ihm war das Herz herausgerissen worden und trotzdem konnte dieser unglaubliche Mann immer noch anderen vertrauen und schenkte sich ihr, ohne zu zögern. Sie wollte das auch tun.

Er drehte sie schwungvoll im Kreis, und als er sie danach wieder zu sich zog, schmiegte sie sich an ihn. Das Lied verklang, und er senkte die Lippen auf ihre, um sie zärtlich zu küssen.

Applaus und Jubel brandete um sie herum auf, und sie spürte, wie er in den Kuss lächelte. Als sie sich von ihm löste, johlte die Frauengruppe neben ihnen noch lauter und schwenkte ihre roten Hüte. Harper ging auf, dass die meisten Zuschauer gerade sie und Gavin beobachteten.

»Was ist denn hier los?«, wollte sie wissen.

In Gavins Augen stand ein liebevoller Ausdruck. »Die Damen mit den roten Hüten sind die Ehefrauen von einigen der Bandmitglieder. Sie haben mir einen Gefallen getan und die Band gebeten, den Song für uns zu spielen.«

Harper hätte schwören können, dass der Boden unter ihren Füßen sich bewegte und sie anhob. Sie schlang einen Arm um seinen Nacken und zog ihn zu sich, bis sich ihre Lippen fast berührten. »Dann sollten wir ihnen was zum Bejubeln geben.«

Als sie später am Abend in Harpers Cottage taumelten, ließen sie lachend unter vielen Küssen das Ende des Konzerts noch einmal Revue passieren. Sie hoffte, dass Gavin sich nicht direkt verabschieden würde wie neulich. Die ganze letzte Woche waren sie nie weiter gegangen, als sich zu küssen, aber heute wollte sie genau das.

»Ich dachte schon, ich bekomme dich nie zurück, als eine von den Rothüten sich dich für den nächsten Tanz geschnappt hat«, meinte Harper und stellte ihre Handtasche auf dem Schreibtisch ab.

»Sie war gar nicht so übel, aber die danach? Die hat mich in die Backen gekniffen. Und ich meine nicht die in meinem Gesicht.« Gavin zog sie an sich, umfasste mit beiden Händen ihren Hintern und setzte damit ihren Körper in Brand. »Du musst dir keine Sorgen machen, dass du mich nicht zurückbekommst, Harper. Ich stehe so sehr auf dich …«

»Gut«, erwiderte sie ein bisschen außer Atem. »Weil ich nur ungern Jana anrufen würde, damit sie eine alte Dame vermöbelt.« Er roch nach Mann und Verlangen in einer starken, sexy Verpackung.

»Dann wird dir also endlich klar, dass ich es wert bin, um mich zu kämpfen, hm?«

Ihr Puls raste, und der hungrige Ausdruck in seinen Augen sagte ihr, dass es ihm ging wie ihr, dass er sich auch nach mehr sehnte.

»Ich war noch nie eine Kämpfernatur.« Sie strich mit den

Fingern über seine Oberarme und versuchte, einen verführerischen Tonfall anzuschlagen. »Aber es ist wohl an der Zeit, dass ich das lerne.«

»Süße«, flüsterte er zärtlich und brachte die Lippen verlockend nah an ihre.

Monate voller Fantasien und Tage voller sinnlicher Anspannung brachen sich in leidenschaftlichen Berührungen und tiefen Küssen Bahn. Sie stolperten auf die Couch und Harper konnte kaum einen klaren Gedanken fassen in dem Inferno von Gefühlen. Gavins Erregung presste sich hart gegen ihre Mitte und er drängte sich mit jeder lustvollen Bewegung seiner Zunge gegen sie. Sie schob die Hände unter sein Shirt und genoss das Spiel seiner Muskeln, während er sie rau küsste, aber zärtlich berührte. Die wilde Mischung aus Empfindungen raubte ihr den Atem. Seine Lippen zogen eine Spur aus federleichten Küssen zu ihrer Wange.

»Gott, was machst du nur mit mir?«, flüsterte er an ihrer Haut. »Du wirst dich gleich so gut fühlen, dass du mir nie wieder von der Seite weichen willst.«

Oh ja! Das Verlangen in seiner Stimme ließ sie den Rücken durchbiegen und sie zog seinen Mund wieder auf ihren. Er küsste sie langsam und tief, weckte damit die Erinnerung daran, wie er sie geliebt hatte, leidenschaftlich und sinnlich zugleich. Seine Küsse waren überwältigend und ihr Denkvermögen verabschiedete sich endgültig. Als er seine Bemühungen noch intensivierte, verlor sie sich in den heißen Bewegungen seiner Zunge, in dem Gefühl seiner Hand, die über ihren nackten Oberschenkel aufwärts strich.

Sie spürte den zusammengeschobenen Stoff ihres Rocks unter ihrem Hintern und kam Gavin entgegen, als er ihre Beine um seine Taille legte. Sein muskulöser Körper spannte sich an, als er den Winkel seiner Hüften ein wenig veränderte und sich herrlich fest gegen ihre Mitte drängte. Seine harte Länge konnte sie selbst durch das dicke Material seiner Jeans spüren, was sie an das Gefühl erinnerte, wie er sich in sie schob.

Er fuhr mit der Zunge über ihre Unterlippe, die er anschließend zwischen die Zähne nahm und sacht daran zog. Ein elektrisierendes Kribbeln raste durch sie hindurch, und sie bäumte sich stöhnend unter ihm auf, während er sie auf den Kiefer küsste und dann heiße, feuchte Küsse ihren Hals hinunter verteilte.

»Hör nicht auf ...« Das sehnsüchtige Flehen entkam ihr ohne Vorwarnung, doch das nächste war deutlich nachdrücklicher. »Fass mich an, Gavin.«

Er gab einen rauen, maskulinen Laut von sich, eroberte ihren Mund erneut und ließ dabei eine Hand unter ihr locker fallendes Oberteil wandern, wo er ihre Brust umfasste und mit dem Daumen über ihren Nippel strich, bis er pochend nach mehr verlangte. Lustvolle Blitze durchzuckten sie, als er sich erneut an ihrem Hals nach unten küsste, bevor er auf der Couch ein ganzes Stück tiefer rutschte und den Mund auf ihren Bauch drückte. Die erste Berührung seiner Lippen auf ihrer Haut entlockte ihr ein hungriges Stöhnen. Sie vergrub die Hände in seinen Haaren und klammerte sich an dem Mann fest, der sich so unglaublich und vertraut zugleich anfühlte, als wäre kein bisschen Zeit vergangen, seit er ihren Körper das letzte Mal erkundet hatte.

Er nahm sich Zeit, verwöhnte jeden Zentimeter ihres Bauchs und ihrer Taille. Strich mit den Lippen über ihre Hüften. Küsste ihr Tattoo und zeichnete es mit der Zunge nach. »Gott, wie ich diese Sonnenblume vermisst habe.«

Seine heisere Stimme fachte das Feuer in ihr nur noch mehr

an.

Er küsste sich über ihren Bauch und die Rippen wieder nach oben, wobei er ihr Oberteil hochrollte und schließlich die geöffneten Lippen wieder und wieder auf die Haut knapp unterhalb ihres BHs drückte. Als er den Vorderverschluss schließlich aufmachte und die Cups sanft beiseiteschob, biss Harper sich auf die Unterlippe, um ein Wimmern zu unterdrücken. Er neckte ihre Brustwarzen mit genießerisch kreisenden Bewegungen, die ihr den Verstand raubten, und nun entkam ihr trotz aller Bemühungen doch ein sehnsüchtiger Laut. Ein Knabbern an ihrer empfindlichen Haut setzte ihren ganzen Körper unter Strom. Sie wand sich unter ihm und drängte sich ihm entgegen, bettelte hemmungslos nach mehr.

Seine Lippen streichelten mit derselben quälenden Selbstbeherrschung über ihre Brüste, so furchtbar bedächtig, dass er sie damit gekonnt in den Wahnsinn trieb. Mit der flachen Zunge leckte er über ihre zusammengezogenen Nippel, reizte sie mit langen, langsamen Strichen, die sie jedes Mal aufs Neue keuchen und erbeben ließen. Dann verlagerte er sein Gewicht ein wenig, sodass er halb auf und halb neben ihr lag. Seine Härte drückte sich verlockend gegen ihr Bein und seine große, warme Hand suchte sich einen Weg über ihren Bauch nach unten. Seine Finger umkreisten sacht und neckend ihren Bauchnabel, um sich dann einen Weg unter den Bund ihres Rocks und entlang der Spitze ihres Slips zu suchen. Dabei spielten ihre Zungen weiter in einem herrlichen Kuss miteinander. Er schob die Hand weiter nach unten, über den Spitzensaum an ihrem Oberschenkel. Ihr Atem ging so unregelmäßig, dass sie nicht mehr wusste, ob sie überhaupt noch Luft holte. Als er ihren Oberschenkel mit festem Griff umfasste, schoss ein heißkalter Blitz direkt in ihre Mitte.

Endlich streichelte er über den dünnen Stoff ihres feuchten Höschens und ihr blieb die Luft weg. Sein zufriedenes Stöhnen und die harten Bewegungen seiner Hüften trieben ihre Erregung noch weiter in die Höhe. Dann spürte sie seine kräftigen Finger unter ihrem Slip und sie ächzten beide verlangend auf. Er saugte fester, leidenschaftlicher an ihrer Brust und sie fühlte seine Finger in sich. Ihre Hüften hoben sich ihm mit einem Ruck entgegen, und sie keuchte bei jeder Bewegung seines Munds, bei jeder Berührung, jedem Kreisen über den fantastischen Punkt in ihr. Ihre Haut kribbelte und brannte. Blut rauschte durch ihre Adern, in ihren Ohren, und als er den Daumen hinzunahm und im gleichen Moment die empfindsame Erhebung ihres Geschlechts reizte, während er sie biss, zersprang sie innerlich in tausend Funken sprühende Teile.

»Gavin! *Oh, Gav...*«

Der Orgasmus sorgte dafür, dass sie erneut die Hüften nach oben reckte, und entfesselte all ihre aufgestauten Emotionen. Sie ließ das Becken kreisen und unverständliche, lustvolle Laute perlten von ihren Lippen. Er blieb in ihr, trug sie noch höher hinauf, bis ihre Welt aus den Fugen geriet und sie kopfüber in einen weiteren Orgasmus stürzte.

Sie würde sterben.

Ganz sicher.

So viel intensive Lust konnte nur tödlich sein.

Doch dabei beließ Gavin es nicht. Er setzte seine gekonnten Liebkosungen fort, schenkte nun ihrer anderen Brust die gleiche Aufmerksamkeit und brachte sie damit so oft an den Rand der Ekstase, dass sie nur noch keuchend und befriedigt dalag, als er sich schließlich immer noch voll bekleidet über sie schob. Seine Lippen fanden ihre mit neu entfachter Leidenschaft und seine harte Länge drängte sich rhythmisch gegen ihre Mitte, während er ihren Mund nach allen Regeln der Kunst verwöhnte, was das Feuer in ihrem überreizten Körper wieder weckte und sie erneut auf einen Höhepunkt zusteuern ließ.

Als sie schließlich aus den Wolken zurückkehrte, bebte sie am ganzen Körper. Ihre Glieder fühlten sich bleischwer an. Selbst Gavin zu umarmen kostete zu viel Energie. Ihre Arme sanken kraftlos auf das Couchpolster.

Ihr ganzer Körper kribbelte und fühlte sich zugleich taub an. Gavins Küsse wurden weicher, als würde er ihr ein Geheimnis anvertrauen. Sie war sich nicht mal sicher, ob sie sie noch erwiderte. Sie war vollkommen berauscht von ihm.

»Ich glaube, du hast mich ins Orgasmus-Koma befördert«, brachte sie kaum hörbar hervor. »Ich würde das ja gern zurückgeben, aber ich weiß nicht, ob ich mich noch rühren kann.«

Er lächelte dankbar. »Beweg dich nicht, Süße. Ruh dich aus.«

Sie öffnete die Augen und die Liebe in seinen entlockte ihr ein verträumtes Seufzen. »Aber das ist dir gegenüber nicht fair.«

Er küsste sie auf die Lippen, die Wange, dann wieder auf die Lippen. »Bei uns geht es nicht um fair, Süße. Wir sind beide keine Menschen, die es eilig mit Sex haben. Das wussten wir von Anfang an. In Virginia dachten wir, dass wir nur die eine Nacht haben, aber jetzt können wir uns Zeit lassen. Ich will, dass du dir absolut sicher bist, wenn es passiert, Harper. Sicher, dass es das ist, was du willst. Sicher mit *uns*. Wir wissen beide, wie gut die Chemie zwischen uns ist, und wenn wir wieder an diesen Punkt kommen, will ich dich nie wieder gehen lassen.«

Er hielt ihr Herz wieder so zärtlich in den Händen, wusste genau, was sie brauchte, und sorgte dafür, dass sie es bekam.

»Ich sorge so gern dafür, dass du dich gut fühlst«, flüsterte er. Seine warmen Lippen berührten ihre erneut in einem Kuss, der so liebevoll war, dass sie am liebsten darin aufgegangen wäre. »Schlaf jetzt, Dornröschen. Ich schreib dir morgen.«

Neun

Am Donnerstagmorgen wachte Harper noch vor Sonnenaufgang von einem Klopfen an ihrer Tür auf. Beim Aufsetzen griff sie blind nach ihrem Handy und sah, dass sie einen Anruf von Gavin verpasst hatte. Sie bekam eine wohlige Gänsehaut und sprang aus dem Bett. Die ganze Nacht über war er ihr nicht aus dem Kopf gegangen. Woher wusste er das?

Der Saum von Gavins Sweatshirt rutschte an ihren Oberschenkeln nach unten, als sie zur Tür rannte und sie öffnete. Die kühle Luft prickelte auf ihrer Haut, aber der Anblick von Gavin, der auf der Veranda stand und in seinem dunklen Kapuzenpulli und den Jeans umwerfend aussah, linderte das unangenehme Gefühl.

»Guten Morgen, meine Schöne.«

»Hi.« Sie konnte nicht aufhören zu lächeln, und dabei wusste sie nicht einmal, warum er hier war. So toll war es, ihn zu sehen. Sein Blick wanderte langsam an ihrem Körper nach unten und ließ Hitze in ihr aufsteigen.

»Ich konnte nicht in dem Wissen zur Arbeit gehen, dass ich dich letzte Nacht in einem Orgasmus-Koma zurückgelassen habe.« Er trat näher und schirmte sie damit vor der kühlen Luft ab, als er seine warmen Lippen auf ihre drückte. »Ich habe das perfekte Gegenmittel. Frühstück am Strand, während wir den Sonnenaufgang beobachten. Ich habe alles, was wir brauchen, im Auto.«

Ihr Herz setzte einen Schlag aus. »Vielleicht brauche ich ab jetzt jeden Abend ein Orgasmus-Koma.«

»Das lässt sich einrichten.«

Ihre Nippel kribbelten aufregend bei der Vorstellung. »Komm rein. Ich muss mir nur schnell was anziehen.«

Hastig putzte sie sich die Zähne, kämmte sich die Haare, schlüpfte in ihre Jeans und zog sich ein Paar Sandalen an. Als sie wieder ins Wohnzimmer kam, blätterte Gavin gerade in dem Roman, den sie für den Buchclub las.

»Ist schon ziemlich versaut«, zog er sie auf.

»Und wie. Es ist grandios und ich muss es bis morgen Abend für das Treffen zu Ende lesen. Hey, ist es okay, wenn ich das auf deinem Steg mache? Da ist es ruhiger als am Strand oder auf dem Pier.« Ihr Herz klopfte wie wild und sie schaute sich nach ihrem Schlüsselbund um.

»Aber klar doch. Mein Steg ist dein Steg. Was suchst du denn?«

»Meine Schlüssel. Ich dachte, ich hätte sie auf meinem Schreibtisch liegen lassen.«

Er schlang einen Arm um ihre Taille und zog sie an sich. »Die habe ich schon, Süße. Was brauchst du noch?«

»Nur ein ordentliches ›Guten Morgen‹.« Sie stellte sich auf die Zehenspitzen und suchte seinen Mund mit ihrem. Er vertiefte den Kuss sofort und schickte damit eine heiße Flutwelle durch ihren Körper. Als sich ihre Lippen wieder voneinander lösten, seufzte sie leise. »Der beste Morgen aller Zeiten.«

Sie fuhren zum Newcomb Hollow Beach und ließen ihre

Schuhe im Auto. Harpers Füße sanken in den kalten Sand ein, als sie mit Decken und Frühstück bepackt den langen Pfad über die Dünen zum Strand entlanggingen. Unten angekommen, breiteten sie die Decke aus und machten es sich darauf gemütlich, um den Sonnenaufgang zu beobachten und sich dabei den Kaffee schmecken zu lassen, den Gavin auf dem Weg besorgt hatte. Er öffnete die Dunkin'-Donuts-Tüte und reichte Harper einen Bananen-Schoko-Muffin.

»Ich hoffe, sie sind immer noch dein Lieblingsessen«, sagte er, während er seinen Muffin auspackte.

»Du erinnerst dich wirklich an alles.«

Er strich mit den Lippen über ihre. »An jeden Kuss, jede Berührung, jedes ›Oh, Gavin, ja!‹« Sie vergrub ihr Gesicht lachend an seiner Brust. Als sie den Kopf wieder hob, küsste er sie erneut. »Die beste Erinnerung aller Zeiten.«

Sie aßen ihre Muffins und lauschten dem Rauschen der anbrandenden Wellen. Es gab nichts Schöneres als die Morgendämmerung eines neuen Tages am Cape Cod. Die frische Morgenluft tanzte über ihre Wangen, aber Harper war warm, so an Gavins Seite gekuschelt.

»Hörst du das?«, fragte Gavin und drückte sie sanft, während sie an ihrem Kaffee nippten. »Die Wellen erinnern mich an dich, wie du in aller Ruhe Schwung holst und auf den richtigen Moment wartest, bevor du dich mit Feuereifer in die Sache stürzt.«

»Hast du das Gefühl, dass ich dich hinhalte?«

Er küsste ihre Schläfe und ein kleines Lächeln umspielte seine Lippen. »Nein, Süße. Das Meer hält niemanden hin. Es ist eines der mächtigen Geschenke von Mutter Natur. Stärker als fast alles andere und doch sanft genug, um Schönheit auszustrahlen und ein Gefühl der Ruhe zu vermitteln. Es verdient

Respekt und Bewunderung.«

»Das ist wirklich schön formuliert.«

»Es stimmt. Denk nur mal daran zurück, wie es dir auf dem Heimflug ging, als du das Gefühl hattest, die Kontrolle über dein Leben verloren zu haben.«

»Ich glaube, mein Sitznachbar würde bestätigen, dass ich eher wie ein heftiger Hurrikan getobt habe.«

»Du warst nicht der Hurrikan, Harper. Du warst die aufgewühlte See, deren Wogen der Hurrikan mit seinen heftigen Böen verursacht hat. Nachdem sich der Sturm gelegt und du die dunklen Wolken hinter dir gelassen hast, bist du wieder zu der lieben, zielstrebigen Frau geworden, die du immer gewesen bist.«

Die Sonne kroch über den Horizont wie ein Feuer, das sich langsam in den Himmel ausbreitete. Harper hatte das Gefühl, das zum ersten Mal zu erleben, was mit Sicherheit an Gavin lag.

»Wenn ich das Meer bin, was bist du dann?«

Er brach ein Stück von seinem Muffin ab und hielt es ihr hin. »Sag du es mir.«

Sie öffnete den Mund und dachte über seine Analogie nach, während sie den Bissen annahm und Gavin einen Kuss auf die Fingerspitzen gab. »Ich glaube, du bist der Wind.«

»Die Quelle des Sturms? Ich weiß nicht, ob das was Gutes ist.«

»Ja, denn der Wind beruhigt das Meer oder haucht ihm neues Leben ein. Er treibt es in verschiedene Richtungen, drängt es aus seiner Komfortzone heraus, ermutigt es, neues Terrain zu erobern, und ebbt dann wieder ab. Er überlässt es ihm, seinen eigenen Weg zu finden.«

»Und deshalb bist du die Schriftstellerin von uns beiden. Wie kommst du mit der Arbeit voran?«

»Wirklich gut. Ich bin begeistert von der neuen Richtung. Meine Erfahrungen aus einer anderen Perspektive zu betrachten, hat meine Art zu schreiben verändert. Fast, als wäre ich anders wiedergeboren worden. Erwartet habe ich es nicht, aber die Texte sind lustiger. Du hattest recht damit, dass ich meine Hollywood-Träume vorerst auf Eis legen und mich darauf konzentrieren sollte, etwas Gutes zu schreiben. Vielen Dank dafür.«

»Manchmal braucht man nur einen neuen Blickwinkel, um einen Weg aus einer beengten Sackgasse zu finden.«

Harper aß ihren Muffin auf, und ihre Gedanken wanderten zum Vorabend zurück und zu all dem, was Gavin ihr über Corinne erzählt hatte. Sie grub die Zehen am Rand der Decke in den Sand. »Du hast erwähnt, dass die Erlebnisse mit Corinne dir lange Zeit deine Träume geraubt haben, dass du sie aber zurückbekommen hast. Wie sehen die jetzt für dich aus?«

Hitze trat in seinen Blick, der langsam von ihren Augen zu ihrem Mund wanderte. Er strich mit der Hand über ihre Wange bis zu ihrem Nacken und zog sie näher zu sich heran. Seine Lippen streiften ihre hauchzart. »Willst du was über meine Träume oder meine *Fantasien* hören?«

Als sich sein Mund auf ihren senkte, schlang sie die Arme um seinen Hals und ließ sich von ihm nach hinten auf die Decke drücken, während er den Kuss vertiefte. Die Geräusche des Meeres vermischten sich mit der Lust, die durch ihre Adern rauschte, und sie schob ihre Hände in seine Haare, um ihn festzuhalten. Er weckte so viel Verlangen und Sehnsucht in ihr, und er war der Einzige, mit dem sie die Dinge erleben wollte, zu denen er ihre Gedanken inspirierte. Seine Hand wanderte an ihrer Seite nach unten und packte sie fest an der Hüfte. Doch dann wechselte er wie die Gezeiten von rau und fordernd zu sanft und verführerisch, was ihr schwindelig werden und ihr Herz höherschlagen ließ.

Als er sich zurückzog und die Umrisse ihrer Lippen, ihre Wangen und schließlich wieder ihren Mund küsste, sagte sie: »Ich will mehr über deine Träume erfahren.«

Er schaute auf sie hinunter. »Zu finden, was bis zum Lebensende an meiner Seite ist.«

Ihr Herz flatterte und sie nahm all ihren Mut zusammen. »Und deine Fantasien?«

Das Feuer in seinen Augen loderte noch höher auf, was das Flattern in ihrer Brust in einen Rausch versetzte. Dann eroberte er ihren Mund erneut in demselben schwindelerregenden Rhythmus wie zuvor. Sie reckte sich ihm entgegen, als er den Kuss ausklingen ließ, versuchte, mehr von ihm zu bekommen, bis sie von seinem Gewicht wieder nach unten gedrückt wurde, als er ihr gab, was sie wollte. Sie fühlte sich schwerelos, die Welt um sie herum blieb stehen, und als sich ihre Lippen voneinander trennten, war sie vollkommen außer Atem.

»Du bist der Inbegriff meiner Fantasien, Süße.« In seiner Stimme lag so viel Gefühl. »Das bist du, seit ich dich kennengelernt habe.«

Zehn

Harper schlich sich nicht mehr auf Zehenspitzen in sein Herz –
sie hatte es restlos erobert. Der Konzertabend hatte eine Art
sexuellen und emotionalen Damm brechen lassen. Als Harper
ihm gestern Morgen am Strand noch mehr von sich geschenkt
hatte, war es ihm ganz genauso ergangen, er hatte sich noch
heftiger in sie verliebt, wollte ein größerer Teil ihrer Welt sein.
Sie waren so heiß aufeinander, aber er hatte Harper die Führung
überlassen, so gut er konnte, damit sie das Tempo der Intimität
zwischen ihnen bestimmte. Die Zurückhaltung fiel ihm
unglaublich schwer, er konnte kaum aufhören, an sie zu
denken. Selbst jetzt mit seinen Kumpels beim Billardspielen im
Common Grounds ging ihm Harper permanent durch den
Kopf. Sie hatte ihm vorhin eine Nachricht geschickt, dass ihr
Chef von ihrem Artikel so beeindruckt war, dass er ihr drei
weitere zugewiesen hatte. Sie war Feuer und Flamme, beruflich
und emotional.

»Gavin, fährst du morgen mit?«, fragte Dwayne.

Justins Cousin war ein stämmiger Ex-Marine und Mitglied
der Dark Knights. Auf den ersten Blick machte es oft den
Eindruck, als wäre ihm alles vollkommen egal, aber seine Augen
verrieten etwas anderes: die Trauer um seine Schwester, die er

vor einigen Jahren durch Selbstmord verloren hatte.

»Wahrscheinlich nicht.« Gavin lehnte sich gegen die Wand und beobachtete Cory bei seinem nächsten Stoß.

»Stehst du schon unterm Pantoffel?« Dwayne warf einen Blick zu Justin, der nur mit den Schultern zuckte. »Letztes Wochenende hast du auch schon abgesagt.«

»Tut mir leid, Kumpel. Meine Süße ist viel heißer als ihr.« Gavin grinste.

»Das stimmt«, sagte Justin, der den Billardtisch umrundete, um seinen nächsten Stoß zu planen.

Gavin stieß sich von der Wand ab und klopfte Dwayne auf die Schulter. »Dieses Wochenende gehört ganz ihr.«

»Er ist nur neidisch«, meinte Cory. »Dwayne sitzt gerade auf dem Trockenen.«

Dwayne schnaubte spöttisch. »Von wegen. Ich bekomme mehr davon, als du dir je erträumen könntest.«

Während die Jungs sich gegenseitig piesackten, erinnerte sich Gavin an den vergangenen Nachmittag, als er von der Arbeit nach Hause gekommen war und Harper beim Schwimmen im See angetroffen hatte. Das Buch, das sie für den Buchclub las, lag auf dem Steg neben ihrer Kleidung, dem Laptop und einem Handtuch. Sie trug einen knappen türkisfarbenen Bikini und stieg mit einem sehnsüchtigen Ausdruck in den Augen die Leiter hoch. Seine süße Harper marschierte zielstrebig mit verführerischem Hüftschwung auf ihn zu und ihre harten Brustwarzen zeichneten sich unter dem dünnen Stoff ihres Bikinioberteils deutlich sichtbar ab. Ihr Mund suchte seinen und dann küsste sie ihn so leidenschaftlich, als hätte sie den ganzen Tag nur auf diese Gelegenheit gewartet. Sie murmelte etwas davon, dass er sie an den Protagonisten des Buchs erinnerte, das sie gerade las, während sie ihm mit ein paar schnellen Handgriffen die Hose öffnete. Ohne weitere Worte sank sie auf dem Steg auf die Knie und umfasste seine Länge mit beiden Händen. Ihre wunderschönen blauen Augen richteten sich auf sein Gesicht, als sie mit ihrer Zunge die Spitze seines Schafts neckte. Sie nahm ihn tief in den Mund und der erotische Anblick hätte ihn fast kommen lassen. Aber er beherrschte sich und genoss jede herrliche Bewegung ihrer Zunge, jedes Lecken und Saugen. Als sie eine Hand um seine Hoden legte und mit dem perfekten Druck daran zog, hatte er schließlich losgelassen, und sie nahm alles auf, was er zu geben hatte. Er zog sie in die Arme und trug sie zu einem der Liegestühle auf der Terrasse, wo er ihr das sexy Bikinihöschen auszog und sie verwöhnte, bis sie so oft gekommen war, dass sie in seinen Armen einschlief.

Cory stieß Gavin mit dem Ellenbogen an. »Hey, Justin hat dich etwas gefragt.«

Gavin schüttelte den Kopf, um sich wieder auf die Gegenwart zu konzentrieren. »Tut mir leid. Ich war wohl in Gedanken.« Seine Erregung machte sich in seiner Hose bemerkbar. Rasch nahm er einen Schluck von seinem Drink und zwang sich, an Matheaufgaben zu denken.

»Ich habe gesagt, dass ich den Auftrag von den Kunden bekommen habe, die du an mich weiterverwiesen hattest. Die Cachelles. Ich soll für sie Steinarbeiten an ihrem Gästehaus machen.« Justin schürzte die Lippen. »Du hast mir nicht gesagt, dass die Frau alles anmacht, was nicht bei drei auf dem Baum ist.«

»Verheiratet?«, fragte Dwayne.

Justin nickte. »Und heiß.«

»Lass mich raten, sie hat von dir bekommen, was sie wollte«, sagte Cory, der sich gerade über den Billardtisch beugte und zu seinem Stoß ansetzte. Er machte eine knappe Kopfbewegung, um sich die braunen Ponyfransen aus dem Gesicht zu schütteln, und lochte die anvisierte Kugel in eine Seitentasche ein.

»Hältst du mich für ein Arschloch?« Justin schnaubte leise. »Lass es mich so ausdrücken: Ich bin schon ein Arsch, aber nicht so einer.« Er schaute zu Gavin herüber. »Eine kleine Vorwarnung wäre nett gewesen.«

»Hey, mich hat auch niemand gewarnt«, gab Gavin zurück. »Serena reibt mir ständig begeistert unter die Nase, wie die Frau mich angemacht hat.« Die einzige Frau, von der er angebaggert werden wollte, war im Moment am Red River Beach und diskutierte über den Erotikroman, den er neulich abends bei ihr durchgeblättert hatte. »Hat jemand Lust, zum Red River Beach zu fahren?«

»Steph ist heute Abend da zu einem Buchclubtreffen«, meldete sich Elliott Appleton zu Wort, der gerade Gavins und Corys leere Gläser einsammelte. Elliott hatte halblange sandblonde Haare, trug eine Brille mit Drahtgestell und kannte jeden Gast mit Namen. Außerdem hatte er das Downsyndrom. Er schob sich die Brille höher auf die Nase. »Sie lesen *versaute* Bücher. Steph und Gabe werden immer rot, wenn sie die lesen.« Elliotts große Schwester Gabe, eine temperamentvolle, kurvige Rothaarige, war die Besitzerin des Common Grounds.

Die Billard-Runde lachte.

»Ist Gabe auch im Buchclub?« Justin positionierte seinen Billardqueue für den nächsten Stoß.

»Nein. Sie arbeitet zu viel, sagt sie«, meinte Elliott. »Bist du im Buchclub, Gavin?«

»Nein. Ich glaube, das ist nur für Mädels«, antwortete Gavin.

»Warum willst du dann da hin?«, wollte Elliott wissen. »Es

ist zu dunkel zum Schwimmen.«

»Weil seine Freundin dort ist«, erklärte Dwayne.

Elliott nickte. »Wenn ich eine Freundin hätte, würde ich auch da hingehen, wo sie ist, anstatt mit denen hier nutzlos abzuhängen.« Er ging leise lachend davon.

Justin kniff die Augen zusammen und fixierte eine der Kugeln. »Ist Chloe im Buchclub?«

Gavin nickte. »Chloe, Daphne, Steph ...«

»Ich bin dabei«, sagte Dwayne.

»Ich auch«, schloss Justin sich mit einem fiesen Grinsen an.

»Wir sind mitten in einem Spiel«, beschwerte sich Cory.

»Du kannst ja bleiben und dir die Eier kraulen«, sagte Justin. »Wir haben was Besseres zu tun.«

»Hier bleiben, hättest du wohl gern.« Cory steckte seinen Billardqueue in die Halterung.

»Hey!«, rief Gabe ihnen hinterher, als sie auf die Eingangstür zuhielten. »Wo wollt ihr denn auf einmal hin?«

»Red River Beach«, antwortete Gavin. »Das Treffen des Buchclubs aufmischen.«

»Ihr seid ja mutige Vollpfosten. Viel Glück dabei.«

Das Treffen des Buchclubs war sogar noch lustiger, als Harper es sich vorgestellt hatte. Sie saß zusammen mit Chloe und Daphne auf einer Decke. Die Frau mit den dunklen, von roten und violetten Strähnen durchzogenen Haaren und braunen Augen, die sich zu ihnen gesellt hatte, war ihre neue Freundin Steph. Sie schrieb gern Gedichte und betrieb einen Kräuterladen. Zum Abendessen hatten sie Burger auf einem tragbaren

Grill gebraten, während sich die Mitglieder des Buchclubs, die weiter weg wohnten, über Skype vorstellten: Dixie, eine wahnsinnig attraktive, tätowierte Rothaarige, ihre gute Freundin Izzy, eine Brünette mit großer Klappe aus Maryland, und Paige, eine hübsche, sehr lieb wirkende Brünette aus Upstate New York. Harper war überrascht, als sie herausfand, dass der Club Hunderte von Mitgliedern überall in den USA besaß. Viele von ihnen zogen jedoch die Online-Foren den persönlichen Treffen oder Videocalls vor.

Sie unterhielten sich schon eine ganze Weile über das Buch, genauso wie über ihren Alltag. Harper zog ihren Pullover enger um sich, als eine kühle Brise über den Strand wehte.

»Mich interessiert, warum du dieses Buch ausgesucht hast«, sagte Paige. »Ich hatte fast die Hälfte des Buchs den heißen Rotstift in der Hand.«

»Den heißen Rotstift?« Daphne schaute in die Runde. »Ist das ein Sexbegriff, den ich nicht kenne?«

Paige lachte. »Nein. Ich markiere Tipp- und Grammatikfehler in meiner E-Reader-App in einem Rotton, den ich heißes Rot nenne.«

»Bist du etwa von der Grammatikpolizei?«, fragte Dixie.

»Ganz genau. Es ist ein Fluch«, erwiderte Paige.

»Es waren wirklich eine Menge Tippfehler drin«, gab Steph zu. »Darauf hätte ich in der Leseprobe vor der Auswahl mehr achten sollen. Aber das Buch hat in der ersten Woche nach Erscheinen mehr als siebenhundert Rezensionen bekommen. Der Name der Autorin ist mir zwar vorher noch nie untergekommen, aber da bin ich einfach davon ausgegangen, dass es gut sein muss.«

Paige sagte: »Ich kannte die Autorin auch nicht. Da muss ein tolles Marketingteam im Hintergrund arbeiten, um so schnell so viele Rezensionen zu bekommen. Ich persönlich fand, dass der Protagonist ein bisschen zu fordernd war. Keiner, dem ich persönlich fünf Sterne geben würde.«

»Wirklich? Ich fand gerade das gut an ihm«, sagte Chloe. »Am Anfang war ich mir nicht sicher, weil er ein bisschen fies war, aber dann bin ich doch mit ihm warm geworden. Hat ihn sonst noch jemand nicht gemocht?«

Harper hörte den Mädels zu, wie sie ihre Meinungen dazu austauschten, behielt ihre jedoch für sich. Sie mochte es, wenn Gavin fordernd wurde, aber er war dabei deutlich rücksichtsvoller als der Held des Buchs. Gavins Forderungen klangen immer charmant und leidenschaftlich, der Protagonist des Buchs war ziemlich vulgär. Dass es ihm so gut gefiel, wenn seine Heldin die Führung übernahm, das war allerdings ziemlich heiß.

»Und ich habe kein grundsätzliches Problem mit Bondage«, meinte Dixie, »aber wenn mich ein Mann auffordert, mich auszuziehen, um mich dann zwanzig Minuten lang allein zu lassen, während er telefonieren geht, wäre die Sache für mich gelaufen.«

Izzy nickte und ihre glatten dunklen Haare strichen ihr über die Schultern. »Sehe ich auch so. Komm her und vögel mich, sonst bin ich weg.«

»Ach, ich weiß nicht«, sagte Daphne. »Ich bin bei ihm hin- und hergerissen. Ich habe Kapitel siebzehn über seine Vergangenheit und seine Gedanken viermal gelesen, und ich kann mich immer noch nicht entscheiden, ob er ein Mistkerl ist oder einfach nur missverstanden wird. Die Sache mit dem Anruf hat mich echt sauer gemacht, und er hatte ein paar seltsame Angewohnheiten, aber nach allem, was er durchgemacht hat, hat mich seine Emotionalität wirklich berührt.«

Harper nickte. »Da stimme ich dir zu. Er *war* übermäßig

fordernd – nicht nur auf sexueller Ebene, er war auch besitzergreifend, im positiven wie negativen Sinn. Dass er ständig wissen wollte, wo sie war und mit wem sie telefonierte, fand ich furchtbar. Das würde mich in den Wahnsinn treiben. Aber es hat doch was Romantisches, wie verliebt er in die Heldin war, oder? Oder bin ich verrückt?«

Alle redeten durcheinander und waren sich einig über die romantische Seite des Protagonisten. Harper glaubte nicht, dass ein fiktiver Held jemals an Gavins und ihr erstes Date oder den Nachmittag, den sie in Provincetown verbracht hatten, herankommen konnte. Sie lächelte in sich hinein, als sie daran dachte, wie er ihr ein Orgasmus-Koma angeboten hatte. Das war so ziemlich das Süßeste und Romantischste, was sie je erlebt hatte.

»Würdet ihr mit so jemandem zusammen sein wollen?«, fragte Steph.

»Nein«, antworteten Harper und Daphne unisono.

»Da bei mir aktuell *überhaupt nichts* läuft, würde ich ihn daten, solange er Puls hat und heiß aussieht.« Chloe lachte.

»Nachvollziehbar«, meinte Steph.

»Ich würde mich auch auf so einen einlassen. Er hat Ecken und Kanten, und das gefällt mir – aber er müsste sich an meine Regeln halten«, sagte Izzy.

»Der Typ hat gedroht, seinen eigenen Bruder umzubringen, Iz«, gab Dixie zu bedenken. »Ich weiß nicht, ob er sich an irgendwelche Regeln hält. Und übrigens: Ich will unbedingt ein Buch über seinen Bruder. Der war heiß.«

»Ich auch«, stimmten Chloe und Steph ihr zu.

»Also, mit so einem Kerl könnte ich nie ausgehen.« Paige schüttelte den Kopf. »Meine Brüder Knox und Landon würden so einen nicht mal in meine Nähe lassen. Außerdem glaube ich nicht, dass ich so die Kontrolle abgeben und mich von einem Mann fesseln lassen könnte. Ich lese das zwar gern, aber in der Realität würde ich wahrscheinlich Angst bekommen.«

Harper kniff die Lippen zusammen und versuchte, eine neutrale Miene beizubehalten. Sie hatte sich von Gavin in Virginia die Handgelenke fesseln lassen, was sie sich vor ihm nie hätte vorstellen können. Andererseits hatte er sie das Gleiche bei sich machen lassen, und sie wäre nie auf den Gedanken gekommen, dass ihr das gefallen könnte. Doch die Macht, die ihr das verschafft hatte, war unfassbar aufregend gewesen.

»Nicht mal, wenn du ihn liebst?«, wollte Dixie wissen.

Paige zuckte mit den Schultern, und man sah ihr an, dass sie sich unwohl fühlte. »Ich war noch nie verliebt, aber mein Bauchgefühl sagt Nein.«

»Na, da verpasst du aber was. Nicht, dass ich auf BDSM oder so stehe«, meinte Izzy. »Aber ich kann mich definitiv darauf einlassen, wenn der ein oder andere Seidenschal zum Einsatz kommt. Dadurch kann man sich emotional näherkommen.«

»Apropos näher«, wechselte Harper das Thema, bevor ihr versehentlich etwas herausrutschte, das sie lieber für sich behielt. »Wie heiß war bitte Kapitel zwanzig?«

Sie fächelte sich Luft zu, und die Mädels steuerten ihre Meinungen über die erotische Szene bei, in der die Protagonistin ins Büro des Buchhelden marschierte, die Tür abschloss und ihm den besten Blowjob seines Lebens verpasste. Die Vorstellung, so die Kontrolle zu übernehmen und Gavin zum Stöhnen zu bringen, hatte sie so erregt, dass sie in den See springen musste, um sich abzukühlen. Es hatte nicht geklappt. Als Gavin auf dem Steg aufgetaucht war und in seiner Anzughose und seinem Hemd einfach nur zum Anbeißen aussah, hatte sie alle

Vorsicht in den Wind geschlagen und sich genau das genommen, was sie wollte. Sie hatte nicht einmal eine Entschuldigung dafür, dass sie ihn so überfiel, außer dass sie sich Gavin als den Protagonisten in der Szene im Buch vorgestellt hatte – aber das war ihr auch egal. Sie tat es einfach, genauso hemmungslos wie in Virginia.

Und es hatte sich so verflixt gut angefühlt!

Ihr Puls beschleunigte sich, wenn sie nur daran dachte, wie Gavin lustvoll geknurrt und gezischt und seine Hände in ihren Haaren vergraben hatte. Sie spürte immer noch, wie sein großer Schaft sich in ihrem Mund bewegte und …

»Oh mein Gott, im Ernst jetzt?«, sagte Chloe laut und riss Harper damit aus ihren Gedanken.

Sie nahm einen großen Schluck von ihrem Eistee und folgte Chloes Blick zu den vier Männern, die mit Motorradhelmen unterm Arm den Strand entlangmarschierten. Gavins sexy Bewegungen würde sie überall erkennen. Verlangen kochte in ihr hoch, als sie ihn deutlicher sah und merkte, dass er sie unverwandt anschaute.

»Ladys«, sagte Justin, der sich neben Chloe fallen ließ. Seine Freunde setzten sich zwischen Daphne und Steph.

»Was wollt ihr denn hier?«, wollte Chloe wissen.

Gavin nahm hinter Harper Platz und streckte die Beine links und rechts neben ihr aus, während er sie mit dem Rücken an seine Brust zog und ihr einen Kuss auf die Wange gab. »Hallo, meine Schöne.«

Ihr Magen machte einen Hüpfer. »Hi.«

»Ich schaue mir den Buchclub der heißen Mädels an.« Justin winkte in Richtung des iPads und sagte: »Hey, Cousinchen.«

Dixie verdrehte die Augen.

»Ihr seid verwandt?«, fragte Paige.

»Ja«, antwortete Justin. »Meine Mutter ist die Schwester von Dixies Vater.«

Harper freute sich, Gavin zu sehen, obwohl sie wusste, dass er nicht zu diesem Treffen hätte kommen sollen. Sie hoffte, dass die anderen Mädels nicht zu sauer waren. Sie deutete auf die beiden Männer, die sie nicht kannte. »Wer ist das?«

»Dwayne ist Justins Cousin. Er ist der mit den kurzen Haaren. Der Kerl mit den längeren ist Cory. Violet hat uns letzten Herbst miteinander bekannt gemacht. Steph kennst du ja jetzt auch. Sie ist schon ewig mit den Jungs befreundet.« Er küsste sie noch einmal auf die Wange. »Hast du mich vermisst?«

Dich vermisst? Na, mal sehen ... Ich habe mir gerade vorgestellt, was ich mit meinem Mund anstelle. Zählt das? Sie lehnte sich zurück und kuschelte sich enger an ihn. »Mehr als du dir vorstellen kannst.«

»Ich habe eine ziemlich lebhafte Fantasie«, erwiderte er heiser.

»Hey, Harper!«, brüllte Izzy. »Macht es euch da drüben nicht zu gemütlich.« Sie wandte sich Justin zu. »Tut mir leid, heißer, tätowierter Cousin von Dixie, aber ihr müsst eure hübschen Hintern von hier wegbewegen.«

Justin schnaubte spöttisch. »Warum? Vielleicht haben wir das Buch ja auch gelesen.«

»Kannst du überhaupt lesen?«, fragte Chloe.

»Willst du rausfinden, wie gut ich mich mit Erotikromanen auskenne?«, fragte Justin mit einem hintergründigen Grinsen. »Ich wette, ich kann das Buch locker in den Schatten stellen.«

Chloe und Justin kabbelten sich weiter und Dixie und Izzy stiegen mit ein. Paige und Daphne saßen schweigend dabei.

»Du hättest nicht kommen sollen«, meinte Steph zu Dwayne. »Warum machst du immer Ärger?«

»Ein bisschen Ärger kann eine Menge Spaß machen«, sagte Cory und trieb Daphne damit die Röte in die Wangen.

»Mit dir würde ich gern Ärger bekommen«, raunte Gavin Harper zu.

Er drückte ihr einen Kuss aufs Ohr und Harper schloss die Augen und genoss das Gefühl.

Dwayne lehnte sich näher zu Steph. »Nur weil du mich schon seit meiner Kindheit kennst, lasse ich mich noch lange nicht von dir rumkommandieren.«

Steph kniff die Augen zusammen. »Wollen wir wetten?«

Gavin drückte die Lippen noch einmal auf Harpers Wange und lenkte damit ihre Aufmerksamkeit auf sich. »Amüsierst du dich gut mit den Mädels?«

»Ja. Es ist wirklich toll.«

Er schob seine Hand unter ihr Shirt und ihren Pullover und strich mit dem Daumen über ihre nackte Haut. »Es ist verrückt, aber ich vermisse dich jetzt schon. Bleibt es dabei, dass wir morgen auf den Flohmarkt gehen, wenn du mit dem Frühstück mit deiner Familie fertig bist?«

»Mhm.« Sie warf einen Blick über die Schulter. »Bist du zu Hause?«

Er gab ihr einen Kuss auf den Hals. »Ja, und ich warte auf dich.«

»Daph, wo ist mein kleines Lieblingsmädchen denn heute Abend?«, fragte Justin.

»Hadley? Sie ist so niedlich«, sagte Cory. »Aber sie ist ja auch Daphnes Tochter, von daher ...«

Daphne wurde erneut rot. »Hadley ist bei meiner Schwester. Ihre Mom brauchte mal einen Mädelsabend.«

»Ich glaube, sie wird langsam warm mit mir. Neulich im PJs hätte ich sie fast zum Lächeln gebracht.« Justin schaute zu

Chloe. »Frauen jeden Alters lieben mich.«

»Klar doch, Cousin.« Dwayne und Justin stießen die Fäuste gegeneinander.

Chloe verdrehte die Augen. »Wohl eher: Manche Frauen lieben dich. Andere denken einfach nur, dass du dich für den Größten hältst.«

»Höre ich da etwa Eifersucht?« Justin zog eine Augenbraue hoch. »Du kannst dich gern davon überzeugen, dass ich den Größten habe. Brauchst es nur zu sagen.«

»Keine Frage, der ist dein Cousin, Dix«, meinte Izzy. »Er hat die gleiche große Klappe wie deine Brüder.«

Chloe warf Justin einen bitterbösen Blick zu. »Müsst ihr nicht los und machen, was ihr freitagabends so macht? Wie würde es euch gefallen, wenn wir in eins eurer Dark-Knights-Treffen platzen würden?«

»Mann, du bist eine Spaßbremse.« Justin stemmte sich hoch. »Dann überlassen wir den Hühnerhaufen mal wieder sich selbst.«

Cory und Dwayne standen ebenfalls auf.

Gavin schlang die Arme um Harper. »Ich gehe dann mal lieber.« Er zog die Beine an, blieb jedoch neben ihr in der Hocke und führte ihre Hand an seine Lippen, um ihr einen Kuss auf den Handrücken zu geben. »Bis morgen, Süße.«

Er küsste sie noch mal richtig.

»Vielleicht solltet ihr euch ein Zimmer nehmen«, sagte Justin.

Gavin ignorierte ihn und hielt Harpers Hand auch weiter fest, als er aufstand. Schließlich ließ er sie langsam durch seine Finger gleiten, bevor er ihr noch einen Luftkuss zuwarf, ein »Morgen« mit den Lippen formte und dann mit seinen Kumpels abzog.

Harper schaute ihm hinterher und in ihr breitete sich ein zufriedenes Summen aus. Er warf noch einen Blick über die Schulter, und sie fragte sich, wie sie ihn nach gerade mal dreißig Sekunden schon wieder vermissen konnte.

Als die Männer außer Hörweite waren, meinte Paige: »Du hast uns was verschwiegen, Harper. Wer war denn der umwerfende Kerl?«

»Das ist Gavin Wheeler«, erklärte Chloe, bevor sie antworten konnte. »Harper hat ihn letzten Sommer auf einem Musikfestival kennengelernt und sich dabei anscheinend sein Herz unter den Nagel gerissen, denn seit sie zurück ist, ist er total verrückt nach ihr. Merkt man mir an, dass ich neidisch bin?«

Brennende Hitze stieg Harper in die Wangen.

»Was für ein Musikfestival war das denn?«, fragte Izzy. »Vielleicht muss ich da ja mal einen Roadtrip hin machen.«

»Das jährliche Sommer-Musikfestival in Romance, Virginia, und es war der Wahnsinn. Man konnte zwei Tage lang auf dem Gelände campen, und es hat immer wieder geregnet, also war alles schlammig. Ich war mit meinem Bruder Colton da, ein letztes Mal zusammen auf den Putz hauen vor meinem Umzug nach L. A. Aber Colton steht total auf den Leadsänger von Inferno, und der war auch da, also ist er ziemlich schnell verschwunden.«

»Axsel ist echt heiß«, entfuhr es Daphne.

»Ich würde ihm gerne mal zeigen, wie gut es mit einer Frau sein kann«, sagte Izzy.

»So funktioniert Sexualität nicht«, erwiderte Paige. »Aber er ist wirklich süß.«

»Ich weiß, aber es würde Spaß machen, es zu versuchen.« Izzy wackelte mit den Augenbrauen und brachte damit alle zum

Lachen. »Also, Harper, Colton hat dich allein gelassen und Gavin hat dich gefunden?«

»Ja, so war das. Ich wollte gerade rausfinden, wie ich in die Stadt komme, und ich sah wohl ziemlich verloren aus, denn er kam auf mich zu und sagte: ›Du suchst am falschen Ort, Süße. Ich stehe direkt vor dir.‹ Der Spruch war grottig, aber so, wie er ihn gesagt hat, fühlte es sich nicht schleimig an. Und ihr habt ihn ja gesehen. Er ist attraktiv und witzig, und er hatte dieses Funkeln in den Augen.«

»Das nennt man scharf auf jemanden sein«, sagte Dixie.

»Stimmt wahrscheinlich sogar«, gab sie zu. »Doch da war noch mehr. Er kam nicht rüber wie die anderen Kerle mit ihren Anmachsprüchen. Gavin war intelligent und hat nicht über belangloses Zeug geredet. Wir haben uns so gut verstanden. Ja, er hat geflirtet, und ja, am Ende haben wir auch die Nacht miteinander verbracht …«

»Oh, heißer Zelt-Sex. Gefällt mir!«, rief Izzy.

Dixie sah Izzy an, als ob sie den Verstand verloren hätte. »Wann warst du denn bitte mal campen?«

»Noch nie. Würde ich aber gerne«, antwortete Izzy. »Und dann kriege ich dabei definitiv heißen Zelt-Sex.«

»Na ja, wahrscheinlich gab es da jede Menge heißen Zelt-Sex, aber wir sind in die Stadt gefahren und haben in einer hübschen Pension übernachtet. Die Nacht war genauso schön wie er.« Harper seufzte bei der Erinnerung daran, wie Gavin sie in die Arme genommen und über die Türschwelle ihres Zimmers getragen hatte. *Willkommen im Paradies, Parker,* hatte er gesagt, als seine Lippen ihre berührten. Und dann hatte er ihr bis in die frühen Morgenstunden genau das gezeigt.

»Das ist so romantisch«, sagte Paige.

»Ist er so *gut,* wie er aussieht?«, fragte Izzy.

»Puh, also …« Harper wandte den Blick von den Mädels ab, die sie erwartungsvoll anstarrten. Sie war noch nie der Typ Mensch gewesen, der gern intime Details preisgab. Sie hatten ja bisher noch nicht mal wieder miteinander geschlafen, doch sie wollte es. Oh, wie sehr sie das wollte. Ihre Beherrschung wurde jeden Tag aufs Neue auf die Probe gestellt. Gavin wartete darauf, dass sie den ersten Schritt machte, und sie war sich nicht einmal mehr sicher, warum sie sich noch zurückhielt. Schließlich meinte sie: »Sagen wir einfach, es hat gewisse Vorteile, mit Gavin zusammen zu sein. Er lässt sich von seinem Herzen leiten, nicht von seinem Ihr-wisst-schon-was.«

»Du hast so ein Glück«, sagte Daphne. »Ich hoffe, ich finde das auch eines Tages, aber ich habe gerade nur für fiktive Romantik Zeit. Gott sei Dank gibt es Book-Boyfriends.«

Ein Windstoß wehte über den Strand und alle schüttelten sich fröstelnd. Chloe schloss den Reißverschluss ihrer Kapuzenjacke. »Tja, *Bob* ist zwar nicht romantisch veranlagt, dafür aber absolut treu und gibt keinen Mist von sich, bei dem ich mich frage, was ich eigentlich an ihm finde.«

»Ich dachte, du hättest kein Glück auf den Dating-Apps«, sagte Harper.

»Du machst Online-Dating?«, fragte Izzy. »Warum?«

»Weil nette Männer in dieser Touristenstadt nicht gerade auf Bäumen wachsen.« Ein amüsierter Ausdruck trat in Chloes Augen. »Bob ist kein Online-Date. Er ist mein batteriebetriebener Lieblingsfreund.«

»Freunde, die man ein- und ausschalten kann, haben viele Vorteile«, meinte Dixie.

Sie lachten alle, aber Harper bemerkte, dass Daphne und Paige rote Wangen bekamen, und auch ihr eigenes Gesicht fühlte sich heiß an. Jana hatte immer offen über ihr aktives, ziemlich spannendes Sexleben gesprochen, wodurch Harper sich mit ihrem – vor Gavin – vergleichsweise langweiligen immer außen vor gefühlt hatte. Vor ihm war sie noch nie mit einem Mann zusammen gewesen, vor dem sie auf die Knie gehen wollte, geschweige denn, sich gegenseitig zu fesseln oder praktisch nackt auf einem Liegestuhl zu liegen, während er sie nach allen Regeln der Kunst verwöhnte.

Es erleichterte sie, dass sie offenbar nicht die Einzige war, die auf den richtigen Mann wartete. Aber selbst wenn, wäre die einsame Reise, die sie zu Gavin geführt hatte, jeden langweiligen Moment wert gewesen, denn Gavin war aufregender als alles, was sie sich je hätte träumen lassen.

Elf

»Wird aber auch langsam Zeit, dass ich eine Umarmung von dir bekomme«, beschwerte Brock sich, als er Harper am Samstagmorgen in die Arme schloss. Mit seinen eins neunzig überragte er Harper um ein ordentliches Stück. »Du hast mir gefehlt, Schwesterchen.«

»Ich habe euch alle so sehr vermisst«, erwiderte Harper und drückte Brocks Freundin Cree Redmond ebenfalls fest.

Auf den ersten Blick war Cree mit ihrem rabenschwarzen Haar, ihrer komplett schwarzen Kleidung, den bunten Tattoos und Militärstiefeln das komplette Gegenteil von Harpers geschniegeltem Bruder, der sich immer brav an die Regeln hielt. Cree war Tätowiererin und besaß eine fantastische Gesangsstimme, genau wie Brock. Der war nicht nur Boxchampion und betrieb seinen eigenen Boxclub, sondern sang auch mit zwei seiner Freunde in einer A-cappella-Gruppe. Laut Brock, der Harper während ihres Aufenthalts in L. A. schon ständig von Cree erzählt hatte, waren ihr sonniges Gemüt und ihre Liebe zum Singen nur zwei ihrer Gemeinsamkeiten, was jetzt auch noch mal deutlich wurde, so sehr wie er seine Freundin anhimmelte.

Harper wurde von Jana zu Hunter und schließlich zu Colton weitergereicht, bevor sie sich um einen Tisch in der PB Boulangerie, einer französischen Bäckerei mit Bistro, niederließen.

»Harper, kannst du glauben, dass Mr. Wählerisch endlich sein Herz verschenkt hat?« Jana sah umwerfend aus in ihrem hübschen bunten Sommerkleid und den Lederriemchensandalen, einem ähnlichen Outfit wie Harpers. Ihr Blick wanderte zwischen Brock und Cree hin und her.

»Es ist nichts falsch daran, wählerisch zu sein«, meinte Cree.

Brock legte einen Arm um sie und zog sie in einen Kuss. Er war ein harter, ernster Kerl, und es war schön, diese sanftere Seite von ihm zu sehen.

»Du hast ja Cree auch nur ein paar Jahre angeschmachtet, bis du dich endlich getraut hast.« Hunter schlang einen Arm um Janas Schulter. »Ich hätte dir Unterricht geben sollen, wie man schneller kriegt, was man will.«

Hunters und Janas Beziehung hatte mit zwanglosem Sex begonnen, bis sie irgendwann merkten, dass sie nur noch miteinander und mit sonst niemandem ins Bett gingen. Jana hatte eine Weile gebraucht, um sich einzugestehen, dass sie in ihn verliebt war, während Hunter das zügiger auf die Reihe bekommen hatte. Harper war total von den Socken gewesen, als Jana und Hunter schließlich zugaben, ein Paar zu sein. Sie hätte nie gedacht, dass ihre rebellische kleine Schwester vor ihr eine feste Beziehung eingehen würde. Aber sie hatte sich damals schon für die beiden gefreut und umso mehr jetzt, weil sie schon so lange hielt.

»Brock und Harper sind da anders gestrickt als Jana und ich«, zog Colton sie auf. Das war ein Running Gag in ihrer Familie. Brock und Harper waren die Vorsichtigen, Colton und Jana kannten praktisch keine Angst.

Harper musterte Coltons blond gefärbte Haare und die blauen Tattoos auf seinem Arm und fragte sich dabei, ob er wohl je den besonderen Mann für sich finden oder für immer ungebunden durchs Leben gehen würde.

»Zu meiner Verteidigung«, sagte Brock, »ich bin davon ausgegangen, dass Cree schon vergeben ist, und ich bin kein Arsch.«

»Und ein Gutes hatte es, dass wir so lange gebraucht haben, um endlich zueinanderzufinden: Zu dem Zeitpunkt wussten wir, dass wir füreinander bestimmt sind.« Cree legte die Hand auf Brocks Bein. »Ich glaube, unser Timing war perfekt.«

Brock lehnte sich zu einem weiteren Kuss zu ihr und Harpers Herz zog sich schmerzhaft zusammen. So gern sie auch Zeit mit ihrer Familie verbrachte, so sehr vermisste sie Gavin. Sie hatten letzte Nacht gechattet, bis ihr die Augen zugefallen waren, nur um ihn dann direkt in ihren Träumen wiederzusehen. Ihren herrlich erotischen Träumen.

»Ich hatte dir das Video von dem Abend geschickt, als sie sich beim gemeinsamen Singen auf der Bühne ineinander verliebt haben, oder, Harper?«, fragte Jana und riss Harper damit aus ihren Gedanken. Die Aufnahme war während einer Open-Mic-Nacht in Coltons Bar Undercover entstanden, als Brock Cree zum ersten Mal auf die Bühne geschleppt hatte. Crees Stimme war rau und ging einem unter die Haut, wie eine Mischung aus Janis Joplin und Grace VanderWaal.

»Ja, und es war toll.« Harper hielt inne, als sich eine Kellnerin dem Tisch näherte. Nachdem die Frau ihre Bestellungen aufgenommen hatte und wieder gegangen war, fuhr Harper fort: »Ich wünschte, ich hätte dabei sein können.«

»Bei uns fragen ständig Gäste nach Cree.« Colton trank einen Schluck von seinem Wasser. »Sie ist auf dem besten Weg, ein Superstar zu werden.«

»Übertreib nicht«, erwiderte Cree schüchtern.

Brock drückte Crees Schulter. »Sie ist nur bescheiden. Drake hat uns mit Boone Stryker zusammengebracht, der ein Demoband von Crees Songs an seinen Agenten weitergegeben hat. Und jetzt lässt der Agent seine Beziehungen spielen, um ihr einen Plattenvertrag zu verschaffen.« Boone war ein berühmter Rockstar, den Serena für einen Auftritt bei der Eröffnung eines von Drakes Musikgeschäften an Land gezogen hatte.

»Im Ernst? Das ist großartig!«, rief Harper begeistert. Sie hätte gedacht, einen Anflug von Neid auf Cree zu empfinden, da aus ihrer eigenen großen Chance auf Ruhm eine Bruchlandung geworden war. Aber mit Gavin und dem Schreiben lief es gerade zu gut, um etwas anderes als Freude für sie zu empfinden. Gavin hatte sie zu Recht dazu ermuntert, ihre persönlichen Erlebnisse als Inspiration zu nutzen. Das machte ihre Texte besser als je zuvor.

»Freu dich nicht zu früh. Vielleicht wird gar nichts draus«, sagte Cree. »Aber dein Bruder hat mich überzeugt, ein paar Songs ins Internet zu stellen, und die Leute scheinen sie zu mögen.«

Jana verdrehte die Augen. »Mögen ist ja wohl eine Untertreibung. Sie hat dreißigtausend Follower auf Instagram, und die meisten davon erst, seit sie angefangen hat, ihre Musik zu veröffentlichen.«

»Und sie hat schon ein paar Hunderttausend Downloads«, legte Brock noch eine Schippe drauf. »Ich bin so stolz auf sie.«

Cree kuschelte sich an Brocks Seite und gab ihm einen Kuss aufs Kinn. »Das habe ich alles dir zu verdanken.«

»Wir verdanken einander nichts. Wir helfen uns gegenseitig zum Erfolg.« Brock strich mit den Lippen sacht über ihre.

Harper wünschte, Gavin wäre hier, um sich mit ihnen zu freuen.

»Verdammt, Bruderherz«, warf Colton ein. »Du bist so weich geworden, dass wir dich demnächst vom Boden aufwischen müssen.«

Brock grinste. »Dann halt mal den Mopp bereit, den wirst du über die Feiertage brauchen.« Er hob Crees linke Hand von seinem Bein und präsentierte einen funkelnden Diamantring an ihrem Finger. »Wir werden heiraten!«

Jana und Harper sprangen quietschend auf, um sie zu umarmen.

»Herzlichen Glückwunsch!« Harper drückte Brock fest an sich.

»Ich will Brautjungfer sein!« rief Jana und schloss Cree in die Arme.

»Auf jeden Fall. Ich brauche allerdings Hilfe bei der Hochzeitsplanung«, erwiderte Cree zwischen weiteren Umarmungen.

Hunter erhob sein Glas. »Herzlichen Glückwunsch. Auf eine weitere glückliche Ehe.«

Die Kellnerin brachte ihr Essen. Harper hätte den anderen furchtbar gerne von Gavin erzählt, wollte Brock und Cree, die gerade über ihre Hochzeitspläne sprachen, jedoch nicht die Schau stehlen.

»Wir denken darüber nach, im Bayside Resort oder vielleicht im Summer House Inn zu feiern«, erklärte Cree. »Wir wollen auch alle unsere Freunde aus Seaside einladen.«

»Dann wird es eine große Hochzeit«, sagte Hunter. Sein Bruder und dessen Frau besaßen, wie viele ihrer Freunde, eins der Ferienhäuser in Seaside.

»Genau. Aber wen von unseren engsten Freunden sollten wir denn nicht einladen?«, fragte Cree.

»Es müssen unbedingt alle aus Seaside dabei sein. Ohne sie hättest du Brock nie kennengelernt. Mich und Hunter haben sie auch zusammengebracht«, sagte Jana und warf Hunter einen liebevollen Blick zu. »Dann gibt es wohl über die Feiertage gleich zwei Gründe zum Freuen. Wir sind schwanger! Das Baby soll in der Woche vor Weihnachten kommen!«

Harper schnappte perplex nach Luft und umarmte Jana, während alle wild durcheinanderredeten und die Männer Hunter gratulierten. »Ein Baby! Ich freue mich so für euch.«

»Hilfst du mir beim Einrichten des Kinderzimmers?«, fragte Jana.

»Aber natürlich!«

Jana schaute zu Cree, die begeistert erzählte, wie sehr sie Kinder liebte. »Machst du auch mit?«

»Auf jeden Fall!«, antwortete Cree.

Nachdem sie aufgeregt über Brocks und Janas Überraschungen diskutiert hatten, war Harper irgendwann kurz davor, mit ihren eigenen Neuigkeiten herauszuplatzen. Sie wartete, bis es eine kleine Pause im Gespräch gab, in der sie sicher war, dass sie niemandem die Tour vermasseln würde. »Ich habe auch was zu erzählen.«

Sie legte die Karten auf den Tisch und berichtete, dass ihre Serie eingestellt worden war. »Es war mir peinlich, das zuzugeben. Tut mir leid, dass ich gelogen und euch nicht gesagt habe, wie es mir in L. A. wirklich ging.«

Brock griff über den Tisch und legte seine Hand auf ihre. »Vor uns musst du nie was verheimlichen, Harper.«

»Ich weiß. Aber es ging mir wirklich mies. Ich konnte nicht mehr klar denken, weil das noch nicht alles war.« Sie erzählte ihnen von ihren schrecklichen Dates und sogar von der peinlichen Geschichte, wie sie den armen Kerl, der im Flugzeug neben ihr saß, heruntergeputzt hatte.

Brock sah aus, als würde er am liebsten jemanden umbringen. »Ich wäre rübergeflogen und hätte dem Fremdgeher eine Lektion erteilt.«

»Und das ist einer der Gründe, warum ich es dir nicht gleich erzählt habe«, entgegnete Harper.

»Verdammt, Harper, du hast ja mit den Männern noch mehr Glück als ich«, warf Colton ein und löste die angespannte Stimmung damit.

»Eigentlich schulde ich dir ein großes Dankeschön, Colton. Weißt du noch, wie du mich auf dem Musikfestival sitzen gelassen hast?«

»Du warst mit Colton auf einem Musikfestival?«, fragte Jana.

Brock fixierte sie aufmerksam.

Harper hatte weder Brock noch Jana von dem Trip erzählt, und es überraschte sie nicht, dass Colton es auch nicht getan hatte. Er hatte Geheimnisse schon immer gut für sich behalten können und wusste, wie weit sie sich damals aus ihrer Komfortzone herausgewagt hatte.

»Das jährliche Musikfestival in Romance, Virginia«, erklärte Colton.

»Das war kurz bevor ich nach L. A. gezogen bin. Ich dachte mir, wenn ich schon einen Neuanfang wage, kann ich auch gleich kopfüber ins kalte Wasser springen und was ganz Neues ausprobieren. Auf die altmodische Art hat es mit Männern ja auch nicht geklappt, und ans andere Ende des Landes zu ziehen, war schon weit außerhalb dessen, womit ich mich normalerweise wohlfühle. Also habe ich mir eine Scheibe von Jana abgeschnitten und es mit einem One-Night-Stand versucht. Für dich und Hunter hat das ja auch funktioniert.«

»Oh Mann.« Brock rieb sich mit einer Hand übers Gesicht. »Und du warst der Meinung, dass du das am besten in einem anderen *Bundesstaat* versuchst und ohne mich, um auf dich aufzupassen?«

»Hey, ich war doch da«, hielt Colton dagegen.

Brock warf ihm einen finsteren Blick zu. »Du hast sie allein gelassen. War das das Festival mit diesem Musiker, auf den du so abgehst?«

Ein selbstgefälliges Grinsen legte sich auf Coltons Lippen. »Oh ja. Abgegangen ist es da bei mir auch ganz schön.«

Harper gab Colton einen Klaps auf den Arm. »Ferkel.«

Colton lachte leise.

»Brock, ich bin kein Kind mehr. Ich wusste, worauf ich mich einlasse.« Harper ließ sich das noch mal kurz durch den Kopf gehen. »Mehr oder weniger, jedenfalls. Es hat sich herausgestellt, dass ich nicht gut in One-Night-Stands bin. Ich habe dabei nämlich diesen tollen Kerl kennengelernt, und wir hatten eine fantastische Nacht, aber danach konnte ich nicht aufhören, an ihn zu denken.«

In Janas Augen zeigte sich Sorge. »Ich kann es nicht fassen, dass du einen One-Night-Stand hattest. Ich weiß gerade nicht, ob ich stolz auf dich sein oder mich schlecht fühlen soll, weil ich offenbar daran schuld bin. Ich wünschte, du wärst zuerst zu mir gekommen, damit ich dir einen Rat geben kann.«

»Das hat Colton übernommen.«

Brocks Gesichtsausdruck wurde noch finsterer.

»Die Sache ist die ...«, sagte Harper. »Es war nicht nur ein kurzer ... ihr wisst schon, und dann war es vorbei. Wir haben den ganzen Tag und die Nacht miteinander verbracht, und ich habe ihm meine Nummer in eine Seitentasche seines Koffers gesteckt, bevor ich mich rausgeschlichen habe, während er noch geschlafen hat.«

»Oh nein, Harper.« Jana schüttelte den Kopf. »Mir wird ganz übel bei der Vorstellung, und dabei habe ich dich ständig dazu gedrängt, lockerer zu werden.«

»Tja, ich bin froh, dass ich es gemacht habe. Wir hatten eine echte Verbindung zueinander, und als ich ans Cape zurückgekommen bin, habe ich ihn wiedergetroffen. Seitdem sehen wir uns fast jeden Tag. Er heißt Gavin Wheeler.«

»Gavin?«, fragte Jana. »Serena Mallerys Geschäftspartner? Der ist heiß.«

Hunter verengte die Augen ein wenig. »Baby …?«

»Was? Er ist nicht so heiß wie du«, erwiderte Jana.

»Wir kennen Gavin«, meinte Brock. »Er ist ein netter Kerl, Harper, aber dir hätte bei dieser Sache alles Mögliche passieren können.«

»Ist es aber nicht«, erinnerte Colton ihn.

»Könnt ihr beide bitte damit aufhören? Es ist etwas passiert«, ging Harper nachdrücklich dazwischen. »Das versuche ich euch gerade zu erklären. Ich habe einen Mann kennengelernt, einen großartigen Zuhörer und Familienmensch, und er hat mich ermutigt, als es drauf ankam. Ich hatte Angst, euch oder meinen Freunden zu sagen, dass meine Serie nicht umgesetzt wird, und ich habe meinem Bauchgefühl nicht mehr getraut. Ich konnte nicht mal mehr schreiben. Könnt ihr euch das vorstellen?«

»Nein, Schreiben war für dich immer wie Boxen für mich.« Brock wirkte beunruhigt. »Es tut mir leid, dass du so eine schwere Zeit durchgemacht hast, und ich bin froh, dass du jemanden hattest, der dir geholfen hat. Aber wir sind deine Familie, Harper. Du hättest zu uns kommen sollen.«

»Ich weiß und es tut mir leid. Aber ich hatte das Gefühl, als würde mein ganzes Leben Kopf stehen, und ehrlich gesagt auch, als würde ich in einer Sackgasse feststecken. Ich brauchte einen Schubser, auch wenn mir das nicht klar war. Gavin wusste es. Er hat nicht zugelassen, dass ich mich in diesem dunklen Loch verkrieche, in dem sich alles negativ anfühlte. Er hat mich ermuntert, über meine Erfahrungen in L. A. zu schreiben, sie aus einem anderen Blickwinkel zu betrachten, und das hat eine wahre Lawine an Kreativität losgetreten. Und er hat mir nicht nur dabei geholfen. Wir reden über alles. Er versteht, wer ich bin und was ich brauche. Er wusste, wie viel Neuland ich in den letzten Monaten betreten habe, und das war ihm auch damals in Virginia schon klar. Ich bin mir hundertprozentig sicher, dass ich es nicht durchgezogen hätte, wenn ich in dieser Nacht versucht hätte, mit einem anderen Mann ins Bett zu gehen.«

Sie sah Brock an, denn sie wusste, wie sehr er sie liebte und sich um sie sorgte und wie viel Druck er sich selbst jahrelang gemacht hatte, um sie alle zu beschützen. »Brock, es gibt ein paar Dinge, die eine Frau ohne den Schutz ihrer Familie herausfinden muss. Etwas mit ihm durchzusprechen ist anders als mit dir oder Jana oder Colton. Das geht dir und Cree bestimmt genauso, und Jana und Hunter auch. Ich kann es nicht erklären, aber ich vertraue meinem Bauchgefühl.«

Oh mein Gott, das tue ich wirklich.

Diese Erkenntnis schlug ein wie ein Blitz und verlieh ihr einen Schub Selbstvertrauen und Mut.

»Ich weiß, dass ich das Richtige getan habe. Und ich wünschte, Gavin wäre jetzt hier, denn wenn ich euch so turteln sehe, vermisse ich ihn wie verrückt.« Sie hatte einen Teil von sich vor Gavin zurückgehalten und gewartet, mit ihm zu schlafen, bis sie sicher war, wohin das mit ihnen führen würde. Doch jetzt wollte sie nur noch in seinen Armen liegen. Ob aus ihnen etwas wurde, konnte sie nicht mit Sicherheit sagen. Aber so lange sie zusammen waren, wusste sie, dass sie sich in die richtige Richtung bewegten.

»So habe ich dich noch nie erlebt.« Jana musterte Harpers Gesicht. »Verliebst du dich in ihn?«

»Keine Ahnung. Vielleicht?« Ihr Herz hämmerte wie wild und ein *Ja* regte sich in ihr. »Heute Morgen dachte ich, ich würde den Verstand verlieren, weil ich noch nie so oft an einen Mann gedacht habe wie an ihn. Ich konnte mir nie vorstellen, dass so was normal ist, geschweige denn, dass es erwidert wird.«

»Brock geht mir ständig durch den Kopf«, sagte Cree. »Manchmal ist er nur in einem anderen Zimmer und ich vermisse ihn trotzdem.«

Brock drückte ihr einen Kuss auf die Schläfe. »Geht mir auch so.«

»So fühle ich mich auch«, sagte Harper.

»Du weißt, wie oft ich an Hunter denke«, sagte Jana. »Aber, Harper, warum bist du davon ausgegangen, dass so was nicht erwidert wird? Du bist eine fantastische Frau, und jeder Mann könnte sich glücklich schätzen, mit dir zusammen zu sein.«

»Im Undercover wurdest du doch ständig angesprochen«, warf Colton ein.

»Ja, von den Falschen.«

»Harper«, sagte Brock, »wenn man die Person trifft, ohne die man nicht leben kann, ist es nur natürlich, dass man die ganze Zeit an sie denkt. Und wenn man dann mit ihr zusammenkommt, verstärkt sich das noch.«

»Wenn deine andere Hälfte traurig ist, bist du es auch«, fügte Hunter hinzu. »Wenn sie glücklich ist, willst du alles in deiner Macht Stehende tun, damit das auch so bleibt. Das ist Liebe, Harper. Du bist vielleicht noch nicht ganz an dem

Punkt, aber wenn du das alles fühlst, lohnt es sich auf jeden Fall, es festzuhalten, bis es so weit ist.«

»Oh, ich halte es fest«, sagte sie. »Aber ich habe mich auch *zurück*gehalten, weil ich noch nie so viel auf einmal für jemanden empfunden habe. Lass mich noch den Rest über heute Morgen erzählen. Ich wollte mir einreden, dass ich verrückt bin, aber als ich das Haus verlassen habe, um hierherzukommen, lag eine unfassbar süße Nachricht von Gavin auf meiner Veranda. Zusammen mit einer Handvoll roter Lutscher, die mit einer pinken Schleife zusammengebunden waren, und einer Streichholzschachtel aus dem Wysteria Inn, der Pension, in der wir in Virginia übernachtet haben.«

Wohlige Wärme stieg in ihr auf, als sie an den Zettel zurückdachte.

Guten Morgen, meine Schöne. Viel Spaß mit deiner Familie. Vergiss nicht: Du warst schon großartig, bevor du nach L. A. gezogen bist. Deine Familie weiß, dass du etwas ganz Besonderes bist. Das Einzige, was sich geändert hat, ist, dass du jetzt mehr Inspiration fürs Schreiben und einen tollen Freund hast! Ich kann es kaum erwarten, dich wieder in den Armen zu halten.

»Das ist wirklich ziemlich süß«, gab Colton zu.

»Ziemlich süß? Machst du Witze? Das ist superromantisch«, protestierte Cree.

Jana zog die Augenbrauen hoch. »Wenn du ihm von deinem Fetisch für rote Lutscher erzählt hast, muss er dir echt wichtig sein. Du hasst es, wenn die Dinger deine Zunge und die Innenseite deiner Lippen rot färben. Du hast doch immer gesagt, dass du nie einen in Gegenwart eines Manns essen würdest.«

»Genau! Und vor Gavin habe ich das auch nie.« Harper lachte. »Das ging mir auch durch den Kopf, als wir in dem

Süßwarenladen in Virginia standen, aber ich *wollte*, dass Gavin meine heimliche Leidenschaft kennt. Ich sag's ja, mit ihm ist alles anders. Weißt du, was er gemacht hat, als ich ihm erzählt habe, dass ich vor ihm keinen essen will, obwohl es meine Lieblingslutscher sind? Er hat mir genau die besorgt und gesagt, dass ich mich nie dafür schämen soll, etwas zu tun, was ich mag.«

»Oh, Harper …«, sagte Jana. »Er klingt, als wäre er wirklich der Richtige für dich.«

»Ja, ist er.« Er hatte sie damals genauso liebevoll ermutigt wie jetzt. Doch zu der einen Sache, von der sie wusste, dass er sie genauso sehr wollte wie sie selbst, hatte er sie nie gedrängt. Ihr Puls beschleunigte sich bei dieser Erkenntnis. Sie wollte sich nicht mehr zurückhalten.

Keine Sekunde lang.

Harper erhob sich mit einem Ruck und kramte in ihrer Handtasche nach ihrem Geldbeutel und ihren Schlüsseln.

»Was hast du vor?«, fragte Jana.

»Tut mir leid. Ich muss los.« Sie warf ein paar Scheine auf den Tisch. »Ich hab euch lieb, und ich melde mich bald wieder bei euch, aber jetzt muss ich dringend was erledigen.« Während sie zur Tür lief, kamen ihr die Neuigkeiten ihrer Geschwister wieder in den Sinn und sie rief quer durchs Restaurant: »Herzlichen Glückwunsch! Hab euch lieb!«

Dann rannte sie über den Parkplatz zu ihrem Auto und fuhr auf dem schnellsten Weg zu Gavin nach Hause. Als sie dort ankam, war sie völlig außer Atem.

Sie sprang aus dem Auto, eilte die Verandastufen hinauf und hämmerte wie eine Verrückte gegen die Tür.

Und verrückt war sie wirklich.

Verrückt nach Gavin.

»Ich höre da nur raus, dass du mir einen Riesengefallen schuldest, weil ich dich damals auf das Musikfestival geschleift habe.«

Gavin telefonierte über seine AirPods mit Beckett und verließ nun den Steg hinter seinem Haus. »Ja, definitiv. Durch Harper hat sich alles in meinem Leben verändert. Ich kann es gar nicht richtig erklären, aber … Oh Mann, Beck. Ich will Dinge angehen, die mich vorher gar nicht interessiert haben, wie zum Beispiel endlich ein richtiges Zuhause aus meinem Haus zu machen. Ich kann es nicht erwarten, dass du sie kennenlernst.«

»Wow, Moment. Heißt das, dass du sie mit nach Hause bringen willst? Dann ist es wirklich ernst. Bist du dir sicher? Du weißt, wie es beim letzten Mal gelaufen ist.«

Seine Kiefermuskeln verspannten sich. »Harper ist kein bisschen wie Corinne. Ihr werdet sie genauso mögen wie ich.« Er ließ den Blick übers Wasser schweifen. »Es klingt bestimmt seltsam, Beck, aber sie kommt in etwa einer Stunde her und ich zähle die Minuten wie ein verknallter Teenager.« Er ging in Richtung Haus. »Ich überlege, ob ich sie zu Thanksgiving mit nach Hause nehme.«

»Wirklich? Du bist dir sicher, dass ihr dann noch zusammen seid?«

»Aber so was von. Hast du mir eigentlich gerade zugehört?« Gavin öffnete die Terrassentür, und als er ins Haus trat, hörte er plötzlich, wie jemand gegen die Eingangstür hämmerte. »Warte mal kurz. Ich muss eben an die Tür.«

Mit zügigen Schritten durchquerte er das Haus und öffnete

die Eingangstür. Harper stürzte sich auf ihn, schlang Arme und Beine um ihn, sodass kein Blatt Papier mehr zwischen sie gepasst hätte, und küsste ihn stürmisch.

»Ich hab dich vermisst«, keuchte sie zwischen hektischen Küssen. »Ich will nicht mehr warten. Mit dir will ich alles, Gavin. Bring mich in dein Schlafzimmer.«

»Mann, sie klingt echt heiß.« Becketts Stimme riss Gavin aus seinem benebelten Zustand.

»Leg auf, Beckett«, knurrte er an Harpers Lippen.

Sie zog überrascht den Kopf nach hinten. »Beckett?«

Er hielt Harper mit einem Arm fest und rupfte sich mit der freien Hand die AirPods aus den Ohren, um sie dann einfach zu Boden fallen zu lassen. »Vergiss ihn.«

Dann umfasste er ihren Hinterkopf, um ihre Lippen wieder an seine zu ziehen, und ihre Zungen umwarben sich in einem leidenschaftlichen Tanz, während er sie in Richtung Schlafzimmer trug. Er wollte wissen, was sich geändert hatte, warum sie so plötzlich mehr von ihm wollte. Doch er hielt sie in den Armen, und sie küsste ihn, als würde ihr Überleben davon abhängen, und das war in diesem Moment alles, was zählte. Er ließ sich mit ihr aufs Bett sinken und ihre Zungen spielten weiter miteinander, sie schmeckten einander, prägten sich das Gefühl ein. Gavin ließ die Hände über ihre Oberschenkel gleiten, und das Verlangen, in ihr zu sein, raubte ihm beinahe den Verstand. Er unterbrach den Kuss gerade lange genug, um sich das Shirt über den Kopf zu ziehen.

Ihre Finger huschten über seine Brust und ein zufriedenes Lächeln umspielte ihre Mundwinkel. »Gott, ich liebe deinen Körper.«

Das Begehren in ihrer Stimme ließ seinen Schaft pochen. Sie war wunderschön, wie sich ihre goldenen Haare auf dem

Laken ausbreiteten, das cremefarbene Neckholder-Top ihres Kleides sich an ihre gebräunte Haut schmiegte, der Stoff ihres Rocks sich um ihre Taille raffte und ihr hübscher Spitzenslip praktisch darum bettelte, ausgezogen zu werden.

»Nicht halb so sehr, wie ich deinen liebe«, erwiderte er und eroberte ihren Mund mit einem weiteren leidenschaftlichen Kuss.

Ein Zug an der Schleife in ihrem Nacken befreite ihre Brüste. Er küsste sich eine Spur ihren Hals hinunter, über ihr Brustbein und neckte ihre Brüste so, wie sie es am liebsten mochte. Sie bog sich ihm stöhnend entgegen und jeder ihrer Laute ließ ihn härter werden, *hungriger*. Er streifte ihr das Kleid ab, und ihm blieb beinahe das Herz stehen, als sie damit nackt bis auf ihr pfirsichfarbenes Höschen vor ihm lag, das er ihr am liebsten mit den Zähnen vom Leib gerissen hätte. Und das Tattoo. Das hatte er in seinen erotischsten Fantasien vor sich gesehen. Das Zeichen der Frau, die er nie vergessen würde.

Sie streckte die Arme nach ihm aus, aber er hatte es sich zum Ziel gesetzt, ihr mehr Lust zu verschaffen, als sie je zuvor empfunden hatte. Während er mit den Händen über ihre Rippen zu den Grübchen über der Wölbung ihrer Hüften strich, küsste und saugte, leckte und neckte er über jeden Zentimeter ihrer weichen, festen Haut.

Sie vergrub die Hände in seinen Haaren und seine Zunge liebkoste ihren Bauchnabel. Sie wölbte den Rücken und gab einen sehnsüchtigen Laut von sich, als seine Lippen weiter nach unten wanderten und hauchzart über ihre Hüften tanzten. Schließlich leckte er über die Innenseite ihres Oberschenkels und atmete tief ihren süßen Duft ein, bevor er über die feuchte Spur blies, die er hinterlassen hatte, und damit eine Gänsehaut über ihre Haut schickte. Ihrem anderen Oberschenkel ließ er die gleiche Aufmerksamkeit zukommen und hielt sie dabei an den Hüften fest. Er leckte über ihren feuchten Slip, was ihm ein lautes, sinnliches Stöhnen einbrachte. Erst packte er den dünnen Stoff mit den Zähnen, dann hakte er die Finger unter die Spitze über ihren Hüften und zog das Höschen nach unten. Nachdem er es zur Seite geworfen hatte, arbeitete er sich über ihre Beine zärtlich wieder nach oben, küsste und streichelte sich bis zu ihrem Schritt. Er drückte Küsse auf die zarte Haut ihres Geschlechts, bis sie sich ihm entgegenhob und um mehr bettelte. Die Erregung in ihrer Stimme war der erotischste Klang, den er je gehört hatte. Er ließ die Hände auf den Innenseiten ihrer Oberschenkel ruhen und strich mit der Zunge über ihre feuchte Mitte.

»Oh, Gott«, hauchte sie in einem langen Atemzug.

»So gut, Baby.«

Er wiederholte das, eine langsame Bewegung über ihr empfindliches Geschlecht.

»Gavin, Gavin, Gavin …«, flüsterte sie.

Er liebte es, sie so sinnlich zu quälen. Das Wissen, dass sie ihm am helllichten Tag mit jeder Faser ihres Seins vertraute, mit Leib und Seele, machte diesen intimen Moment noch intensiver und zu etwas Besonderem. Er umfasste ihre Brust mit einer Hand, während er sie weiter reizte, und drückte ihren Nippel mit zwei Fingern. Keuchend und wimmernd wand sie sich bei jeder Bewegung seiner Zunge unter ihm. Er wusste, was sie brauchte, und drückte den Mund auf ihr Geschlecht, schob die Zunge in sie und neckte sie mit den Fingern, um sie dicht an den Rand der Ekstase zu bringen – und sie dort zu halten. Als sie schließlich atemlos und verschwitzt unter ihm lag, konzentrierte er sich auf die Stelle, an der sie ihn am meisten brauchte, und schickte sie geradewegs in ihren Höhepunkt. Ihr

Becken zuckte und ihr Geschlecht pulsierte, doch er ließ nicht von ihr ab.

Kaum dass sie aus den Wolken zurückkehrte, schickte er sie direkt wieder hinauf und in den nächsten Orgasmus, bei dem sich ihr Geschmack auf seiner Zunge ausbreitete. Sie grub die Fingernägel in seine Schultern. Noch nie hatte er sich so lebendig gefühlt, so berauscht davon, einer Frau Lust zu verschaffen. Er stand gerade lange genug auf, um sich auszuziehen. Als er ein Kondom aus seinem Nachttisch holte, öffnete Harper blinzelnd die Augen. Er riss die Verpackung mit den Zähnen auf, während ihr Blick bereits zu seiner Erektion wanderte. Die nackte Leidenschaft in ihren Augen ließ ihn noch härter werden, was eigentlich unmöglich schien.

»Ich nehme die Pille«, sagte sie zittrig.

»Du hattest in letzter Zeit genug Stolpersteine, Süße. Ich will kein Risiko für dich eingehen. Keine ungeplanten Schwangerschaften, die dein Leben über den Haufen werfen.«

»Oder deins«, erwiderte sie liebevoll.

Er streifte sich das Kondom über den harten Schaft und stützte sich über ihr ab, bevor er ihr Gesicht mit beiden Händen umfasste. Am liebsten würde er ihr sagen, dass sie sein Leben gerne jederzeit über den Haufen werfen durfte, dass seine Gefühle für sie so viel tiefer gingen als alles, was er je zuvor empfunden hatte.

Aber er wollte sie nicht verschrecken, also küsste er sie zärtlich. »Ich wünsche mir nichts mehr, als *alles* zu spüren, wenn unsere Körper zueinanderfinden. Wir werden es merken, wenn wir bereit sind, es zu riskieren.«

Seine Lippen fanden ihre, während ihre Körper sich aneinanderschmiegten, und er vertiefte den Kuss, als sie miteinander verschmolzen und der Rest der Welt um sie herum verblasste.

Er genoss das Gefühl ihrer Brüste an seinem Oberkörper, ihrer weichen Oberschenkel unter seinen, ihrer Enge, die jeden Zentimeter von ihm aufnahm. Sie fühlte sich sogar noch besser an und ihre Verbindung war noch perfekter als in seiner Erinnerung. Liebevoll zog er ihren Körper an seinen und rang mit sich, weil er genau so verharren wollte und sich gleichzeitig verzweifelt danach sehnte, sämtliche Emotionen in seinem Innern zu entfesseln und sie hart zu lieben.

Er vergrub das Gesicht in ihren Haaren und an ihrem Hals. »Hier gehörst du hin, Harper. Zu mir, in mein Bett, in meine Arme.«

»Ja«, erwiderte sie und in ihrer Stimme schwang so viel Gefühl mit, dass er ihr ins Gesicht, die Liebe in ihren Augen sehen musste. »Lieb mich, Gavin.«

Ihre Münder fanden sich erneut, als sie anfingen, sich miteinander zu bewegen und schnell einen gemeinsamen Rhythmus fanden, genauso wie viele Monate zuvor. Sie hakte die Füße um die Rückseiten seiner Beine und änderte den Winkel ihres Beckens ein wenig, sodass er noch tiefer in sie eindringen konnte. Noch nie hatte er so eine intensive Verbindung zu jemandem gespürt, war so im Einklang mit einem anderen Menschen gewesen. Ihr so nah zu sein, so vollkommen von ihrem Körper umfangen zu werden, vervollständigte etwas in ihm, das er nie bewusst wahrgenommen hatte.

Harper grub die Fingernägel in seine Haut, und er bewegte sich schneller, stieß härter in sie. Als der Orgasmus sie überrollte, raubte ihm das beinahe die Beherrschung, weil sie seinen Schaft so fest umschloss, dass Gavin Sterne sah. Eine Hitzewelle überrollte ihn, und er kämpfte gegen den immer größer werdenden Druck in seinem Inneren an, weil er sie noch ein weiteres Mal zum Höhepunkt bringen wollte. Als sie keuchend mit geschlossenen Augen auf die Matratze sackte, schob er die Hände unter ihren Hintern und hielt ihn fest, während er sich hart in ihr bewegte. Er zog ihre Beine höher, legte sie sich um die Taille. Sie richtete sich unter ihm auf, leckte und küsste sich über seine Schulter. *Gott.* Sie wusste offensichtlich noch, dass ihn das beim letzten Mal fast um den Verstand gebracht hatte. Und er erinnerte sich ebenso, was ihr gefiel, weswegen er die Hände über ihren Hintern wandern ließ, um ihre andere Öffnung zu necken.

»Ja«, hauchte sie an seiner Schulter.

»Komm noch mal für mich, Baby«, raunte er ihr zu.

Ihr keuchender Atem strich über seine Wange, als sie bettelte: »Nichtaufhörennichtaufhören.«

Er benetzte seine Finger mit ihrer Erregung und kehrte an die Stelle zurück, an der sie ihn haben wollte. Feucht von ihrem Verlangen schob er einen Finger in ihren Hintern. Sie biss ihn in die Schulter, als sie kam, drängte sich ihm stöhnend entgegen und ihre Muskeln umklammerten seinen Schaft so fest, dass der Druck seine Wirbelsäule hinunterschoss und ihn so heftig über den Rand der Klippe katapultierte, dass er befürchtete, ihr mit seinen heftigen Stößen wehzutun. Doch sie gab ihm alles zurück, was sie nahm, kratzte über seine Haut und rang ächzend nach Luft. Er presste ihren Namen zwischen zusammengebissenen Zähnen hervor.

Dann ließ er den Kopf neben ihrem aufs Bett sinken und versuchte, sich daran zu erinnern, wie man atmete. »Habe ich dir wehgetan?«, fragte er keuchend.

»Nein. Du bist perfekt. Zusammen sind wir perfekt.«

Gott sei Dank. Nachdem das letzte Beben seinen Körper durchlaufen hatte, rollte er sich zur Seite, streifte sich das Kondom ab und verknotete es, bevor er es in den Mülleimer warf, unwillig, sich schon von Harper zu entfernen. Dann zog er sie wieder in die Arme und besiegelte ihre Liebe mit einem Kuss.

Sie lagen mit ineinander verschränkten Gliedern und hektisch pochenden Herzen da und ließen sich von der Sonne wärmen, die ihre Strahlen durch die Fenster schickte, doch Gavin hatte noch immer nicht genug. Auch in ihrer ersten Nacht war er unersättlich gewesen. Er streichelte über ihren Rücken nach unten und umfasste ihren Hintern mit einer Hand. Sie gab einen sinnlichen Laut von sich, der ihn prompt wieder hart werden ließ.

»Gavin«, flüsterte sie.

Er entdeckte so viele Emotionen in ihren Augen, dass seine Brust sich schmerzhaft zusammenzog. Empfand sie tatsächlich das Gleiche für ihn, wie er für sie? »Ja, Liebling?«

Sie schmiegte ihren weichen Körper an seine Erektion. »Können wir das noch mal machen?«

Er küsste sie tief. »Noch mal.« Dann griff er nach einem frischen Kondom. »Und noch mal.«

Bevor er sich aufrichtete, um sich das Kondom überzustreifen, gab er ihr noch einen langen Kuss, den er voll auskostete.

Sie streckte die Hand aus, um ihm mit dem Kondom zu helfen, und in ihren Augen loderte Lust auf. »Und noch mal ...«

Zwölf

Später am Morgen lag Harper in Gavins Armen auf seiner Couch, während im Fernsehen das Ende eines Films lief. Nach fast einem Jahr, in dem sie quasi mit angehaltenem Atem gelebt und an den Mann gedacht hatte, den sie nie wiedersehen würde, konnte sie ihre Lunge endlich wieder komplett mit Sauerstoff füllen. Nach dem Sex hatten sie noch lange im Bett gelegen, geredet und gedöst, bis Harpers Magen zu laut knurrte, um ihn weiter zu ignorieren. Also hatten sie sich lange genug aus der Horizontalen bewegt, um sich einen Imbiss zu gönnen und zum *Nachtisch* wieder ins Bett zu fallen. Sie duschten gemeinsam, was für sie ebenfalls eine Premiere war. Dabei nahmen sie sich die Zeit, sich gegenseitig zu waschen und zu erforschen, sich zu küssen und zärtliche Berührungen auszutauschen, ohne miteinander zu schlafen. Das war die sinnlichste Erfahrung ihres Lebens. Allerdings fühlte sich bei Gavin langsam so ziemlich alles sinnlich an. Selbst einfach nur schweigend in seinen Armen zu liegen, war körperlich und emotional befriedigend.

Sie erinnerte sich an ihre erste gemeinsame Nacht, als ihr eine beängstigende Reise zur anderen Seite des Landes bevorstand. Damals hatte sie ebenfalls den Atem angehalten. Die Zeit mit Gavin hatte sie auch damals geerdet. Alles hatte sich so richtig angefühlt, dass sie all die erotischen Dinge mit ihm erleben wollte, von denen sie bisher nur gelesen hatte. *Alles* hatten sie nicht gemacht, obwohl sie sich wahrscheinlich darauf eingelassen hätte, wenn Gavin sie darum gebeten hätte. Aber was sie getan hatten, hatte sich natürlich angefühlt, es gab keine Tabus. Genau wie in dem Moment, als sie alle Vorsicht in den Wind geschlagen und die Kontrolle übernommen hatte, und als sie um mehr gefleht hatte, als er bereits tief in ihr war. War es möglich, seinen Seelenverwandten in so einem unwahrscheinlichen Szenario zu finden?

Sie kuschelte sich enger an ihn und war dankbar, dass sie dieses Mal keinen Flug erwischen oder sich fragen musste, ob er sie wohl später anrufen würde.

Als der Abspann über den Bildschirm lief, drehte sie sich zu ihm um, und er küsste sie liebevoll.

»Musst du heute noch schreiben?«, fragte Gavin.

»Nein. Ich habe neulich ausgedruckt, was ich bis jetzt habe, und es seitdem mehrfach gelesen und überarbeitet. Ich brauche eine Pause.« Sie drückte die Lippen auf seine. »Halte ich dich von der Arbeit ab?«

»In Boston habe ich jedes Wochenende gearbeitet. Jetzt versuche ich, das zu vermeiden.«

»Wie stellst du das an? Bist du bei den Anonymen Workaholics?«

»Nein. Ich war nicht immer ein Workaholic. Aber die schlechte Erfahrung im College, von der ich dir erzählt habe, hat alles verändert. Dass ich mich gegen den Wunsch meiner Familie gestellt habe und mit Corinne zusammengeblieben bin, hatte wie gesagt einen Keil zwischen uns getrieben, und eine Zeit lang habe ich zu viel getrunken und bin zu viel durch die Betten geturnt. Irgendwann bin ich durch eine Prüfung gefallen und mir ist klar geworden, dass ich mich zusammenreißen musste.«

»Eine einzige Prüfung hat das bei dir bewirkt? Gott, du klingst wie ich. Wenn Jana das hören könnte, würde sie sagen, dass wir füreinander geschaffen sind.«

»Das sind wir, Süße. Das dachte ich auch, als wir uns kennengelernt haben.« Er gab ihr einen Kuss. »Nachdem ich den Test vergeigt hatte, habe ich mich in meinen Lehrbüchern vergraben. Ich war noch nicht bereit, mich meiner Familie zu stellen, also habe ich im Sommer ein Praktikum bei einem Innenarchitekturbüro in Boston gemacht. Der Sommer ging nahtlos in das nächste Collegejahr über, und im folgenden Sommer wurde mir ein super Job in Boston angeboten. Ehe ich mich versah, hatte ich meinen Abschluss in der Tasche und arbeitete Vollzeit bei KHB, wo ich dann später auch Serena kennengelernt habe. Ich verbrachte Jahre damit, Tag und Nacht und an den Wochenenden zu ackern, um die Karriereleiter hochzusteigen, und bin nur über die Feiertage für Kurztrips nach Hause gefahren. Irgendwann hatte ich die Wut und den Schmerz, die mich zum Workaholic gemacht hatten, hinter mir gelassen, aber mein Privatleben war nicht mehr existent. Als Serena bei KHB anfing, hatte ich gerade ein unglaubliches Jobangebot von einem Konkurrenten bekommen. Aber ich wohnte schon seit Jahren in Boston, und es gefiel mir nicht, wer ich geworden war. Ich hatte keinen richtigen Freundeskreis und zu Hause war ich auch schon ewig nicht mehr gewesen. Ich hatte mir nicht mal die Zeit genommen, meine Eltern anzurufen und ein ordentliches Gespräch mit ihnen zu führen. Beckett und ich haben viel gechattet, aber selbst unser Verhältnis war angespannt.«

»Wow, das klingt, als wärst du nach dieser schlechten Beziehung direkt in den Workaholic-Modus übergegangen und dort hängengeblieben.«

»Ja, genau. Und als ich gemerkt habe, wie sehr Serena die Leute hier vermisst, hat mich das an alles erinnert, was ich verloren hatte. Schließlich habe ich meine Eltern angerufen und ein langes Gespräch mit meinem Vater geführt. Das hatten wir schon ewig nicht mehr getan und es fühlte sich so gut an. Ich wusste, dass ich das mit meiner Familie in Ordnung bringen musste. An dem Wochenende fuhr ich nach Hause und Beckett hat mich auf das Festival mitgeschleppt, wo ich dich kennengelernt habe. Dir zu begegnen, hat alles für mich verändert.«

»Du hast im Laufe der Jahre bestimmt eine Menge Frauen kennengelernt, Gavin. Warum sollte ausgerechnet ich etwas ändern?«

Er fuhr mit den Fingern durch ihre Haare und sein Blick war sehr ernst. »Du weißt wirklich nicht, wie besonders du bist, oder? Harper, wenn ich so etwas sage, musst du mir wirklich glauben, dass ich es aufrichtig so meine.«

»Das tue ich, Gavin. Ich meinte nur, dass du ein gut aussehender Mann mit einem großen Herzen und einer tollen Karriere bist. Du könntest jede Frau haben, die du willst.«

»Vielleicht, aber das könnte ich genau so zurückgeben, und wahrscheinlich verstehst du auch nur so, was ich meine. Du bist eine hinreißende Frau mit einem großen Herzen und einer tollen Karriere, auch wenn du damit gerade einen neuen Weg eingeschlagen hast. Du könntest jeden Mann haben, den du willst.«

»Die meisten Männer sind nicht das, was sie vorgeben zu sein. Und jetzt habe ich dich, den einzigen Mann, den ich will.«

»Dann verstehst du mich, wenn ich sage, dass du mich aus einem Leben aufgeweckt hast, das ich jahrelang gar nicht wirklich gelebt habe. Plötzlich war da diese schöne, kluge Frau, die sich, wie ich, ein wenig verloren fühlte und etwas für sich tat, was normalerweise nicht ihr Ding wäre. Du hattest etwas, das die meisten anderen Frauen nicht haben. Besser kann ich nicht beschreiben, wie ich mich bei unserer ersten Begegnung gefühlt habe. Mit dem One-Night-Stand wolltest du vielleicht jemand sein, der du gar nicht bist, aber das ging mir genauso. Du warst – und bist – der authentischste Mensch, den ich kenne, Harper. So *echt* sind die wenigsten, oder zumindest kommt es mir so vor. Du hast mir direkt ins Gesicht gesagt, wenn ich deiner Meinung nach Unsinn geredet habe, und wir waren uns so ähnlich, mit unserer normalerweise eher zurückhaltenden Art und unserem Sinn für Humor. Ich habe mich zum ersten Mal seit Jahren wieder lebendig gefühlt.«

»Ich auch«, gab sie zu. »Vielleicht habe ich mich bei den anderen Männern, die ich gedatet habe, so außen vor gefühlt, weil sie nicht echt waren.«

»Harper, es mag unglaublich klingen, aber du warst der Auslöser, die Partnerschaft mit Serena einzugehen. Mit dem Jobangebot in Boston stand mir die Welt offen, aber nachdem ich mit dir innerhalb weniger Stunden – nicht *Jahre* – eine Verbindung auf einer Ebene aufgebaut hatte, die ich nie für möglich gehalten hätte, wurde mir klar, dass das nicht die Welt war, die ich mir wünschte. Ich bin nicht mit der Vorstellung aufgewachsen, nur für die Arbeit zu leben und meine Familie hintanzustellen. Das hatte ich vergessen, und nach unserem Kennenlernen beschloss ich, mich mit Serena zusammenzutun. Ich wusste vielleicht nicht genau, welchen Weg ich einschlagen musste, aber immerhin, dass ich damit in die richtige Richtung ging.«

»Ich bin froh darüber, sonst hätten wir uns vielleicht nie

wiedergesehen.«

»Ich auch, Süße. Und es ist mir auch nicht peinlich, dass ich am Boden zerstört war, als ich damals allein aufgewacht bin.«

Sie senkte den Blick. »Es tut mir leid. Ich wollte dich nicht einfach so zurücklassen, aber ich hatte schon Gefühle für dich, und mich zu verabschieden, hätte es mir noch schwerer gemacht.«

»Dieses Gefühl des Verlustes war nur ein weiterer Grund, der mich dazu gebracht hat, mein Leben zu ändern. Ich habe nie die Hoffnung aufgegeben, dich wiederzusehen, und wahrscheinlich habe ich Justin mit meinem Gejammer über *Parker* in den Wahnsinn getrieben. Er erzählt allen, dass man mich immer dabei haben sollte, weil er ein netter Kerl ist, der einem vor anderen den Rücken stärkt. Aber ich war furchtbar. Ich hatte kein Interesse an den Frauen, die uns über den Weg gelaufen sind. Es ging so weit, dass ich früher als alle anderen und allein die Bars verlassen habe, und er hat immer nur den Kopf geschüttelt. Er wollte schon eine Fahndung nach einer Blondine namens Parker rausgeben.«

Sie lachte und er küsste sie erneut. »Wirklich, Süße. Du kannst ihn fragen, wenn du willst.« Er strich mit den Fingern über ihren Nacken. »Bleib …«

»Hm?« Sie ließ noch sacken, was er gerade gesagt hatte, und merkte sich jedes Wort, um sich das alles später noch mal durch den Kopf gehen zu lassen.

»Ich habe mir fast ein Jahr lang gewünscht, dass wir so viel Zeit wie jetzt haben. Bleib heute Nacht bei mir. Bleib übers Wochenende. Für die ganze nächste Woche. Ich will nicht, dass du schon wieder gehst. Du arbeitest gern am Wasser und so sparst du dir die Fahrerei zu deiner Wohnung.«

Nichts hätte sie lieber getan, als jede freie Minute bei ihm zu verbringen, in seinen Armen zu schlafen, von seinen Küssen geweckt zu werden, gemeinsam zu frühstücken und Abend zu essen. Sie vertraute bei Gavin auf ihr Bauchgefühl. Doch so gern sie auch Zeit mit ihm verbringen wollte, war sie doch ein bisschen nervös, dass das alles zu schnell ging. »Wie wäre es, wenn ich den Rest des Wochenendes hierbleibe und wir dann weitersehen?«

»Das klingt großartig, meine vorsichtige Schönheit«, sagte er und küsste sie tief, grinste dabei aber, als hätte er das beste Geschenk aller Zeiten bekommen – und für sie war es definitiv genauso.

»Aber ich muss noch mal nach Hause und saubere Klamotten, Kosmetik und meine Arbeitssachen holen. Nächste Woche stehen Artikel über ein paar Veranstaltungen an und ich sollte irgendwann meine Notizen durchgehen. Hast du immer noch Lust, heute auf den Flohmarkt zu gehen? Ich würde gerne Marmelade vom Stand meiner Freundin Leanna besorgen.«

»Ah, die berühmte Marmelade von Luscious Leanna's Sweet Treats.«

»Du kennst Leanna Remington?«

»Drake und Serena haben mir sie und ihren Mann Kurt vorgestellt. Ich wünschte, ich würde mich für Thriller interessieren, weil Kurt ja ein großartiger Autor sein soll. Wir können bei dir vorbeischauen und deine Sachen holen und anschließend auf den Flohmarkt gehen, wenn wir schon mal in Wellfleet sind.«

Als sie sich aufsetzten, griff er nach ihrer Hand. »Ich weiß, dass das alles ziemlich schnell geht, Harper, aber wie viele Männer können von sich sagen, dass sie sich was an einem Brunnen gewünscht haben, das dann tatsächlich in Erfüllung gegangen ist? So langsam glaube ich an Schicksal und ich will keine Sekunde unserer gemeinsamen Zeit verschwenden.« Die

Überraschung musste ihr wohl anzusehen sein, denn er fügte noch hinzu: »Als wir in Romance die Pennys in den Brunnen geworfen haben, habe ich mir gewünscht, dass aus uns mehr als ein One-Night-Stand wird.«

Ihr Herz machte einen Sprung, denn sie hatte sich fast dasselbe gewünscht. Sie hatte gehofft, dass er anrufen würde. Dass sie ihre Telefonnummer versehentlich vor ihm *verstecken* würde, hatte sie da noch nicht ahnen können. Die Wünsche am Brunnen hatten sie gemacht, bevor sie miteinander geschlafen hatten. Dass ein Mann, der mit einem One-Night-Stand rechnete, noch vor dem Sex mehr wollte, ließ sie ebenfalls an Schicksal glauben.

»Obwohl du wusstest, dass ich wegziehe, hast du dir mehr gewünscht?«

Er zog sie auf die Beine, nahm sie in die Arme und schaute ihr tief in die Augen. »Ja, denn was ich mit dir in nur wenigen Stunden hatte, ging über alles davor hinaus.« Er strich mit den Lippen sacht über ihre. »Ich wusste, dass uns eine Nacht nicht reicht, deshalb habe ich mir gewünscht, dass das nur der Anfang unserer Geschichte ist.«

Als sie vor Harpers Cottage ankamen, schlang Gavin die Arme von hinten um sie, während sie die Tür aufschloss. »Hättest du was dagegen, wenn wir in deinem Garten ein paar Blumen schneiden und mit zu mir nach Hause nehmen? Meine Freundin liebt Blumen.«

»Tolle Idee.« Sie drehte sich zu ihm um, um ihn zu küssen, bevor sie die Tür aufschob. »Entschuldige das Chaos. Ich drucke meine Texte immer aus, wenn ich sie das erste Mal gegenlese.«

Auf ihrem Schreibtisch, dem Couchtisch, der Theke und sogar auf dem Sofapolster lag Papier verteilt. Fast jede Seite war irgendwo rot markiert und mit Notizen am Rand bekritzelt.

»Das machst du also, wenn du nicht bei mir bist.«

»Nicht immer«, erwiderte sie, während sie die Ausdrucke zusammensuchte. »So sieht das aus, wenn der erste Entwurf weitgehend fertig ist. Deine brillante Idee, meine Erfahrungen in L. A. als Inspiration zu nutzen, war genau das, was ich gebracht habe, um meine Kreativität wieder in Gang zu bringen.«

»Das ist toll, aber wie kannst du so arbeiten? Wo sitzt du dabei?«

Sie zuckte mit den Schultern. »Wo Platz ist. Ich bin daran gewöhnt, und das kann ich nicht draußen machen, weil ein Windhauch mein System durcheinander bringen würde, wie du dir sicher vorstellen kannst.«

»Du hast ein System?« Er zog eine Augenbraue hoch.

»Wenn ich mehr Platz hätte, würde ich vielleicht Tische aufstellen oder so, aber für mich ist das in Ordnung.«

Sie war so selbstlos in ihrem Streben nach ihren Träumen, dass er wiederum alles tun würde, um ihr bei der Verwirklichung zu helfen. »Ich kann es kaum erwarten zu lesen, was du geschrieben hast.«

Er griff nach einem Blatt Papier, doch sie hielt seine Hand fest, um ihn daran zu hindern.

»Oh nein. Du darfst es erst lesen, wenn ich es überarbeitet habe.«

Er zog sie zu sich heran. »Vielleicht kann ich dich dazu bringen, es mir früher zu zeigen.«

Ihre Lippen trafen sich, und sie stellte sich auf die Zehenspitzen, um mehr zu bekommen. Seine Hände glitten zu ihrem Hintern und sie schmolz praktisch in seinen Armen dahin. Gott, er liebte es, wenn er ihrer Reaktion anmerkte, dass sie das Gleiche empfand wie er.

Dann stemmte sie sich jedoch gegen seine Brust und löste sich damit abrupt von ihm. »Mit deinem Charme darfst du mir an die Wäsche gehen, aber das hier wirst du erst lesen, wenn es ein bisschen ausgefeilter ist.«

»Auf die Sache mit der Unterwäsche kommen wir gleich noch mal zurück. Das bedeutet, dass dir gefällt, was du geschrieben hast, oder? Als du deinen Text für schlecht befunden hast, hast du ihn mich lesen lassen.«

»Ich hoffe, dass es gut ist, bin mir aber noch nicht sicher.«

Er küsste ihren Hals. »Ich könnte dir bei der Entscheidung helfen.«

»Ich sehe schon, ich brauche Nerven aus Stahl.« Sie ging mit roten Wangen auf Abstand und hielt Gavin mit einer ausgestreckten Hand von sich fern, während sie die eingesammelten Zettel auf den Schreibtisch legte. »Es ist unfair, wenn du versuchst, mich mit deinem teuflischen Mund zu überreden.«

Er zog sie mit einem Ruck an sich und genoss die Hitze in ihren Augen und das Kichern, das ihr entkam. »Wie soll ich ihn denn benutzen? So vielleicht?« Er drückte die Lippen auf ihren Hals, saugte kräftig, und sie sog scharf Luft ein. »Oder gefällt dir das hier besser?« Er fuhr mit der Zunge in der Mitte ihres Dekolletés nach unten und nahm den Saum ihres Oberteils dabei mit, um über die Wölbung ihrer Brust zu lecken.

»Gavin«, sagte sie atemlos. »Damit landen wir nur wieder im Schlafzimmer.«

»Und das ist schlecht, weil …?« Er hätte schwören können, dass er sah, wie sich die Rädchen in ihrem Kopf drehten, während sie fieberhaft nach einem Grund suchte.

»Du hast recht.« Sie ergriff seine Hand und zog ihn in Richtung Schlafzimmer. »Es gibt schlimmere Süchte, als mit meinem Freund Sex zu haben.«

Seine Brust zog sich zusammen, als er hörte, wie selbstverständlich ihr die Bezeichnung für ihn über die Lippen kam.

Sie fielen in einem Durcheinander aus tastenden Fingern und hungrigen Küssen auf die Matratze, und in diesem Moment beschloss er, dass er ihr zeigen würde, wie viel mehr als eine Sucht er für sie werden wollte.

Nach ausgiebigem Gebrauch der Kondome, die sie in der Apotheke in Provincetown gekauft hatten, duschten sie noch mal, packten genug von Harpers Sachen für die nächsten beiden Nächte ein und holten die Blumen, die sie mit zu ihm nach Hause nehmen wollten. Harper stellte sie in eine Vase mit breitem Boden, damit sie im Auto nicht umkippte, und dann machten sie sich auf den Weg zum Flohmarkt, der auf dem Parkplatz des Autokinos in Wellfleet stattfand.

Dort herrschte reges Treiben. Die Leute gingen in dem Gebäude, in dem Snacks verkauft wurden, ein und aus und schlenderten zwischen den Ständen der Verkäufer umher. Überall waren Sonnensegel und Markisen aufgestellt, so weit das Auge reichte. Bunte Namensbanner flatterten im Wind und Kinder tollten auf dem Spielplatz herum. Harper stellte die Vase im Schatten neben dem Auto ab, damit die Blumen nicht unter der Hitze litten, während sie mit Gavin über den Markt bummelte.

»Hast du keine Angst, dass die jemand klaut?«, fragte Gavin, als sie auf die bunten Markisen zugingen, die dem bedeckten Tag etwas Farbe verliehen.

»Wenn die jemand mitnimmt, braucht er sie mehr als wir.«

Sie schlenderten Hand in Hand über den Markt und stöberten in gebrauchten Büchern, Schmuck, Kleidung, Antiquitäten und bei den unterschiedlichen Kunsthandwerkern. Es war ein schwüler Nachmittag und so drückend heiß, dass man darauf hoffte, der Himmel würde seine Schleusen öffnen, um allen ein bisschen Erleichterung zu verschaffen.

»Wow, sieht aus, als hätte hier jemand seine Garage ausgeräumt.« Harper zog ihn zu einem Stand mit Kartons voller alter Schallplatten, Werkzeugen, Büchern und einer Menge anderer Dinge zwischen Möbeln und Perserteppichen.

Ein älterer Mann mit dünnen grauen Haaren und ledriger Haut begrüßte sie, als sie sich näherten. Er saß auf einem Klappstuhl und zu seinen Füßen lag ein struppiger Hund.

»Hi«, sagte Harper und umrundete zielstrebig die Kisten zu dem, was sie entdeckt hatte. »Gavin, sieh mal.« Sie deutete auf zwei hübsche Holzschilder. An jedem der beiden hing eine rustikale Kette mit einem Einmachglas an einem großen Angelhaken. »Kennst du diese Lichterketten, die sie im Weihnachtsladen in Orleans verkaufen? Du könntest sie in die Gläser stecken, das würde perfekt in dein Schlafzimmer oder vielleicht sogar in dein Wohnzimmer passen, meinst du nicht?« Ein aufgeregtes Funkeln trat in ihre Augen. »Weißt du was? Du könntest noch mehr Einmachgläser besorgen und daraus eine nächtliche Beleuchtung mit Solarlichterketten entlang des Wegs zum Steg machen.«

Er grinste. »Bin ich nicht der Innenarchitekt von uns beiden?«

»Tut mir leid. Gefällt dir das nicht? Zu kitschig?«

»Nein, Süße. Ich habe dich nur aufgezogen. Ich finde die Schilder toll und deine Idee mit der Wegbeleuchtung auch.« Er legte die Arme um sie. »Ich hatte ja erzählt, dass ich nicht viel Deko habe, weil ich mich zu Hause entspannen will, und das stimmt auch. Aber mir ist erst in den letzten Wochen aufgegangen, dass es sich immer so angefühlt hat, als würde etwas fehlen. Ich glaube, dieses Etwas warst du.«

Sie stellte sich auf die Zehenspitzen und drückte ihm einen liebevollen Kuss auf die Lippen. »Vielleicht haben wir beide etwas in unserem Leben vermisst.«

»Wenn es nach mir geht, kommt das bei dir nie wieder vor.«

»Mach keine Versprechungen, die du nicht halten kannst«, erwiderte sie. »Lass uns mal sehen, ob wir ein paar coole Schallplatten finden. Was hörst du am liebsten?«

»Classic Rock natürlich.«

»Ich kann es kaum erwarten, was aus deiner Sammlung zu hören«, meinte sie, während sie in einem Karton mit Schallplatten stöberten. »Wir sollten sie auspacken. Suchst du noch irgendwas Bestimmtes? Vielleicht haben wir ja Glück.«

»Ich hatte schon Glück.« Er lehnte sich zu ihr. »Weil du hier an meiner Seite bist.«

»Charmant wie immer«, gab sie mit einem sexy Lächeln zurück.

»Nur für dich, Harper.« Gavin bezahlte die Schilder und klopfte ihr auf den Hintern. »Okay, Süße. Lass uns nach was suchen, was wir nie finden werden: eine limitierte pinke Pressung von Pink Floyds *Animals*.«

»Pinke Schallplatten? So was gibt's?«

»Ziemlich cool, oder?« Er griff nach ihrer Hand und sie machten sich auf die Jagd nach dem Album.

Sie suchten jeden Plattenverkäufer ab, gingen jedoch leer aus, abgesehen von dem Spaß, den sie dabei hatten und der ohnehin besser war als eine olle Schallplatte. Unterwegs blieben sie immer mal stehen, um in Taschenbüchern zu blättern und sich Kunsthandwerk und Kleidung anzusehen. Bei Leanna kauften sie zwei Gläser Marmelade und unterhielten sich mit ihr, bis ihr Stand von Kundschaft umringt wurde. Anschließend holten sie sich im Imbissgebäude Burger, die sie im Biergarten aßen, während sich die Wolken am Himmel zunehmend dichter ballten.

Auf dem Rückweg zu Gavins Haus hielten sie noch an einem Antiquitätenladen. Harper fand dort eine altmodische Angelrute, die umfunktioniert worden war und ihrer Meinung nach perfekt in Gavins Haus passte. Sie war zu einem Bogen geformt worden, durch den statt der Angelschnur Jute gefädelt war. In den kleinen Metallösen entlang der Angelrute hingen vier Bilderrahmen an weiteren Juteschnüren, und an der Spitze der Rute waren zwei dekorative Köder befestigt.

Sie schafften es noch bis nach Hause, bevor der bedrohlich dunkle Himmel seine Schleusen öffnete. Mit den Blumen und Einkäufen beladen rannten sie ins Haus, und Harper riss sich ein weiteres von Gavins Sweatshirts unter den Nagel.

Während der Regen auf die Terrasse prasselte, huschte Harper in ihren sexy Shorts und seinem Sweatshirt durch sein Wohnzimmer und zeigte ihm verschiedene Stellen, an denen sie die Dekoration aufhängen konnten. Er war ein gefragter Innenarchitekt mit jahrelanger Erfahrung, und dennoch konnte erst diese unglaubliche Frau – die glaubte, ihrem Bauchgefühl nicht trauen zu können, und der es nichts auszumachen schien, dass sie keinen ordentlichen Arbeitsplatz besaß – sein Haus in ein Zuhause verwandeln.

Dreizehn

Es regnete die ganze Nacht durch bis in den Sonntagmorgen hinein, was Harper nur recht war. Gestern Abend hatten sie die Fenster im Wohnzimmer offen gelassen, während sie Pizza aßen und Filme schauten. Sie hatten gekuschelt und sich geküsst, und als sie schließlich ins Bett gegangen waren, hatten sie auch die Schlafzimmerfenster geöffnet. Harper empfand Regen als beruhigend. Nicht, dass sie Beruhigung gebraucht hätte, nachdem Gavin jeden Zentimeter von ihr verwöhnt und liebkost hatte. Sie hatten sich bis in die frühen Morgenstunden geliebt und geredet, und zwischendurch herrschte immer wieder angenehmes Schweigen, das nur vom Rauschen des Regens unterbrochen wurde.

Es war perfekt.

Und sie dachte auch immer mehr, dass Gavin ebenfalls perfekt war. Natürlich glaubte sie nicht, dass er eine Art Übermensch ohne Fehler war. Er fluchte, wenn die Fernbedienung nicht funktionierte, er drehte die Zahnpasta nicht zu, was sie jedes Mal auf die Palme brachte, und er nervte sie immer noch damit, dass er ihr Drehbuch lesen wollte. Ganz sicher hatte er noch andere Macken, die sie erst noch entdecken musste, aber die besaß sie auch. Hatte die nicht jeder? Wichtiger war jedoch, dass er sie liebte, wie er zuhörte und wie offen er alles mit ihr teilte. Gestern Abend hatte er ihr von den Kunden erzählt, mit denen er zusammenarbeitete, und von den Projekten, die er nach dem Sommer präsentieren wollte. Man merkte schnell, warum er und Serena so gute Geschäftspartner waren. Sie arbeiteten beide akribisch und setzten sich dafür ein, dass ihre Kunden den besten Service und die besten Designs bekamen, während sie gleichzeitig ihren eigenen Gewinn im Auge behielten, ohne dabei Abstriche bei der Qualität zu machen.

Gerade beobachtete sie ihn, wie er in der Küche Kaffee kochte. Seine Haare waren noch feucht vom Duschen und seine Jeans saß tief auf seinen Hüften und schmiegte sich an seine perfekte Kehrseite. Unter der Dusche war ihr aufgefallen, dass sie Kratzspuren auf selbigem perfektem Hintern hinterlassen hatte, so fest hatte sie sich daran gekrallt. Als sie ihn darauf hinwies, plusterte Gavin sich ein bisschen auf und stolzierte damit herum, als wären es Medaillen.

Er drehte sich mit einer dampfenden Tasse in der Hand und einem sexy Lächeln auf den Lippen um. Sie wünschte sich, es würde wochenlang regnen und die Straßen überfluten. Dann hätten sie eine Ausrede, sich hier zu verkriechen, und sie müsste nicht darüber nachdenken, ob sie das Ganze überstürzten. Sie könnten einfach nur im Moment leben.

»Du siehst so nachdenklich aus. Was geht in deinem klugen Kopf vor sich?« Gavin stellte die Tasse vor ihr ab.

»Ich denke nur darüber nach, wie gern ich Zeit mit dir verbringe.« *Und wie sehr ich mehr davon will.*

»Das ist auch gut so, denn du hast schon zugestimmt, heute Nacht hierzubleiben, und in meiner Welt kann man so was nicht zurücknehmen.« Er lehnte sich über die Anrichte und küsste sie. »Willst du Klamotten für eine Woche aus deinem Haus holen und mir ein Versprechen auf weitere Nächte geben, das du nicht zurücknehmen kannst?«

»Wie kannst du nur so charmant und fordernd zugleich sein?« *Und warum ist das so wahnsinnig verlockend?*

Wahrscheinlich, weil er ihre Gedanken gelesen und das ausgesprochen hatte, was sie sowieso tun wollte.

Er umrundete die Anrichte und legte die Hände auf ihre Oberschenkel. Die Hitze in seinem Blick ließ ihren Magen flattern. »Du trägst mein Lieblings-T-Shirt und ein rotes Spitzenhöschen unter deinen knappen Shorts. Ich glaube, *du* setzt hier deine Reize ein und drückst damit still und heimlich alle meine Knöpfe. Du weißt, was es in mir auslöst, wenn du mich mit diesem verträumten Blick und dem süßen Lächeln ansiehst, mit dem du mich vom ersten Moment an gefangen genommen hast.«

Mit einer schnellen Bewegung zog er sie an den Rand ihres Barhockers und damit näher zu sich. Sein Mund eroberte ihren leidenschaftlich, seine Zunge strich über ihre, berauschend langsam, was sie noch tiefer in seinen Bann zog. Er gab einen kehligen, hungrigen Laut von sich, dem sie in gleicher Weise antwortete.

»Ich sehe dich gern in meinem Haus«, murmelte er an ihren Lippen.

»Ich bin gern hier.«

Er legte ihr eine Hand an die Wange, strich mit dem Daumen über ihre Haut und sie lehnte sich in seine Berührung. »Ich liebe es, dich in meinem Bett zu haben.« Der Ausdruck in seinen Augen wurde ernst und einer seiner Mundwinkel zuckte nach oben. »Und wenn ich dir jetzt kein Frühstück mache, werde ich gleich noch fordernder.«

»Du schaffst es, dass ich genau das von dir will.«

Er gab ihr einen unschuldigen Kuss. »Wollen und brauchen sind zwei unterschiedliche Dinge, Süße. Wir haben mehr als genug Zeit. Zumindest rede ich mir das ein, damit ich dich nicht rund um die Uhr in meinem Schlafzimmer einsperre.« Er ging zurück in den Küchenbereich. »Was steht diese Woche auf deinem Arbeitsplan?«

»Eine Menge cooler Sachen.« Ihr fiel die E-Mail wieder ein, die sie vorhin von ihrem Chef bekommen hatte. »Am Mittwochnachmittag muss ich eine Rezension zu einem Kindertheaterstück schreiben. Ich überlege, ob ich Jana mitnehme, weil sie um die Uhrzeit keine Kurse gibt. Am Donnerstag bin ich bei einer Buchsignierstunde in Brewster und übernächste Woche veranstaltet ein Tierschutzverein ein Event, auf das ich mich sehr freue. Wer mag keine Hundewelpen und kleinen Kätzchen?«

»Ich sollte mich also nicht wundern, wenn du mit einem neuen Haustier ankommst?«

»Dafür habe ich bei mir keinen Platz. Kannst du dir vorstellen, was ein Welpe mit meiner Zettelwirtschaft anrichten würde?«

Er nippte an seinem Kaffee. »Klingt so, als würde es dir doch gefallen, zu deinen Wurzeln zurückzukehren.«

»Sehr sogar, und das habe ich dir zu verdanken. Wenn ich mit dem neuen Skript meinen Schwung nicht wiedergefunden hätte, würden mir die Zeitungsartikel vermutlich nicht so viel Spaß machen.«

»Ich habe doch nur eine Anregung gegeben. Den Rest hast du ganz allein geschafft, Süße.« Er ging zur Speisekammer. »Bereit für dein erstes Wheeler-Spezial?«

»Ich dachte, ich hätte mein erstes Wheeler-Spezial schon in

Virginia bekommen«, scherzte sie, denn sie wusste, dass er damit eigentlich die berühmten Spinatomeletts mit Spezialsoße und hausgemachten Croissants seines Vaters meinte.

Er lachte leise und begann, sich die Zutaten auf der Anrichte zurechtzulegen. »Frechdachs. Dieses Frühstück wird dich umhauen.«

Dafür brauchte sie kein Frühstück. Er hatte sie bereits umgehauen mit seiner Unterstützung, seinem Humor und indem er ihr das Gefühl gab, trotz morgendlichem Vogelnest auf dem Kopf sexy und weiblich und unwiderstehlich zu sein.

»Das dauert ein bisschen, also mach's dir irgendwo gemütlich, während der Meisterkoch die Küche übernimmt.«

»Wenn du da so gut bist wie im Schlafzimmer, habe ich wohl ein echtes Problem.«

Sie warf ihm einen Luftkuss zu und ging zu den Bücherregalen hinüber, um sich die Romane näher anzuschauen. Dort fand sie auch ein kleines gerahmtes Foto, das Gavin mit seinem Vater zeigte. Darauf war er sicher nicht älter als acht oder neun und bestand nur aus schlaksigen Gliedmaßen. Er trug Shorts und kein T-Shirt, seine etwas zotteligen Haare hingen ihm in die Augen, und er strahlte in die Kamera. In der Hand hielt er eine Angel, an der ein Fisch am Haken baumelte. Sein Vater lächelte stolz und hatte einen Arm um Gavin gelegt. Seine Haare waren dunkler als Gavins, aber sie hatten das gleiche Lächeln und das gleiche kantige Kinn.

Ihr Herz zog sich schmerzhaft zusammen, wenn sie an die Jahre dachte, die er und seine Familie wegen einer Frau verloren hatten. Sie war froh, dass sie ihre Beziehung gerettet hatten, aber sie wäre damals gerne bei ihm gewesen, um ihm zu helfen, früher zu seiner Familie zurückzufinden, so wie er ihr geholfen hatte, ihre eigenen Probleme zu überwinden.

Sie schnappte sich ihre Umhängetasche und die Decke von der Couch, die sie gestern Abend benutzt hatten, und machte sich auf den Weg in den Wintergarten, um ein bisschen zu arbeiten. Dort stellte sie ihre Tasche auf dem Boden ab und war wieder einmal von der Schönheit des großen Raums angetan. Sie breitete die Decke auf dem Boden aus, holte die Blumenvase und stellte sie daneben. Dann öffnete sie alle Fenster, um das Rauschen des Regens hereinzulassen, breitete ihre Ausdrucke aus und schaltete ihren Laptop ein. Doch der Raum fühlte sich immer noch zu leer an.

Sie ging zurück zum Bücherregal, um das Bild von Gavin und seinem Vater zu holen, und platzierte es neben den Blumen, bevor sie sich zufrieden an die Arbeit machte.

Als Gavin mit dem Frühstück fertig war, fand er Harper im Schneidersitz auf einer Decke im Wintergarten vor, wo sie mit einem Stapel Papier auf dem Schoß und einem Rotstift hinterm Ohr in die Arbeit vertieft war. Die Haare hatte sie sich zu einem Knoten zusammengebunden, aus dem sich ein paar sexy Strähnen gelöst hatten und ihr ins Gesicht fielen. Überall auf dem Boden waren Zettel verteilt wie bei ihr zu Hause, und die Blumen, die sie mitgebracht hatten, befanden sich in einer Vase neben ihrem Laptop und machten den Raum gleich viel freundlicher. Er warf einen Blick über seine Schulter auf die Angelruten-Bilderrahmen, die sie über dem Kamin aufgehängt hatten. Er musste sich noch überlegen, mit welchen Fotos er sie bestücken wollte, aber auch ohne verliehen sie dem Raum bereits einen heimeligen Touch. Im Schlafzimmer hatten sie die

Holzschilder mit den Einmachgläsern links und rechts neben dem Bett angebracht. Selbst diese kleinen Dinge schufen bereits das Gefühl eines Zuhauses. Und jetzt war Harper hier und fühlte sich in dem Raum, den er fast ein Jahr lang ignoriert hatte, sichtlich wohl. Er nahm sich einen Moment, um die Frau zu bewundern, die alles in seinem Leben besser machte. Innerhalb weniger Wochen hatte sie Facetten seiner Persönlichkeit geweckt, die viel zu lange geschlafen hatten.

Er berührte Harper an der Schulter, was sie zusammenfahren ließ. »Tut mir leid, Süße. Ich wollte dich nicht erschrecken, aber das ist wohl ein gutes Zeichen. Wenn du so ins Schreiben vertieft bist, muss es super sein.«

»Ja, ich glaube, das wird was«, meinte sie zuversichtlich.

»Das ist großartig. Also darf ich es lesen?«

Sie sah zu dem Papierstapel auf ihrem Schoß und schloss schützend die Finger um die Kanten. »Der Entwurf ist nicht so holprig, wie ich dachte. Du darfst es lesen, wenn du versprichst, mir ehrlich zu sagen, wie du es findest.«

Er grinste. »Wenn ich mich richtig erinnere, war ich beim letzten Mal *zu* ehrlich.«

»Vielleicht formulierst du es dieses Mal ein bisschen netter, wenn es wirklich schlimm ist, oder milderst die Kritik mit einem Kuss ab. Ich brauche wirklich eine ehrliche Meinung. Mein letztes Skript was so schlecht, dass ich jetzt nicht richtig einschätzen kann, ob das hier nur im Vergleich dazu besser oder tatsächlich gut ist.«

»Okay.« Er legte sich eine Hand aufs Herz. »Hundertprozentige Ehrlichkeit, mit einem Kuss abgemildert, wenn es sein muss. Aber erst gibt's Frühstück. Wie wäre es, wenn ich es herbringe? Mir gefällt übrigens, wie du dich hier eingerichtet hast.«

Sie zog die Nase kraus. »Bist du dir sicher, dass dir das nichts ausmacht? Ich wollte dir nichts aufdrücken, ich liebe den Raum nur einfach.«

»Und ich liebe es, dich darin zu sehen.«

Er gab ihr einen kleinen Kuss und ging das Frühstück holen. Als er mit dem Tablett zurückkam, hatte sie Platz für ihn neben sich frei gemacht.

»Hmm … Das sieht köstlich aus und riecht auch so. Wem darf ich für deine Kochkünste danken? Mom oder Dad?«

Er reichte ihr einen der Teller. »Beiden.« Als er sich setzte, bemerkte er das gerahmte Foto von sich und seinem Vater neben den Blumen. Er stellte seinen Teller ab und griff nach dem Bild. Bei der Erinnerung an die Aufnahme wurde ihm ganz warm ums Herz. »Jetzt reißt du dir nicht mehr nur meine Klamotten, sondern auch meine Fotos unter den Nagel?«

»Hatte ich nicht erwähnt, dass ich eine Kleptomanin bin?« Sie lachte leise. »Es hat sich so leer hier drin angefühlt, und ich war einsam, also habe ich dich und deinen Vater mitgenommen, damit ihr mir Gesellschaft leistet.«

Es gefiel ihm, wie sie sich bei ihm häuslich einrichtete, und noch mehr, wie sie ihn dabei ansah, mit dem gleichen Selbstbewusstsein, das sie bei ihrem Kennenlernen gezeigt hatte.

»Ich weiß noch, wie das Foto entstanden ist«, meinte er. »Das war ein toller Angelausflug, den Beckett verpasst hat. Ich wollte ihn wecken, damit er bei Sonnenaufgang mit uns rausfährt, aber er schläft immer wie ein Stein. Ich bekam ihn nicht aus dem Bett. Als wir am Abend nach Hause gekommen sind, hat er stundenlang kein Wort mit mir geredet.«

»Jana hat es immer gehasst, wenn ich etwas machen durfte und sie nicht. Aber sie hat nicht still geschmollt, sondern sich lautstark beschwert und alle im Umkreis von zehn Meilen wissen lassen, dass sie sauer war.« Sie nahm einen Bissen von ihrem Omelett. »Mmmh, Gavin. Du bist definitiv in der Küche genauso gut wie im Schlafzimmer.«

»Du solltest mich erst mal im Wintergarten erleben«, gab er zwinkernd zurück.

Sie stieß ihn mit der Schulter an. »Ich kann es kaum erwarten. Aber zuerst muss ich dieses wahnsinnig leckere Essen genießen, für das mein Freund in der Küche geschuftet hat.«

»Und ich muss deine Geschichte lesen. Wo soll ich anfangen?«

Sie stellte ihren Teller ab und sammelte rasch die verteilten Ausdrucke ein. »Meine schlechten Dates und die eingestellte Serie zu nutzen, war wirklich die richtige Entscheidung. Du wirst merken, dass meine Protagonistin im Grunde ich bin, eine Frau, die ans andere Ende des Landes gezogen ist, um ihren großen Traum zu verwirklichen, und deren Leben dann den Bach runtergeht.« Sie reichte ihm einen Packen Papier.

»Was ist mit dem Teil, in dem sie den gut aussehenden, umwerfenden Mann kennenlernt, ohne den sie nicht leben kann?«

»An diesem Punkt der Geschichte bin ich noch nicht. Ich weiß auch noch nicht, ob ich es ihr so einfach machen werde«, sagte Harper und setzte sich wieder neben ihn. »Ich denke, der Stoff ist perfekt für eine längere Serie. Ich möchte mich mal mit Chloe und ein paar der anderen Mädels über ihre schlechten Erfahrungen bei der Partnersuche unterhalten und versuchen, das in die Geschichte einzubauen. Vielleicht lernt unsere Heldin ja einen Mann kennen, den sie für den Richtigen hält, aber dann passieren immer wieder Dinge, die sie zwischen Freundschaft und Liebe hin und her schwanken lassen.«

»Fürs echte Leben gefällt mir diese Idee nicht, Süße.«

»Weil wir auch keine Figuren in einer Romantikkomödie sind. Das Letzte, was ich will, sind noch Dutzende weitere schlechte Dates, oder dich dabei zu erwischen, wie du eine andere Frau küsst, woraufhin ich dich dann kastrieren muss.« Sie steckte sich eine Gabel voll Ei in den Mund.

»Autsch!«

»Du weißt, was ich meine. Wer hat schon Zeit für solchen Herzschmerz?« Sie verengte die Augen zu Schlitzen. »Du hast nicht irgendwo eine andere Frau am Start, oder?«

»Nope. Ich bin kein Arsch. Und außerdem sehr froh, dass du dich nicht noch anderweitig nach Dates umsiehst.«

»Ich habe dich gerade erst gefunden. Glaubst du wirklich, ich bin so dumm, den Angelhaken rauszuziehen und dich zurück in den See zu werfen?« Dann stand sie plötzlich auf. »Jetzt bin ich doch nervös und zappelig. Ich gehe mal eben Marmelade für die Croissants holen. Möchtest du noch irgendwas?«

»Nein danke.«

Sie verließ beschwingt den Raum und sein Puls beschleunigte sich ebenfalls.

Während er aß, widmete er sich ihrem Skript.

Als Harper zurückkam, war sie sichtlich unruhig und warf ihm immer wieder verstohlene Blicke zu. Nach dem Frühstück ließ sie ihn weiterlesen und verließ den Raum, um das Geschirr zu spülen.

Allerdings kam sie nicht wieder zurück.

Nachdem er den Text zu Ende gelesen hatte, ging er auf die Suche nach ihr und fand sie im Wohnzimmer, wo sie an ihren Nägeln kauend auf und ab tigerte.

Bei seinem Anblick blieb sie wie angewurzelt stehen. »Und? Ist es furchtbar? Ist es okay? Ich weiß, dass ich ein paar der

Szenen noch weiter ausarbeiten muss, und ...«

Der Rest des Satzes ging in seinem Kuss unter. »Weißt du noch, wie ich gesagt habe, dass du was fürs WHAT-Theater schreiben sollst?«

»Ja.«

»Vergiss das.«

Ihre Schultern sackten nach unten. »Ist es so schlecht?«

»Nein, Süße. Es ist so gut. Unser Theater ist dafür zu klein. Du musst es fertigstellen und an die Person schicken, die dir deinen letzten Vertrag verschafft hat. Es ist unglaublich witzig. Ich meine, die Heldin tut mir echt leid, aber die Frauen werden total auf diese Geschichte abfahren.«

Sie warf sich ihm mit einem begeisterten Aufschrei in die Arme. »Das freut mich so sehr!« Abrupt löste sie sich jedoch wieder von ihm und ihr Lächeln verwandelte sich in ein besorgtes Stirnrunzeln. »Was ist mit den Männern? Um marktfähig zu sein, muss es ein möglichst breites Publikum erreichen.«

»Du weißt viel zu viel darüber, wie Männer denken. Wie hast du nur jemals an deinem Bauchgefühl gezweifelt? Die Dialoge in der Bar-Szene sind genau auf den Punkt, Süße. Und ich fand es toll, wie du die Situation dargestellt hast, als sie herausfindet, dass der Kerl, mit dem sie ausgeht, eigentlich einen Dreier will. Aber sag mir bitte, dass das nicht wirklich so passiert ist.«

In der Szene überlegte die Heldin, ob sie nun endlich mit ihrem Freund schlafen sollte, erhielt aber vor dem nächsten Date ein Paket von ihm. Darin befanden sich eine Lederhose und ein Korsett. Ihr kam das etwas merkwürdig vor, doch sie spielte mit, weil ihre Beziehung generell lustig und ein bisschen skurril war. Sie fuhr in dem Outfit zum Abendessen zu ihm nach Hause, obwohl es unbequem war, ihr die enge Hose ständig zwischen die Pobacken rutschte und sie sich mit ihren High Heels beinahe auf die Nase legte. Der Kerl öffnete ihr im Anzug die Tür. Einen Moment später bemerkte sie, dass er eine Leine in der Hand hielt, deren anderes Ende am Stachelhalsband eines anderen Manns eingehakt war. Als die Heldin den Mund wieder zubekam, meinte sie völlig gelassen, dass sie noch ihre Peitsche aus dem Auto holen musste, und machte sich dann aus dem Staub.

»Natürlich nicht!«, rief Harper. »Aber ich dachte, je übertriebener, desto besser. Heutzutage fangen Beziehungen mit *Wischen nach rechts* an. Man weiß nie, was einen da erwartet.«

Er zog sie in die Arme. »Das ist brillant, Harper. Absolut *genial*.«

»Wirklich?«

»Wirklich!« Er wirbelte sie im Kreis und küsste sie. Als er sie wieder absetzte, grinste sie von einem Ohr zum anderen. »Du solltest Emery fragen, ob Ethan dir helfen kann, es an die richtige Person zu bringen.«

Sie schüttelte den Kopf und nahm ihre unruhige Wanderung wieder auf. »Nein. Solches Vitamin B will ich nicht nutzen. Ich muss mir das selbst verdienen, sonst werde ich mich immer fragen, ob meine Arbeit gut genug ist oder ob Emery einen Gefallen eingefordert hat. Ich habe selbst ein paar Kontakte. Und da ist auch noch der Kerl aus dem Flugzeug, weißt du noch? Was ist, wenn er bei einer großen Produktionsfirma arbeitet? Kann ja sein, dass er bei Netflix angestellt ist.«

»Der Typ, den du so rundgemacht hast?«

»Mhm. Aber das ist alles Zukunftsmusik. Darüber kann ich mir keine Gedanken machen, bis das Skript fertig und der Text perfekt ist.«

»Dann lass uns loslegen.« Er ging ins Schlafzimmer, wo er einen Skizzenblock aus einer Schublade der Kommode nahm.

»Was hast du vor?«

Er kam zurück und wedelte mit dem Zeichenblock. »Du bist nicht die Einzige, die ihre Muse wiedergefunden hat.«

»Hast du neue Ideen fürs Ocean Edge?«

Er griff nach ihrer Hand. »Ich glaube, es ist an der Zeit, dass ich mich um die Einrichtung hier im Haus kümmere. Doch zuerst schieben wir die Couch in den Wintergarten.«

Ein Strahlen trat in ihre Augen. »Die Couch? Was für eine tolle Idee! So sind wir noch produktiver und haben es bequemer.«

»Vor allem, wenn wir uns gegenseitig über die mentalen Blockaden weghelfen, die sicher auf uns zukommen.« Seine Hände wanderten zu ihrem Hintern.

»Versuchen Sie gerade, mich vom Schreiben abzulenken, Mr. Wheeler?«

»Niemals. Ich unterstütze dich voll und ganz und habe vor, dir viel *Inspiration* zu liefern. Aber eins wüsste ich noch gern: Wenn ich dir ein Lederoutfit schicke, wie stehen meine Chancen, dass du es für mich anziehst?«

»Kommt darauf an. Ist eine Peitsche dabei?«

»Du bist ein böses Mädchen.« Er zwickte sie lachend mit den Zähnen in die Unterlippe.

»Nur bei dir ...«

Vierzehn

Das Cape Children's Amphitheater befand sich an einer von Bäumen gesäumten Straße am Stadtrand von Brewster auf dem Grundstück von Harvey Fine, einem exzentrischen Schauspieler im Ruhestand, den Harper nach der Vorstellung interviewen würde. Harveys Vater, der bis zu seinem Tod ebenfalls Schauspieler gewesen war, hatte das Amphitheater zur Privatnutzung gebaut. Nachdem er es geerbt hatte, erlaubte Harvey lokalen Theatergruppen, dort Aufführungen zu veranstalten. Harper erinnerte sich gern daran zurück, wie sie Jana als Kind auf der Bühne erlebt hatte.

Sie schaute zu ihrer wunderschönen blonden Schwester hinüber, die in einem locker fallenden Sommerkleid und hübschen bunten Sandalen neben ihr saß und die Kinderaufführung des *Zauberer von Oz* gespannt verfolgte und dabei eine Hand auf ihrem Bauch ruhen ließ. Sie war froh, dass Jana sie begleitete. Es war Mittwochnachmittag und sie hatten Glück mit dem sonnig-warmen Wetter.

Wann war aus ihrer rebellischen kleinen Schwester eine so erwachsene Frau geworden, die nun selbst bald Mutter wurde? Sie fragte sich, wie sich ihre Beziehung entwickelt hätte, wenn sie in L. A. geblieben wäre. Hätte sie sich unweigerlich verändert, um sich den Menschen dort anzupassen? Wäre sie ein Workaholic geworden wie Gavin, als er von seinen Freunden und seiner Familie getrennt war? Glücklicherweise würde sie das nie herausfinden müssen.

»Sie sind großartig«, flüsterte Jana. »Ich war in dem Alter nie so gut.«

»Du warst besser.« Früher war sie neidisch auf Janas Fähigkeit gewesen, sich mühelos in jede Rolle einzufinden, während Harper nur sie selbst sein konnte. Inzwischen hatte sich das gelegt, denn sie hatte ihre eigenen Vorzüge, auf die sie stolz war. Sie konnte großartige Geschichten schreiben, und ja, das war ihr eine Zeit lang abhandengekommen und einige ihrer Skripte waren Mist, aber das gehörte nun mal dazu, bis man seine eigene Stimme gefunden hatte.

Meine Muse.

Ihre Gedanken schweiften zurück zu ihrem Wochenende mit Gavin. Er geisterte ihr ständig durch den Kopf. Am Sonntagabend hatten sie Chinesisch bestellt und es sich im Wintergarten beim Arbeiten schmecken lassen. Gavin hatte angefangen, Entwürfe für sein Haus zu skizzieren, ihr verschiedene Farbschemata und Materialien im Internet gezeigt und dabei ebenso oft nach Harpers Meinung gefragt wie sie nach seiner, wenn sie ihm Auszüge aus ihren Texten vorlas. Sie hatte sich nie träumen lassen, sich mit jemandem so *verbunden* zu fühlen. Es war wundervoll, alle Lebensbereiche mit ihm zu teilen.

»Wir hätten so was auch tun sollen«, murmelte Jana leise, ohne den Blick von der Bühne zu nehmen.

»Du hast doch genau das gemacht.«

Jana sah Harper an. »Nein, ich meine du und ich. Du schreibst, ich schauspielere und tanze. Wir hätten unser eigenes

Theater aufziehen sollen.«

»Wie die Stücke, die wir früher für Mom und Dad im Wohnzimmer aufgeführt haben?«

»Nein, ganz im Ernst. Das hätten wir schon vor Jahren zusammen auf die Beine stellen sollen.«

Harper zweifelte ernsthaft an der geistigen Gesundheit ihrer Schwester. »Vor Jahren waren wir komplett pleite und daran hat sich bei mir bisher auch nicht viel geändert.«

»Wir hätten das hinbekommen. Der Kerl hat das mit dem Theater hier ja auch immer geschafft.«

»Der war Milliardär.« Harper warf einen Blick auf Mr. Fines kahler werdenden Hinterkopf. Er war Ende achtzig und gesundheitlich angeschlagen, schaute aber immer noch bei fast jeder Aufführung zu, wenn auch manchmal vom Fenster seiner Bibliothek aus. Heute saß er in einem Rollstuhl in der ersten Reihe. Ein Regenschirm spendete ihm Schatten vor der Sonne.

»Pst«, zischte die Frau neben Jana mit einem strengen Blick in ihre Richtung.

»Entschuldigung«, murmelten Jana und Harper.

Jana drehte sich zur Seite, damit die Frau ihr Grinsen nicht sehen konnte, und zuckte mit den Schultern, wie sie es als Kind schon immer getan hatte – als wollte sie sagen: *Uppsi*. Einen Moment später lehnte sie sich jedoch wieder zu Harper und flüsterte: »Ich wette, ihr Kind spielt die Hauptrolle.« Sie hielt kurz inne, bevor sie leise hinzufügte: »Ich glaube trotzdem, dass wir das hinbekommen hätten. Du und ich, gemeinsam ein Theater aufziehen? Wir hätten so viel Spaß gehabt.«

Die Frau starrte sie erneut finster an.

Jana hielt es etwa fünf Minuten aus, bevor sie sich wieder zu Harper lehnte. »Übrigens waren deine einsilbigen Antworten neulich Morgen beknackt. Ich will wissen, was nach deinem

Abgang von unserem Frühstück anschließend mit Gavin gelaufen ist.«

Dieses Mal wurde Jana sowohl von Harper als auch von der Frau auf der anderen Seite angezischt.

Jana formte ein »Entschuldigung« mit den Lippen und schaffte es immerhin einen Großteil der restlichen Aufführung, still zu sein.

Nach der Vorstellung und zwei ausgiebigen Applausrunden gesellte sich Jana zum Publikum und den kleinen Schauspielern ins Essenszelt, wo ein Mittagsbuffet vor der Kulisse des spektakulärsten Gartens auf sie wartete, den Harper je gesehen hatte. Überall wucherten Blumen und Grünpflanzen, wild und buschig, aber sauber in einem Mulchbeet angeordnet, was ihr wahnsinnig gut gefiel.

Harper eilte mit ihrem Notizbuch in der Hand über den Rasen und schloss zu Jack Steele auf, Mr. Fines treuem Assistenten. Er arbeitete schon zehn Jahre für den älteren Herrn und war mit Anfang dreißig deutlich jünger, als sie erwartet hatte. Seine Kleidung saß perfekt und er war auffallend attraktiv – groß, mit dunklen Haaren und einer geheimnisvollen Ausstrahlung wie ein Hollywood-Filmstar.

»Hallo, Mr. Steele? Mr. Fine? Ich bin Harper Garner von der *Cape Cod Times*.«

»Nennen Sie mich bitte Jack«, begrüßte Mr. Steele sie in so gediegenem Ton, dass Harper unwillkürlich ein wenig mehr Haltung annahm. Er blieb stehen und ließ den Rollstuhl los, den er gerade geschoben hatte, um ihr in aller Ruhe, doch fest die Hand zu schütteln. Seine Haut war warm und weich, wie man es von einem Betreuer erwartete. »Es ist mir ein Vergnügen, Sie kennenzulernen.«

»Das Vergnügen ist ganz meinerseits.« Harper richtete den

Blick auf Harvey Fine, der mit seiner grauen Strickjacke über einem weißen Hemd ebenso schick gekleidet war. Auf seinen Beinen lag eine karierte Decke. Er hatte ein etwas längliches Gesicht und sein Haarkranz und die wenigen Strähnen am Oberkopf waren schneeweiß und sahen flaumig weich aus. Seine Hände und sein Gesicht waren mit Altersflecken gesprenkelt, und seine Haut war beinahe durchscheinend blass. Von seiner Nase führte ein Sauerstoffschlauch über seine Ohren zu der Flasche, die an der Rückseite seines Rollstuhls befestigt war.

»Vielen Dank, dass Sie sich die Zeit nehmen, mit mir zu plaudern, Mr. Fine«, sagte sie. »Meine Schwester ist früher in Ihrem Theater aufgetreten und ich durfte hier schon vielen wunderbaren Aufführungen beiwohnen.«

Er zog die buschigen Augenbrauen über den freundlichen grauen Augen hoch. »Mir bleibt nicht mehr viel Zeit, also hoffe ich, dass Sie schnell reden. Und nennen Sie mich bitte Harvey und ihn *Jock*.«

Jack verdrehte die Augen, sagte aber nichts zu dem Spitznamen, den normalerweise die Sportstars auf der Highschool trugen.

Als Harper fragend eine Augenbraue hochzog, fügte Harvey hinzu: »Schauen Sie nicht zu ihm, als hätte er da ein Mitspracherecht. Er heißt seit zehn Jahren Jock. Man braucht sich diesen Adonis doch nur mal anzusehen.«

»Okay, dann Harvey und Jock«, erwiderte sie. »Und keine Sorge, ich komme so schnell zur Sache, wie Sie möchten.«

Ein Grinsen umspielte Harveys schmale Lippen und er warf Jock einen Seitenblick zu. »Wie oft hast du das schon zu einer Frau gesagt?«

Harper machte große Augen und musste ein Lachen unterdrücken.

»Nicht so oft, wie du glaubst«, gab Jock zutiefst gelangweilt zurück, als hätte er das schon viel zu oft gehört, aber die Zuneigung und das amüsierte Schimmern in seinen Augen waren nicht zu übersehen.

Harvey hob eine gebrechliche Hand und zeigte mit einem knochigen Finger auf Jock. »Ah, aber wie oft haben sie dir das geglaubt?«

Harper lachte.

»Wusste ich doch, dass ich Sie zum Lachen bringen kann«, meinte Harvey, während sie ihren Weg in Richtung Haus fortsetzten. »Eine hübsche junge Frau wie Sie sollte oft lachen. Es gibt nicht mehr genug Freude auf der Welt. Alle machen sich Gedanken darüber, wie sie sich profilieren können oder was die Mächtigen da oben treiben. Was ist nur aus den Zeiten geworden, in denen Kinder im Mittelpunkt standen? Als Lachen noch wichtiger war als die Nachrichten? Das ist es, wovon die Welt mehr braucht.« Er machte eine wegwerfende Handbewegung, als Jock seinen Rollstuhl die Rampe neben der Eingangstreppe des Hauses hinaufschob. »War das genug Geschwafel?«

Jock drückte auf einen Knopf neben der Tür und die beiden Türflügel öffneten sich. »Genug hattest du schon vor zehn Jahren geschwafelt.«

»Wichtigtuer«, brummte Harvey mit einem heiseren Lachen, das in ein raues, heftiges Husten überging.

Im Haus angekommen, ging Jock neben dem Rollstuhl in die Hocke, legte Harvey eine Hand auf die Schulter und reichte ihm mit besorgtem Blick ein Taschentuch mit eingesticktem Monogramm. Harvey hielt es sich vor den Mund, während sich sein Atem langsam wieder beruhigte. Jock zog ein weiteres Taschentuch aus seiner Tasche und tupfte Harvey den Schweiß um die Augen weg.

»Alles in Ordnung?«, fragte Harper.

»Ja, ich denke schon.« Harvey zwinkerte ihr zu. »Es ist nicht leicht, in Würde zu altern, aber Sie hätten mal sehen sollen, wie charmant ich als junger Kerl war.« Er fing wieder an zu husten und rang keuchend nach Luft, als der Anfall endlich nachließ.

»Ich kann auch ein andermal wiederkommen, wenn Sie möchten«, bot Harper an.

»Es geht ihm gut«, versicherte Jock ihr und drückte Harveys Schulter sanft. »Damit will ihm das Universum nur zu verstehen geben, dass er aufhören soll, mit jüngeren Frauen zu flirten.«

Harvey gab eine Mischung aus Husten und Lachen von sich. »Wahrscheinlich hast du recht, Junge.« Dann schaute er zu Harper hoch. »Es sei denn, Sie möchten, dass ich mit Ihnen flirte?«

Und so begann eines der interessantesten Interviews, das Harper je geführt hatte.

Auf dem Rückweg zu Janas Haus erzählte Harper ihrer Schwester von dem Interview. »In jedem Artikel, den ich je über das Amphitheater gelesen habe, ging es immer um das Anwesen selbst, deshalb habe ich mich auf Harvey konzentriert. Oh Jana, Harvey ist ein so beeindruckender und freundlicher Mann. Er hat am Broadway gearbeitet und wollte eigentlich nie ans Cape ziehen. Das Theater hier hat er nur *widerwillig* übernommen – seine Worte, nicht meine. In keinem Bericht wurde negativ über seinen Vater gesprochen, aber anscheinend war er ein echter Mistkerl und schrecklich zu Harvey. Als Harvey aus New

York hierhergezogen ist, wollte er das Anwesen verkaufen, aber dann lernte er Adele kennen, die später seine Frau wurde. Er nannte sie seine *anmutige Göttin.*« Ihre Kehle fühlte sich auf einmal wie zugeschnürt an, als sie an die Liebe dachte, die sie in Harveys Augen gesehen hatte, wenn er über Adele sprach. »Bei ihrem siebten Date verlor sie beide Beine bei einem Autounfall.«

»Oh nein.« Entsetzen machte sich auf Janas Gesicht breit. »Ich bin so oft dort aufgetreten und wusste nicht mal, dass er verheiratet war.«

»Das ist nicht überraschend. Er hat sie nur acht Jahre nach der Hochzeit an den Krebs verloren. Ihre Asche wurde im Garten verstreut, und er blieb hier, um ihr näher zu sein. Als ich gegangen bin, hat Jock mir noch erzählt, dass Harvey nie mit jemandem über Adele gesprochen hat. Ich wusste nicht, ob es richtig ist, das in den Artikel aufzunehmen, aber Jock meinte, dass Harvey bewusst ist, dass seine Tage gezählt sind, und dass er mir zutraut, seiner Liebe zu Adele eine Stimme für die Nachwelt zu verleihen, wenn er mir von ihr erzählt.«

»Das ist auf eine tragische Art schön.«

»Ja, sehr. Das ist mir während des ganzen Interviews so nahgegangen, selbst als er mich zum Lachen gebracht hat. Harvey meinte, dass er sich zum Glück im ersten Moment in Adele verliebt hat, denn nach dem Unfall hat sie den Verlust ihrer Beine so sehr betrauert, dass sie sich selbst kaum ertrug.« Tränen stiegen Harper in die Augen, wie auch schon während des Interviews, und sie musste sie wegblinzeln. »Während ihrer Genesung hat er gelernt, wie wichtig Lachen ist. Von da an setzte er es sich zum Ziel, Adele die humorvolle Seite des Lebens zu zeigen, und seit ihrem Tod lacht er, um sich an sie zu erinnern. Deswegen stellt er das Amphitheater auch nur für Kindertheater zur Verfügung und richtet danach Buffets aus, damit die Kinder Zeit mit ihren Freunden verbringen und herumtollen können. Adele und er hatten keine Kinder. Und er umgibt sich daher mit den Menschen, die am meisten lachen.«

Jana strich sich über den Bauch. »Kinder.«

»Ganz genau. Du hättest ihn mit Jock erleben sollen, und wie Harveys Gesicht sich aufhellte, als er von seiner Großnichte Tegan gesprochen hat, von der er hofft, dass sie eines Tages das Anwesen übernimmt. Kannst du dir vorstellen, so viele Verluste zu erleiden und dir trotzdem dabei so eine Einstellung zu bewahren?« Doch im gleichen Moment wurde ihr klar, dass sie dasselbe tun würde, sollte Gavin etwas zustoßen.

Jana nickte. »Das kann ich tatsächlich.«

»Ich auch …«

Jana studierte ihr Gesicht wieder so aufmerksam wie neulich beim Geschwisterfrühstück. »So geht es dir mit Gavin, nicht wahr?«

Ein Lächeln breitete sich auf Harpers Gesicht aus.

»Ich *wusste* es! Wird Zeit, dass du es zugibst. Hast du wirklich gedacht, dass du bei mir mit einem *alles in Ordnung* oder *alles gut* durchkommst, nachdem du letztes Wochenende beim Frühstück so abgehauen bist? Als du weg warst, habe ich zu den anderen gesagt, dass ich dich so noch nie erlebt habe. Du strahlst, Harper, und du bist nicht mal schwanger.« Sie riss die Augen auf. »Oder etwa doch?«

»Nein!«, gab Harper lachend zurück. »Ich bin glücklich, aber ich bin auch ein bisschen … irgendwas. Verwirrt? Skeptisch? Ich weiß es nicht.«

»Okay, da kann ich helfen. Wenn du es mit jemandem machst, den du liebst, ist alles gut. Fesseln kommen an die Handgelenke, Knebel sind für …«

»Hör auf! Das weiß ich alles.« Harpers Wangen wurden

glühend heiß.

»Oh, hat meine brave Schwester etwa auch eine unanständige Seite?«

Ja. »Nein!«

»Armer Gavin.« Jana zog einen Schmollmund.

»Ich bin unanständig genug für ihn. Könntest du dich bitte einen Moment aufs Thema konzentrieren?«

Als die Eisdiele Brewster Scoop in Sichtweite kam, rief Jana plötzlich: »Halt! Eis. Das brauche ich jetzt unbedingt.«

»Konzentration ist offenbar noch schwieriger als sonst, wenn man schwanger ist.« Harper stellte das Auto auf dem Parkplatz ab.

»Die ist wieder bestens, sobald ich Zucker intus habe.«

Sie holten sich ein Eis, und Jana schlug vor, einen Spaziergang zum Breakwater Beach zu machen, der gleich um die Ecke lag. »Ich habe mir geschworen, dass ich alle zusätzlichen Kalorien wieder abtrainiere, und ich esse eine *Menge.* Ständig. Ich schwöre, ich wiege nach der Geburt dieses Babys locker eine Tonne.«

»Und du wirst immer noch wunderschön sein«, sagte Harper. Sie kamen am Brewster General Store vorbei und bogen in die Breakwater Road ab, eine von hübschen Wohnhäusern gesäumte Straße.

»Hunter glaubt das offenbar auch.« Jana leckte an ihrem Eis. »Also, erzähl mir alles über dich und Gavin.«

Harper seufzte verträumt. »Weißt du noch, wie du und Hunter so lange Zeit umeinander rumgetanzt seid, bis ihr endlich gemerkt habt, dass ihr beide das Gleiche wollt?«

»Wir haben uns gegenseitig gefoltert, meinst du wohl«, erwiderte Jana. »Wir waren echt stur. Keiner von uns wollte zugeben, was wir wirklich wollten. Aber *du* wusstest es. Du warst diejenige, die mir gesagt hat, dass ich alles auf eine Karte setzen und ihn darauf ansprechen soll.«

»Ja. Du warst schon immer verrückt nach ihm, aber du warst felsenfest davon überzeugt, dass ihr wie Öl und Wasser seid und dass darauf eure Beziehung basiert. Gavin und ich sind das Gegenteil von dir und Hunter. Da gibt es keine Spielchen, kein Verstellen und kein Getue. Na ja, meistens jedenfalls.«

»Meistens? Was soll das heißen? Wenn er dir irgendwas einreden will ...«

»Beruhig dich.« Harper leckte über ihr Eis. »Ich finde es toll, dass du mich so beschützen willst, aber du führst keine Beziehung mit ihm. Es liegt nicht an ihm. Es liegt an *mir*. Er will mehr Nähe, und ich eigentlich auch, Jana, mehr als du dir vorstellen kannst. Wir haben das ganze Wochenende miteinander verbracht, jede einzelne Minute davon.«

»Das klingt vielversprechend. Im Bett oder außerhalb?«

»Beides«, gab Harper zu, und zum ersten Mal in ihrem Leben wollte sie etwas Intimes preisgeben, denn mit Gavin war alles zu schön, um es für sich zu behalten. »Wir haben *oft* miteinander geschlafen. Mit Gavin zusammen zu sein ist himmlisch. Ich hätte nie gedacht, dass es so sein könnte, aber er ist so liebevoll und manchmal auf eine wunderbare Art fordernd. Er ist leidenschaftlich und zärtlich zugleich, und ...« Sie klappte den Mund hastig zu, als ihr klar wurde, wie viel sie gerade offenbart hatte.

»Wurde ja auch Zeit, dass ich das mal von dir höre. Harper, das ist fantastisch! Ich habe mir immer Sorgen gemacht, dass du bei einem total zugeknöpften, biederen Kerl landest.«

»Oh mein Gott, wirklich?«

Jana lachte. »Ach, keine Ahnung. Du warst immer so prüde.«

»Genau. Das war ich wirklich. Ich … Er ist der Richtige, Jana. Ich glaube, ich bin wie Harvey. Er hat sich auf den ersten Blick in seine Frau verliebt. Und als ich Gavin das erste Mal gesehen, als ich das erste Mal mit ihm gesprochen habe, wusste ich, dass er anders ist. Er ist fantastisch. Aber es ist nicht nur das – wir sind uns so ähnlich. Er arbeitet hart, aber er verliert sich nicht darin. Wobei, er hat erzählt, dass ihm das früher passiert ist, und das war furchtbar für ihn.« Sie erzählte Jana von Corinne, der ungewollten Schwangerschaft, wie Gavin zu einem Workaholic geworden war und sich erst Jahre später mit seiner Familie versöhnt und sich wieder ein richtiges Leben aufgebaut hatte.

»Unglaublich, dass er Frauen danach überhaupt noch vertrauen kann.«

»Ja, oder?«, sagte Harper. »Und weil er all das durchgemacht hat, versteht er mich und was mir passiert ist. Das Leben zu genießen, mit Freunden zusammen zu sein und sich um seine Familie zu kümmern, hat für ihn jetzt mehr Priorität. Oh, und das wird dir gefallen: Wie viele Männer kennst du, die tatsächlich jeden Morgen ihr Bett machen?«

»Oh nein. Das macht er nicht!«

»Und wie er das macht.«

Jana stieß Harper mit der Schulter an. »Du hast *definitiv* deinen Seelenverwandten getroffen. Hunter und ich sind zu sehr damit beschäftigt, unser Bett sinnvoll zu nutzen, da lohnt sich die Mühe für uns nicht, es zu machen.«

»Natürlich seid ihr das. Weißt du, warum dieses Wochenende so toll war? Wir haben einfach unser Leben gelebt, und es kam mir vor, als wären wir schon immer zusammen gewesen. Wir haben einen Ausflug gemacht und uns amüsiert, aber wir haben auch stundenlang an unseren Projekten gearbeitet und uns gegenseitig mit Anmerkungen geholfen. Er hat mich beim Schreiben unglaublich unterstützt. Und er hält sich mit nichts zurück. Er sagt mir, wenn meine Arbeit nicht gut ist, was die meisten Leute nicht tun, und das weiß ich zu schätzen.«

»Du bist da echt komisch. Wenn ich mal schlecht tanze, soll Hunter mich lieber anlügen. Ich will nicht, dass er meine Gefühle verletzt.«

»Na ja, es ist zwar nicht angenehm, kritisiert zu werden, aber Vertrauen bedeutet für mich vor allem Ehrlichkeit, und zu wissen, dass er so ehrlich sein kann, ist das beste Geschenk überhaupt. Jetzt, wo ich meine Stimme beim Schreiben gefunden habe und meine Texte besser werden, ermutigt er mich, das Skript wieder anzubieten. Ich habe euch das nicht erzählt, aber nachdem meine Serie eingestellt wurde, habe ich mich von der Idee verabschiedet, jemals wieder ein Drehbuch zu verkaufen. Er inspiriert mich auf so viele Arten und erweckt Facetten in mir zum Leben, von denen ich gar nicht wusste, dass sie existieren.«

»Vor allem sexy Facetten.« Jana wackelte mit den Augenbrauen. »Er ist ein Volltreffer. Guter Sex ist wie Eis – zu viel davon gibt es nicht.«

»Das merke ich auch gerade«, meinte Harper ziemlich verlegen. »Vor Gavin hatte ich nie das Gefühl, mich jemandem so komplett öffnen zu können.«

»Okay, ich verstehe, was du meinst. Du redest von deiner unanständigen Seite, oder?«

Harper verdrehte die Augen. »Es geht nicht nur um Sex.«

»Ich weiß, aber körperliche Anziehung steht normalerweise erst mal im Vordergrund, und da du auf dem Festival – von dem du mir nichts erzählt hast ...« Sie warf Harper einen missbilligenden Blick zu. »... auf der Suche nach einem One-

Night-Stand warst, war es anfangs wahrscheinlich wirklich rein körperlich. Du weißt schon, du siehst ihn und denkst dir: *Der ist heiß. Mit dem würde ich ins Bett gehen.* Das ist doch nichts Schlimmes. Sieh dir Hunter und mich an. Wir waren lange scharf aufeinander und uns ging es vor allem um den tollen Sex, bevor wir uns verliebt haben.«

»Okay, ja, auf den ersten Blick fand ich ihn vor allem heiß, und die Chemie zwischen uns ist der Hammer. Besser als bei jedem anderen Mann vor ihm. Wenn es Preise für tolle Orgasmen gäbe, würde er sie gewinnen. Jedes Mal. Aber zwischen uns ist so viel mehr als das.«

»Wo liegt dann das Problem?«

»Das Problem ist, dass ich irgendwie Angst habe, obwohl es keinen Grund gibt. Er wollte, dass ich die ganze Woche über bei ihm bleibe. Ich habe in letzter Zeit immer auf seinem Steg am See gearbeitet und wir sind unheimlich gern zusammen.«

»Was für ein Steg?«

»Er wohnt in Brewster, direkt an einem See.«

»Cool. Du schreibst gern am Wasser.«

»Er hat mir Angeln beigebracht.« Sie lächelte bei der Erinnerung an diese wunderbare, romantische Nacht.

»Das glaubt dir Dad nie. Ich kann mir dich so gar nicht beim Angeln vorstellen, was bedeutet, dass Gavin dich schwer beeindruckt hat. Also sortieren wir das mal. Nichts davon ist etwas, wovor du Angst haben müsstest. Verbringst du die Woche bei ihm?«

»Das wollte ich, mehr als alles andere. Aber ich habe mich gezwungen, am Montagabend nach Hause zu fahren, obwohl Gavin mir Dutzende von herrlichen Gründen geliefert hat, es nicht zu machen. Und gestern Abend sind wir essen und dann am Strand spazieren gegangen. Danach hat er mich mit zu sich nach Hause genommen, um mir die Lampen aus Einmachgläsern zu zeigen, die er entlang des Wegs zum Steg aufgestellt hat. Das war ein Vorschlag von mir.«

»Er klingt perfekt für dich, Harper. Er ist eindeutig ein guter Zuhörer, und wenn er für dich was an seinem Haus verändert, liegt ihm dein Glück eindeutig am Herzen. Wir wissen beide, dass du dich nie auf einen Mann einlassen würdest, der kein netter Kerl ist. Du bist zu wählerisch. Was verschweigst du mir also?«

Die kühle, salzige Meeresluft wehte ihnen bereits um die Nase, bevor der Ozean hinter den Bäumen auftauchte. Es war ein gutes Gefühl, zu Hause zu sein.

»Das ist es ja gerade«, sagte Harper. »Ich war mit einem Mann zusammen, der kein netter Kerl war, und habe es nicht gemerkt. Erinnerst du dich an den, der verlobt war? Was, wenn ich etwas nicht mitbekomme? Deshalb bin ich gestern Abend wieder nach Hause gefahren, anstatt bei ihm zu übernachten. Ich hatte Angst davor, mir selbst zu vertrauen und mein Herz in Gefahr zu bringen, und dann habe ich mich die ganze Nacht darüber geärgert, denn ob ich will oder nicht, mein Herz ist bereits in Gefahr. Und ich vertraue ihm, Jana. Ich vertraue ihm als Mensch, als dem Mann, der er in der Zukunft sein wird. Ich weiß es einfach. Warum bin ich also nach Hause gefahren?«

»Oh, Harper. Weil du *du* bist, und du glaubst daran, dass man aus Fehlern lernt, was normalerweise eine gute Sache ist. Aber manchmal muss man sich einfach sagen: *Scheiß auf die Fehler*, und ein Risiko eingehen.«

»Bei dir klingt das so einfach, aber das war es für dich doch auch nicht. Du hast es geleugnet, obwohl Hunter was Ernsteres mit dir wollte.«

»Ich hatte Bindungsprobleme. Du nicht, und das ist auch

gut so, Harper. Du bist viel besser in Beziehungen, als ich es jemals war«, sagte Jana, während sie den Parkplatz in Richtung Strand überquerten.

Bunte Sonnenschirme flatterten in der Brise, Kinder spielten im Sand und am Wasser. Eine Handvoll Leute badete im Meer, darunter auch eine Gruppe von Mittzwanzigern, die sich einen Football zuwarfen und sich gegenseitig untertauchten. Jana und Harper zogen ihre Sandalen aus und schlenderten am Wasser entlang.

»Ich verstehe, dass du Angst hast«, sagte Jana. »Aber *willst* du dich denn ganz auf ihn einlassen? Oder gibt es einen Grund, abgesehen von deiner Paranoia, dass du dich von ihm zurückziehen willst?«

Harpers Puls beschleunigte sich. »Ehrliche Antwort?«

»Nein, Harper. Lüg mich an«, erwiderte Jana sarkastisch. »Ja, ehrliche Antwort. Ich bin deine Schwester. Ich hab dich lieb und will, dass du glücklich bist.« Sie verschränkte ihre Finger mit Harpers. »Und manchmal stehst du dir dabei selbst im Weg.«

»Ich weiß. Die Wahrheit ist … Ich habe schon in der Nacht damals in Virginia angefangen, mich in Gavin zu verlieben, und hinterher ging er mir monatelang nicht aus dem Kopf. Ich habe mir so sehr gewünscht, ihn wiederzusehen, bin aber davon ausgegangen, dass er kein Interesse hat, wegen der ganzen Sache mit dem Zettel im Koffer, von der ich dir erzählt habe. Jedenfalls habe ich mir eingeredet, dass ich ihn in meinem Kopf zu dieser überhöhten Fantasie gemacht habe. Und dann haben wir uns doch wieder getroffen, und er ist zehnmal besser als der Mann, den ich damals kennengelernt habe. Ich habe das Gefühl, von einer Klippe zu stürzen, und will einfach nur in seinen Armen landen – und ich weiß, dass er mich auffangen wird, Jana. Es ist das Beängstigendste und Schönste, was ich je empfunden habe.« Ein Beben durchlief ihren Körper. »Ich kriege Gänsehaut, nur weil ich das dir gegenüber ausspreche.«

»Ich freue mich so für dich!« Jana schlang den freien Arm um sie und versuchte zu verhindern, dass ihre Haare in ihren Eiswaffeln landeten. »Liebe *ist* beängstigend. Es gibt nicht viel, was noch furchterregender ist, außer vielleicht das hier.« Sie streichelte über ihren Bauch. »Aber das ist eine andere Art von Angst. Ich denke, du solltest deine Paranoia vergessen und dir erlauben, glücklich zu sein. Sieh es doch mal so: Du hast dein Leben bisher damit verbracht, vorsichtig zu sein und das Richtige zu tun. Du musstest ein paar schlechte Erfahrungen machen, um zu erkennen, wie wundervoll die jetzige ist, und um Gavin für das zu schätzen, was er ist und was ihr füreinander seid. Ich denke, du solltest bei ihm übernachten, wenn es das ist, was dein Herz will, oder ihn mit zu dir nehmen. Verschwende keine Zeit damit, dich oder ihn zu bestrafen, weil du mal einen Vollpfosten gedatet hast.«

»Das ergibt Sinn«, sagte Harper. »Seit wann kennst du dich so gut mit Beziehungen aus?«

»Ich hatte eine großartige Mentorin. Ich habe nur eine Weile gebraucht, um ein bisschen Tempo rauszunehmen und die Sachen anzunehmen, die sie mir im Lauf der Jahre nähergebracht hat.«

Sie spazierten über den nassen Sand und hingen eine Weile lang ihren Gedanken nach, während die Wellen ihnen um die Füße schwappten.

»Danke, dass du zugehört hast. Das weiß ich wirklich zu schätzen.« Harper aß den Rest ihres Eises auf und fragte dann: »Du hast Angst wegen des Babys? Willst du darüber reden?«

»Ich möchte einfach eine gute Mutter sein. Was ist, wenn

ich unser Baby verkorkse? Ich weiß, auf welche Ideen Kinder so kommen. Was ist, wenn ich zu überfürsorglich oder zu lasch bin? Hunter kann gut mit Kindern umgehen und behauptet das auch von mir, aber ich mache mir Sorgen.«

»Das ist wohl ganz normal, oder? Mom war überfürsorglich.«

»Und ich habe dagegen rebelliert. Wenn wir ein Mädchen bekommen, möchte ich nicht, dass sie beziehungsscheu wird oder ständig unter Strom stehen muss, um glücklich zu sein, so wie ich. Ich habe im Lauf der Jahre so viele Fehler gemacht.«

»Oh, Jana. Willst du wissen, was ich denke? Allein die Tatsache, dass du dir Sorgen machst, wird dich zu einer wundervollen Mutter machen. Es ist dir wichtig. Du wirst Fehler machen – das tut jeder. Aber du könntest dein Kind niemals verkorksen. Du bist zu liebevoll und ich habe dich mit anderen Kindern erlebt. Du hast Geduld und bist eine gute Zuhörerin. Was hast du gerade noch darüber gesagt, dass ich meine Paranoia loslassen soll?«

Jana blickte aufs Wasser hinaus und griff nach Harpers Hand. »Du wirst da sein, wenn ich dich brauche?«

Tränen brannten in Harpers Augen, und sie bemerkte, dass auch Janas Augen ein bisschen glasig waren. »Immer. Aber ich weiß, dass du das hinbekommen wirst.«

»Danke.« Jana seufzte. »Themenwechsel: Willst du es noch mal versuchen und dein Skript zum Verkauf anbieten?«

»Ja – wenn es fertig ist. Ich muss sehen, ob meine Agentin mich zurücknimmt, oder vielleicht suche ich mir auch eine neue. Ich kenne ein paar Leute, die den Pitch für ihr Skript nicht selbst gehalten haben, sondern das von Freunden oder Managern haben machen lassen. Darüber muss ich nachdenken. Ich schreibe gerade an der zweiten Folge, anschließend muss ich überarbeiten und schleifen. Du weißt ja, wie das läuft.«

»Das freut mich so sehr. Versuchst du es bei dem Kerl, dem du im Flugzeug eine Standpauke gehalten hast?«

Harper hatte fast vergessen, dass sie ihr von ihm erzählt hatte. »Nur wenn ich gar nicht weiterkomme und alle anderen mir absagen. Ich brauche wirklich keine Erinnerung an den Tag. Gott, ich war so fies zu dem armen Mann. Aber hey … Vielleicht hat er ja gelogen. Vielleicht arbeitet er gar nicht in der Branche. Wie dem auch sei, bitte sag noch niemandem, dass ich mich mit dem Skript bewerben will. Ich habe es noch nicht mal Gavin erzählt. Ich will es nicht beschreien und ihn enttäuschen, falls ich abgelehnt werde. Damit lüge ich ihn doch nicht an, oder?«

Jana schüttelte den Kopf. »Definitiv nicht. Warte, bis es was zu feiern gibt.«

»Und wenn es nicht klappt?«

»Dann erzählst du es Gavin, heulst dich an seiner Schulter aus und kriegst tollen Aufmunterungssex.«

Harper lachte. »Du hast alles genau durchdacht.«

Als sie den Rückweg antraten, wurde Harper klar, dass sie sich innerlich darauf vorbereitete, mit ihrem Drehbuch wieder ins kalte Wasser zu springen, und das fühlte sich richtig an, wenn auch beängstigend. Vielleicht war es an der Zeit, auch mit Gavin diesen Schritt zu wagen.

Fünfzehn

Am Sonntagmorgen lag Harper nur mit ihrem Slip bekleidet auf Gavins Bett, las auf ihrem Handy und hörte, wie Gavin im Wohnzimmer auf und ab lief, während er mit seinem Bruder telefonierte. Alle paar Minuten lachte er oder rief: »Dein Ernst?« oder »Ach du Scheiße!« Seit sie vor eineinhalb Wochen mit Jana bei der Theateraufführung gewesen war, hatten sie und Gavin jede Nacht zusammen verbracht, und sie liebte ihren gemeinsamen Alltag. Gavin hatte in seinem Schrank und den Schubladen Platz für ihre Kleidung gemacht, und sie hatte bei sich zu Hause dasselbe für ihn getan. Ihre Tage waren mit Arbeit gefüllt, und abends trafen sie sich manchmal mit ihren Freunden, manchmal blieben sie auch nur zu zweit, aber sie schliefen immer in den Armen des anderen ein. Es war das schönste Gefühl der Welt. Sie war überrascht, wie schnell ihre Ängste abgeklungen waren, je mehr sich ihre Leben ineinander fügten. Beim Abendessen mit Harpers Familie hatte Harper das Jana erzählt, und die war der Meinung, dass Harper eben zum Heiraten geboren war und Gavin vielleicht auch. Das hatte Harper dazu gebracht, intensiver über die Zukunft nachzudenken. Sie stellte sich vor, die Feiertage gemeinsam zu verbringen, zusammen auf Brocks und Crees Hochzeit zu gehen, das neue

Jahr einzuläuten und vielleicht sogar auf den Erfolg ihres neuen Drehbuchs anzustoßen. Damit war sie etwas voreilig, doch sie empfand es als Riesenglück, mit einem Mann zusammen zu sein, mit dem sie sich eine Zukunft aufbauen wollte.

Ihr Handy zeigte vibrierend eine Nachricht von Chloe an: *Steht unser Frühstück in der Pension noch?* In den letzten Tagen hatten Chloe und die Mädchen ihr alle möglichen lustigen Dating-Geschichten erzählt und ihr damit neue Ideen für ihr Drehbuch geliefert.

Harper tippte ein *Ja*, fügte ein lächelndes Emoji hinzu und schickte die Nachricht ab.

Gavin wollte mit Justin, Dwayne und ein paar anderen Freunden eine Motorradtour machen, und Harper hatte vor, mit den Mädels zu frühstücken und anschließend den Vormittag mit Steph, Chloe und Jana am Strand zu verbringen. Sie konnte nicht fassen, dass sie monatelang in L. A. gewesen und nie einfach zum Ausspannen an den Strand gefahren war. Ihr Leben hatte dort nur aus Vollgas bestanden und sie war nie zur Ruhe gekommen. Aber durch Gavin, der seine Freizeit schätzte, und ihre Freundinnen, die gern ihre Sonnenbräune perfektionierten, gewöhnte sie sich langsam wieder an den entspannten Lebensstil am Cape, und sie liebte jede Sekunde davon – und jede Sekunde dieses Zusammenleben-Dings, das sie und Gavin hier gerade ausprobierten. Später am Nachmittag wollten sie neue Wohnzimmermöbel kaufen gehen. Gavin überlegte immer noch, was er mit dem Wintergarten anfangen sollte, oder vielleicht wartete er auch nur, weil sie ihre Ausdrucke gerne auf dem Boden sortierte, was ihn aber nicht zu stören schien. Alle paar Tage brachte er Blumen mit nach Hause und versorgte damit die Vase, die sie aus Harpers Haus mitgebracht hatten. Sie stand immer noch im Wintergarten, zusammen mit zwei anderen, die sie am letzten Wochenende geholt hatten.

Gavins Lachen hallte zu ihr herüber, und ihre Gedanken kehrten zur letzten Nacht zurück, als sie mit dem Boot auf den See gerudert waren. Gavin wollte Nachtangeln, und sie hatte ihren Kindle mitgenommen, um den nächsten Roman für ihren Buchclub zu lesen. Sie hatte ihm die erotischen Passagen vorgelesen, und es überraschte sie, dass ihr das nicht im Geringsten peinlich war. Sie hatten Spaß daran, die Szenen zu benoten, und als sie schließlich ins Haus zurückgekehrt waren, hatten sie sie nachgespielt. Oder zumindest hatten sie damit angefangen, waren aber schnell voneinander so abgelenkt, dass sie vergaßen, überhaupt zu denken.

Eine weitere Nachricht von Chloe traf ein. *Serena sagt, dass du Gavin bitten sollst, dir den Wharf-Ordner mitzugeben.*

Das Wharf war ein Restaurant, das Gavin und Serena neu gestalteten. Gavin hatte Harper einige der Entwürfe gezeigt, die allesamt wunderschön waren. Es war spannend, mehr über seine Arbeit zu erfahren und ihm dabei über die Schulter zu schauen. Er war genauso leidenschaftlich bei der Suche nach den richtigen Objekten und Motiven für seine Kunden wie bei allem anderen, was er tat, einschließlich der Gespräche über Harpers Arbeit. Das mochte sie so sehr an ihm. Sie war kurz davor, ihr Skript für die Bewerbung fertigzustellen, und kam auch mit der Arbeit für die Zeitung gut voran. Den Artikel über Harvey Fine hatte ihr Redakteur verschoben, um aktuellere Ereignisse unterzubringen. Sie war froh über die zusätzliche Zeit, weil sie wollte, dass der Text perfekt wurde. Etwas, das Harvey mit Stolz lesen würde, also feilte sie immer wieder daran.

Sie tippte *Kein Problem* und schickte die Nachricht an Chloe ab.

Gavin warf im Vorbeigehen einen Blick ins Schlafzimmer. Er stutzte, ging zwei Schritte zurück, bis sein großer, sexy Körper den Türrahmen füllte, nur mit einem Paar schwarzer Boxershorts bekleidet. Sein Blick wanderte hungrig über sie hinweg und ließ Hitze in ihr hochkochen.

Harper schrieb Chloe noch schnell eine weitere Nachricht: *Komme vielleicht ein bisschen später.*

Gavin hielt das Mikrofon seines Handys zu und sagte: »Ich dachte, du machst dich fertig für das Treffen mit den Mädels.«

Er selbst wollte erst in einer Stunde los zu Justin, also drehte sie sich auf die Seite und gönnte ihm einen Blick auf ihre nackten Brüste. »Ja, aber ich habe mich hingelegt, um ein oder zwei Kapitel für den Buchclub zu lesen, und dann hat Chloe mir eine Nachricht geschickt. Serena will, dass ich den Wharf-Ordner zum Frühstück mitbringe.«

Er betrat den Raum. »Mhm.«

Sie war sich nicht sicher, ob das ihr oder Beckett galt, doch als Gavins Blick erneut über ihren Körper glitt, wurde er sichtbar hart, und sie entschied sich, ihn noch ein bisschen mehr zu triezen. Sie legte ihr Handy auf den Nachttisch und drehte sich auf den Rücken, um dann die Arme über den Kopf auszustrecken und dramatisch zu seufzen. »Ich hab Chloe Bescheid gegeben, dass es ein bisschen später wird.« Sie strich mit den Fingerspitzen zwischen ihren Brüsten nach unten bis zum Bund ihres Höschens.

Seine Kiefermuskeln spannten sich an und er sagte: »Ich muss auflegen, Beck.« Sein Telefon landete ebenfalls auf dem Nachttisch und er kroch mit einem lustvollen Ausdruck in den Augen über sie. »Du bist so gemein.« Er senkte den Mund auf ihren und zupfte mit den Zähnen an ihrer Unterlippe. Sie schlängelte sich unter ihm Richtung Fußende des Betts und hakte die Finger in seine Unterhose ein, um ihm den Stoff über die Hüften zu streifen. »Gemein wäre es nur, wenn ich es dabei belasse.« Ihr war gar nicht klar gewesen, wie viel von sich sie vor der Beziehung mit Gavin immer zurückgehalten hatte, doch jetzt kannte sie keine Hemmungen mehr.

Er trat sich die Shorts von den Füßen und sie ließ die Zunge über seine harte Länge gleiten. Der durch und durch männliche Laut, den sie ihm damit entlockte, machte sie ganz heiß. Als sie ihn in den Mund nahm, stöhnte er auf und bewegte das Becken langsam vor und zurück. Sie packte ihn an den Hüften, drängte ihn zu schnelleren, härteren Stößen, und er gehorchte bereitwillig, machte mit ihrem Mund genau das, was sie wollte.

Sie spürte, wie er sich dem Höhepunkt näherte, da sich seine Muskeln unter ihren Händen verspannten, doch er zog sich zurück und knurrte: »Ich brauche mehr.« Er riss ihr den Slip vom Leib und legte sich auf den Rücken. Als sie sich rittlings auf ihn setzen wollte, sagte er: »Wir sind noch nicht fertig, Süße. Dreh dich um. Ich will dich schmecken.«

Gott …

Seine Worte steigerten ihre Erregung und schärften ihre Sinne. Sie kniete sich über seine Schultern und während seine Lippen sich ihrer Mitte näherten, nahm sie seinen Schaft erneut in den Mund und stöhnte um ihn herum. Sie versuchte, einen gleichmäßigen Rhythmus zu finden, aber jedes Lecken und Streicheln schickte kribbelnde Schauer durch ihren Körper, und als Gavin dann auch noch seine Finger ins Spiel brachte, mit einem ihren Hintern neckte und mit den anderen ihre empfindlichen Nervenenden vorn, verlor sie alle Beherrschung. Der Orgasmus riss sie mit sich. Ihre Arme und Beine zitterten heftig, als ein Feuerwerk in ihr explodierte. Sie konnte sich kaum noch daran erinnern, wie man atmete. Als ihr Höhepunkt schließlich wieder verebbte, versuchte sie erneut, Gavin ebenfalls Lust zu verschaffen, und verwöhnte ihn mit ihrem Mund und einer Hand. Doch er hatte es sich offensichtlich zum Ziel gesetzt, sie um den Verstand zu bringen, und eins hatte sie inzwischen über ihn gelernt: Seine Vorhaben und Versprechen setzte er immer in die Tat um.

Er war gnadenlos und oh, wie sehr ihr das gefiel!

Nachdem sie das dritte Mal gekommen war, fühlten sich ihre Muskeln an wie aus Gummi und bebten unter den Nachwehen des Orgasmus. Sie ließ den Kopf hängen und Gavin verpasste ihr einen wohlbedachten Schlag auf den Hintern, gerade kräftig genug, dass sie mehr davon wollte. Ihren kleinen Kink hatten sie rein zufällig entdeckt, und sie war perplex gewesen, wie sehr sie das mochte. Er hatte ihr eines Nachts einen spielerischen Klaps verpasst, während sie miteinander schliefen. Der leichte Schmerz hatte unerwartete Lust in ihre Mitte geschickt, und sie hatte ihn gebeten, das zu wiederholen. Die sinnlichen Klapse beim Sex waren heiß, vor allem, weil Gavin ihren Hintern so liebte. Er tätschelte, streichelte und küsste ihn ständig.

Erneut verpasste er ihr einen leichten Schlag und drückte dann die Lippen auf die Stelle. »Ich will dich sehen, meine Schöne.«

Nachdem er sie neben sich aufs Bett geschoben hatte, schnappte er sich ein Kondom vom Nachttisch, das er sich überstreifte. Er strahlte Selbstsicherheit und Verlangen aus, als er sich wieder auf den Rücken legte, nach Harpers Hand griff, und ihr half, sich über seine Hüften zu knien.

Als er tief in ihr versunken war, zog er ihr Gesicht näher zu seinem. »Du machst alles heller, Harper, in mir und um mich herum.« Seine Lippen streiften ihre. »Es ist nicht nur der Sex,

Baby. Es ist alles an dir. Dein hübsches Lächeln, wenn du mich neckst, der Ausdruck in deinen Augen, der mir gerade sagt, dass du dich heftig in mich verliebst und es nicht laut aussprechen willst.«

Ihr Herz hämmerte wie wild. Spürte er das? Merkte er, dass ihr Herz versuchte, sich zu befreien? Mit seinem verschmelzen wollte?

Er umfasste ihr Gesicht mit beiden Händen und schaute ihr tief in die Augen. »Ich will, dass du eins weißt, Süße: Ich verliebe mich auch in dich, und ich will, dass das niemals aufhört.«

Bevor sie etwas sagen konnte, küsste er sie. Ihre Körper bewegten sich in herrlichem Gleichklang miteinander, und als sie ihrem Höhepunkt entgegenstrebten, entlockte sein Geständnis ihr ebenfalls eins. »Ich bin schon verliebt«, flüsterte sie.

Nach einer ausgedehnten Motorradtour mit seinen Kumpels bummelte Gavin am späten Nachmittag mit Harper durch ein Möbelgeschäft. Er war immer noch euphorisch nach den Eingeständnissen am Morgen.

»Was ist mit der?« Harper ließ sich auf eine Couch fallen und klopfte neben sich auf das Sitzpolster. Ihre Haut strahlte praktisch unter der frischen Sonnenbräune und ihre Haare fielen ihr in seidigen Wellen offen über die dünnen Träger ihres ärmellosen Shirtkleids.

Er nahm neben ihr Platz und zog sie dichter zu sich. »Ich weiß nicht so recht.« Sie waren allein im hinteren Teil des Ladens, also lehnte er sich über sie und drängte sie mit einem

Kuss auf den Rücken.

»Das passiert dann also deiner Meinung nach auf deiner neuen Couch?«, fragte sie ihn mit einem liebevollen Lachen.

»Ich glaube nicht, dass wir hier machen dürfen, was auf unserer Couch wahrscheinlich passieren wird, aber es ist ein guter Anfang.« Er küsste sie noch einmal. »Ich teste das nur ausgiebig. Bei der Anschaffung neuer Möbel gibt es eine Menge zu beachten.« Er verschränkte ihre Finger miteinander und zog ihre Hände über ihren Kopf nach oben, doch die Couch war nicht tief genug. »Das Sofa vermasselt einem die Tour. Wenn ich deine Hände nicht festhalten kann, ist das nichts für uns.«

Er stand auf, und sie lachte, als er sie mit hochzog. Sie gingen weiter zu einer extra tiefen, L-förmigen Couch.

»Du willst eine Sex-Spielwiese«, flüsterte sie.

»Was ich will, ist eine Couch, die groß und bequem genug ist, dass ich mit dir kuscheln, dich lieben und mit dir zusammen einschlafen kann, damit du meine Arme nie wieder verlassen willst.« Er setzte sich auf die breite Polsterfläche der Ottomane und zog Harper auf seinen Schoß. Eine Hand schob er unter ihre Haare und streichelte über ihren Nacken. »Siehst du, meine Schöne? Ist das nicht angenehm?«

»Ich bin mir noch nicht sicher.« Sie schaute sich rasch im Showroom um, bevor sie sich auf die Knie hochstemmte und sich rittlings auf ihn setzte. Ihre Augen verdunkelten sich und sie schlang die Arme um seinen Nacken. »Ja. Das fühlt sich richtig an.«

»Gott, Harper. Du machst es einem unmöglich, dich nicht zu lieben.«

Sie lehnte die Stirn an seine und flüsterte: »Du liebst Sex. Verwechsel das nicht mit Gefühlen für mich.«

Mit einer schnellen Drehung beförderte er sie auf den Rücken und hielt ihre Hände neben ihrem Kopf fest. Er erwiderte ihr breites Grinsen. »Ich habe noch nie einer Frau gesagt, dass ich sie liebe. Nicht ein einziges Mal.«

»Gavin …« In ihren Augen stand so viel Liebe.

»Das ist die Wahrheit. Halt mich bitte nicht für so oberflächlich, dass ich etwas dermaßen Wichtiges wegen Sex behaupte. Vor allem nicht bei dir. Ich habe gesagt, dass ich mich in dich verliebe, weil ich dich nicht verschrecken wollte, aber ich *liebe dich*, Harper. Ich liebe deine vorsichtige Persönlichkeit ebenso wie unsere heißen Nächte. Ich liebe, wie unsere Leben sich ineinanderfügen. Ich liebe es, mit dir einzuschlafen, während ich dich sicher in den Armen halte, und mit deinem süßen Schnarchen aufzuwachen.«

Sie lachte und eine Träne rann ihr aus dem Augenwinkel.

»Ich habe meinen Eltern von dir erzählt, Süße. Und ich würde dich an Thanksgiving gern mit nach Hause nehmen, um dich ihnen vorzustellen.«

»Oh, Gavin, ich liebe dich so sehr. Du könntest mich nie verschrecken, und ich würde deine Familie sehr gern kennenlernen.«

Als er gerade die Lippen auf ihre senkte, räusperte sich auf einmal jemand, und Harper sprang hastig von der Couch, wobei sie Gavin mit sich zog. Neben der Ottomane stand eine Verkäuferin Ende vierzig, und ihr Lächeln sagte Gavin, dass Paare in kompromittierenden Situationen Alltag für sie waren.

»Hi. Ich bin Gavin Wheeler.« Er schüttelte ihr die Hand. »Das ist meine Freundin Harper. Wir nehmen diese Couch.«

»Du hast dich doch noch gar nicht umgesehen«, flüsterte Harper ihm zu.

»Ich habe dir auf diesem Polster gerade mein Herz geschenkt. Die Couch gehört uns.«

Harper lehnte sich mit einem verträumten Gesichtsausdruck an ihn. »Du bist wirklich was Besonderes, und ich bin so froh, dass du mir gehörst.«

»Ich ebenso«, warf die Verkäuferin ein. »Wenn Sie ihr Herz gerne noch mal auf einem Sessel oder einem Tisch verschenken möchten, hätten wir da einige Möbelstücke, die zur Couch passen.«

Sechzehn

»Die Jungs haben doch einen Knall«, sagte Gavin, als er und Serena am Donnerstagnachmittag das Wharf verließen. Die Besitzer hatten eine völlig andere Richtung eingeschlagen und beschlossen, dass die Ausstattung des Restaurants mit Edelstahl und Glas eine gute Idee sei. »Ist denen eigentlich klar, dass wir hier in einem Küstenort sind? Ihr Gebäude ist ein umgebautes Strandhaus, um Himmels willen.«

Serena stellte ihre Tasche auf der Motorhaube ihres Autos ab und warf einen Blick zurück zum Restaurant. In ihrem schwarzen Rock und der königsblauen Bluse sah sie umwerfend professionell aus. »Das liegt an der komischen Branding-Agentur, mit der sie neuerdings zusammenarbeiten. Ich hatte ihnen drei Unternehmen hier in der Gegend empfohlen, aber der Freund der Schwester des Besitzers ist Markenberater und angeblich so was wie ein Branding-Guru. Nur war der leider noch nie an der Ostküste. Er hat keine Ahnung von den Unterschieden zwischen Provincetown, Orleans und Boston, geschweige denn davon, wie sich die Inneneinrichtungen der Restaurants dort voneinander unterscheiden.«

»Weißt du, was ich denke?«

»Dass wir es gut sein lassen und uns glücklich schätzen

sollten, dass wir sie los sind? Das Letzte, was wir brauchen, ist ein Restaurant zu gestalten, das mit Sicherheit pleite gehen und ein schlechtes Licht auf unser Unternehmen werfen wird.«

»Nein. Ich glaube, wir sollten uns mal mit diesem Markenberater treffen.«

»Das habe ich doch vorgeschlagen«, erinnerte sie ihn. Die Eigentümer hatten die Idee abgelehnt.

»Vielleicht sollten wir das nicht *vorschlagen*. Wir haben diesen Auftrag angenommen, weil sie sich für das Design entschieden haben, das wir ihnen gepitcht haben, und das zum geplanten Essen, ihrem Ruf und dem Standort passt. Ich denke, wir sollten das Meeting einfordern. Natürlich können wir einfach gehen und uns andere Kunden suchen, aber irgendwie tut es mir auch leid für die Eigentümer.«

Serena stemmte eine Hand in die Hüfte. »Weil sie schlechte Geschäftsentscheidungen treffen? Du bist so ein Softie.«

»Ich kann nicht anders. Sie haben das Restaurant von ihren Eltern übernommen. Es ist ja nicht so, dass sie fünfzig Jahre Erfahrung mitbringen. Als wir unser Unternehmen gegründet haben, waren wir uns einig, dass es uns nicht ausschließlich ums Geld geht. Wir wollten gute Arbeit leisten, etwas bewirken und uns einen Namen machen. Zu guter Arbeit gehört auch, dass wir unsere Meinung so vertreten, dass man uns zuhört.« Er zuckte mit den Schultern. »Was haben wir zu verlieren? Selbst wenn sie Nein sagen, sind wir nicht schlechter dran, als wenn wir jetzt abbrechen. Aber wenn sie zustimmen und wir eine so solide Argumentation aufbauen, dass ihr Branding-Kerl nichts dagegen sagen kann, helfen wir ihnen auf eine Weise, die sich gut anfühlt.«

Serena schürzte die Lippen. »Du hast recht. Wir haben nichts zu verlieren. Willst du noch mal rein?«

»Nicht jetzt.« Harper und er wollten heute Abend grillen. Sie hatte fieberhaft an ihrem Drehbuch gearbeitet, an ihren neuen Aufträgen und an dem Artikel über Harvey. Er wollte auf dem Heimweg noch Blumen besorgen, um sie damit zu überraschen.

»Lassen wir das mal einen Tag lang sacken und setzen für morgen einen Termin an. So können wir ein Dokument zur Vertragsaufhebung vorbereiten, damit sie wissen, dass wir es ernst meinen.«

»Ich wusste, dass es einen Grund gibt, warum ich dich mag. Du kannst ein ganz schön harter Hund sein, wenn es dir nützt.«

»Du mochtest mich gleich wegen des Wheeler-Charmes«, stichelte er.

»Eigentlich waren es die Cookies, die du mir immer an den Schreibtisch geliefert hast. Apropos, ist schon lange her, dass ich welche gesehen habe.« Sie neigte den Kopf zur Seite. »Obwohl, wenn man bedenkt, wie verliebt du und Harper gestern beim Frühstück geturtelt habt, hast du sicher Besseres zu tun, als dir Gedanken um Cookies zu machen. Ich finde es toll, dass ihr in wilder Ehe zusammenlebt.«

Er gluckste. »In wilder Ehe zusammenleben? Das ist so Neunziger.«

»Wie nennt ihr es denn?«

»Keine Ahnung, aber es gefällt mir verdammt gut.«

»Was kocht das *Frauchen* denn heute Abend für dich?«

»Ich bin der Koch im Haus«, korrigierte er. »Sie muss nur die Hitze ein bisschen hochdrehen.«

Sie verdrehte erneut die Augen. »Männer sind doch alle gleich.« Sie ließ ihre Stimme sarkastisch tiefer klingen. »Mach mich heiß, sei gut im Bett.« In ihrem normalen Ton sagte sie: »Glaubst du, wir Frauen erzählen einander, dass alles, was unsere Jungs tun müssen, nur …?« Sie lachte leise. »Vergiss es. Das nehme ich zurück.«

Gavin grinste. »Ich habe gesehen, was die Mädels in diesem Buchklub lesen. Ihr seid alle kein bisschen unschuldig.«

»Von Unschuld war auch nie die Rede.« Sie schloss ihre Autotür auf und schnappte sich ihre Tasche. »Hey, hast du tatsächlich Möbel für dein Haus gekauft? Bist du mit dem Wintergarten schon fertig?« In den ersten Monaten nach seinem Hauskauf hatte Serena ihn permanent gedrängt, gefälligst seinem Job gerecht zu werden und sich entsprechend einzurichten.

»Ja zu den Möbeln, nein zum Wintergarten, aber ich habe ein paar Ideen.« Die neue Couch, der Couchtisch und der Sessel waren geliefert worden, ebenso wie die Esszimmergarnitur, die sie bei derselben Einkaufstour ausgesucht hatten.

»Klingt, als würde Harper meinem kleinen Gavin beim Erwachsenwerden helfen«, stichelte sie. »Wir sehen uns dann morgen.«

Er stieg lachend ins Auto, und als er wenig später in seine Straße einbog, lächelte er immer noch. Es gab kein besseres Gefühl, als nach Hause zu kommen und Harper beim Schreiben auf dem Steg oder mit einem Snack am neuen Esstisch anzutreffen, oder wie sie eine der Platten aus seiner Sammlung hörte, die sie gemeinsam endlich ausgepackt hatten. Gestern nach der Arbeit hatten sie dem Earth House einen Besuch abgestattet, das alte Schallplatten, Kleidung und eine Vielzahl anderer Dinge verkaufte, und hatten ein paar Platten mitgenommen. Er hatte vergessen, wie es war, mit jemandem zusammen zu sein, mit dem er all das teilen wollte.

Als er in die Einfahrt fuhr, fiel sein Blick auf Justins Motorrad und dahinter kam ein Vorgarten in Sicht, den er kaum wiedererkannte. Auf beiden Seiten der Eingangstreppe befanden sich nun wunderschöne, nierenförmige Beete, die üppig mit bunten Blumen bepflanzt waren. Vor ihnen kniete Harper in Shorts und Bikinioberteil. Die Haare hatte sie sich zu einem hohen Pferdeschwanz zusammengebunden und an den Füßen trug sie geblümte Gummistiefel. Sie drückte Erde um die Wurzeln großer Tiger-Lilien herum fest und unterhielt sich mit Justin. Der trug ein schwarzes Cape-Stone-T-Shirt, hatte die Arme vor der Brust verschränkt, und selbst von der Seite sah Gavin, dass er ernst dreinblickte. Sein Bart bewegte sich, als würde er mit den Zähnen knirschen.

Gavin stieg mit den Blumen, die er für Harper gekauft hatte, aus dem Auto, und die beiden schauten zu ihm herüber. »Ich muss wohl die Einladung zu dieser Party verpasst haben.«

Harper erhob sich mit einem schüchternen Lächeln. Sie sah umwerfend aus in ihrem gepunkteten Bikini-Oberteil und ihren Lieblingshotpants mit aufgestickten Peace-Zeichen und Blumen an den Taschen. »Ich hoffe, das ist okay für dich. Oh mein Gott, du hast mir Blumen mitgebracht! Die sind wunderschön! Danke!« Sie nahm den Strauß entgegen und fügte aufgeregt hinzu: »Ich wollte dir nicht den ganzen Garten umgraben. Ich hatte nur so viel Energie und konnte mich nicht aufs Schreiben konzentrieren, also wollte ich ein paar Sachen besorgen. Auf dem Weg bin ich an The Farm vorbeigekommen, und sie hatten so schöne Blumenauslagen, dass ich zum Gärtnern inspiriert wurde.«

Er beugte sich vor, um sie zu küssen. »Sie sind fast so schön wie du, und du kannst alles umgraben, was du willst, Süße. Was geht bei dir, Justin?«

»Ich wollte sehen, ob ihr ein Bier im Common Grounds trinken gehen wollt, und habe Harper bis zu den Ellenbogen in

Erde vorgefunden, wie sie versucht, deinen jämmerlichen Vorgarten zu retten. Ich habe ihr gerade erzählt, dass ich dir schon seit Monaten in den Ohren liege, damit du endlich was aus dem Haus machst.«

»Mir hat die Inspiration gefehlt.« Er zog Harper näher zu sich.

Justin schnaubte spöttisch. »*Deine* Knie sind nicht dreckig. Du hast eine verdammt tolle Freundin.«

»Ja, das stimmt.« Er küsste sie auf die Wange.

»Hey, Justin, warum bleibst du nicht hier und isst mit uns?«, schlug Harper vor. »Wir schmeißen nachher Burger auf den Grill und wir haben Bier im Kühlschrank.«

Wenn er dachte, dass sein Leben nicht mehr besser werden konnte, überraschte sie ihn aufs Neue. Es war etwas Wunderbares, dass sein bester Freund und seine Partnerin sich so gut verstanden. »Das ist eine tolle Idee.«

»Cool, gerne«, willigte Justin ein.

Harper wischte ihre Hände an ihren Shorts ab und sagte: »Ich muss mich nur eben waschen. Mensch, ich bin seit heute Morgen nur am Rödeln.«

»Woher kommt denn die viele Energie?«, fragte Gavin.

Ihre Augen leuchteten auf. »Das hat heute Morgen angefangen, als ich mich zum Schreiben hinsetzen wollte. Ich bin fast so weit, vor meiner Ex-Agentin einen Kniefall zu machen, um zu sehen, ob sie mein Drehbuch unterbringen will, und das macht mich echt nervös. Plötzlich habe ich mich gefühlt, als hätte ich fünf Tassen Kaffee getrunken. Es ist, als würde ich mich splitternackt vor allen ausziehen.«

»Süße, deine Arbeit ist fantastisch, genau wie du.«

»Geht es um das neue Drehbuch, von dem du erzählt hast?«, fragte Justin.

»Ja.«

»Na ja, vielleicht solltest du noch ein paar Wochen warten«, meinte er. »Bei uns im Betrieb sind wir im Moment total überlastet, weil wir versuchen, so viel Arbeit wie möglich vor dem vierten Juli abzuschließen. Vor der Woche nach dem Feiertag schicken wir nicht mal Angebote für neue Aufträge raus. Wir haben die Erfahrung gemacht, dass alles, was in den zwei Wochen vor einem großen Feiertag eingereicht wird, im Posteingang der Leute untergeht.«

»Oh, gutes Argument. Meine Güte, wie konnte ich den Feiertag nur vergessen?« Harper atmete erleichtert auf.

»Du bist echt aufgeregt deswegen, oder?«, fragte Justin.

»Und wie! Danke, dass du mich daran erinnerst. Ich werde bis nach dem Feiertag warten. Aber das ist noch nicht alles.« Sie schaute mit großen Augen zu Gavin. »Ich wollte dich unbedingt anrufen, dich aber nicht im Meeting stören. Während ich einkaufen war, habe ich einen Anruf von dem Produzenten bekommen, mit dem ich in L. A. zusammengearbeitet habe. Sie haben ein paar neue Ideen für die Pilotfolge, die ich ihnen verkauft habe. Das wird eine ziemlich umfangreiche Neufassung, und sie wollen, dass ich zu ihnen komme, um mit ihnen daran zu arbeiten.«

»Süße, das ist fantastisch. Mit der Neuigkeit hättest du vielleicht anfangen sollen.« Ein sehnsüchtiger Stich durchfuhr Gavin bei dem Gedanken, dass Harper schon wieder gehen würde, nachdem sie gerade erst zueinandergefunden hatten. Er würde sie nie daran hindern, doch er machte sich Sorgen darüber, wie sehr es ihr wehtun könnte, wenn die Serie wieder nicht umgesetzt wurde. »Du hast gesagt, dass es eine große Sache ist, Teil des Autorenteams zu sein. Zweimal gefragt zu werden, bestätigt nur, wie gut du bist. Wann fliegst du?«

Ihre Schultern sackten nach unten. »Ich weiß nicht, ob ich das annehmen will.«

»Moment mal, Harper«, sagte Gavin. »Genau darauf hattest du doch gehofft. Deswegen schreibst du.«

»Stimmt schon, aber ich finde mich hier gerade erst wieder ein und …« Sie griff nach Gavins Hand. »Wir haben *uns*, und ich will die Fühler auch nach anderen Möglichkeiten für mein neues Drehbuch ausstrecken.«

»Süße, du lässt meinetwegen keine Chance sausen. Ich fliege jedes Wochenende zu dir, wenn du willst, aber lass es dir nicht entgehen, deine Träume zu verwirklichen.«

»Das klingt wirklich nach der Chance des Lebens«, fügte Justin hinzu.

»Ich weiß«, erwiderte sie gequält. »Aber zum ersten Mal seit Langem bin ich *wirklich* glücklich mit dem, was ich tue, und mit wem ich meine Zeit verbringe. Ich stecke mitten in einem Projekt, an das ich glaube, und ich habe gerade erst mein Leben zurückbekommen. Ich weiß noch nicht, wie ich weitermache. Ich habe ihm gesagt, dass ich zwei Wochen Bedenkzeit brauche. Und jetzt muss ich mich frisch machen, du musst aus deinen Arbeitsklamotten raus und Justin braucht ein kaltes Bier. Also, hopp hopp!«

»Aber Harper …«

»Nichts *aber Harper*.« Sie packte Gavin und Justin am Arm und zog sie mit zur Haustür. »Ich will heute Abend nicht darüber nachdenken. Mir bleiben zwei Wochen Zeit, um mich zu entscheiden, und ich werde mir den Abend nicht versauen, indem ich alles zerdenke – und ihr dürft das auch nicht.«

»Hey, ich denke nicht zu viel nach«, sagte Justin und öffnete die Haustür. »Ein Bier klingt super.«

Gavin blieb mit Harper auf der Terrasse stehen, während

Justin ins Haus ging. Er schaute ihr in die Augen und wartete, bis er ihre volle Aufmerksamkeit hatte, bevor er sagte: »Harper, wir müssen nicht jetzt darüber reden, doch wie auch immer du dich entscheidest, es wird an dem, was uns verbindet, nichts ändern, okay? Steck niemals meinetwegen bei irgendwas zurück.«

»Okay.«

»Ich meine es ernst. Du sollst alles haben, und dazu gehört auch, dass ich dir helfe, dir die Sterne vom Himmel zu holen. Versprich mir, dass du dich von unserer Beziehung nicht aufhalten lässt.«

Sie stellte sich auf die Zehenspitzen und drückte die Lippen auf seine. »Ich weiß. Ich verspreche es.« Sie nahm ihn an der Hand. »Na komm. Lass uns reingehen.«

»Gavin, das Haus sieht toll aus!«, rief Justin aus der Küche. »Hast du etwa einen Innenarchitekten engagiert?«

»Sehr witzig«, brummte Gavin sarkastisch und bemerkte im nächsten Moment den köstlichen Duft von frischem Gebäck, der in der Luft hing. »Was riecht hier so gut?«

»Nanas Spezial-Cookies«, antwortete Harper.

Gavin blieb wie angewurzelt stehen, weil er sich sicher war, dass er sie falsch verstanden hatte. »*Wessen* Cookies?«

Justin kam lächelnd aus der Küche. »Darf ich mir einen nehmen?«

»Klar«, meinte Harper grinsend. »Cookies nach Nanas Rezept. Ich habe Beckett auf Instagram aufgestöbert, um zu sehen, ob ich ein paar aktuelle Bilder für die Angelrutenrahmen bekomme. Weil ich aber nicht einfach seine Bilder klauen wollte, habe ich ihm eine Nachricht geschrieben und ihm erzählt, was ich vorhabe. Wir sind ins Gespräch gekommen und ich habe ihn nach den Cookies gefragt.«

»Mann, die sind unglaublich gut.« Justin reichte ihm einen Cookie. »Ich heize mal den Grill an und richte mich auf der Terrasse häuslich ein, während ihr euch umzieht und euren restlichen Kram macht.«

»Danke.« Er nahm einen Bissen von dem Cookie, dessen süßer Geschmack praktisch auf seiner Zunge explodierte. »Oh mein Gott, Harper. Die sind besser als die von Nana.« Er legte den Cookie auf die Anrichte, zog Harper in die Arme und küsste sie erneut, überwältigt von der Liebe zu ihr. »Ich kann nicht glauben, dass du Nana ausfindig gemacht und meine Lieblingskekse gebacken hast.«

»Es hat Spaß gemacht und Beckett ist wahnsinnig lustig. Ich mag ihn wirklich gern, Gavin, und du bist ihm unglaublich wichtig. Er hat wegen des Cookie-Rezepts den Kontakt zu deiner Mutter hergestellt und wir haben eine halbe Stunde lang telefoniert. Anschließend hat sie mir Nanas Telefonnummer gegeben und ich hing ewig mit Nana in der Leitung. Sie waren beide so nett, und es ist offensichtlich, wie sehr sie dich vermissen. Nana hat gesagt, dass du an deinem Geburtstag nach Hause kommen sollst, damit sie eine Party für dich schmeißen kann. Ich wusste gar nicht, dass du Ende Juli Geburtstag hast. Warum hast du mir das nicht erzählt?«

Sie musste seinen überraschten Gesichtsausdruck missverstanden haben, denn sie fügte hastig hinzu: »Oh nein. Habe ich es übertrieben? Ich wollte nur die Fotos haben und dann kam eins zum anderen …«

Er senkte seinen Mund auf ihren und brachte sie mit dem harten Druck seiner Lippen zum Schweigen. Als er spürte, wie die Anspannung aus ihrem Körper wich, küsste er sie noch einen Moment länger, um ihr klarzumachen, wie sehr er das alles zu schätzen wusste.

Als sich ihre Lippen schließlich wieder voneinander lösten, schaute er die wundervolle Frau in seinen Armen an und sagte: »Du kannst es gar nicht übertreiben, Harper. Ich bin nur überrascht, wie viel Mühe du dir für mich gegeben hast. Du bist unglaublich, Süße.«

»Gut, denn die Gespräche mit ihnen waren wirklich toll.« Sie nahm einen Stapel Fotos von der Anrichte und reichte sie ihm. »Sieh dir mal die Bilder an, die Beckett mir geschickt hat. Deshalb bin ich in die Stadt gefahren, um sie von meinem Handy ausdrucken zu lassen. Du hast zwar tolle Fotos von deiner Familie an der anderen Wand, aber die hier sind aktueller.«

Er blätterte durch Bilder seiner Familie, die um den Weihnachtsbaum in der Scheune der Jerichos versammelt war, gefolgt von einem von Beckett und ihm mit einem Bier in der Hand auf der Couch ihrer Eltern. Es gab eins von Gavin, Arm in Arm mit seinen Eltern, und eins von ihm und seiner Mutter mit funkelnden Weihnachtslichtern im Hintergrund. Er war so gerührt, dass ihm die Kehle ganz eng wurde.

»Süße …« Er hob seinen Blick und entdeckte einen weiteren Umschlag neben ihren Schlüsseln auf der Anrichte. »Sind das noch mehr Fotos?«

»Das sind die, die ich bei mir zu Hause aufhängen möchte.«

»Darf ich mal sehen?«

Sie nickte, und er griff nach dem Umschlag und blätterte durch die Fotos, die sie in den letzten Wochen zusammen gemacht hatten. Sie hatte sogar das Bild ausgedruckt, das er ihr nach ihrer ersten Verabredung geschickt hatte, auf dem sie die Angel mit dem gefangenen Fisch in der Hand hielt. »Ich verstehe nicht … Warum willst du die nicht hier aufhängen?«

»Ich wollte nicht einfach davon ausgehen, dass das in Ordnung ist.«

»Mein süße, zurückhaltende Freundin, du hast meinen Bruder ausfindig gemacht, mit meiner Mutter telefoniert und mit Nana, mit der ich nicht mal verwandt bin. Du hast meinen Vorgarten auf Vordermann gebracht und machst dir dann Sorgen, dass es zu aufdringlich wäre, mir Fotos von *uns* zu geben?«

Sie zuckte mit einer Schulter und sah dabei zum Anbeißen aus.

»Ich glaube, dein Bauchgefühl ist doch nicht ganz auf der Höhe, Süße.« Er nahm sie in die Arme. »Ich will *hier* Bilder von uns. Ich möchte, dass du davon ausgehst, dass das in Ordnung ist, Harper. Geh davon aus, dass alles in Ordnung ist, was dein Herz begehrt, und während du das machst, während du über das Angebot aus L. A. nachdenkst, solltest du wissen, dass du mich immer als Selbstverständlichkeit in deinem Leben betrachten kannst, okay?«

Sie sah aus, als würden ihr gleich die Tränen kommen, und schlang die Arme um seinen Hals. »Ich werde dich nie als selbstverständlich ansehen.«

»Nicht mich, nur meine Liebe zu dir. Versprichst du mir das?«, fragte er.

Sie nickte. Als sich ihre Lippen trafen, schwor er sich, dafür zu sorgen, dass sie dieses Versprechen einhalten würde.

»Können wir uns mit dem *restlichen Kram* ein bisschen beeilen?« Justins Stimme beendete den schönen Moment. »Du hast dich noch nicht mal umgezogen? Mann, du brauchst ein bisschen Unterricht als Gastgeber.«

Harper wurde rot und Gavin flüsterte: »Ich mag den restlichen Kram.«

Justin holte die Hamburger-Pattys aus dem Kühlschrank.

»Wisst ihr was? Ihr habt so lange aufeinander gewartet – fresst euch ruhig noch weiter gegenseitig auf. Ich kümmere mich ums Abendessen.« Er schnappte sich noch einen Cookie und verschwand durch die Terrassentür hinaus.

Gavin sah Harper tief in die Augen. »Du hast den Mann gehört.« Und damit senkte er die Lippen wieder auf ihre.

Siebzehn

Harpers Redakteur war nun endlich so weit, den Artikel über Harvey zu veröffentlichen. Sie hatte Jock angerufen und einen Termin vereinbart, um Harvey den Text am heutigen Dienstag zur Durchsicht zu bringen, bevor sie ihn zur Veröffentlichung fertigmachten. Heute Nachmittag gab es keine Aufführungen und das Anwesen wirkte ohne die Autos und den Lärm sowie das fehlende Buffet-Zelt und die Stühle etwas kälter und einsamer. Es war kein Wunder, dass Harvey sich mit so viel Leben wie möglich umgab.

Harper stieg die Eingangstreppe hinauf und klopfte an die schwere Holztür. Sie hatte ihr Herzblut in diesen Artikel gesteckt und war gespannt auf Harveys Reaktion.

Eine hübsche Blondine öffnete ihr. Sie trug eine Yogahose und ein Tanktop und Harper konnte nicht recht einschätzen, ob sie sehr traurig oder nur müde aussah. War das womöglich Jocks Freundin?

»Hallo. Ich bin Harper Garner von der *Cape Cod Times*. Ich bin mit Mr. Fine verabredet, um mit ihm einen Artikel zu besprechen, den ich über ihn geschrieben habe.«

Die Frau warf einen Blick über die Schulter, kam dann nach draußen und schloss die Tür hinter sich. »Hi. Ich bin Tegan,

Harveys Großnichte.«

»Oh! Harvey hat mir von dir erzählt. Freut mich, dich kennenzulernen.«

Tegan schluckte schwer und ihr stiegen Tränen in die Augen. »Mein Großonkel ist gestern verstorben. Wir haben es noch niemandem gesagt, weil wir noch damit beschäftigt sind, alles zu regeln und …« Sie rieb sich über die Augen.

»Oh nein, das tut mir so leid.« Tränen rannen Harper über die Wangen. Sie versuchte, sie zu unterdrücken, aber die Traurigkeit ließ sich nicht aufhalten.

»Uns auch.« Sie machte eine Handbewegung in Richtung der Stufen. »Setz dich doch.«

»Ich sollte lieber gehen, damit du bei deiner Familie sein kannst.« Harper wischte sich die Tränen weg.

»Nein, bitte, setz dich zu mir. Ich würde gerne mit dir reden, wenn es dir nichts ausmacht. Onkel Harvey hat dich erwähnt, bevor er gestorben ist.« Ein zittriges Lächeln erschien auf ihren Lippen. »Tatsächlich hat er gesagt: ›Wenn Harper die Geschichte rausbringt, liest du sie. Ich will, dass sie erzählt wird.‹ Worum geht es in dem Artikel genau?«

»Um Harvey und Adele und ihr gemeinsames Leben. Er hat mir auch von dir erzählt und natürlich von seiner Freundschaft mit Jock.« Sie konnte nicht verhindern, dass ihr noch mehr Tränen kamen. »Tut mir leid. Ich will nicht … Ich wusste, dass ihm nicht mehr viel Zeit bleibt, aber dein Onkel Harvey, er … Es war wirklich schön, ihn kennenzulernen.«

»Danke. Darf ich den Artikel lesen?«

»Oh, natürlich.« Harper reichte ihr den Umschlag und stand auf, um sie allein zu lassen.

Tegan berührte sie an der Hand. »Könntest du ein paar Minuten bleiben, während ich es lese? Es sind nur Jock und ich hier, und er ist im Moment so neben der Spur. Es ist schön, ein anderes freundliches Gesicht zu sehen.«

»Natürlich.« Harper setzte sich und sammelte sich ein wenig, während Tegan sich dem Artikel widmete.

Während des Lesens liefen Tegan Tränen über die Wangen. Sie versteckte ihr leises Lachen hinter ihrer Hand und drückte sich am Schluss den Ausdruck an die Brust. »Du hast ihn wirklich perfekt getroffen. Ihm hätte gefallen, was du da geschrieben hast.«

Harper atmete erleichtert auf. »Das freut mich so sehr. Ich wollte, dass die Leser ein Gefühl dafür bekommen, was für ein besonderer Mensch Harvey war.«

»Das hast du geschafft. Mein Onkel war ein sehr verschlossener Mann. Jock hat erzählt, dass du meinen Onkel an mich erinnert hast.«

»Blonde Haare und blaue Augen«, sagte Harper.

Tegan schüttelte den Kopf. »Onkel Harvey hat das Aussehen anderer Menschen nie sonderlich beachtet. Außer bei Jock. Er hat ihn so gerne damit aufgezogen. Aber Onkel Harvey meinte damit, dass du kreativ und willensstark bist und jemand, der nicht nur seiner Geschichte gerecht werden, sondern auch seiner Liebe zu meiner Tante eine Stimme geben kann. Dieser Artikel könnte wahrscheinlich unzähligen Menschen ein Vorbild für ihre Beziehungen sein. So wie es die Geschichten meines Großonkels über ihn und seine Frau für mich waren.« Sie legte den Papierstapel auf ihren Schoß und senkte den Blick darauf.

»Wie geht es jetzt mit dem Anwesen weiter? Mit Jock?«

»Jock hat keinen Pflegeberuf gelernt, stand aber unerschütterlich treu zu meinem Onkel. Onkel Harvey hatte fünf Pflegekräfte, bevor Jock eingesprungen ist, eigentlich nur um vorübergehend auszuhelfen. Jock hat schon eine Menge Verluste in seinem Leben erlitten, aber darauf möchte ich nicht näher eingehen. Er und mein Onkel brauchten sich gegenseitig. Sie haben sich so gut verstanden, dass Jock geblieben ist. Natürlich ist er jetzt am Boden zerstört, aber wenn die Trauer abklingt, wird er wahrscheinlich wieder mit dem Schreiben anfangen.«

»Ich wusste gar nicht, dass er Autor ist.«

»Keine Ahnung, ob er das im Moment noch macht«, erwiderte Tegan. »Und was das alles hier angeht … Ich weiß, dass mein Onkel wollte, dass ich das Theater übernehme, und wenn er es mir in seinem Testament wirklich hinterlassen hat, dann will ich es auf keinen Fall verkaufen. Aber ich weiß nicht, wie man so ein Unternehmen führt. Ich schneidere Kinderkostüme für eine Prinzessinnen-Boutique, und ich mache kleinere Änderungen für ein Bekleidungsgeschäft. Außerdem bearbeite ich für meine Schwester die Bilder, die sie als Fotografin schießt. In diesen Bereichen bin ich ein Profi. Aber das hier?« Sie zuckte mit den Schultern.

»Aber du hast Jock und alle Kontakte und Freunde deines Onkels in der Branche. Die können dir sicher helfen, dich zurechtzufinden.«

»Laut Jock ist das mit einer Menge Querelen verbunden. Er wollte nie, dass das Theater nur von einer Gruppe genutzt wird. Mein Onkel war ein exzentrischer Mann, der das Lachen liebte und tat, was ihn glücklich machte, nämlich Bühnenkünstlern das Amphitheater zur Verfügung zu stellen. Er organisierte Mittagessen, Zeitpläne und handelte bis zum Schluss Verträge und Ähnliches aus. Wie kann ich in seine Fußstapfen treten, ohne es zu vermasseln? Ganz zu schweigen davon, dass ich in Peaceful Harbor schon ein erfülltes Leben führe …«

»In Maryland?«

Tegan nickte. »Du kennst den Ort? Der ist nur ein winziger Fleck auf der Landkarte.«

»Ich bin hier gerade einem Buchclub beigetreten. Das meiste spielt sich online ab, aber die Mitglieder kommen von überall. Beim letzten Treffen haben sich zwei Mitglieder aus Peaceful Harbor per Skype zugeschaltet. Dixie und Izzy, aber ihre Nachnamen weiß ich nicht mehr.«

»Ich bin auch in dem Buchclub! Meine Freundin Isla hat mich reingebracht.«

»Das gibt's doch nicht! Ist ja verrückt. Ist das Isla Redmond? Mein Bruder Brock hat sich nämlich gerade mit Cree Redmond verlobt, die auch aus Peaceful Harbor stammt, und ihre Schwester ...«

»Ist Isla!«

Sie mussten beide lachen.

»Das ist echt lustig. Ich bin gut mit Dixie und Izzy befreundet«, sagte Tegan. »Aber ich habe bisher auch nur die Online-Foren des Buchclubs genutzt.«

»Na ja, wenn du doch hierherziehst, nehme ich dich gern zu einem der Treffen mit.«

»Das wäre sicher cool. Hast du übrigens das letzte Buch gelesen? *Turn Away* von L. A. Ward?«

»Mhm.« Sie unterhielten sich eine Weile über den Buchclub, und Harper war froh, dass das die Stimmung ein wenig auflockerte. »Die Welt ist klein, oder?«

»Das kann man wohl sagen.«

»Weißt du, ich hatte vor Kurzem einen ziemlichen Umbruch in meinem Leben, und ein Freund hat mir gezeigt, dass man manchmal nur den oder die richtigen Menschen an seiner Seite braucht, um ein Problem zu lösen. Wenn Harvey dir dieses Anwesen hinterlassen hat und du dich entschließt, etwas daraus zu machen … Meine Schwester Jana ist jahrelang in den Theatern hier vor Ort aufgetreten. Ich weiß nicht viel über die wirtschaftlich-organisatorische Seite von so einem Betrieb, aber ich schreibe Drehbücher, und ich habe Kontakte in der ganzen Gegend, weil wir hier aufgewachsen sind. Wir helfen dir gerne bei den ersten Schritten. Jana ist wirklich nett, und sie leitet ein eigenes Tanzstudio, sie hat also einen guten Geschäftssinn.«

»Das würdet ihr tun?«

»Aber sicher doch. Ich glaube, das würde sogar richtig Spaß machen.«

»Ich weiß nicht mal, woher ich das Geld für so was nehmen soll.«

Harper dachte an Gavin, Jana und all ihre Freunde und daran, dass mit Menschen, denen sie vertraute, alles möglich zu sein schien.

»Du brauchst uns nicht zu bezahlen. Dein Onkel hat mit Adele so viel durchgemacht, und er ist hiergeblieben, um näher an dem Ort zu sein, an dem sich ihr gemeinsames Leben abgespielt hat. Er war ein ganz besonderer Mensch, und er hat gehofft, dass du das Ganze übernimmst. Niemand sollte schwierige Zeiten ohne Freunde an seiner Seite durchmachen müssen. Betrachte unsere Hilfe als einen Beitrag, das Lachen am Leben zu erhalten.«

»Gott, ich weiß gar nicht, was ich sagen soll. Ich bin selbst jemand, der gerne einen Beitrag zu guten Dingen leistet. Ich weiß, es klingt albern, aber wenn ich dich das sagen höre, fällt mir das Atmen etwas leichter.«

»Das ist nicht albern. Du hast im Moment eine Menge um die Ohren. Wenn du irgendwas brauchst, während du hier bist, bin ich gern für dich da.«

Tegan stiegen erneut Tränen in die Augen und sie schaute

zum Himmel hinauf. »Warum habe ich das Gefühl, dass wir vom Schicksal zusammengeführt wurden?« Sie wischte sich über die Augen und lächelte Harper unter Tränen an. »Ich glaube, das ist Onkel Harveys Werk. Genau so was würde er einfädeln, indem er mir eine Freundin vor die Nase setzt.«

»Na ja, er hatte ja durchaus Sinn für Humor.«

»Und wie er das hatte.« Tegan erzählte ihr ein bisschen was von den zahlreichen Späßen ihres Großonkels. »Als Kind habe ich viel Zeit hier verbracht, und eine seiner Lieblingsbeschäftigungen war es, mit einer lustigen Maske oder als Figur aus einer Serie verkleidet zum Abendessen zu erscheinen. Aber er tat so, als wäre das total normal. Solche Sachen hat er ständig gemacht. In einem Sommer bin ich gestürzt und musste genäht werden. Als wir ins Krankenhaus kamen, trug der Arzt eine Maske mit aufgemalter Katzenschnauze und einen Hut mit Katzenohren. Mein Onkel hatte sie mit ins Krankenhaus gebracht, um mich zum Lachen zu bringen, während ich genäht wurde.« Tränen rannen Tegan über die Wangen. »Ich vermisse ihn jetzt schon so sehr. Er ist erst seit einem Tag nicht mehr da, und ich erwarte immer, ihn irgendwo zu sehen.«

Harper umarmte sie. »Das bedeutet, dass du ihn genauso sehr geliebt hast, wie er dich.«

Sie wusste nicht, wie lange sie sich auf der Treppe in den Armen lagen, aber danach unterhielten sie sich noch fast zwei Stunden lang. Schließlich tauschten sie Telefonnummern aus, und als Harper sich zum Gehen wandte, hatte sie eine neue Freundin gefunden.

»Wie lange bleibst du in der Stadt?«

»Weiß ich noch nicht genau«, sagte Tegan. »Das hängt zum Teil davon ab, was mit dem Nachlass passiert. Aber mindestens bis August, bis zur letzten Aufführung. Bis dahin müssen noch eine Menge Dinge geregelt werden. Gibst du mir Bescheid, wann der Artikel erscheint?«

»Natürlich. Möchtest du, dass ich darauf hinweise, dass er von uns gegangen ist? Kein Nachruf, aber ich könnte den Artikel betiteln mit: *Abschied von einem guten Menschen*, und erwähnen, wie sehr er nach seinem Tod vermisst wird.«

Tegan hatte wieder Tränen in den Augen. »Das wäre wirklich schön.«

»Okay. Ich melde mich bei dir, wenn ich die Änderungen vorgenommen habe, damit du sie dir vor der Veröffentlichung ansehen kannst. Würdest du mir sagen, wann die Beerdigung stattfindet? Ich würde gerne kommen.«

»Es wird keine geben. Onkel Harvey hielt nichts von Beerdigungen. Er möchte verbrannt und seine Asche soll im Garten verstreut werden, zusammen mit Adeles.«

Das überraschte Harper nicht. Er würde mit der Frau zusammen sein, die er liebte. Wenn sie es so betrachtete, machte es sie nicht ganz so traurig.

»Danke, dass du dir den Nachmittag Zeit genommen hast, mit mir zu reden, mich zum Lachen zu bringen, und dass du so einen schönen Artikel geschrieben hast«, sagte Tegan. »Weißt du, mein Onkel hat immer gesagt, dass Liebe, Lachen und Freundschaft die einzigen universellen Sprachen sind, die die Kraft haben, sogar tief verletzte Herzen zu heilen. Ich bin sicher, er ist bei Adele und lächelt gerade auf uns herab.«

»Wahrscheinlich hinter einer lustigen Maske.« Harper erhob sich. »Bitte richte Jock mein Beileid aus.«

»Das werde ich. Ich würde dich ja ins Haus bitten, um es ihm selbst zu sagen, aber es wäre ihm nicht recht, wenn ihn jemand so fix und fertig sieht. Er wird sich sicher noch bei dir melden.«

Sie umarmten sich erneut und Harper sagte: »Tut mir leid, dass wir uns unter diesen Umständen kennengelernt haben, aber ich bin trotzdem froh darüber.«

Als Harper vom Hof fuhr, rief sie Gavin und Jana an, um ihnen die traurige Nachricht über Harveys Tod mitzuteilen und Jana darüber zu informieren, dass sie Tegan ihre Hilfe angeboten hatte.

Zurück in Gavins Haus ging sie mit einer Kopie des Artikels, Notizblock und Kuli zum Steg, um sich an die besprochenen Änderungen zu machen. Trauer legte sich wie ein schweres Gewicht auf ihre Schultern, während sie versuchte, die richtigen Worte zu finden. Sie blickte aufs Wasser hinaus und Harveys Stimme geisterte ihr durch den Kopf.

Alle machen sich Gedanken darüber, wie sie sich profilieren können oder was die Mächtigen da oben treiben. Was ist nur aus den Zeiten geworden, in denen Kinder im Mittelpunkt standen? Als Lachen noch wichtiger war als die Nachrichten? Das ist es, wovon die Welt mehr braucht. In der ganzen Zeit in L. A. hatte sie kaum gelacht. Es hatte ein paar lustige Momente gegeben, aber kein echtes Lachen aus vollem Herzen, wie sie es hier mit Gavin und ihren Freunden erlebte. Sie war hier unendlich viel glücklicher als in L. A. Allein der Gedanke an die Rückkehr dorthin verursachte ihr ein mulmiges Gefühl. Sie dachte an den Zettel, den Gavin auf ihrer Veranda hinterlassen hatte. *Vergiss nicht: Du warst schon großartig, bevor du nach L. A. gezogen bist. Deine Familie weiß, dass du etwas ganz Besonderes bist.* Gavin hatte ihr nicht nur den Weg zurück zu dem Menschen gezeigt, der sie früher gewesen war, er hatte sie auch daran erinnert, dass ihr Selbstwert nicht an ihrer Karriere hing. Und er hatte sie ermutigt, alles zu tun, was nötig war, um ihre Ziele zu erreichen. Ihr dämmerte langsam, dass sich auch ihre Ziele veränderten.

Gavin machte auf der Arbeit früher Schluss, um sich zu vergewissern, dass es Harper gut ging. Er hatte ihr angeboten, nach Hause zu kommen, als sie ihn angerufen und ihm von Harveys Tod erzählt hatte, aber sie hatte beteuert, dass es ihr gut ging und sie den Artikel über ihn überarbeiten wollte. Doch während die Stunden vergingen und der Tag sich dahinschleppte, machte ihm die Vorstellung zu schaffen, dass sie ihre Trauer allein ertragen musste.

Es überraschte ihn nicht, sie auf dem Steg sitzen zu sehen, wo sie die Füße ins Wasser baumeln ließ. Neben ihr lag mit einem Stein beschwert ein Notizbuch, aus dem ein paar lose Zettel herausragten. Er genoss den inzwischen vertrauten Anblick einen Moment lang aus der Ferne. Daran würde er sich nie sattsehen. Ein paar ihrer Strähnen wehten in der Brise, bis sie sich die Haare hinters Ohr steckte. Sein Herz krampfte sich schmerzhaft zusammen. Sie hatten über das Angebot aus L. A. gesprochen, und obwohl sie noch keine Entscheidung getroffen hatte, hatte er seine bereits gefällt.

Er ging den Weg zum Steg entlang und versuchte sich vorzustellen, wie es wäre, wieder in ein leeres Haus zu kommen. Ob sie für einen Tag, eine Woche oder länger nach L. A. ging, spielte keine Rolle, denn er hätte in jedem Moment ohne sie das Gefühl, dass ein Stück von ihm fehlte.

Sie drehte sich um, als er den Steg betrat. Die Haare wehten ihr ins Gesicht, was ihn an den ersten Abend erinnerte, an dem er sie am Lagerfeuer mit ihren Freunden wiedergesehen hatte.

»Gavin!« Sie strich sich die Haare erneut hinters Ohr, sprang auf und eilte in ihrem langen, bauschigen Rock und dem engen Top auf ihn zu. Sie war so voller Leben und sah glücklicher aus, als er nach der Todesnachricht erwartet hatte.

Er liebte dieses Outfit. Verdammt, er liebte sie in sämtlicher Kleidung genauso sehr wie nackt.

Sie warf sich in seine Arme und küsste ihn, als hätte sie den ganzen Tag nur darauf gewartet, das zu tun. Gott, er liebte sie und wie sie ihm ihre Gefühle zeigte.

»Geht's dir gut?«, fragte er.

»Ja!«, erwiderte sie laut und breitete die Arme weit aus. »Ich hatte einen Aha-Moment. Bisher dachte ich, dass ich in L. A. wegen allem, was dort passiert ist, nicht glücklich war, aber das stimmt nicht. Das hätte mir schließlich auch hier passieren können. Ich war unglücklich, weil ich dort nicht hingepasst habe. Ich möchte mit meiner Arbeit größere Ziele erreichen, aber das bedeutet nicht, dass ich mein Zuhause oder meine Familie und meine Freunde dafür aufgeben will. Und ich weiß, dass ich deiner Meinung nach keine Entscheidungen aufgrund unserer Beziehung treffen soll, aber wir wissen doch beide, dass die bei großen Veränderungen eine Rolle spielen *muss*. Was wären wir denn sonst für ein Paar? Keine Sorge, ich will damit nicht sagen, dass ich meine Entscheidung nur von unserer Beziehung abhängig mache. Ich meine nur, dass ich nicht so tun kann, als wäre es mir unwichtig, dass wir für die Zeit getrennt sind, die sie mich haben wollen. Und meine Entscheidung?« Sie drehte sich lachend im Kreis. »Sie basiert auf dem *Lachen*, Gavin. Ich will lachen und glücklich sein und schreiben. Und ja, ich will mir in der Branche einen Namen machen, aber nicht auf Kosten meines Glücks. Nach L. A. zu ziehen, gibt jemand anderem die Macht, mir wieder den Boden unter den Füßen wegzuziehen. Das will ich nicht!«

Er versuchte, ihren Worten zu folgen, aber sie redete so

schnell, dass er kaum verstand, worauf das Ganze hinauslief.

»Wenn sie wollen, dass ich die Texte umschreibe, dann mache ich das von hier aus. Entweder sie gehen darauf ein oder nicht. Das werde ich ihnen sagen. Und ich weiß, dass ich hier noch nicht auf sicheren Beinen stehe – aber das *noch* lässt doch viel Raum für Erfolg, oder? Ich bin fast so weit, die Fühler mit meinem aktuellen Drehbuch auszustrecken. Und vielleicht habe ich es mir mit dem Kerl aus dem Flugzeug versaut, weil ich zu kratzbürstig war, aber das ist nur *ein* Mann, *ein* Unternehmen. Wenn er überhaupt einen Streaming-Dienst betreibt, wie er behauptet hat. Er könnte mich ja auch angelogen haben. Aber ich glaube wieder an mich, Gavin, und ich glaube an das Projekt, an dem ich gerade arbeite. Es ist gut geschrieben und eine tolle Geschichte. Und weißt du was? Tegan braucht Hilfe, falls oder wenn sie das Amphitheater übernimmt, und das würde mir wirklich Spaß machen. Ich weiß, dass wir gut zusammenpassen. Jana will auch mitmachen, und selbst wenn es kein Geld abwirft, macht es mich glücklich. Ich möchte ihr eine unterstützende Hand reichen, so wie du es für mich getan hast. Ich möchte etwas weitergeben, weil es mich glücklich macht.«

»Du bleibst hier?« Verdammt, er klang ein bisschen erstickt.

Sie kam mit einer Drehung zu ihm zurück und legte ihm die Hände auf die Brust. In ihren Augen stand ein begeistertes Funkeln. »Was denken Sie, Mr. Wheeler? Bin ich verrückt, weil ich lieber glücklich bin, als meinen Namen ins Rampenlicht zu bringen?«

»Kein bisschen«, antwortete er. »Egoistisch wie ich bin, möchte ich dich hier bei mir haben, und ich bin gerne bereit, Scheinwerfer hinterm Haus aufzustellen. Am ganzen Himmel. Große, grelle Scheinwerfer für das richtige Rampenlicht, damit du nie das Gefühl hast, etwas zu verpassen.«

Sie stupste ihn mit dem Finger gegen die Brust. »Sie haben sich soeben einen horizontalen Bonus verdient, Mr. Wheeler.«

Sie küssten sich und lachten, und zwischen diesen erleichterten Küssen sagte er: »Harper, wenn du je doch wieder nach L. A. willst, gibt es viele Möglichkeiten, das für dich attraktiver zu machen. Ich wette, dir würde es besser gefallen, wenn wir zusammen dort wären. Ich kann es einrichten, ein oder zwei Wochen von dort aus zu arbeiten, wenn es sein muss.«

»Das würdest du tun?«

»Es gibt nichts, was ich nicht für dich tun würde. Ich müsste das mit Serena abklären, aber du bist mit all dem nicht mehr allein, Süße. Du musst dich nicht zwischen hier und dort entscheiden, wenn es noch ganz viel dazwischen gibt.«

»Ein Mittelweg, okay. Ich denke drüber nach, doch mein Bauchgefühl sagt mir, dass ich diesen Mittelweg im Moment nicht suchen sollte. Der Lifestyle in L. A. schmeckt mir nach wie vor nicht, *das hier* dafür umso mehr.« Sie küsste ihn wieder, lang und tief und herrlich verführerisch.

»Lass uns feiern«, sagte er.

»Es gibt noch nichts zu feiern. Ich habe den Produzenten ja noch nicht mal meine Entscheidung mitgeteilt. Vielleicht lehnen sie mein Angebot, von hier aus mitzuarbeiten, ja auch ab.«

»Wir feiern nicht die neue Richtung, die du beruflich einschlägst, Süße. Wir feiern die Tatsache, dass du deinem Bauchgefühl vertraust.«

»Wenn das so ist, dann zieh die Schuhe aus und den Rest gleich mit.« Sie streifte sich das Top über den Kopf und schlängelte sich aus ihrem Rock. Ihr Slip flog hinterher, und den BH warf sie Gavin zu, während sie: »Wer zuerst im Wasser ist!« rief, und mit Anlauf vom Ende des Stegs sprang.

Gavin zog sich rasch aus und folgte ihr ins Wasser. Er tauchte ab und kitzelte sie an den Rippen, als er wieder an die Oberfläche kam. Sie quietschte und versuchte vergeblich, wegzuschwimmen, denn er zog sie an sich. Atemlos keuchend schlang sie die Arme um seinen Hals, während er sie mit kräftigen Beinschlägen über Wasser hielt.

»Ich wünschte, ich wäre damals in Romance, Virginia, geblieben und mit dir ans Cape zurückgekommen.« Wassertropfen liefen ihr über die Wangen.

»Da habe ich noch in Boston gewohnt.«

»Ist nah genug dran, denn irgendwann wären wir genau da gelandet, wo wir jetzt sind, aber wir hätten nicht so viel gemeinsame Zeit verloren.«

»Das ist das Schöne an der Zeit, Harper. Sie ist auf unserer Seite.«

Sie runzelte die Stirn. »Was ist, wenn wir morgen sterben?«

»Dann haben wir heute gelebt, geliebt und gelacht.« Er brachte das Gesicht ganz dicht an ihres. »Ich bin ja dafür, dass wir heute zu einem verdammt guten Tag machen.«

Achtzehn

Der vierte Juli brachte Sonnenschein und einen Hauch von Aufregung in der Luft. Der Anblick von wehenden Fahnen und lächelnden Gesichtern, als der Darsteller von Onkel Sam auf wackeligen Stelzen die Hauptstraße von Provincetown hinunterzog, weckte in Harper schöne Erinnerungen. Erinnerungen an ihre Teenagerjahre und darüber hinaus, als sie endlich mit ihren Geschwistern an Veranstaltungen wie der Provincetown-Parade teilnehmen konnte. Ihre konservativen Eltern mochten das freigeistige Künstlerstädtchen nicht besonders, aber die Geschwister liebten es. Harper und Gavin waren früh genug angereist, damit Harper vor dem großen Spektakel Interviews mit Ladenbesitzern, Einwohnern und Touristen führen konnte. Zum Start der Parade hatten sie ihre Tasche im Auto verstaut und sich mit Colton, Jana und Hunter getroffen. Brock und Cree standen im Stau und hofften, in zehn Minuten vor dem Rathaus zu ihnen zu stoßen. Später hatten sie noch Pläne mit Emery und ihren Freunden auf der Jacht ihres Bruders Ethan.

»Wir sollten los zum Rathaus«, sagte Harper.

»Was?« Gavin beugte sich zu ihr, um sie über die Menge hinweg zu verstehen. An ihm sahen selbst das weiße T-Shirt und die Khaki-Shorts wie Designerkleidung aus. Colton und er hatten sich während eins von Harpers Interviews amerikanische Flaggen auf die Wangen malen lassen. Gavin trug außerdem Harpers Namen auf seinem Unterarm.

»Wir müssen zu Brock und Cree!«, rief sie, während eine Band vorbeimarschierte und eine Melodie spielte, die sie nicht kannte.

Gavin nickte und tippte Hunter auf die Schulter, um dann in Richtung Rathaus zu deuten. »Gehen wir!«

Er legte einen Arm um Harper und küsste sie, während Hunter sich Jana schnappte, die damit beschäftigt war, gierig einen Hotdog zu verspeisen. Sie schlossen zu Colton auf, der stolz einen weißen Styropor-Hut mit Regenbogenflagge auf der Vorderseite trug.

Ein bunter Wagen mit etlichen Männern in voluminösen rot-weiß-blauen Frauenkleidern und flauschigen Federboas rollte unter lauter Musik die Straße hinunter. Sie tanzten und winkten der Menge zu.

Als sich die Gruppe dem Rathaus näherte, machte Gavin eine Geste in Richtung der Familien, die auf dem Rasen saßen, picknickten, spielten und der vorbeiziehenden Parade zuwinkten. »Das werden wir eines Tages sein.«

Harpers Herz geriet ins Stolpern.

»Schau nicht so schockiert«, raunte er ihr ins Ohr. »Ich sehe es praktisch vor mir, wie du von blonden Kleinkindern umringt bist und ihnen heimlich Zuckerguss von den Cupcakes stibitzt, während sie von der Parade abgelenkt sind.«

Es gefiel ihr, dass sie nicht die Einzige war, die von einer gemeinsamen Zukunft träumte. »Sie können ihren Zuckerguss behalten, solange ich die roten Lutscher bekomme.«

»Ich hätte ja einen Lutscher für dich«, erwiderte er sinnlich und drückte die Lippen auf ihre.

Eine Gruppe von Radfahrern in farbenfrohen Kostümen fuhr vorbei und lenkte mit lautem Hupen ihre Aufmerksamkeit auf die Straße. Hinter ihnen folgte ein Feuerwehrauto mit eingeschaltetem Blaulicht. Das Fahrzeug war seitlich mit Fahnen geschmückt, und auf dem Dach saßen winkende Leute, die Süßigkeiten in die applaudierende und pfeifende Menge warfen.

Harper entdeckte Brock an der nächsten Ecke im selben Moment, als Jana brüllte: »Da sind Brock und Cree!«

Brock überragte Cree, die sich an seine Seite schmiegte, mit seinem muskulösen Körperbau ein ganzes Stück. Die beiden unterhielten sich mit Tegan und Jock, deren Anwesenheit Harper überraschte. Jock sah in Jeans und T-Shirt wie ein ganz anderer Mensch aus.

»Jana, das ist Tegan, Harveys Großnichte, von der ich dir erzählt habe.« Harper deutete auf Tegan. »Sie stammt aus dem gleichen Ort wie Cree. Komm mit. Ich würde euch gern vorstellen.«

»Hi, Leute«, begrüßte Cree sie, als sie sich näherten. Ihre schwarzen Haare hingen ihr offen über die Schultern, und sie sah hübsch aus in ihrem grauen Tanktop, den schwarzen Shorts und schwarzen Stiefeln. Wie sie es schaffte, in diesem Outfit liebenswert und nicht tough auszusehen, war Harper ein Rätsel, aber es stand ihr ausgezeichnet. »Ist das zu fassen, dass wir Tegan und Jock in dieser Menschenmenge über den Weg gelaufen sind?«

»Da ist wieder diese Sache mit der kleinen Welt«, meinte Tegan, als sie Harper umarmte. »Die Änderungen an dem Artikel, den du geschickt hast, haben mir gut gefallen. Danke.«

»Oh, gut, er kommt dann nach dem Feiertag heraus.« Sie wandte sich an Jock und sagte: »Es tut mir so leid wegen

Harvey. Geht's dir gut?«

»Ja. Ich vermisse ihn, aber so ist es eben …«, antwortete Jock bedrückt.

»Bevor ihr direkt loslegt, würde ich allen erst mal gern Tegan und Jock vorstellen«, warf Cree ein.

Während Cree erklärte, dass sie Tegan aus ihrer Heimatstadt kannte, pirschte sich Brock an Gavin heran und deutete mit dem Kopf in Richtung der Grünfläche, die ein paar Meter entfernt war, um zu signalisieren, dass er mit ihm unter vier Augen sprechen wollte.

»Bin gleich wieder da, Süße.« Gavin trat auf den Rasen.

»Brock, was machst du da?«, wollte Harper wissen.

Er schaute zu Gavin. »Ich will nur sichergehen, dass Gavin und ich uns richtig verstehen.«

»Ist das dein Ernst?«, meckerte Harper, während die Männer sich ein Stück von ihr entfernten. »Wir waren vor ein paar Wochen zusammen essen. Habe ich irgendwas verpasst?« Gavin hatte sich gut mit ihren Brüdern verstanden, auch wenn er Colton eine kleine Predigt gehalten hatte, weil der Harper beim Musikfestival im Stich gelassen hatte. Colton hatte es gelassen hingenommen und ihn daran erinnert, dass es für sie beide von Vorteil gewesen war, schließlich wären sie sich sonst nie begegnet.

»Lass ihn, sonst denkt er, er hätte seine Pflicht dir gegenüber nicht erfüllt«, sagte Colton. »Er konnte beim Abendessen seine Großer-Bruder-Masche nicht durchziehen.«

Harper seufzte. »Was will er denn zu ihm sagen? *Wenn du meiner Schwester wehtust, mach ich dich kalt?*«

»Nein, das habe ich schon übernommen«, erwiderte er. Dann gab er Hunter ein High-Five, bevor er seine Aufmerksamkeit Jock zuwandte. »Du bist also Krankenpfleger? Ich hab gehört, dass die geschickt mit ihren Händen sind.«

Harper verschluckte sich beinahe. »Meine Güte, Colton!«

Tegan, Jana und Hunter lachten. Cree wurde rot und wandte sich ab.

»Schon okay«, meinte Jock mit einem Lächeln, doch seine Augen blieben kühl. Harper sah jedoch, dass seine Trauer der Grund war, nicht der Flirtversuch ihres Bruders. »Ich bin kein Krankenpfleger, aber ich bin tatsächlich ziemlich geschickt mit meinen Händen.«

»Das reicht mir«, sagte Colton. »Wollen wir ein Bier trinken gehen?«

»Klar, aber dir ist bewusst, dass ich vom anderen Ufer bin, oder?«, fragte Jock.

Colton zuckte mit den Schultern. »Man kann es ja mal versuchen. Suchen wir uns ein entspanntes Plätzchen. Hunt, willst du auch mit?«

»Geh und behalt Colton im Auge«, drängte Jana ihn.

Hunter gab ihr einen Kuss. »Ich liebe dich. Ich lasse mein Handy an.«

Nachdem sie weg waren, fragte Harper: »Geht es Jock gut?«

»Irgendwann sicher wieder. Meine Schwester Cici und ich haben ihn mitgeschleppt, damit er mal aus dem Haus kommt«, erklärte Tegan. »Sie ist mit ihrem Mann und den Kindern zum Kinderschminken gegangen. Ich bin froh, dass dein Bruder Jock zu einem Drink überredet hat. Den braucht er dringend. Das Testament wurde inzwischen eröffnet und der Sinn für Humor meines Onkels hat ihn überlebt. Er hat Jock eine altmodische Schreibmaschine und zwei Millionen Dollar hinterlassen, die er allerdings nur bekommt, wenn er etwas veröffentlicht.«

Harper blinzelte ein paarmal. »Wow. Nur kein Druck.«

»Verdammt, ich schreib was für ihn«, sagte Jana. »Das ist

eine Menge Geld.«

Tegan stand die Sorge um Jock ins Gesicht geschrieben. »Ich habe ihn gefragt, was er vorhat, und er meint, dass er ein paar Sachen regeln muss, bevor er überhaupt ans Schreiben denken kann. Er ist sich noch nicht sicher, wie es weitergehen soll.«

»Glaubst du, dass er wegen der Bedingung sauer ist?«, fragte Harper. »Er hat so lange für Harvey gearbeitet.«

Tegan schüttelte den Kopf. »Jock interessiert sich nicht für Geld. Es ist die Herausforderung, die einen Nerv in ihm getroffen hat. Ich hoffe nur, dass er wieder hierher zurückkommt, denn so wie es aussieht, werde ich nach dem Winter versuchen, das Erbe meines Onkels weiterzuführen.«

»Wir helfen dir«, versicherte Harper ihr. Als Brock und Gavin wieder zu ihnen stießen, warf sie Brock einen Seitenblick zu, der ihr einen Daumen nach oben zeigte, während er Cree an sich zog. Harper schüttelte den Kopf. Brocks überbordender Beschützerinstinkt würde sich nie ändern.

Gavin legte seinen Arm um Harpers Schulter, drückte ihr einen Kuss neben das Ohr und flüsterte: »Du hast Glück, dass er auf dich aufpasst.« Er schenkte Tegan ein strahlendes Lächeln. »Tut mir leid, dass ich kurz wegmusste. Tegan, richtig? Ich bin Gavin. Harper ist meine bessere Hälfte. Das mit deinem Onkel tut mir sehr leid, er hat großen Eindruck bei Harper hinterlassen. Wenn du was brauchst, lass es uns einfach wissen.«

»Danke«, erwiderte Tegan. »Ihr seid alle so nett. Ich muss zugeben, wenn ich Harper nicht kennengelernt hätte, würde ich wahrscheinlich immer noch überlegen, ob ich das Theater übernehmen kann oder ob ich es jemand anderem überlassen soll.« Sie schaute dankbar zu Harper, bevor sie ihr Handy aus der Tasche zog und aufs Display schaute. »Sieht aus, als hätten meine Schwester und ihre Familie beschlossen, eine Walbe-obachtungstour zu buchen.« Sie tippte rasch eine Nachricht und steckte das Handy wieder ein. »Ich sollte wohl Jock suchen.«

»Warum gehst du nicht mit uns Mittagessen?«, schlug Harper vor. »Ich schicke Colton eine Nachricht, dass sie zu uns ins Patio kommen sollen. Da gibt es jede Menge Auswahl.«

Sie machten sich auf den Weg zum Restaurant und trafen dort auf die anderen. Das Mittagessen war köstlich und die Gespräche unbeschwert und lustig. Während Harper, Jana und Tegan über eine mögliche Zusammenarbeit diskutierten, um Tegan mit ihrem Projekt voranzubringen, schlug Cree vor, neben Theaterstücken auch Sing- und Instrumental-veranstaltungen für Kinder anzubieten.

»Das ist eine tolle Idee!«, rief Tegan. »Wir sollten unbedingt mal brainstormen. Aber erst, wenn ich eine Lösung gefunden habe, wie ich mein Leben in Maryland vorübergehend auf Eis lege, bevor ich mich hier in die Arbeit stürze.«

Während die Mädels sich miteinander unterhielten, taten die Jungs das Gleiche. Es war schön, mit allen zusammen zu sein und zu sehen, dass sich ihre Brüder so gut mit Gavin verstanden. Seine Hand ruhte auf ihrem Bein und alle paar Minuten drückte er ihren Oberschenkel oder schob die Finger in den Schlitz an der Seite ihres Maxikleides, um über ihre Haut zu streicheln, als ob er diese zusätzliche kleine Verbindung brauchte.

Gavin lehnte sich näher zu ihr und flüsterte: »Ich liebe dich. Amüsierst du dich gut?«

Er hatte diese drei kleinen Worte Dutzende Male gesagt und sie ließen ihr Herz immer noch jedes Mal höherschlagen. Jetzt wurden sie durch die stille Zustimmung in Brocks Augen noch besonderer. Sie brauchte weder seinen Segen noch den von irgendjemand anderem, aber es war schön, ihn zu haben. Sie konnte sich nicht vorstellen zuzulassen, dass irgendetwas zwischen ihnen stand, und es kam ihr in den Sinn, dass ihre Gefühle wahrscheinlich dem ähnelten, was Gavin empfunden hatte, als er sich gegen den Willen seiner Familie gewandt hatte.

Colton stellte sein Bier ab und fragte: »Gavin, hat Harper dir schon erzählt, wie sie schlafgewandelt hat und Jana aufgewacht ist, weil sie vor ihrem Bett stand und sich beschwert hat, dass die Eichhörnchen ihre Lutscher geklaut haben?«

»Nein!«, protestierte Harper. »Ich kann nicht fassen, dass du damit ankommst. Da war ich *acht*.«

»Wie wäre es denn mit dem Abend, als sie und Jana beschlossen haben, mitten auf einer Dinnerparty unserer Eltern einen Hula-Tanz hinzulegen?«, wollte Brock wissen. »Sie kamen in Röcken und zu BHs umfunktionierten Pappbechern ins Wohnzimmer.«

Alle lachten, was Brock dazu veranlasste, die ganze Geschichte zu erzählen.

Harper zeigte mit einem Finger auf ihn. »Wenn du nicht aufhörst, erzähle ich Cree, wie du während Moms und Dads Weihnachtsparty nur in Boxhandschuhen reingekommen bist.«

»Ich war fünf!«, sagte Brock.

»Also ich will die Geschichte hören«, bat Cree.

Schamlos gab Harper das Ganze zum Besten, und als sie fertig war, schloss sich Colton mit ihrer Schlafwandel-Episode an.

Harper warf ihre Serviette nach ihm. »Ich nehme zurück, dass ich dich in L. A. vermisst habe.«

Colton schenkte ihr einen Luftkuss.

Gavin zog sie näher zu sich. »Schlafwandeln habe ich noch nicht mitbekommen, aber du bist wirklich süß, wenn du schnarchst.«

»Du auch noch?« Sie gab ihm einen Klaps auf den Arm. »Ist denn nichts mehr heilig?«

Gavin senkte die Stimme. »Ich habe ihnen nicht erzählt, dass du aus dem Boot gefallen bist.«

»Oh, das muss ich hören«, bettelte Jana.

Gavin zog eine Augenbraue hoch und Harper gab ihm mit einer Handbewegung die Erlaubnis. Bei seiner Erzählung brach die Runde in Gelächter aus, und Harper stimmte direkt mit ein, als sie sich daran erinnerte, wie lustig die Situation gewesen war – und an den herrlichen Kuss, der darauf folgte. Die Geschichte führte zu einer weiteren, die noch mehr Gelächter auslöste und weitere Erzählungen über andere am Tisch nach sich zog. Brock verriet ihnen, wie Colton in einer sehr eindeutigen Situation erwischt worden war, nachdem er ihren Eltern weisgemacht hatte, dass er mit einem Kumpel *lernte*. Harper bog sich vor Lachen, als Brock die Geschichte ausschmückte und sie viel dramatischer und lustiger klingen ließ, als sie eigentlich gewesen war.

Mit Gavin an ihrer Seite, Tegan, die sich die Freudentränen aus den Augen wischte, und Jocks herzhaftem Lachen wurde Harper klar, wie recht Harvey damit hatte, dass Liebe, Lachen und Freundschaft universelle Sprachen waren, die vieles heilen konnten.

Den Rest des Tages verbrachten Gavin und Harper in Provincetown, lernten Jock und Tegan besser kennen und verbrachten Zeit mit Harpers Familie. Es war amüsant, Harper in der Rolle der älteren und jüngeren Schwester zu erleben. Nach all den

Umarmungen, Insiderwitzen und dem Geschwistergeplänkel konnte sich Gavin überhaupt nicht mehr vorstellen, wie sie es fast ein Jahr lang Tausende von Meilen von ihrer Familie entfernt ausgehalten hatte. Ihm war bereits klar gewesen, dass sie stärker war, als sie sich selbst zutraute, und dieser Nachmittag hatte es bestätigt.

Inzwischen war es sechs Uhr. Colton hatte sich schon vor zwei Stunden zu einem Treffen mit seinen Kumpels abgeseilt, Tegan und Jock waren längst weg, und Harper und er hatten sich gerade vom Rest ihrer Familie verabschiedet, die sich mit ihren Freunden aus Seaside das Feuerwerk ansehen wollte. Sie holten ihren Rucksack aus dem Auto, in den sie Badekleidung, Harpers Pullover und Gavins Kapuzenjacke gepackt hatten. Hand in Hand liefen sie in Windeseile zum Provincetown Pier, wo sie zu ihren Freunden auf Ethans Jacht stoßen wollten.

»Woran erkennen wir denn sein Boot?« Harper drückte sich beim Rennen eine Hand auf die Brust, um den tiefen Ausschnitt ihres dunkelblau-weiß-gestreiften Spaghettiträgerkleides festzuhalten, damit ihre Brüste keinen öffentlichen Auftritt hinlegten. Der Rock war auf beiden Seiten vom Oberschenkel bis zum Knöchel geschlitzt und schwang bei jedem Schritt um ihre Beine. Sie sah unfassbar heiß aus.

»Es ist eine *Jacht*«, erinnerte er sie. »Sollte nicht schwer zu finden sein.«

»Du kennst Ethan von früher, oder?«

»Ja. Er ist älter als ich, aber du weißt ja, Kleinstadt und so. Er ist ein netter Kerl.«

»Ich weiß. Wir haben uns schon unterhalten«, erwiderte sie und zeigte auf die schnittige Jacht am Ende des Piers. »Das müssen sie sein.« Sie wurde langsamer und versuchte, wieder zu Atem zu kommen.

»Alles okay?« Er zog sie an sich. »Vielleicht solltest du anfangen, mit mir joggen zu gehen.«

»Ich glaube, ich bleibe beim Yoga, mit dem ich allerdings auch wieder anfangen muss, jetzt, wo mein Leben etwas geregelter ist.« Sie schürzte die Lippen. »Außerdem nehme ich sonst zu, wenn ich weiter Cookies für dich backe.«

Gavin und Harper hatten mit seiner Familie telefoniert, nachdem er von ihrem heimlichen Kennenlernen erfahren hatte. Sie verstanden sich so gut, dass seine Mutter und Nana mit Harper in Kontakt blieben und ihr ständig Rezepte schickten.

»Dann eben Yoga«, neckte er sie. Er gab ihr einen Klaps auf den Hintern. »Aber falls du dir Gedanken machen solltest: Für mich ändert sich nichts, auch wenn du zunimmst.«

»Harper! Gavin!« Serena winkte ihnen in Bikinioberteil und Shorts vom Deck aus zu und eilte die Gangway hinunter, um sie zu begrüßen. »Freut mich sehr, dass ihr es geschafft habt!« Sie umarmte Harper und hakte sich bei ihr unter, um mit ihr zusammen an Bord der Jacht zu gehen. »Die Jungs sind drinnen und die Mädels genießen die letzten Sonnenstrahlen auf dem Oberdeck.«

»Diese Jacht ist der Wahnsinn«, sagte Harper. »Ethan ist so bodenständig. Das hier passt irgendwie gar nicht zu ihm.«

»Du meinst, er benimmt sich nicht wie ein Milliardär?«, fragte Gavin, während sie Serena zum vorderen Teil der Jacht folgten. »Das stimmt, aber er war früher schon der Kerl, von dem alle dachten, er würde groß rauskommen. Er konnte bei jedem Thema mitreden, ganz egal ob es um Sport, Geld oder Politik ging.«

Desiree und Emery hatten es sich in Badekleidung und Sonnenbrillen auf den Liegestühlen bequem gemacht. Auf den Tischchen neben ihnen standen Drinks mit kleinen Sonnenschirmen.

Desiree erhob sich, als sie sich näherten. Der einteilige gelbe Badeanzug stand ihr hervorragend. »Hi, ihr beiden.«

»Ihr seid da!« Emery sprang mit einem Satz auf und schlüpfte in Flip-Flops. Sie trug einen grünen Bikini. »Habt ihr Badesachen dabei?«

»Natürlich.« Gavin stellte den Rucksack auf dem Boden ab.

»Super. Holen wir euch was zu trinken.« Emery führte sie zur Bar und fragte: »Was darf's sein?«

»Ich schließe mich euch an«, sagte Harper.

»Gavin?«, fragte Emery.

»Ein Bier wäre toll, danke.«

Ethan tauchte am Ende des Decks auf, gefolgt von Drake, Dean und einem sportlichen Mann mit braunen Haaren, den Gavin nicht kannte.

»Oh mein Gott«, flüsterte Harper panisch. Sie versteckte das Gesicht in Gavins Shirt. »Das ist der Kerl! Was macht der denn hier?«

»Ethan?«, fragte Gavin.

»Nein!« Sie stellte sich hinter ihn und die Mädels umringten sie.

»Was ist denn los?«, fragte Serena.

»Dieser Kerl!«, flüsterte Harper hektisch. »Den habe ich im Flugzeug angepöbelt. Was macht der denn hier?«

»Trey?«, fragten Serena, Emery und Desiree wie aus einem Mund.

»Psst!« Harper sah aus, als müsste sie sich jeden Moment übergeben. Gavin streckte die Hand nach ihr aus, aber sie wich zurück, als würde sie am liebsten im Erdboden versinken.

»Ethans neuer Geschäftspartner?«, hakte Emery nach. »Trey?«

»Das bin ich«, sagte der Fremde und hob mit einem freundlichen Grinsen die Hände.

Treys Blick landete im selben Moment auf Harper, als Ethan Gavin in eine freundschaftliche Umarmung zog und sagte: »Gavin! Mein Bester!«

Harper lugte verstohlen aus dem Kreis ihrer Freundinnen hervor, ihr Gesicht war kreidebleich. Trey blieb wie angewurzelt stehen und starrte Harper an, die sich noch weiter hinter den Mädels duckte.

Trey blinzelte perplex und riss plötzlich die Augen auf. »Ach du Scheiße!«, rief er mit einem herzlichen Lachen. »*Herzensbrecherin?* Bist du das?«

Herzensbrecherin? Was zum Teufel soll das denn?

»Schön, dich zu sehen«, sagte Gavin zu Ethan, war dann aber direkt wieder an Harpers Seite. Er wollte sie retten, etwas sagen, damit sie es nicht tun musste, aber sie musste erkennen, dass sie mit allem fertig wurde, also legte er ihr nur eine Hand auf den unteren Rücken und sicherte ihr damit schweigend seine Unterstützung zu.

»Die Flugzeug-Frau.« Trey schüttelte den Kopf. »Mannomann. Ich hätte nie gedacht, dass ich dich wiedersehe.«

Harper schluckte schwer und zwang sich zu einem angestrengten Lächeln, bei dem Gavins Herz sich schmerzhaft zusammenzog.

»Hi.« Sie straffte die Schultern und sah Trey in die Augen. »Eigentlich heiße ich Harper, und es tut mir leid, dass ich dich im Flugzeug so dumm angemacht habe.«

Ihre innere Stärke überwand ihr Bedürfnis, sich zu verstecken, und Gavin wurde ganz warm vor Freude.

»Du warst nicht die Erste«, sagte Trey. Er warf Gavin einen kurzen Blick zu und schaute dann wieder belustigt zu Harper. »Sieht aus, als hättest du deine Männerpause hinter dir. Heißt das, du schreibst auch wieder?«

»Ja«, sagte sie etwas selbstsicherer. »Das ist mein Partner, Gavin Wheeler. Gavin, das ist der Kerl, dem ich im Flugzeug eine Predigt gehalten habe.«

»Trey Ryder.« Er streckte eine Hand aus, die Gavin schüttelte. »Du hast eine tolle Freundin.«

»Ja, ich weiß«, erwiderte er stolz. »Du musstest dir wohl ganz schön was von ihr anhören.«

Trey grinste. »Das kann man wohl sagen. Ich dachte mir, dass eine Frau, die mich so schnell zum Schweigen bringen kann, eine Menge zu sagen hat.«

»Ich kann nicht glauben, dass du Ethans Geschäftspartner rundgemacht hast!«, rief Emery.

»Wollt ihr mal lachen? Trey ist Drew Ryders Bruder«, meinte Serena. »Drew ist Architekt. Gavin und ich haben mit ihm und seiner Schwester Isabel – Izzy aus dem Buchclub – in Boston zusammengearbeitet.«

Harper gab einen entnervten Laut von sich. »Toll, dann habe ich mich also auf ganzer Linie blamiert? Woher sollte ich denn wissen, wer er ist? Er hat sich ja nicht damit vorgestellt, dass er zu Ethans Unternehmen gehört. Er war einfach nur ein Kerl, der das Pech hatte, an einem wirklich schlechten Tag neben mir zu sitzen.«

»Harper«, warf Ethan freundlich ein, »die Streaming-Sparte des Unternehmens, die Trey leitet, ist brandneu. Selbst wenn er dir erzählt hätte, dass er Reelflix leitet, hättest du das wahrscheinlich nicht mit meinem Sender Movietime in Verbindung gebracht. Wenn es dich tröstet: Trey hat ziemlich viel Positives über *die temperamentvolle Frau im Flugzeug* gesagt, die *wahrscheinlich eine verdammt gute Autorin ist, aber wenn es mit dem Schreiben nicht klappt, sollte sie Schauspielerin werden.*«

»Himmel …« Harper seufzte. »Es tut mir leid. Ich bin sonst wirklich nicht so fies zu anderen.«

Trey winkte ab, als wäre das keine große Sache. »Lass es gut sein und erzähl mir lieber, an was du gerade schreibst.«

»Sie hat ein tolles Skript in der Mache, eine Romantikkomödie«, schwärmte Gavin. »Es ist Gold wert.«

»Gavin«, protestierte Harper und wurde wieder rot.

Er drückte sie an seine Seite und wandte sich halb zu ihr um. »Du hast diese Chance verdient. Nutze sie, Süße. Mach mich mit deinem Selbstvertrauen heiß.«

Sie blinzelte panisch zu ihm hoch, doch innerhalb weniger Sekunden reckte sie das Kinn, straffte die Schultern, und ihre Augen verengten sich entschlossen. Sie drehte sich zu Trey um. »Setzen wir uns, dann erzähle ich dir vom chaotischen und lustigen Leben meiner Heldin.«

Als sie sich von der Gruppe entfernten, huschten die Mädels zu Gavin herüber, flüsterten und kicherten darüber, dass Harper auf Trey losgegangen war und dass hoffentlich etwas Gutes dabei herauskam. War Gavin der Einzige, der merkte, dass das bereits passiert war? Die Harper, die er in Romance kennengelernt hatte, war wieder voll da, und sie war großartig.

Neunzehn

Harper war schon wieder schlecht, und zwar nicht, weil Ethans Jacht auf das offene Meer zusteuerte. Sie hatte Trey den besten Pitch unterbreitet, den sie auf die Schnelle aus dem zusammenbekam, was sie in den letzten Wochen immer wieder neu überdacht hatte. Sie konnte nicht fassen, dass sie noch vor etwas mehr als einem Monat neben diesem Mann gesessen hatte, so enttäuscht von sich selbst, dass sie alle Welt hasste und ihm das praktisch vor die Füße gespuckt hatte. Warum er ihr damals nicht einfach gesagt hatte, dass sie ihn in Ruhe lassen sollte, oder warum er sich jetzt die Zeit nahm, ihr zuzuhören, war ihr schleierhaft. Allerdings hatte er auch kein einziges Mal gelächelt, während sie ihm das Projekt vorstellte. Wahrscheinlich überlegte er, wie er ihr einen Korb geben konnte, ohne dass sie gleich wieder austickte.

Er zog eine dunkle Sonnenbrille aus der Brusttasche seines teuer aussehenden, kurzärmeligen marineblauen Hemdes und setzte sie auf, während er sich auf dem luxuriösen Sofa zurücklehnte und lässig einen Arm über die gepolsterte Rückenlehne ausstreckte. Mit seinen braunen, vom Wind zerzausten Haaren sah er aus, als würde er auf eine Jacht gehören. Sie weigerte sich, durch ihn die Selbstzweifel wieder aufflammen zu lassen, die sie nur herunterziehen würden. Sie glaubte an ihr Skript, und auch wenn es ihm nicht gefiel, fand sie es trotzdem gut.

»Ich würde gerne mal die ersten Seiten lesen«, sagte er neutral.

Hoffnung keimte in ihr auf, obwohl sie sich ziemlich sicher war, dass er nur nett zu ihr war, um keine Probleme zu verursachen und allen den Abend zu ruinieren. »Okay. Ich schicke sie dir morgen per E-Mail.«

»Warum warten? Du hast deinen Text doch sicher in einer Cloud oder Dropbox gespeichert. Geh übers Handy rein und lass mich einen Blick darauf werfen.«

»Jetzt?« Sie war sich nicht sicher, ob sie hier und jetzt eine Abfuhr kassieren wollte. Es war ein wunderschöner Abend, den sie mit Gavin und ihren Freunden verbringen wollte. Das sollte Spaß machen, nicht in einer Bewertung enden.

»Sobald ich wieder im Büro bin, werde ich mit Arbeit zugeschüttet. Na los, her damit.«

»Ich, hm ...«

Er verschränkte die Arme und ein provokanter Zug legte sich auf seine Lippen. »Habe ich dein Selbstvertrauen fehleingeschätzt? Bist du an deinen Erfahrungen in L. A. kaputtgegangen? Denn wenn du nicht an deine Arbeit glaubst, wird es auch niemand sonst in der Branche tun.«

Ach was, wer hätt's gedacht? Wut kochte in ihr hoch. »Ich glaube an meine Arbeit.«

Er hielt ihren Blick hinter der dunklen Sonnenbrille fest, seine Miene war so ernst, als würde er über den Weltfrieden verhandeln. »Beweis es.«

»Das werde ich. Entschuldige mich einen Moment, ich hole mein Telefon.« Sie marschierte übers Deck zu Gavin. Wut und Nervosität tobten in ihr wie ein Hurrikan. *Sei der Wind, nicht das Wasser. Bleib ruhig. Ich schaffe das.*

Gavin unterhielt sich gerade mit Drake und streckte eine Hand nach ihr aus, als sie sich ihm näherte. »Hey, Süße. Wie ist es gelaufen?«

»Keine Ahnung«, entgegnete sie scharf. »Kann ich bitte mein Handy haben? Er will *jetzt* mein Skript lesen. Ich frage mich, ob das eine Art Rache dafür ist, wie ich ihn im Flugzeug behandelt habe. Ich kann nicht einschätzen, ob er ein netter Kerl oder ein nachtragender Arsch ist.«

»Oh Mann.« Drake schüttelte den Kopf.

»Ethan würde sich nicht mit einem Arsch zusammentun.« Gavin holte ihr Handy aus seiner Tasche und reichte es ihr. Dabei legte er die Finger um ihre und schenkte ihr mit einem Blick wieder den Halt, den sie seit ihrer ersten Begegnung von ihm bekam. »Du bist gut, Harper. Zweifle nicht seinetwegen daran.«

Sie schaute zu Trey, der jedoch aufs Wasser hinausblickte. Oder zumindest wirkte es so. Sie würde nie erfahren, ob er sie hinter dieser dunklen Sonnenbrille auslachte. Das Wissen, dass die Meinung einer einzigen Person ihre Chancen bei diesem Unternehmen zunichtemachen konnte, ließ Übelkeit in ihr aufsteigen. Ihr Glück in die Hände anderer zu legen, war grauenvoll. Doch das Schreiben war so sehr ein Teil von ihr wie die Luft zum Atmen, und sie wollte keine neue Berufslaufbahn einschlagen. Also verhielt sie sich erwachsen, setzte ihr tapferstes Gesicht auf und sagte: »Da könntest du mir auch genauso gut sagen, dass ich nicht frieren soll, während ich nackt im Schnee stehe, aber ich versuche alles, ihm diese Macht nicht zu geben.«

»Das ist die richtige Einstellung.« Gavin zog sie zu einem Kuss heran und in seinen Augen schimmerte so viel Liebe. »Ich glaube an dich, Süße. Zeig's ihm.«

Sie holte zittrig Luft und ging zurück zu Trey. *Es spielt keine Rolle, ob es ihm gefällt oder nicht. Es ist gut. Ich bin eine gute Autorin. Ich habe schon mal ein Drehbuch verkauft und das wird auch in Zukunft wieder klappen.*

Und dann fegte die Wut die Selbstzweifel hinweg. Wut auf sich selbst, weil sie sich wieder einmal in eine Situation gebracht hatte, in der jemand anderes die Macht hatte, ihr den Boden unter den Füßen wegzuziehen. Sie würde nicht mit dem aufhören, was sie am meisten liebte. Ihr wurde klar, dass sich gerade wieder Wolken über ihr zusammenballten, doch dann setzte eine weitere Erkenntnis ein: Um ihr Glück selbst in der Hand zu haben, musste sie auch ihre Karriere selbst in die Hand nehmen.

Sie setzte sich neben Trey, suchte das Dokument auf ihrem Handy und dabei formte sich eine Idee in ihrem Kopf. Die Wolken konnten hingehen, wo der Pfeffer wuchs. Sie wollte die Sonne und der Wind sein. Sie konnte weder die Branche noch ihre Hierarchien oder die Entscheidungen, wie Serien ausgewählt und finanziert wurden, ändern, aber vielleicht musste sie das auch gar nicht.

»Hier, bitte.« Sie reichte Trey ihr Telefon, verschränkte die Arme, schlug die Beine übereinander und lehnte sich mit dem Gefühl zurück, mehr Kontrolle zu haben als je zuvor.

»Danke.«

Sie beobachtete, wie sich Treys Gesichtsausdruck von ernst zu amüsiert zu wieder ernst wandelte, und dachte dabei an all die Dinge, die Harvey gesagt hatte. Was machte sie hier? Wollte sie sich profilieren? Wäre das so schlimm? Das Brennen in ihrem Magen signalisierte ihr ein Vielleicht, aber ihr Ehrgeiz sagte etwas anderes. Doch was, wenn Trey wirklich nur nett sein wollte? In dem Fall wäre es irgendwie erniedrigend, dass er sie so dazu gedrängt hatte. Obwohl sie wusste, dass es in der Branche eben so lief und sie dankbar sein sollte, Zeit mit einem so mächtigen Mann zu verbringen, war sie definitiv *nicht* glücklich damit. Sie saß wieder in dieser verdammten Achterbahn und war so was von bereit, einfach hinauszuspringen.

Sie stand auf und ging an die Reling, um ihre Gedanken zu sortieren. Die kühle, salzige Luft prickelte auf ihrem Gesicht und der Wind wehte ihr die Haare ins Gesicht. Die Sonne ging langsam unter, und sie ermahnte sich, dass ihre Karriere nicht wegen der Meinung eines einzelnen Manns auf der Kippe stand. Aber es war ihr nicht egal. Wem wäre es das denn? Je länger die Schlacht in ihrem Kopf andauerte, desto entschlossener wurde sie, ihr Leben selbst in die Hand zu nehmen und sich nicht mehr in eine Lage zu bringen, in der ihre Karriere durch eine einzige Person torpediert werden konnte.

Als Trey schließlich fertig mit Lesen war und sich zu ihr ans Geländer gesellte, hatte sie das letzte Fünkchen Hoffnung aufgegeben, dass ihm ihre Arbeit gefallen könnte, und klammerte sich an die Vorstellung einer anderen Zukunft. Eine bessere Zukunft, in der sie die Fäden in der Hand hielt, in der sie nicht nur schrieb, sondern ihre Serien auf einer Bühne für die Stadt, die sie liebte, zum Leben erweckte. Vielleicht hatte sich Gavin geirrt und ihr Drehbuch war doch keine Nummer zu groß für ein kleines Lokaltheater. Vielleicht wäre es das Größte, was das Lokaltheater je gesehen hatte.

Am Cape gab es keine Live-Unterhaltung in Episodenform. Die Idee war eine ordentliche Hausnummer, und sie würde Hilfe brauchen – aber sie wusste auch genau, wen sie anrufen musste.

Jana.

»Danke, dass ich deinen Text lesen durfte.« Trey reichte ihr das Handy zurück und lehnte sich mit der Hüfte gegen das Geländer. Er nahm seine Sonnenbrille ab, verschränkte die Arme vor der Brust und musterte sie unverhohlen. »Darf ich ganz offen zu dir sein?«

»Natürlich«, erwiderte sie so selbstbewusst wie möglich, obwohl sich alles in ihr verkrampfte. Und das war ihr zutiefst zuwider.

»Ich glaube nicht, dass das Material für eine Serie ist.«

Plötzlich lag ihr ein Bleigewicht im Magen, aber ebenso schnell stampfte Wut die Enttäuschung in Grund und Boden. »Vielen Dank für deine Meinung«, sagte sie so gelassen wie möglich, während sie sich an ihren neuen Plan klammerte. *Ja*, es würde furchtbar schwer werden. *Ja*, es hatte Jahre gedauert, bis sie einen Auftrag für etwas anderes als Zeitungsartikel und Kurzgeschichten bekommen hatte. Aber vor ein paar Jahren hatte sie immerhin eine Pilotfolge verkauft und war dann in das Team aufgenommen worden, das zwei Staffeln lang eine erfolgreiche TV-Serie geschrieben hatte – das zählte etwas. *Das war mein Anfang und es wird nicht mein Ende sein.*

»Es ist gut«, fuhr Trey fort. »Witzig, am Puls der Zeit, und es greift all die Probleme auf, die das Dating im Internetzeitalter mit sich bringt. Aber wie man es auch dreht und wendet, man kann diesen Lifestyle in einer Serie nur eine gewisse Zeit darstellen, bis es langweilig wird. Ich glaube nicht, dass der Aufhänger stark genug ist, um die Leute mehr als ein oder zwei Staffeln bei der Stange zu halten.«

»Das ist ein gutes Argument.« Dem musste sie zustimmen. Sie hatte sich schon gefragt, wie sie die dritte Staffel in eine neue, aufregende Richtung lenken konnte, ohne die Essenz zu verlieren, mit der sie das Interesse der Zuschauer über die ersten beiden Staffeln hinweg zu halten hoffte.

Er stützte sich mit den Unterarmen auf dem Geländer ab. »Es ist eine harte Branche, Harper, aber es gibt definitiv ein Publikum für deine Arbeit.«

»Danke. Das ist mir bewusst.« Sie brauchte keine herablassende Belehrung, in der er es ihr leichter machen wollte, indem er alle Gründe aufzählte, warum sie weiterschreiben und es noch mal versuchen sollte, wenn sie etwas Durchschlagenderes vorweisen konnte.

»Hast du mal drüber nachgedacht, einen Film draus zu machen?«, erkundigte er sich.

Überraschung durchfuhr sie und Hoffnung flatterte in ihrer Brust auf und stürzte sie direkt in die emotionale Achterbahnfahrt, von der sie sich gerade noch eingeredet hatte, dass sie sie weder brauchte noch wollte. Ein Film wäre eine wirklich große Sache, aber sie schrieb keine Filmdrehbücher. Sie arbeitete an Pilotfolgen in der Hoffnung, daraus eine Serie machen zu können.

»Nein, bis jetzt noch nicht.«

»Solltest du aber.« Er schenkte ihr ein Lächeln, das ihr mit seiner Aufrichtigkeit die Anspannung nahm. »Romcoms sind angesagt und ich finde deine Arbeit vielversprechend.«

»Ich weiß nicht recht … Ein Filmdrehbuch daraus zu entwickeln ist kein Pappenstiel.« *Und womöglich ist es vollkommen umsonst.*

Er richtete sich wieder zu seiner vollen Größe auf. »Hast du etwa Angst vor der Herausforderung, Herzensbrecherin?«

»Nein«, entgegnete sie mit Nachdruck. Sie hatte andere Ideen, die eine Überlegung wert waren. Aber für die brauchte sie Geld, und ein Film im Portfolio wäre nicht nur eine beachtliche Leistung, sondern würde ihr auch Kreditwürdigkeit und Kapital verschaffen.

Verdammt, diese elende Achterbahn.

»Willst du dich noch woanders damit bewerben?«, fragte er.

»Das hatte ich vor«, gab sie zu. »Aber ich spiele mit einer Idee, die die Umsetzung der Serie in eine ganz andere Richtung lenken würde.«

Er zog eine Augenbraue hoch. »Ach ja? Und wohin?«

Sie warf einen Blick zu Gavin und merkte, dass er sie beobachtete. Ihr Herz machte einen Sprung. Selbst vom anderen Ende des Schiffes aus konnte sie seine unerschütterliche Unterstützung spüren. Sie hatte gehofft, ihm als Erstem von ihrer Idee zu erzählen, doch nun hatte sie die ungeteilte Aufmerksamkeit eines mächtigen Machers der Medienbranche, und es wäre dumm von ihr, wenn sie sich das entgehen lassen würde. »Ich denke darüber nach, mit Schauspielern zusammen-zuarbeiten, um daraus eine Live-Produktion in Episodenform zu machen.«

»Interessant. So was habe ich noch nie gesehen.«

»Komm ja nicht auf die Idee, mir das zu klauen«, warnte sie nur halb im Scherz.

Er schnaubte. »Ich habe schon genug um die Ohren. Ganz zu schweigen davon, dass ich kein Arsch bin. Keine Ahnung, ob sich das gut in einer Broadway-Produktion umsetzen lässt. Wie stellst du dir das vor?«

»Ich bin mir noch nicht sicher, denke dabei aber nicht an den Broadway. Ich würde das eher hier aufziehen. Eine Freundin von mir hat gerade ein Amphitheater geerbt und am Cape gibt es überall Schaupiel-Ensembles. Die Touristen kommen im Sommer zu Tausenden und Kunst und Kultur kommt gut bei ihnen an. Ich dachte vielleicht an eine dreiteilige Serie, die wöchentlich aufgeführt wird und den ganzen Sommer über läuft. Wenn jemand eine Woche lang hier ist, kann er sich alle drei Folgen ansehen, zum Beispiel Montag, Mittwoch und Freitag. Wer länger hier ist, kann eine pro Woche besuchen, oder wann immer es passt. Das würde die Zuschauer zum Wiederkommen bewegen, und wenn es gut geschrieben ist und die Einheimischen ebenfalls anspricht, könnte ich die Sache vielleicht sogar zu einer Indoor-Produktion über den Winter ausbauen, um das Interesse aufrechtzuerhalten. Im Winter ist hier nie genug los. Das Publikum wäre kleiner, sodass sich die Aufführungen vielleicht auf eine Woche im Monat beschränken würden. Die Idee ist noch ganz frisch, ich habe sie also noch nicht ganz ausgearbeitet.«

»Das könnte ein absoluter Volltreffer werden.« Er schürzte die Lippen. »Oder grandios scheitern.«

»Das ist sehr hilfreich«, meinte sie sarkastisch.

»Du hast mich nicht um Rat gefragt, aber die Idee gefällt mir. Sie ist neu, innovativ. Aber ich empfehle dir dringend, vorher Marktforschung zu betreiben, um herauszufinden, ob das überhaupt eine Chance hat.«

Sie musste den Drang unterdrücken, einen Freudentanz aufzuführen. »Marktforschung. Natürlich.« Sie hatte keine Ahnung, welche Art von Marktforschung er meinte, aber Jana vielleicht.

»Um so etwas durchzuziehen, brauchst du Kapital. Du solltest mal darüber nachdenken, das Drehbuch zum Film umzuschreiben, um mit dem Geld deine Theaterprojekte zu finanzieren. Ich kann nichts versprechen, aber ich würde es gerne lesen, wenn du fertig bist.«

»Danke. Das weiß ich zu schätzen.«

»Was hältst du davon, wenn wir wieder zu den anderen gehen, bevor dein Freund kommt, um dich vor dem bösen Branchenhai zu retten?«

In ihrem Kopf drehte sich alles, aber als sie Gavins Blick begegnete, wurde ihr eine Sache kristallklar. »Gavin ist kein Retter. Er ist eher ein Regisseur.«

»Inwiefern?«

»Er repariert nichts. Er hat immensen Weitblick, aber er nimmt den Leuten ihre Probleme nicht ab oder löst sie für sie. Er ist wie der Wind. Er stößt Dinge an und führt einen, indem er die Wolken lichtet, damit man auf dem Weg zum Erfolg nicht aus der Bahn gerät.«

Später an diesem Abend, als Gavin Harpers Pullover aus dem Rucksack holte, dachte er über die Idee nach, von der sie beim Abendessen allen erzählt hatte. Es klang nach einem riesigen Unterfangen und einer großartigen neuen Richtung. Er war froh, dass ihre Freunde sich sofort angeboten hatten, Harper bei ihrem Vorhaben zu helfen. Unglaublich, wie die Frau, die sich beim Anblick des Mannes, den sie in einem Flugzeug runtergeputzt hatte, beinahe übergeben hätte, die Inspiration und das Selbstvertrauen fand, ihre Karriere so in die Hand zu nehmen, wie sie es beschrieben hatte. Als er ihr anbot, Beckett zu fragen, ob er in die Idee investieren würde, sobald sie einen genauen Plan hatte, lehnte sie jedoch ab. Sie wollte keine familiären Verbindungen nutzen, wenn sie es vermeiden konnte.

Es hatte mal eine Zeit gegeben, in der Gavin überzeugt gewesen war, dass Frauen ihn immer enttäuschen würden. Aber Harper überraschte ihn jedes Mal aufs Neue.

Als das Feuerwerk begann, stand sie mit den anderen an der Reling, ihr Kleid wehte um ihre Beine und die Brise in der Bay spielte mit ihren Haaren. Leuchtende Sternschnuppen explodierten am nachtschwarzen Himmel und regneten auf das tiefblaue Wasser herab. Gavin half ihr, ihren Pullover anzuziehen, und schlang die Arme von hinten um sie. Sie lehnte sich mit dem Rücken an seine Brust und legte ihre Hände auf seine, während sie das Feuerwerk beobachteten. Sie war so entspannt, so präsent in diesem Moment, und er war so sehr in sie verliebt, dass er am liebsten für immer genau hier bleiben wollte, in einem Zustand des puren Glücks, während ihre besten Freunde und die Welt um sie herum feierten.

»Ist das nicht wunderschön?«, fragte sie. »Es war ein toller Tag.«

Er küsste sie auf die Wange. »Der Tag ist noch nicht zu Ende. Ich habe über dein Vorhaben nachgedacht. Es wird eine Menge Planung erfordern und du wirst dafür Platz brauchen.«

»Das kriege ich schon hin. Ich möchte es mit Jana durchsprechen, um zu sehen, ob sie das Konzept für gut hält, und mit Tegan, weil es bestimmt cool wäre, Aufführungen bei ihr zu veranstalten, aber das sind Stücke für Erwachsene, also bin ich mir nicht sicher, ob sie Interesse daran hat.«

»Das ist eine fantastische Idee.« Er drehte sie zu sich herum und küsste sie sanft. Sie roch nach Glück und schmeckte nach Liebe. Eine verlockende Kombination, von der er nie genug bekommen würde. »Du brauchst ein Büro, ich brauche ein Büro, und mein Wintergarten braucht etwas Zuwendung.« Er küsste sie noch einmal. »Du kannst nicht ständig all deine Ausdrucke auf den Möbeln und dem Boden ausbreiten.«

Sie runzelte die Stirn. »Meine Sortiermethoden gefallen dir nicht.«

Über ihnen knallte weiter das Feuerwerk. »Ich liebe *alle* deine Methoden.« Er küsste sie auf den Hals. »Und später zeige ich dir auch wie sehr.«

Sie schlang die Arme um seinen Hals und warf einen verstohlenen Blick zu den anderen, die fasziniert die Lichter am Himmel beobachteten. »Warum warten?«, meinte sie verführerisch und ihre Augen waren auf einmal so dunkel und verlockend. »Alle sehen sich das Feuerwerk an, und du sagst doch immer, dass ich dich zum Strahlen bringe …«

»Ist das ein unsittliches Angebot?«

»Ja, Mr. Wheeler, in der Tat. Und was fängst du jetzt damit an?« Sie zog eine sexy Augenbraue hoch.

Oh, er würde ihr *genau* zeigen, was er damit anfing.

Er packte sie an der Hand und nahm sie mit unter Deck. Dort zog er sie mit einem Ruck an sich, sie küssten sich und zerrten an ihrer Kleidung, während sie die Treppe hinunterstolperten. Als Erstes kamen sie in einen Lounge-Bereich, aber Gavin wollte nicht riskieren, dass jemand sie erwischte. Also riss er eine Tür nach der anderen auf, bis er ein Schlafzimmer fand. Drinnen drängte er Harper mit dem Rücken gegen die Tür, küsste sie wieder und schloss mit ungeschickten Handgriffen ab. Sie bog den Rücken durch, und er tastete unter den Schlitzen ihres Kleides nach ihrem Slip. Hastig stieg sie aus dem Stoff und Gavin ließ sich vor ihr auf die Knie sinken und schob ihre Beine auseinander, damit er das Gesicht zwischen ihren Beinen vergraben konnte.

Er hob sich eins ihrer langen Beine über die Schulter und verwöhnte sie leidenschaftlich mit der Zunge. Harper krallte sich in seine Haut und bettelte ihn in einem fort an. »*Ja! Härter! Deine Zähne deine … Zähne deine Zähne!*« Ihre Hemmungslosigkeit schickte heißes Adrenalin durch seine Adern. Er neckte ihre empfindsamsten Nerven mit den Zähnen und bewegte die Zunge schnell und fest in ihr. Sie kam auf die Zehenspitzen und rang japsend nach Luft. »*Ja! Nicht aufhören!*« Ihre Fingernägel gruben sich in seine Haut, und sie ließ den Kopf in den Nacken sinken, während sie seinen Namen rief und sich von ihrem Höhepunkt mitreißen ließ.

»Dich«, flehte sie und packte seine Haare, um ihn nach oben zu ziehen. »Ich brauche *dich*.«

Er fischte ein Kondom aus seinem Geldbeutel, schob seine Shorts nach unten und streifte es sich über seine harte Länge. Seine Lippen fanden ihre in einem heftigen Kuss, als er sie ein Stück anhob und mit einem einzigen, harten Stoß in sie eindrang, der sie beide aufstöhnen ließ. Immer wieder schob er sich in sie, doch plötzlich wurde sie stocksteif und riss die Augen auf.

»Hör doch«, flüsterte sie panisch. Sie lauschten beide in die Stille. »Ist das Feuerwerk vorbei? Sie werden merken, dass wir weg sind. Moment, das große Finale fehlt noch.«

»Unseres auch.«

Er eroberte ihren Mund hungrig aufs Neue, als das Knallen des Feuerwerks wieder einsetzte, und schenkte ihr ein Finale, das sie nie vergessen würde.

<h1 style="text-align:center">Zwanzig</h1>

Harper und Serena standen auf Tritthockern und hielten die beiden Enden eines Regals fest, um es über den Fenstern in Gavins Wintergarten anzubringen, der gerade zum Büro umgebaut wurde. Seit ihrem kleinen Jachtabenteuer waren anderthalb Wochen vergangen, in denen Harper fieberhaft ihr Drehbuch überarbeitet hatte, um es in einen Film zu verwandeln, mit Jana und Tegan ihre Ideen für ein Live-Episodentheater besprochen und sich noch heftiger in Gavin verliebt hatte. Gavin war seinerseits damit beschäftigt, der Boutique im Ocean Edge den letzten Schliff zu verpassen, mit Serena an der Neugestaltung des Wharf-Restaurants zu tüfteln und bei jeder sich bietenden Gelegenheit mit Harper zu flirten. Seine Aufmerksamkeit kannte keine Grenzen. Letztes Wochenende hatte er einen rollbaren Laptoptisch und einen Stuhl mit Sonnenschirmhalter auf dem Steg aufgestellt, damit sie bequemer am Wasser schreiben konnte.

»Ist das gerade?«, fragte Serena, als Drake und Gavin mit den beiden Sägeböcken in den Wintergarten kamen, die Gavin und Harper am vergangenen Wochenende weiß gestrichen hatten. Sie sollten als Füße für einen großen Arbeitstisch dienen.

»Wenn du mit *gerade* eher *ziemlich schief* meinst, dann ja.« Gavin stellte den Sägebock ab. Er und Drake waren mit den Jungs joggen gegangen, bevor sie sich mit Harper und Serena in der Pension trafen, um mit ihren Freunden zu frühstücken. In seinen Laufshorts und dem dunklen Tanktop sah er umwerfend gut aus.

Drake schnappte sich die Wasserwaage und legte sie aufs Regal. »Im Zweifelsfall sollte man die verfügbaren Werkzeuge nutzen.«

»Der Raum soll shabby chic aussehen.« Harper deutete mit dem Kinn auf den abgenutzten Holztisch an den hinteren Fenstern. »Es muss nicht perfekt sein.«

Gavin lachte leise und hob mit Drake zusammen die hölzerne Tischplatte an, die sie anschließend auf die Sägeböcke legten. »Ich benutze immer eine Wasserwaage, Süße. Die linke Seite des Regals muss ein bisschen höher.«

Serena hob ihre Ecke des Regals an und mit ein paar Handgriffen war es an der Wand angebracht. Harper bewunderte die Tische, die die Jungs an den Wänden aufstellten und auf denen sie ihre vielen Papierstapel ausbreiten konnte. Außerdem hatten sie ein gischtgrünes Sofa, einen Polsterhocker und zwei Schreibtische besorgt. Gavins Plan ging ganz und gar auf. Im Sonnenlicht, das durch die Fenster strömte, wirkte der Raum warm, einladend und inspirierend.

Gavin gab ihr auf dem Weg zur Tür einen Klaps auf den Hintern. »Bin gleich zurück, meine Schöne. Komm mit, Drake.«

Sie sah ihm nach. Er warf einen Blick über die Schulter, als ob er ihren Blick auf sich spüren würde, und zwinkerte ihr zu.

»Hör auf, deinen Mann anzugaffen«, neckte Serena sie.

»Wenn's denn sein muss.«

»Ja, muss es. Ich will hier fertig werden, damit wir zum Abendessen ins Common Grounds können. Drake spielt beim Open Mic Gitarre für mich. Ich kann es kaum erwarten, meinem inneren Fangirl freien Lauf zu lassen.«

Harper lachte. »Du bist so süß.«

»Nur bis über beide Ohren in meinen Mann verliebt. Aber du kennst das ja. Ich sehe das gleiche Gefühl, wenn du Gavin so verträumt anstarrst.«

Serena griff nach dem Foto des Stegs bei Sonnenuntergang, das Harper aufgenommen hatte. Das Ruderboot war am Ende des Stegs vertäut und ein Stück davor stand der rollbare Laptoptisch. In der Ferne schickte die Sonne goldene Strahlen über die Baumkronen und orangefarbene und gelbe Streifen über den blaugrauen Abendhimmel.

»Das stellt dich und Gavin perfekt dar«, meinte Serena. »Wo willst du es aufhängen?«

Ihre Freundin hatte vollkommen recht. Es vermittelte ein Gefühl von Intimität und erinnerte Harper an ihr erstes Date und wie viel sich seitdem zwischen ihnen entwickelt hatte. »Ich dachte an die Wand neben der Tür.« Sie schnappte sich die Haken und einen Hammer.

Während Harper hämmerte, sagte Serena: »Als du Gavin kennengelernt hast, hättest du dir da träumen lassen, dass du ein Jahr später praktisch mit ihm zusammenlebst?«

»Nein, aber du weißt, dass ich gehofft habe, ihn wiederzusehen. Ich hatte dir doch von dem ganzen Nummer-in-der-Reißverschlusstasche-Debakel erzählt.«

Sie hängte das Foto an seinen Platz, und sie traten beide ein Stück zurück, um es zu betrachten.

»Gavin hat mir erzählt, dass es mit dem Angebot aus L. A. nicht geklappt hat. Geht es dir gut damit?«

Vor zwei Tagen hatte sie die Absage bekommen. Es war ein Schlag für ihr Ego gewesen, aber sie wusste, dass sie die richtige Entscheidung getroffen hatte. »Ja, alles in Ordnung. Sie wollen, dass die Person, die die Änderungen vornimmt, während der Produktion am Set ist, und das ist so ziemlich der letzte Ort, an dem ich sein möchte. Meine beruflichen Ziele haben sich so sehr verändert, dass dieser Job mich daran gehindert hätte, eine neue Richtung einzuschlagen. Ich brauche alle Zeit, die ich kriegen kann, um mein Drehbuch für Trey zu überarbeiten. Außerdem muss ich was Neues fürs Theater schreiben. Mir ist klar, dass die Chancen nicht besonders gut stehen, aber wenn er eine Option auf das Filmskript kauft, kann ich den Stoff nicht fürs Theater verwenden. Und ich hoffe wirklich darauf, dass er es annimmt, weil ich das Geld zur Finanzierung meines neuen Projekts brauche.«

»Wenn es jemand schafft, dann du. Du warst schon immer ehrgeizig, und du hast mich und die Mädels, die dir lustig-romantische Ideen beisteuern. Ich bin so begeistert von deinen Plänen. Die Episoden live zu sehen, wird sicher lustig. Du hast gesagt, dass Tegan total begeistert ist, oder? Oh, übrigens, der Artikel, den du über ihren Onkel geschrieben hast, hat mich zum Weinen gebracht. Er war wirklich gut, Harper.«

»Danke. Ich war sehr zufrieden damit und Tegan und Jock auch. Was mein neues Projekt angeht: Tegan findet es spannend. Allerdings ist sie nur noch bis August hier und fährt dann bis zum Frühjahr wieder nach Hause. Ich glaube, sie ist im Moment ein bisschen überfordert und muss erst mal alles verarbeiten, was ihr in den Schoß gefallen ist. Sie trauert natürlich auch noch. Wir werden sehen, wie sich das alles entwickelt. Ich hoffe, dass es klappt, doch wenn sie sich gegen die Aufführung in ihrem Amphitheater entscheidet, gibt es noch andere Möglichkeiten dafür. Jana erkundigt sich bei ihren Kontakten, ob und wenn ja welche Marktforschung die betreiben. Aber um ehrlich zu sein, sagt mir mein Bauchgefühl, dass ich dieses Projekt unbedingt umsetzen sollte.«

»Wie bei Gavins und meiner Geschäftspartnerschaft«, sagte Serena, als die Jungs gerade mit dem zweiten Schreibtisch zurückkamen.

»Was ist mit unserer Partnerschaft?«, fragte Gavin, während er und Drake das Möbelstück neben den anderen Tisch vor die hinteren Fenster stellten.

»Wir wussten, dass es richtig ist, also haben wir es gemacht«, antwortete Serena.

Drake ließ sein Ende des Schreibtischs los. »Wie unsere Hochzeit.«

»Genau.« Serena legte die Arme um ihn und gab ihm einen Kuss.

Gavin zog Harper ebenfalls in die Arme. »Wie findest du das, Süße?«

»Ich liebe es, fast so sehr wie dich.«

»Ich glaube, meine kitschigen Sprüche haben auf dich abgefärbt.« Er grinste. »Und das liebe ich, fast so sehr wie dich.«

Leise lachend gingen er und Drake nach draußen, um das Sofa zu holen.

»Ich kann nicht glauben, dass du bei so vielen Projekten noch Zeit gefunden hast, mit Gavin shoppen zu gehen.« Serena machte eine Geste in Richtung der Möbel. »Darf ich mal ein *Wow* loswerden? Ich bin ein bisschen neidisch auf diesen Raum. Vielleicht muss ich auch mal zum Arbeiten hierherkommen.«

»Finde ich gut«, meinte Harper. »Hier ist definitiv genug Platz für zwei wahnsinnig gute Innenarchitekten. Oh, apropos, ich habe die Genehmigung für einen Artikel über die Eröffnungsfeier der Boutique im Ocean Edge erhalten. Gavin hat erzählt, dass Mia mit dem Ergebnis sehr zufrieden ist.« Die Eröffnung fand am kommenden Wochenende statt und sie wollten gemeinsam hingehen.

»Das ist eine Untertreibung. Sie ist ganz aus dem Häuschen«, sagte Serena. Die Jungs trugen das Sofa herein. »Du kannst stolz auf Gavin sein.«

»Ich bin immer stolz auf Gavin.« Dafür erntete Harper ein sexy Lächeln. »Alle sind ihm wichtig – seine Kunden, seine Freunde, seine Familie.« Sie dachte daran, wie sie gerade seine Familie immer besser kennenlernte. Gavins Mutter hatte angerufen, um sie nach Ideen für Geburtstagsgeschenke für ihn zu fragen, und sie hatten sich nett unterhalten. Und als Beckett letzte Woche angerufen hatte, hatte Gavin ihn auf laut gestellt, und sie hatten alle miteinander gescherzt.

Sie griff nach Gavins Hand. »Und sieh nur, was er für mich getan hat. Ich wohne nicht mal hier, und er hat diesen wunderschönen Raum für mich geschaffen, den ich mit ihm teilen darf.«

Er nahm sie in den Arm und schenkte ihr einen Augenaufschlag. »Wo du diese kleine Formsache ansprichst ... Wäre es nicht Zeit, dass wir es offiziell machen? Wir machen dieses Haus seit Wochen gemeinsam zu einem Zuhause. Zieh richtig bei mir ein, Harper. Dein Cottage können wir vermieten oder verkaufen, wenn du willst. Ich will nicht mehr nur so tun als ob. Ich will, dass dieses Haus unser Zuhause wird.«

Aufregung breitete sich kribbelnd in Harper aus und das Herz schlug ihr bis zum Hals.

Bevor sie ihre Stimme wiederfand, quietschte Serena auf. »*Omeingottomeingottomeingott!* Ich wusste es!« Sie umarmte Harper und brachte alle zum Lachen.

»Ich hatte gar keine Gelegenheit, Ja zu sagen!« Harper machte sich von Serena los und Gavin zog sie in seine Arme. Ihr Herz klopfte so schnell, dass sie kaum noch Luft bekam.

»Was hältst du davon, Süße?«

»Ja, natürlich! Ich sage ja!«

Gavin küsste sie, hob sie dabei vom Boden ab, und sie spürte sein Lächeln an ihren Lippen.

Als er sie wieder absetzte, fragte sie: »Wir können mein Cottage tatsächlich vermieten, aber bist du dir wirklich sicher? Das ist ein großer Schritt.«

»Oh du meine Güte, halt die Klappe und küss ihn noch mal!«, warf Serena ein.

Harper tat genau das und schaute dann zu ihm hoch. »Wir machen das wirklich?«

»Wir machen das wirklich.« Er drückte die Lippen wieder auf ihre.

»Glückwunsch!« Drake klopfte Gavin auf die Schulter. »Jetzt haben wir gleich drei Dinge zu feiern. Eure neue Wohnsituation, was wohl bedeutet, dass ich bald noch mehr Zeug schleppen muss, Harpers neue Projekte und Gavins Geburtstag. Das schreit nach einer Nacht im Undercover.«

»Ja!«, stimmte Serena ihm zu. »Damit habe ich zwei Wochen Zeit, um allen Bescheid zu geben. Harper, vielleicht kannst du ja Colton überreden, eine Open-Mic-Nacht zu veranstalten. Ich will Cree und Brock unbedingt wieder singen hören.«

Harper und Gavin sahen sich immer noch tief in die Augen. Sie wollte diesen Moment nie vergessen, diesen Blick und die Vorfreude, die um sie herumtanzte.

»Haaarper.« Serena stieß sie mit dem Ellenbogen an.

»Ja«, sagte Harper schließlich. »Tolle Idee. Hättet ihr was

dagegen, wenn ich Tegan und Jock einlade? Tegan kommt im Juli zu unserem Buchclubtreffen, das wäre eine tolle Gelegenheit für die anderen Mädels, sie besser kennenzulernen, und Jock ist so nett. Er fand die Zeit mit euch am vierten Juli wirklich toll.« Sie warf Gavin einen fragenden Blick zu. »Es sei denn, es wäre dir lieber, wenn ich die beiden nicht einlade?«

Gavin verschränkte seine Finger mit ihren. »Das ist eine tolle Idee, aber ich dachte eigentlich, dass wir unsere Freunde zu meinem Geburtstag hierher einladen, ein bisschen grillen und ein paar Bierchen trinken. Nichts Großes.«

»Hierher?«, fragte Harper erstaunt, da sie ja wusste, wie sehr Gavin seine Privatsphäre schätzte.

»Ja, hierher.« Gavin zog die Augenbrauen zusammen. »Oder ist dir das nicht recht?«

»Doch, ist es. Auf jeden Fall. Ich finde die Vorstellung großartig, Leute zu dir nach Hause einzuladen.«

»Zu *uns* nach Hause«, erinnerte er sie.

»Tut mir leid, ich bin noch nicht wieder ganz auf der Erde angekommen. Zu uns nach Hause.«

»Ich muss mich setzen.« Serena ließ sich auf dem Sofa nieder. »Ich traue meinen Ohren kaum. Gavin Wheeler will einen Grillabend schmeißen.«

»Das schafft es sicher in die Lokalnachrichten.« Drake setzte sich neben Serena und zog sie dichter zu sich. »Darüber sollte Harper einen Artikel schreiben, womöglich ist es ein einmaliges Ereignis.«

»Bist du dir wirklich sicher, Gavin?«, hakte Harper nach.

»Süße, ich war mir selten mit etwas so sicher. Dir zu sagen, dass ich dich liebe, und dich zu bitten, bei mir einzuziehen, steht ganz oben auf der Liste. Mein Haus hat sich nie wie ein Zuhause angefühlt, bevor du hierhergekommen bist, und ein Zuhause ist noch besser, wenn man es mit Freunden teilt.«

Einundzwanzig

Die beiden Wochen vor Gavins Geburtstag vergingen wie im Flug. Zusammen mit ihren Freunden hatten sie Harpers Umzug hinter sich gebracht und in der kommenden Woche wollten sie das Cottage über eine Maklerin zur Vermietung anbieten. Sie mussten noch ein paar Bücherregale kaufen, doch Harpers Schlafzimmermöbel passten perfekt ins zweite Gästezimmer und vervollständigten ihr Heim noch mehr. Gavin hatte einen neuen Kunden gewonnen und Harper arbeitete weiter wie eine Besessene. Zusätzlich zu ihren eigenen Projekten hatte sie es geschafft, drei Artikel zu schreiben. Sie hatte über die Eröffnung der Boutique, die spektakulär gut gelaufen war, und über die Einweihung einer Galerie, zu der Gavin sie begleitet hatte, berichtet. Außerdem hatten sie mit ihren Freunden eine Comedyshow in Provincetown besucht und Harper hatte im Anschluss die Comedians interviewt. Es war ein fantastischer Abend gewesen.

Gavin schnappte sich seinen Motorradhelm und machte sich auf den Weg in den Wintergarten, wo Harper gerade Text überarbeitete. »Hey, Süße.«

Sie warf einen Blick über die Schulter. Ihr Haar war zu einem unordentlichen Dutt zusammengebunden. »Hi. Fährst du jetzt?«

Sie erhob sich und der Saum ihres langen lachsfarbenen Neckholderkleids strich ihr über die Fußrücken. Ihre hübschen rot lackierten Zehennägel lugten unter dem Stoff hervor. Die Mädels und sie hatten sich gestern Abend zu ihrem Buchclubtreffen zusammengefunden und Harper war mit lackierten Nägeln nach Hause gekommen – und bereit, ihm die Kleider vom Leib zu reißen. Offenbar ging es bei den Treffen nicht nur um Bücher und sie machten sie ganz schön scharf.

Er mochte die Buchclubabende sehr.

Gavin zog sie an sich und küsste sie. »Ja, die Jungs warten schon. Bist du sicher, dass du nicht eine Pause machen und mitfahren willst?«

»Ich wünschte, ich könnte. Aber ich will noch ein bisschen was schaffen, bevor unsere Gäste kommen.« Sie hatten alle ihre Freunde eingeladen, um *ihr Leben zu feiern*, nicht nur eine Geburtstagsparty. »Ich komme nächstes Wochenende mit, versprochen.«

»Okay. Ich werde dich vermissen.« Er küsste sie zärtlich, doch wie immer loderte die Hitze fast sofort zwischen ihnen auf. Flammen breiteten sich unter seiner Haut aus, als Harper ihm über den Nacken strich und die Hände in seine Haare krallte. »*Gott*, Baby«, brachte er zwischen zwei Küssen hervor. »Ich gehe so ungern ohne dich.«

Sie schob ihn von sich und grinste, als hätte sie es darauf angelegt, dass er hart wurde. »Jetzt denkst du an mich, während du weg bist.«

»Ich denke immer an dich.« Er zog sie für einen weiteren Kuss zu sich. »Vor sechs Uhr kommt heute Abend niemand, oder?«

»Hmhm«, nuschelte sie und küsste sich seinen Kiefer entlang.

»Gut. Ich bin gegen drei Uhr wieder da.« Er umfasste ihren Hintern mit beiden Händen. »Dann habe ich genug Zeit, dich zu fesseln und zu vernaschen.«

Ihre Augen verdunkelten sich und sie rieb sich an ihm wie eine Katze. »Ich warte auf dich.«

»Mit einem Ständer Motorradfahren. Das dürfte interessant werden.« Nach einem letzten Kuss ging er zur Tür. »Ich liebe dich. Viel Erfolg bei der Überarbeitung.«

Auf der Terrasse hielt er einen Moment inne und bewunderte den Garten. Neulich hatten sie sich eine Wasserschlacht mit dem Schlauch geliefert und sich anschließend im Vorgarten im Schlamm gewälzt. Harper war ein frischer Wind in seinem Leben und hatte Lücken gefüllt, von deren Existenz er vorher gar nichts wusste. Sein Handy vibrierte und er las Justins Nachricht: *Schwing deinen Hintern endlich her.*

Er steckte das Telefon wieder ein und fuhr zu Justins Haus.

Justin, Dwayne und Zander, einer von Justins jüngeren Brüdern und ebenfalls ein Dark Knight, warteten bei seiner Ankunft bereits draußen auf ihn. Dwayne schaute kurz von seinem Handy auf, als Gavin den Motor abstellte und von seinem Motorrad stieg, widmete sich jedoch direkt wieder seinem Display.

»Ist es so schwer, die Kette am Fuß loszuwerden?« Zander setzte ein arrogantes Lächeln auf und fuhr sich mit der Hand durch seine dichten braunen Haare. »Ich hätte einen Bolzenschneider, um dich zu befreien.«

»Die einzigen Ketten in meinem Haus sind die, auf die wir beide stehen, Sackgesicht.« Gavin schüttelte ihm leise lachend die Hand. »Schön, dich zu sehen. Wir veranstalten heute Abend eine Grillparty. Komm gern vorbei und lern Harper kennen.« Dwayne und Justin hatte er schon neulich Abend eingeladen, als er und Harper ihnen im Common Grounds über den Weg gelaufen waren.

»Danke, Mann«, erwiderte Zander. »Justin hat gesagt, dass deine Old Lady ziemlich süß ist, aber dein Kommentar hat sie gerade in die Kategorie *verdammt heiß* befördert.«

»Das ist sie.« Gavin warf Justin einen Seitenblick zu, der nur mit den Schultern zuckte. Er wusste, dass Zander das nicht ernst meinte, aber sein Beschützerinstinkt meldete sich zu Wort. »Benimm dich in ihrer Nähe, sonst zeig ich dir, wo's langgeht.«

»Shit«, entgegnete Zander sarkastisch.

»Ich wäre ja vorsichtig an deiner Stelle, Zan«, sagte Justin. »Gavin sieht wie ein Gentleman aus, aber er ist ein Tier.« Er stieß die Faust gegen Gavins. »Wollte Harper heute nicht mitfahren?«

Harper war schon zweimal mit ihnen unterwegs gewesen und es hatte ihr gefallen. »Sie werkelt immer noch an den Änderungen für den Film herum. Nächstes Wochenende ist sie dabei.«

»Cool.«

Dwayne steckte sein Handy ein. »Wollt ihr euch als Nächstes die Haare flechten oder können wir dann mal langsam los?«

»Entspann dich, Alter.« Zander schnappte sich seinen Helm und schaute noch mal zu Gavin. »Sind heute Abend bei dir irgendwelche Single-Mädels da?«

»Klar, Chloe, Steph, Daphne und Harpers Freundin Tegan.«

Dwayne hob den Kopf. »Wenn du Steph zu nahe kommst, breche ich dir die Finger, Z-Man.«

Zander schnaubte spöttisch.

»Das Gleiche gilt für Chloe«, fügte Justin mit einem drohenden Blick hinzu. »Sie ist eine Lady. Geh ihr nicht auf die

Nerven.«

Zander schwang ein Bein über sein Motorrad. »Ich weiß, was Frauen mögen.« Er machte eine obszöne Bewegung mit der Zunge.

Justin machte einen Schritt auf ihn zu, doch Gavin packte ihn am Arm und hielt ihn fest. »Er provoziert dich mit Absicht. Das machen Brüder eben so. Ignoriere es oder mach Ernst mit Chloe.«

Justin riss sich von ihm los, ohne den finsteren Blick von Zander abzuwenden. »Sei kein Arsch, Zan. Darauf stehen Frauen nicht.«

»Dann machst du was falsch, denn die Mädels stehen auf meinen Arsch.« Zander setzte seinen Helm auf und beendete damit das Gespräch.

Gavin grinste in sich hinein, während sie auf ihre Bikes stiegen und die Motoren anließen.

Als Justin an Zander vorbeirollte, zeigte der ihm den Mittelfinger.

Justins Brüder waren anständige Kerle, aber sie liebten es, sich gegenseitig zu ärgern. Machten das nicht alle Brüder? Beckett hatte Gavin heute in aller Herrgottsfrühe angerufen, um ihm zum Geburtstag zu gratulieren, wie jedes Jahr. Er war schon seit vier Uhr morgens mit Freunden auf ihren Pferden unterwegs und somit konnte Gavin allen Hallo sagen. Es war großartig. Er freute sich darauf, ihnen Harper an Thanksgiving vorzustellen, wenn sie nach Oak Falls fuhren.

Justin gab in der Einfahrt Gas, und als Gavin sich zwischen Zander und Dwayne einreihte, kehrten seine Gedanken zu Harper zurück, wie immer. Manche Menschen hatten einen Ort, an dem sie glücklich waren, oder eine Sache, die ihnen am meisten Freude bereitete. Für seine Kumpel waren das ihre langen Motorradtouren, doch auch wenn Gavin gerne Zeit mit den Jungs verbrachte, bedeutete doch Harper für ihn das größte Glück und den schönsten Nervenkitzel.

Drei Uhr konnte nicht früh genug kommen.

Nach der Tour stürmte Gavin ins Haus. Er fühlte sich unglaublich lebendig, und sein Körper vibrierte noch von den Stunden, die er auf seinem Bike verbracht hatte. Er legte Helm und Schlüssel auf dem Tisch neben der Tür ab, schlüpfte aus seiner Jacke und rief auf dem Weg ins Schlafzimmer in Richtung Wintergarten: »Baby, ich muss nur noch duschen, dann will das Geburtstagskind *spielen*. Wir treffen uns im Schlafzimmer.« Er zog sich das Shirt über den Kopf, und als er die Schlafzimmertür schwungvoll aufriss, fügte er laut über die Schulter hinweg noch hinzu: »Nackt!«

»Überraschung!«

»Ach du Sch…!« Die lächelnden Gesichter seiner Eltern tauchten in einem Meer aus Heliumballons auf. Beckett stand neben ihnen und krümmte sich vor Lachen. Gavin brauchte einen langen Moment, um zu begreifen, was hier gerade vor sich ging. »Mom? Dad?« Er spürte Harpers Hand auf seinem Rücken und drehte sich um, um ihr ins wunderschöne, rot angelaufene Gesicht zu sehen, und sein Herz fühlte sich an, als würde es jeden Moment vor Glück zerspringen. »Baby, war das deine Idee?«

»Wir können doch deinen Geburtstag nicht ohne deine Familie feiern«, antwortete sie. »Als Nana mir erzählt hat, dass du Geburtstag hast, habe ich deine Mutter angerufen und gefragt, ob sie einen Wochenendausflug machen wollen.«

»Oh, Baby.« Er zog sie in die Arme und drückte ihr einen Kuss auf die Schläfe, während er versuchte, seine Gefühle wieder unter Kontrolle zu bekommen. »Du hast das die ganze Zeit geplant?«

Sie nickte. »Ich habe sie vor zwei Stunden am Flughafen in Provincetown abgeholt. Tut mir leid, dass meine Eltern nicht in der Stadt sind, aber sie haben versprochen, mit uns essen zu gehen, wenn sie wieder da sind.«

»Das würde mich sehr freuen.«

»Harper ist ein echter Schatz, Gavin«, sagte seine Mutter und lächelte Harper warmherzig an. Ihre schulterlangen aschblonden Haare waren länger geworden, seit er sie das letzte Mal gesehen hatte. »Sie war die perfekte Gastgeberin. Kein Wunder, dass du diesen Sommer wie ein anderer Mensch geklungen hast. Herzlichen Glückwunsch, mein Schatz.«

Seine Mutter umarmte ihn fest. Ihr vertrauter Geruch rief seine schönsten Kindheitserinnerungen wach und seine Brust fühlte sich ein bisschen zu eng an. Sie senkte die Stimme und fügte hinzu: »Und keine Sorge wegen der Sache mit dem *nackt spielen*. Junge Liebe, wir verstehen das.«

Oh Gott. Er sah über ihre Schulter zu Beckett, der ihn breit angrinste. »Du hättest mich vorwarnen können, Beck. Ich habe heute Morgen um halb fünf mit dir telefoniert.«

»Und damit die Überraschung verderben?«, erwiderte Beckett. »Das würde ich Harper nie antun.«

Saftsack.

»Wir haben ihn zur Verschwiegenheit verpflichtet«, fügte sein Vater hinzu. Er hatte die Ärmel seines hellblauen Hemds bis zu den Unterarmen hochgekrempelt und gab so den Blick auf eine Narbe frei, die von einem Angelausflug stammte, als

Gavin sieben gewesen war. Erinnerungen an diesen schicksalhaften Nachmittag wurden wach. Sein Vater hatte Gavin ein Messer gegeben, um ein Stück Angelschnur zu durchtrennen. Beckett hatte nach Gavin gerufen, der hatte sich umgedreht und dabei versehentlich den Arm seines Vaters aufgeschlitzt. Gavin würde nie den erschreckenden Anblick des Bluts vergessen, das aus dem Arm seines Vaters quoll, oder wie sein Vater ihm die Hände auf die Schultern legte, während Gavin aufgelöst schluchzte, anscheinend ohne seinen eigenen Schmerz zu bemerken. Er hatte Gavin dazu gebracht, ihm in die Augen zu sehen, und gesagt: *Mir geht es gut, Kumpel. Das ist gar nichts. Unfälle passieren, aber genau deshalb musst du dich immer auf das konzentrieren, was du tust, und nicht auf irgendwelchen Unsinn um dich herum. Ich verbinde mir eben den Arm und dann versuchen wir es noch mal.* Während er die Wunde mit seinem T-Shirt umwickelte, hielt er Gavin und Beckett zum gefühlt tausendsten Mal einen Vortrag über Sicherheit. Und zum ersten Mal hörte Gavin zu. Sein Vater hatte ihm in seiner typischen Lehrermanier geduldig geholfen, die Schnur zu durchtrennen, anschließend hatte er die beiden Jungs nach Hause gebracht und war allein ins Krankenhaus gefahren, wo er mit sieben Stichen genäht wurde.

»Wie geht's dir, mein Junge?«, fragte sein Vater. Seine dichten, dunklen Haare waren an den Schläfen von Grau durchzogen. Er umarmte Gavin, hielt ihn aber einen Herzschlag länger fest als seine Mutter. »Ich hab dich vermisst.«

Verdammt, jetzt war er noch emotionaler.

»Ich hab dich auch vermisst, Dad. Wie lange bleibt ihr?«

»Nur übers Wochenende«, antwortete sein Vater. »Du wirst froh sein, wenn wir Sonntag Abend wieder weg sind.«

»Bestimmt nicht«, sagte Gavin.

»Schön, deine hässliche Visage zu sehen.« Beckett zog ihn in eine brüderliche Umarmung. »Ich war schon ziemlich enttäuscht, als ich herausgefunden habe, dass die heiße Blondine, die mich da auf Instagram anschreibt, deine Freundin ist.«

Gavin schnaubte amüsiert. »Das glaube ich sofort.« Er warf einen Blick zu Harper, die mit seinen Eltern Luftballons einsammelte und sie aus dem Schlafzimmer brachte. Das Strahlen in den Augen seiner Eltern weckte unangenehme Erinnerungen an die Situation, als sie Corinne kennengelernt hatten. Was für ein schöner Unterschied das hier doch war.

Während er und Beckett sich ebenfalls ein paar Luftballons schnappten und sie mit ins Wohnzimmer nahmen, dachte Gavin an den letzten Sommer, als er wieder Kontakt zu seiner Familie aufgenommen hatte, um die Fremdheit zu überwinden, die die seltenen und kurzen Besuche verursacht hatten. Alle hatten ihn mit offenen Armen empfangen, ohne ihm ein schlechtes Gewissen oder Vorwürfe zu machen.

Diesen Fehler würde er nie wieder begehen.

Er sah Harper an, die seinem Vater gerade half, ein Geburtstagsbanner über dem Kamin aufzuhängen, und er wusste, dass sie ihn nie in eine Lage bringen würde, in der er sich dazu gezwungen fühlte.

Zweiundzwanzig

Im Lauf des Nachmittags kochte Harper mithilfe seiner Mutter Gavins Lieblingsgerichte und -snacks, während die Männer Kostproben von ihnen erbettelten – und Gavin sich Küsse von seiner schönen, aufmerksamen Freundin stahl. Die Freundschaft zwischen seiner Familie und Harper war so echt, dass er quasi spürte, wie sie in die Wände seines Hauses einzog. Als Serena, Chloe und Jana auftauchten, halfen sie Harper und seiner Mutter, das Haus in ein Fest der Farben und Lichter zu verwandeln, während Gavin, Beckett und ihr Vater die Terrasse und den Weg zum Steg schmückten. Sie hängten Papierlaternen an Baumstämme, Girlanden mit leuchtenden Nylonquasten über die Terrasse, säumten den Weg zum Steg mit beleuchteten Einmachgläsern und schmückten den Steg mit blauen Lichterketten. Für das Essen wurden lange Tische aufgestellt, die die Mädels mit Kerzen und Blumen versahen.

Stunden später herrschte in ihrem Garten reges Treiben aus guten Freunden und Familie. Gavin nippte an seinem Bier und lächelte in sich hinein, während Rick der kleinen Hadley alberne Grimassen schnitt und versuchte, Daphnes Tochter damit ein Lächeln zu entlocken. Hadleys Gesichtsausdruck blieb jedoch absolut stoisch, selbst als Andre und Drake vor ihr auf die Knie gingen und sich Ricks Bemühungen anschlossen.

Hadley stemmte sich in ihrem hübschen rosa Kleid auf die Beine und watschelte auf Jock zu, der sich gerade mit Tegan, Harper und Jana unterhielt. Urplötzlich schlang Hadley die kleinen Ärmchen um Jocks Bein, woraufhin er erstarrte. Er schaute unbehaglich zu Tegan, die die Hände nach dem kleinen Mädchen ausstreckte. Doch Hadley klammerte sich noch fester an Jocks Bein, ihre Wangen röteten sich vor Zorn, während sie sich von Tegans Berührung wegdrehte. Als Tegan sich zurückzog, schaute Hadley zu Jock hoch, und ein breites Grinsen erschien auf ihrem süßen Gesicht, das ein paar einzelne Zähne entblößte.

Eine kollektives »Oooh« ging durch die Anwesenden.

»Ich fass es nicht«, sagte Daphne und warf Jock einen schüchternen Blick zu. »Du musst was ganz Besonderes sein, wenn du meine Kleine so schnell für dich gewinnst.«

Jock schaute zu Daphne. »Sie hat ein Problem mit ihrer Wahrnehmung.«

»Komm schon, Kumpel. Was ist dein Geheimnis?«, fragte Rick. »Wir versuchen schon seit einer Ewigkeit, sie zum Lächeln zu bringen.«

Jock zuckte mit den Schultern und schaute ein wenig verwirrt, als die Jungs darüber scherzten, dass Hadley wohl den starken, schweigsamen Typ Mann bevorzugte.

Harper musste bemerkt haben, wie unwohl Jock sich fühlte, denn sie ging neben Hadley in die Hocke. Sie trug ein sexy geblümtes Wickelkleid, das in der Taille gebunden wurde. Vorne war es kürzer als hinten und in ihrer kauernden Haltung gab es den Blick auf ihre Oberschenkel frei. Sie sagte etwas zu Hadley und streckte die Arme nach der Kleinen aus. Das Mädchen tapste zu ihr und Harper setzte sie sich beim Aufstehen auf die Hüfte. Gavins Herz stockte, als er sich Harper mit ihrem gemeinsamen Baby vorstellte, wie sie mit ihm sprach wie jetzt mit dem kleinen pausbäckigen Mädchen und ihm das schönste Lächeln des Abends schenkte.

Gavins Vater trat mit Justin und Beckett zu ihm. »Dein Gesichtsausdruck spricht Bände, mein Junge.«

»Ach ja? Welche denn?«

Sein Vater legte ihm einen Arm um die Schultern. »Die, die mit einem Happy End und Enkelkindern für mich und deine Mutter ausgehen.«

»Aber kein Druck«, stichelte Beckett.

Sie lachten beide.

»Da ist kein Druck nötig«, meinte ihr Vater. »Gavin wird wissen, wann der richtige Zeitpunkt gekommen ist. Du hast hier eine Gruppe mit sehr guten Freunden, Gavin. Es ist schön, sie alle kennenzulernen und zu sehen, dass du deinen Weg zurückgefunden hast.«

Gavin suchte den Blick seines Vaters und wusste genau, was er meinte. Nicht zurück zu diesen Freunden, sondern zurück zu *Gavin Wheeler*, dem Mann, der die Menschen nicht nur in sein Leben, sondern auch dem Menschen, der er im Innersten war, nahekommen ließ. Das war ein langer Weg. »Es tut mir leid, ich hätte nie zulassen dürfen, dass sich jemand oder etwas zwischen uns stellt. Ich war eine Weile nicht ich selbst, Dad, aber ich bin wieder da, und ich werde auch bleiben.«

»Das ist doch Schnee von gestern, mein Junge«, erwiderte sein Vater. »Mach dir keine Gedanken mehr darüber. Wir tun es auch nicht.«

»Außerdem müssen wir uns um wichtigere Dinge kümmern – zum Beispiel, ob Steph mit Dwayne zusammen oder noch Single ist?« Beckett deutete auf Steph, die sich mit Violet,

Dwayne und Zander unterhielt. Dwayne hatte einen Arm um Violet und den anderen um Steph gelegt. Zanders Blick war dagegen auf Tegan fixiert.

»Wir reisen morgen Nachmittag ab«, erinnerte ihn ihr Vater. »Willst du wirklich etwas anfangen, aus dem nichts wird?«

Ein freches Grinsen erschien auf Becketts Lippen. »Oh, es könnte schon was draus werden, Dad. Mehrmals sogar.«

»Das ist mein Stichwort, deine Mutter zu suchen.«

Nachdem ihr Vater weg war, sagte Beckett: »Kein Wunder, dass du mich nicht eingeladen hast, hier mit dir abzuhängen. Du hattest Angst vor der Konkurrenz.«

Gavin schnaubte spöttisch. »Sicher doch. Die einzige Frau, für die ich mich im letzten Jahr interessiert habe, ist die hinreißende Blondine in dem sexy Kleid da drüben.«

»Gut, dann erzähl mir was über Steph. Ich liebe ihre Strähnchen.«

»Tatsächlich? Du bist doch sonst so konservativ.«

»Das zeigt nur, wie schlecht du mich kennst. Ich trage Krawatten nur aus einem Grund, Kumpel, und der hat nichts mit der Optik zu tun.«

Das haben wir wohl gemeinsam.

»Steph und Dwayne sind zusammen aufgewachsen, sie sind kein Paar. Aber hinterlass mir hier bitte kein Chaos – oder ein gebrochenes Herz –, das ich dann aufräumen muss.«

»Hey, sag mal. Wann habe ich so was je getan?« Beckett nahm einen Schluck von seinem Bier und ging in Stephs Richtung.

»Und so fängt es an«, sagte Gavin zu Justin.

Justin reagierte nicht und Gavin fiel erst jetzt auf, dass sein Kumpel aussah, als hätte er in eine Zitrone gebissen, und Chloe und ihren großen, dunkelhaarigen und etwas zu attraktiven

Begleiter anstarrte. Laut Serena hatte Chloe ihn über eine Dating-Website kennengelernt und das hier war ihr drittes Date. Er stieß Justin mit dem Ellenbogen an.

»Hm?«

»Wenn du sie magst, solltest du sie fragen, ob sie mit dir ausgeht, bevor sie sich jemanden auf einer der Dating-Plattformen sucht, der ihre Zeit wert ist.«

»Ich hoffe für sie, dass sie da nicht unterwegs ist.« Justin wandte den Blick von Chloe ab. »Ich will nur sichergehen, dass ihr nichts passiert.«

»Der sieht harmlos aus. Gut gekleidet, Saubermann-Ausstrahlung und er verhält sich ihr gegenüber aufmerksam.«

»Lass dich nicht vom Aussehen täuschen, Mann. Mistkerle gibt es in allen Formen und Größen. Manche können es nur besser verstecken als andere.«

»Dann geh und fühl ihm auf den Zahn«, sagte Gavin, und sein Blick fiel auf Harper, die mit seiner Mutter am oberen Ende des Wegs stand, der zum Steg führte. Das Mondlicht fiel auf ihre nackten Schultern, als sie seine Mutter umarmte. Seine Mutter ging zurück zur Terrasse und Harper schaute aufs Wasser hinaus.

Justin rührte sich nicht von der Stelle.

»Entschuldige mich, Kumpel. Da ist eine wunderschöne Blondine in einem Wickelkleid, die darauf wartet, geküsst zu werden, da muss ich mich mal drum kümmern.« Gavin lief über die Rasenfläche zu Harper und schlang die Arme von hinten um ihre Taille. Er gab ihr einen Kuss auf den Hals und fragte: »Weißt du, wie sehr ich dich liebe?«

»Mehr als Angeln?« Sie lehnte sich nach hinten und streichelte mit ihren weichen Händen über seine Arme.

»Hm. Ich weiß nicht recht. Das ist eine schwierige Entscheidung.« Er küsste sie auf die Wange, was sie zum Seufzen brachte. »Was machst du denn hier so ganz allein?«

»Ich erinnere mich an unsere erste Nacht im Ruderboot und denke daran, wie sehr ich deine Familie mag. Deine Eltern sind so herzlich und liebevoll. Sie vergöttern dich, Gavin. Deine Mutter hat mir Geschichten aus deiner Kindheit erzählt, und wie du dich früher mit Beckett hinausgeschlichen hast. Sie sagte, dass ihr als Teenager vor Sonnenaufgang mit euren Freunden ausgeritten seid und dass euer Vater euch immer gefolgt ist, ohne dass ihr es gemerkt habt, nur für den Fall, dass irgendwas passiert.«

Er schwieg einen Moment lang, um das sacken zu lassen. »Das wusste ich nicht.«

Sie legte den Kopf in den Nacken und gab ihm einen Kuss aufs Kinn. »Ich möchte diese Art von Eltern sein. Die Art, die ihre Kinder ein paar rebellische Dinge tun lässt, aber dafür sorgt, dass ihnen nichts passiert. Ich war nie rebellisch und vielleicht habe ich da was verpasst.«

»Ich kann mit dir zusammen rebellisch sein. Wir schleichen uns raus, wenn meine Eltern schlafen gegangen sind, und gehen nackt baden.«

Sie lachte und der wundervolle Klang ließ Wärme in ihm aufsteigen.

Er drehte sie zu sich um und die Wärme verwandelte sich in Hitze angesichts der Liebe in ihren Augen. »Gott, du bist umwerfend, Harper. Wie konnte ich nur so viel Glück haben, dass du dein Herz ausgerechnet mir geschenkt hast?«

»Deine Lutscher waren super«, antwortete sie mit einem sinnlichen Lächeln.

»Oh, Baby, ich liebe es, wenn du versaute Sachen zu mir sagst.« Er senkte die Lippen auf ihre, gab sich ganz und gar der

Verbindung zwischen ihnen hin, und als er sich wieder von ihr löste, waren sie beide außer Atem. »Danke für den schönsten Geburtstag meines Lebens.« Er strich mit den Lippen über ihre Wange, doch da klingelte auf einmal ein Handy. »Wer von unseren Freunden ist denn nicht hier?«

Er hatte ihre beiden Telefone in den Hosentaschen, zog sie hervor und stellte fest, dass es Harpers Handy war, das klingelte. Treys Name blinkte auf dem Display auf und er reichte ihr rasch das Gerät.

»Oh mein Gott«, sagte sie nervös. »Ich frage mich, was er will. Ich hatte noch keine Zeit, das komplette Drehbuch umzuschreiben.«

»Lass dir Zeit, Babe. Ich sorge währenddessen dafür, dass Justin Chloes Date nicht umbringt.« Er gab ihr einen kleinen Kuss auf die Wange und ließ sie allein, um den Anruf entgegenzunehmen.

Justin stand mit Zander und Dwayne zusammen, und zum Glück sah er Chloes Begleitung nicht mehr an, als wolle er ihn in Stücke reißen. Gavin schnappte sich einen der buttrigen Biscuits, die seine Mutter gebacken hatte, vom Tisch und beobachtete Harper, während sie mit Trey telefonierte.

Seine Mutter kam zu ihm herüber. »Ist alles in Ordnung?«

»Das wird sich zeigen. Sie spricht mit Trey Ryder. Er hatte sie gebeten, ihr Skript zu einem Filmdrehbuch umzuschreiben.«

»Oh? Sie hat uns eine Menge über ihn erzählt. Sie ist wirklich reizend, Gavin. Und sie scheint zu wissen, was im Leben wichtig ist.«

Ja, das tut sie.

»Wird mein Junge etwa gerade rot?« Sie streichelte ihm mit den Fingerspitzen übers Gesicht. »Liebe ist schon eine komische Sache, nicht wahr? Wenn wir jung sind, sind wir wie Vögel, und die Welt lockt uns mit dem Versprechen, erwachsen zu werden und über uns hinauszuwachsen. Wir breiten unsere Flügel aus und betrachten die Liebe als Himmel voller unerreichbarer Sterne, und doch können wir uns nicht davon abhalten, nach ihnen zu greifen. Wir haben ja schließlich Flügel. Aber je älter wir werden, desto mehr nagt das Leben an uns. Manche Menschen verbluten schon an den ersten kleinen Bissen. Aber mit etwas Glück sieht man es als Lehren, die uns im Gegenzug klüger machen und die uns helfen, klarer zu sehen. Und eines Tages regnen all die schönen Sterne auf uns herab, und statt dass sie uns die Sicht nehmen, erkennen wir, dass wir unsere Flügel nie gebraucht haben, denn die Liebe findet uns, egal wo wir sind.«

»Ja«, brachte er mühsam hervor, zu emotional, um eine richtige Antwort zu formulieren.

Harper beendete ihr Telefonat und lächelte strahlend in ihre Richtung. Sie kam angerannt und sah aus, als würde sie jeden Moment platzen.

»Ich glaube, das werden gute Nachrichten.« Seine Mutter nahm ihm den Biscuit aus der Hand und meinte: »Um den kümmere ich mich für dich.«

»Gavin!« Harpers Herz schlug so schnell, dass sie Angst hatte, ohnmächtig zu werden. Sie klammerte sich an Gavins Arm. »Ich fasse es nicht! Trey hat Interesse! Er will einsteigen!«

»In den Film?«, fragte Gavin. »Aber du hast die Texte doch noch gar nicht fertig.«

»Nein! Bei meiner Idee! Die Live-Episoden im Theater!« Sie

hatte nicht so laut werden wollen, war jedoch zu aufgeregt, um sich zu beruhigen. Sie hatte den Anruf noch nicht ganz verarbeitet.

Gavin umarmte sie. »Das ist ja fantastisch!«

»Ganz wundervoll«, sagte seine Mutter. »Ich bin mir zwar nicht ganz sicher, was das genau bedeutet, aber du siehst glücklich aus.«

Serena und Emery waren auf dem Weg zu ihnen.

»Was ist denn hier los?«, wollte Serena wissen.

»Trey will bei meinem Projekt mitmachen!«, rief Harper und hielt sich an Gavins Hand fest. »Erzählen wir es am besten allen zusammen.« Sie versammelten sich mit Freunden und Familie auf der Terrasse, wo Harper verkündete: »Trey hat gerade angerufen. Er hat und hält meine Idee für einen Volltreffer. Er will die Aufführungen bei Movietime live übertragen. Er sagt, dass ein anderer Sender gerade damit angefangen hat, und er glaubt, dass es der nächste große Hit wird!«

Alle redeten durcheinander, beglückwünschten sie und stellten so schnell so viele Fragen, dass sie Mühe hatte, mitzukommen.

»Was bedeutet das nun für dich?«, fragte Gavins Vater.

»Ich habe keine Ahnung. Er hat was von Partnerschaftsanteilen erzählt und dass sie das Kapital dafür stellen, und noch einen Haufen anderer Dinge. Ich konnte das alles nicht auf einmal verarbeiten.«

»Ich bin so glücklich! Du arbeitest vielleicht mit Ethan zusammen«, quietsche Emery begeistert.

»Du brauchst einen Medienrechtsanwalt«, fügte Beckett hinzu.

»Werden dann Filmcrews bei den Aufführungen dabei

sein?«, wollte Tegan wissen.

»Ich denke schon«, sagte Harper und beruhigte sich genug, um einen Moment lang genauer über das Angebot nachzudenken. »Er hat große Pläne, und du hast recht, es müsste wohl eine Filmcrew anwesend sein. Daran habe ich gar nicht gedacht. Ich bin mir nicht sicher, ob wir das wollen. Das wäre eine Ablenkung, oder? Vielleicht wären sie nicht bei jeder Aufführung dabei.« Sie musste auf die Bremse treten und erst mal ihre Gedanken sortieren.

»Baby, wer würde die Mehrheit der Anteile halten?«, fragte Gavin.

»Womöglich hast du gar nicht das Recht, solche Entscheidungen zu treffen, Harper«, wandte Beckett ein.

Sie wusste, dass Beckett Investor war, und in diesem Punkt hatte er durchaus recht. »Das wäre furchtbar. Damit wäre ich wieder in der gleichen Position wie vor dem Ganzen.«

»Nein«, korrigierte Serena sie. »Du wärst viel reicher.«

»Reich und unglücklich geht man trotzdem nicht gut durchs Leben«, hielt Harper dagegen. »Ich muss mir das durch den Kopf gehen lassen. Oh nein, Leute, was ist, wenn sich herauskristallisiert, dass es keine gute Idee ist, ich ihm absage, und er deswegen die Filmoption ablehnt? Oh Gott, mir ist ein bisschen schwindlig.«

Gavin nahm sie in die Arme. »Atme erst mal tief durch, Baby. Es ist alles in Ordnung.«

Sie konzentrierte sich auf die Luft, die ihre Lunge füllte. Gavins liebevolle Umarmung beruhigte ihre Nerven ausreichend, dass sie weit genug von der verführerisch vor ihrer Nase baumelnden Karotte zurücktreten konnte, um sie eingehender zu betrachten.

»Geht's dir gut, Liebes?«, fragte seine Mutter.

Sie nickte und löste sich aus Gavins Armen. »Ja, tut mir leid. Es ist ein bisschen überwältigend. Ich weiß, was für ein großer Coup das ist, und es könnte mir – uns«, sie sah von Gavin zu Tegan und Jana, »eine Menge Geld einbringen. Aber es ist eben auch genau das: ein großer Coup, und die sind nicht immer das, was sie auf den ersten Blick zu sein scheinen.« Sie tigerte unruhig auf und ab und konnte selbst nicht fassen, was sie da gerade empfand, doch sie musste es in Worte fassen. »Ich weiß, dass ich noch nicht alle Einzelheiten seines Angebots kenne, aber haltet ihr mich alle für verrückt, wenn ich es trotzdem ablehne? Zumindest im Moment? Ich weiß, dass ich Kapital brauche, doch was mich an diesem Projekt reizt, ist nicht nur, meine Geschichten auf neue Weise zum Leben zu erwecken, sondern auch die Kontrolle über den kreativen Prozess zu haben. In dem Moment, in dem ich Geld von jemand anderem annehme und Anteile vergebe, teile ich in Wirklichkeit die Kontrolle auf. Und nicht nur das.« Sie ging zu Tegan, die genauso unsicher wirkte, wie Harper sich fühlte. »Wenn wir das in deinem Amphitheater machen, würde ein Kamerateam Harveys Vision in ein Massenspektakel verwandeln. Das will ich nicht. Wie siehst du das?«

Tegan schüttelte den Kopf und Erleichterung machte sich in ihrem Gesicht breit. »Ich mache mir sowieso Sorgen, wie ich das alles stemmen soll. Trotzdem, es hört sich aufregend an, und es könnte einen Riesenschritt für dich bedeuten. Wenn du dir also andere Spielorte ansehen willst, mach das.«

»Ich glaube nicht, dass ich das will. Mir gefällt die Idee, das mit Freunden umzusetzen.« Sie sah Jana an. »Ich denke, wir sollten darüber reden. Du willst das vielleicht, Jana, und du hast als Erste davon angefangen, dass du und ich schon vor langer Zeit was zusammen hätten aufziehen sollen. Ich will nicht undankbar klingen.«

»Undankbar?« Jana marschierte mit entschlossenem Blick auf sie zu und stemmte die Hände in die Hüften. »Du warst noch nie in deinem Leben undankbar. Ich bin nur Mitläuferin, Schwesterchen. Ich habe nur was dahingesagt. Die Idee gehört ganz allein dir, und du musst tun, was dich glücklich macht.«

Gavin griff nach Harpers Hand. »Wenn du dich dagegen entscheidest, ist das nicht undankbar, Harper. Damit schützt du dich selbst und deine Vision als Künstlerin. Vertrau auf dein Bauchgefühl.« Er hielt inne und ließ das Gewicht seiner Worte sacken. »Ich finde es gut, dass deine Überlegungen in diese Richtung gehen. Wie auch immer du dich entscheidest, ich werde dich unterstützen.«

»Das tun wir alle«, sagte Brock, der nun zu ihr kam. »Es ist ein gutes Gefühl, die Zügel in der Hand zu halten, oder? Dieser Medienmogul kommt *zu dir*, und ich denke, das ist einen Toast wert.«

»Zeit für einen Toast!«, rief Desiree. Sie und Serena begannen, Gläser zu verteilen.

Violet und Andre schnappten sich jeweils eine Flasche Wein und Violet sagte: »Her mit den Gläsern, ihr Partylöwen. Bringen wir Schwung in die Bude.«

Als sie allen eingeschenkt hatten, rief Brock: »Auf Harper!«

»Auf Harper!« Alle jubelten und ließen die Gläser klirren.

Harper schwebte auf Wolke sieben, weil sie auf die Chance anstießen, die sich ihr bot. Sie schaute Gavin in die Augen, und seine Liebe und Unterstützung leuchteten ihr entgegen. Sie nahm seine Hand und erhob ihr Glas. »Auf Gavin. Er hat heute Geburtstag, und ohne ihn würde ich wahrscheinlich immer noch Mist schreiben und Männern misstrauen. Herzlichen Glückwunsch zum Geburtstag, mein Herz, und vielen Dank.«

Wieder ertönten Jubelrufe. »Auf Gavin!«

»Happy Birthday to you …« Beckett stimmte ein Ständchen an und alle anderen fielen mit ein.

Sie schlemmten zu viel Kuchen und lachten viel. Gavins Eltern erzählten lustige Geschichten über Gavins Kindergeburtstagsfeiern, woraufhin alle anderen ihre eigenen lustigen Geschichten beisteuerten.

Es war ein perfekter Abend, und nachdem sie sich von ihren Gästen verabschiedet hatten, saßen Harper und Gavin mit Beckett und ihren Eltern noch auf der Terrasse und plauderten darüber, wie sehr seine Familie ihre Freunde und Harpers Geschwister mochte. So etwas hatte sie mit ihren Eltern noch nie erlebt. Die beiden mochten weder größere Menschenansammlungen noch laute Partys. Sie wünschte, sie wären hier gewesen, um Gavins Eltern kennenzulernen, aber sie wusste auch, dass die sie irgendwann wieder besuchen würden, und dann gäbe es ein nettes, ruhiges Abendessen mit allen zusammen.

Gavins Mutter gähnte. »Ich fürchte, mir fallen die Augen zu, meine Lieben. Es war ein langer Tag.«

»Ich kann nicht glauben, dass es schon zehn ist«, sagte sein Vater.

»Lasst uns die Sachen wegräumen und den Kindern etwas Zeit für sich geben, ohne uns Alte, die ihnen auf die Nerven gehen.« Seine Mutter erhob sich und alle folgten ihrem Beispiel.

»Ihr geht uns nicht auf die Nerven. Ich bin so froh, dass ihr kommen konntet und ich euch alle kennengelernt habe«, sagte Harper, während sie gemeinsam den Tisch abräumten.

Gavins Vater schnappte sich einen Cookie vom Tablett. »Ich kann nicht fassen, dass Gavin eine Frau gefunden hat, die besser backen kann als Nana.« Er biss in den Cookie.

»Ich kann nicht fassen, dass er überhaupt eine Frau gefunden hat«, sagte Beckett mit einem fiesen Grinsen.

Gavin wollte sich auf ihn stürzen, und Beckett rannte los, doch Gavin blieb ihm dicht auf den Fersen.

Harper lachte. »So sind Jungs eben.«

»Sie haben sich immer nahegestanden«, sagte seine Mutter, während sie das Geschirr ins Haus brachten.

»Brüder haben eine besondere Verbindung«, sagte sein Vater. »Du und deine Geschwister, ihr steht euch offenbar auch sehr nahe.«

»Ja, das stimmt. Glaubt ihr, es wäre ein Fehler, Treys Angebot auszuschlagen? Alles, was Ethan anfasst, wird zu Gold, und ich bin sicher, er hätte sich nicht mit Trey zusammengetan, wenn es bei dem nicht genauso wäre. Es könnte eine Menge Geld bedeuten.«

Gavins Vater nickte. »Sicher könnte es das, aber Beckett hat recht. Normalerweise haben die Investoren die Zügel in der Hand, also ist es klug, sich das gut zu überlegen.«

Sie stellte das Geschirr in die Spüle und Gavins Mutter tat es ihr gleich.

»Früher dachte ich, dass Beckett und Gavin vielleicht irgendwann zusammen etwas aufbauen würden«, meinte sein Vater. »Aber Gavin hat es zur Kreativität gezogen und Beckett zum Finanzmanagement.«

»Sackgesicht!«, tönte Gavins Stimme durch die offene Terrassentür herein, gefolgt von einem dumpfen Ächzen.

»Da wurde jemand getackelt«, sagte seine Mutter und ihr Mann trat zu ihr.

»Weißt du noch, als sie klein waren und wie die Wilden durch das Haus gerannt sind?« Sein Gesichtsausdruck wurde ganz warm.

»Das klingt vielleicht komisch, aber ich danke euch, dass ihr Gavin zu so einem Gentleman erzogen habt. Er ist mitfühlend und klug und ein wirklich guter Mann. Er hat mir von dem Zerwürfnis erzählt, das Corinne verursacht hat, und wie peinlich es ihm war, zu ihr gehalten zu haben, als ihr eindeutig etwas gesehen habt, was ihm entgangen ist. Den Rat seiner Familie zu ignorieren, ist vermutlich selten eine gute Idee, aber auch wenn das merkwürdig rüberkommt, sagt es für mich viel über ihn aus, dass er bei ihr geblieben ist. Und es sagt eine Menge über die Art und Weise aus, wie ihr ihn erzogen habt. Ich weiß, dass er Schuldgefühle wegen der Jahre hat, die er nicht da war. Aber ich weiß auch, wie sehr er euch liebt, und ihr sollt wissen, dass ich nie versuchen würde, einen Keil zwischen ihn und seine Familie zu treiben.«

Seiner Mutter stiegen Tränen in die Augen und sie umarmte Harper. »Oh, Liebes. Das wissen wir und wir sind dir dankbar. Wir sind sehr stolz auf die beiden Männer, die wir großgezogen haben.«

»Und es ist gerade furchtbar still da draußen«, warf sein Vater ein. »Ich denke, wir sollten lieber mal nachschauen und sicherstellen, dass sie sich nicht gegenseitig umgebracht haben.«

Sie gingen nach draußen und sahen, wie Gavin Beckett im Garten auf die Beine half und beide lachten. Sie standen mit dem Rücken zu Harper, doch sie konnte sich problemlos ihre fröhlichen Gesichter vorstellen. Harper machte sich wieder daran, Geschirr einzusammeln.

»Du bist ein Glückspilz«, sagte Beckett. »Harper ist tausendmal besser als deine durchgeknallte Ex-Frau.«

Harper fuhr mit wild klopfendem Herzen zu den beiden herum. »*Was?*«, platzte sie gleichzeitig mit Gavin und seinen Eltern heraus.

Gavin wandte sich um, als Beckett gerade »Corinne« sagte. Er wurde kalkweiß.

Harper rutschte der Teller aus der Hand und was darauf gelegen hatte, verteilte sich über den Tisch.

Reue und Schuldgefühle standen Beckett ins Gesicht geschrieben, als er sich ruckartig zu ihnen umdrehte. »Oh, Shit.«

»Ex-*Frau*?« Harper bekam kaum Luft. »Du meinst Ex-*Freundin*, richtig?«

Seine Mutter nahm Harpers Hand und drückte sie sanft. »Liebes, das hat er nicht so gemeint. Das war ein Scherz, stimmt's, Beckett? Sag es ihr, Schatz.«

Die Mischung aus Schock und Trauer in Gavins Augen verriet Harper, dass es kein Scherz war. Galle stieg in ihrer Kehle auf, Tränen brannten in ihren Augen, und ihr versagte die Stimme. *Verheiratet? Er war verheiratet?* Beckett und Gavin sahen so furchtbar aus, wie sie sich fühlte.

Beckett machte einen Schritt auf sie zu und sagte: »Das war ein Scherz ...«

»Lüg nicht«, fuhr Gavin ihn zornig an. »Wir lügen uns nicht an.«

»Du hast sie *geheiratet*?«, fragte seine Mutter und ließ sich auf einen Stuhl am Tisch sinken.

Gavin sah so verloren und wütend und so verdammt traurig aus, dass ihre Verwirrung noch größer wurde. Sie konnte keinen klaren Gedanken fassen, war wie erstarrt und versuchte, zu verstehen, was hier gerade passierte.

»Ich habe seit über zehn Jahren nicht mehr daran gedacht«, sagte Gavin. »Es ist, als wäre es nie passiert.«

»Jungs, setzt euch. *Jetzt.*« Sein Vater deutete auf zwei Stühle. Beckett ging auf unsicheren Beinen zum Tisch hinüber und ließ sich auf einem Stuhl neben seinem Vater nieder.

Gavin wollte zu Harper, aber sie wehrte ihn ab und hob eine Hand. »Ich verstehe nicht. Ihr wart *verheiratet*?«

»Gefühlt etwa einen Tag lang, Harper. Ich habe dir von dem Baby erzählt …«

»*Baby*?«, entfuhr es seiner Mutter. »Du hast ein *Kind*?«

»Nein!«, erwiderten Gavin und Beckett gleichzeitig.

»Gavin, was ist hier los?«, fragte sein Vater. »Wir brauchen Antworten.«

Beckett kam wieder auf die Beine und tigerte nervös auf und ab. »Es ist meine Schuld. Ich habe Gavin damals eingeredet, dass er euch nichts erzählen soll. Dass wir am besten so tun, als wäre es nie passiert.«

»Es ist *meine* Schuld«, sagte Gavin, den Blick immer noch auf Harper gerichtet. »Harper, es tut mir leid. Ich wollte dir das nicht verheimlichen.«

»Du wolltest mir nicht verheimlichen, dass du *verheiratet* warst? Und was ist mit deinen Eltern? Sie wissen nichts von der Schwangerschaft?« Tränen rannen ihr heiß und unaufhaltsam über die Wangen. Sie zitterte, wurde nach unten gezogen, kämpfte darum, den Kopf über Wasser zu halten. Sie hatte Angst, gleich ohnmächtig zu werden, und hielt sich an der Stuhllehne fest, um nicht zusammenzubrechen.

Dreiundzwanzig

Was für ein verdammtes Desaster. Der tiefe Schmerz in Harpers Augen blendete für Gavin alles andere aus. Er fühlte sich, als hätte ihn jemand aufgeschlitzt und ausgeweidet. Und das Schlimmste war, er wusste, dass Harper und seine Eltern wahrscheinlich genauso empfanden, nur weil er so ein verdammter Dummkopf war und diesen Teil seiner Vergangenheit so tief vergraben hatte, dass er ihn buchstäblich vergessen hatte.

»*Wer* ist schwanger?«, fragte seine Mutter flehend.

»Ich sollte gehen, damit du dich um deine Familie kümmern kannst.« Harper machte sich auf den Weg in Richtung Vorgarten.

Gavin verstellte ihr den Weg und hielt sie auf. »Geh nicht, Süße. *Bitte* geh nicht. Ich liebe dich und ich würde dich nie absichtlich belügen. Ich betrachte das ehrlich nicht einmal als Ehe. Es war ein Fehler. Ein verdammter Albtraum. Ich dachte, ich würde das Richtige tun …«

»Wann waren Lügen jemals die richtige Entscheidung?«, brüllte sein Vater.

»Geh und rede mit ihnen«, sagte Harper kläglich.

»Nein. Damals habe ich den größten Fehler meines Lebens gemacht. Ich bin jetzt ein ganz anderer Mensch. Ich weiß, was

Liebe ist, Harper, und ich liebe dich viel zu sehr, um dich gehen zu lassen, ohne mich zumindest anzuhören. Bitte, Süße. Gib mir nur zehn Minuten.«

Sie nickte fast unmerklich und er atmete erleichtert aus.

Harper wischte sich die Tränen weg und ging zittrig zurück auf die Terrasse. Sie setzte sich auf einen Stuhl am Ende des Tisches, was sicher Absicht war, um Abstand zu ihm zu halten.

Das machte ihn fertig, auch wenn er vollkommen nachvollziehen konnte, warum sie so aufgebracht war. Er ließ sich neben Beckett, seinen Eltern gegenüber nieder und versuchte, einen Anfang zu finden.

»Es tut mir echt leid«, sagte Beckett reumütig.

»Schon in Ordnung. Ich bin nicht sauer auf dich. Ich bin auf mich selbst sauer.« Er sah Harper an, die kerzengerade auf ihrem Stuhl saß und die Armlehnen so fest umklammerte, dass ihre Knöchel weiß hervortraten. Er hatte das Gefühl, Glasscherben verschluckt zu haben, als er fortfuhr. »Es ist in meinem ersten Jahr am College passiert.« Er schaute seine Eltern an. »Ihr hattet Corinne kennengelernt und wolltet mich vor ihr warnen.«

Seine Mutter griff nach der Hand seines Vaters und hielt sich an ihr fest. »Das Mädchen hat ihre Klauen in dich geschlagen und du bist in der Versenkung verschwunden.«

Die vielen Emotionen schnürten ihm die Kehle zu. »Ja, und das tut mir leid. Es gibt keine Entschuldigung für das, was ich da zugelassen habe. Ich war jung und dumm, und ich habe sie nicht so gesehen, wie sie war. Ein paar Monate nach dem Treffen mit euch wurde sie schwanger. Zwischen mir und euch hatte sich schon ein Abgrund aufgetan, weil ich nicht mehr angerufen habe oder nach Hause gekommen bin. Ich hatte mir die Beziehung mit euch schon versaut …«

»Mit mir nicht«, warf Beckett ein. »Mit mir nie.«

Gavin nickte. »Danke. Aber es war so ein Durcheinander. Ihr konntet Corinne nicht ausstehen und sie mochte euch auch nicht. Ich habe mich auf ihre Seite gestellt und mich dafür geschämt, dass wir uns deswegen entfremdet haben, und dann habe ich mich noch mehr geschämt, weil ich sie gar nicht geliebt habe, sie aber von mir schwanger war. Ich dachte, sie zu heiraten wäre das Richtige, dass ich dadurch ein anständiger Mann wäre und irgendwie alles wieder in Ordnung bringen könnte. Also sind wir aufs Standesamt gegangen und haben geheiratet. Ein paar Tage später dachte ich, ich hätte eine Lösung, mit der ich alles wiedergutmache. Ich sagte ihr, dass ich das College hinschmeiße und wir nach Oak Falls ziehen können. Ich hatte geplant für dich zu arbeiten, Dad, oder mir einen Job in der Stadt zu suchen, und gehofft, dass alles besser werden würde, sobald ihr von dem Baby erfahrt und Corinne euch besser kennenlernt.«

Er sah Harper an. Sie weinte nicht mehr, wandte jedoch den Blick ab und wich seinem bewusst aus. Er wollte sich vor ihr auf die Knie werfen und sie anflehen, ihm zu glauben, aber das wäre nur peinlich für sie. Er kämpfte gegen die Schuldgefühle und die Traurigkeit an, die ihn innerlich zerfetzten, und zwang sich, die Geschichte zu Ende zu erzählen.

»Eine Woche später verkündete sie, dass sie abgetrieben hätte, und machte mit mir Schluss. Wir waren Teenager, die in getrennten Wohnheimen gelebt haben. Wir hatten nicht mal Eheringe. Sie sagte, dass das Baby sowieso nicht von mir gewesen sei und dass sie kein Interesse daran hätte, in einer beschissenen Kleinstadt zu versauern. Ich weiß nicht, ob sie überhaupt wirklich schwanger war oder ob das zu einem größeren Plan gehört hat. Ich habe sie nicht geliebt, doch sie hat mich *zerstört*, für lange Zeit. Ich habe ihr vertraut und war danach total neben der Spur. In der einen Woche dachte ich, ich würde Vater werden, und in der nächsten sagte sie mir, dass alles eine Lüge war. Ich wusste nicht, was ich glauben oder wohin ich mich wenden sollte. Ich hatte alle enttäuscht.« Er wandte seinen Blick ab und versuchte, sich wieder unter Kontrolle zu bekommen.

Er hörte seine Mutter weinen und sah über den Tisch hinweg, wie sein Vater sie im Arm hielt.

»Mein Junge …«, sagte sein Vater, und die Anspannung in seiner Stimme war nicht zu überhören.

»Es tut mir leid, Dad, Mom.« Er sah Harper an. »Harper, es tut mir so leid.«

Die Tränen rannen unablässig über ihre Wangen. Sie versuchte nicht einmal, sie wegzuwischen. Sie verschränkte die Arme vor dem Bauch, aber diesmal sah sie nicht weg. Er hatte keine Ahnung, was das bedeutete.

»Es macht mich krank, dass du das alles alleine durchmachen musstest«, sagte seine Mutter unter Tränen. »Wir sind doch deine Eltern, Schatz. Wir lieben dich, egal, welche Entscheidungen du triffst. Wie konntest du nur daran zweifeln?«

»Ich konnte nicht klar denken, Mom. Ich habe mich geschämt und ich war verletzt. Ich wurde auf die schlimmste Art und Weise manipuliert. Was für ein Mann lässt so was mit sich machen? Dad wäre das nie passiert. Ich war ein Wrack. Ich war wütend und traurig und fühlte mich zutiefst gedemütigt. Ich wollte nicht mit eingezogenem Schwanz nach Hause kriechen. Also habe ich die Annullierung beantragt und mich betrunken.« Er erzählte ihnen, was Harper schon wusste, wie er zur Flasche gegriffen und sie dann wieder losgelassen hatte, um sich in seinem Studium und schließlich in seiner Arbeit zu vergraben.

»Als ich das überstanden hatte, war ich schon bei KHB und auf der Überholspur, um die Karriereleiter hinaufzuklettern. Ich dachte, wenn ich mir einen Namen mache, etwas, auf das man stolz sein kann, macht das all die verlorene Zeit und den Schmerz, den ich verursacht hatte, wieder wett. Aber ich war so sehr damit beschäftigt, diese Fehler zu begraben, dass ich vergessen habe, wer ich bin. Ich habe vergessen, wie Familien funktionieren, wie man echte Freundschaften schließt. Zu diesem Zeitpunkt hatte ich meine Vergangenheit so weit weggeschoben, dass ich überhaupt nicht mehr darüber nachgedacht habe.« Er sah wieder zu Harper. »Vielleicht war das ein Selbstschutz, ein Weg, meine Trauer und meine Scham unter Verschluss zu halten. Ich weiß es nicht. Aber als ich Serena kennengelernt habe, wurde ich daran erinnert, wie es ist, Freunde zu haben, sich um andere zu kümmern. Das war letzten Sommer, als ich dich angerufen habe, Dad. Als ich nach Hause gekommen bin und Beckett mich auf das Musikfestival geschleppt hat.« Er schaute Harper fest in die Augen. »Da habe ich Harper kennengelernt.«

Harper räusperte sich. »Entschuldigt mich bitte.« Sie stemmte sich hoch und Gavin stand ebenfalls auf. »Es tut mir leid. Ich brauche nur etwas Abstand.«

Er folgte ihr ins Haus, und als sie nach ihren Schlüsseln und ihrem Handy griff, berührte er ihre Hand, lenkte damit ihren traurigen Blick auf sich, und das Messer schnitt ihm noch tiefer ins Herz. »Harper, bitte geh nicht.«

»Das muss ich, Gavin. Ich brauche Zeit zum Nachdenken.«

Er schloss die Finger um ihre und sie machte sich nicht sofort von ihm los. *Gott sei Dank.*

»Ich habe es vermasselt, Harper, aber das war keine Absicht.

Ich habe das Baby nicht vor dir verheimlicht, und mir ist klar, dass ich wie ein Lügner klinge, wenn ich sage, dass ich in den letzten zehn Jahren nicht einmal an den Tag auf dem Standesamt gedacht habe, aber es stimmt. Das schwöre ich beim Leben aller, die ich liebe.«

»Gavin, lass es«, sagte sie niedergeschlagen. »Ich kann das jetzt nicht.«

»Bitte, hör mir zu. Ich war im Überlebensmodus. Ich weiß nicht, ob ich es verdrängt habe, ob ich mich bewusst entschieden habe, nicht mehr daran zu denken, aber ich hatte es nicht mehr auf dem Schirm. Der *Schmerz* über das, was sie getan hat, war da. Das war für mich real, aber sie zu heiraten? Es ist, als wäre es nie passiert. Ich weiß nicht, wie ich es sonst erklären soll. Wenn ich an diese Zeit in meinem Leben denke, war das Standesamt nur ein winziger Moment. Es ist ja nicht so, dass ich verliebt war und meine Ehe nach zwanzig Jahren gescheitert ist. Wir waren zwei Teenager, die auf dem Standesamt eine rechtliche Vereinbarung eingegangen sind, damit ich ein Kind großziehen konnte, von dem ich nicht wusste, dass es nicht von mir war. Wir sind danach nicht mal ins gleiche Wohnheimzimmer gegangen, Harper. Bitte, versuch zu verstehen, wie das abgelaufen ist.«

»Ich habe dir vertraut«, sagte sie kaum hörbar. »Ich bin so verletzt …«

»Ich weiß, Süße, und es tut mir leid. Ich kann nicht ändern, wie ich damit umgegangen bin, und das werde ich für den Rest meines Lebens bereuen. Denkst du, ich wollte dir wehtun? Oder meinen Eltern? Ich liebe dich mehr, als ich je jemanden oder etwas geliebt habe. Wenn ich die Zeit zu dem Tag zurückdrehen könnte, an dem ich dir von dieser Phase in meinem Leben erzählt habe, und diese furchtbare Erinnerung finden könnte, um sie mit dir zu teilen, würde ich es tun. Gott, ich würde es auf der Stelle tun. Ich habe es überlebt, ein Baby zu verlieren, das ich für meins gehalten habe, aber ich bin mir nicht sicher, ob ich es überleben würde, dich zu verlieren.«

»Ich muss gehen.« Erneut rannen ihr Tränen über die Wangen.

Er folgte ihr nach draußen, wollte sie am liebsten an den Schultern packen und sie anflehen, hierzubleiben, doch er war der Hurrikan und sie das Meer. Je stärker er sie bedrängte, desto weiter würde sie sich von ihm entfernen. Der Anblick, wie sie in ihr Auto stieg, zwang ihn fast in die Knie.

»Harper!«

Sein verzweifelter Ruf ließ sie innehalten.

»Kommst du zurück?«

Sie schaute ihm mit tränenüberströmten Wangen direkt in die Augen. »Ich hoffe es.«

Schluchzer entrangen sich ihrer Kehle, als Harper davonfuhr. Sie wusste nicht, wohin sie gehen oder mit wem sie reden sollte. Sie hatte gerade den einzigen Menschen zurückgelassen, mit dem sie sprechen wollte. Aber Gavins Mutter weinte, sein Vater sah aus, als wäre er innerhalb der letzten Stunde um zehn Jahre gealtert, und Gavin …

Ihr starker, vernünftiger Freund, der Mann, der ihr vom ersten Tag an geholfen hatte, ihren Weg zur Ehrlichkeit zu finden, hatte schuldbewusst und leichenblass ausgesehen, als hätte es ihn all seine Kraft gekostet, sich die Worte herauszuzwingen.

Wie sollte sie ihre eigenen Gefühle sortieren, wenn der Mann, den sie liebte, genauso am Boden zerstört aussah, wie sie sich fühlte?

Sie dachte darüber nach, Jana anzurufen. Aber sie war diejenige gewesen, die Harper davon überzeugt hatte, nicht mehr so vorsichtig zu sein. *Mir ist nicht nur meine mangelnde Vorsicht auf die Füße gefallen, sondern meine ganze Welt gleich mit.* Sie wischte sich über die Augen und fuhr ziellos durch die Gegend, während sie überlegte, was sie tun und wohin sie gehen sollte. Der Gedanke, irgendjemandem zu erzählen, was los war, war zu viel für sie. Sie fuhr zu ihrem Cottage, doch als sie auf die Veranda trat, erinnerte sie sich an Gavins Nachricht, an die Lutscher, die er ihr hingelegt hatte, und daran, wie er sie darin unterstützt hatte, ihr Leben genau unter die Lupe zu nehmen und es neu aufzubauen.

Mit einem entschlossenen Atemzug schob sie die Tür auf und trat ein. Die kahlen Räume, der Ort, der mal ihr Zuhause gewesen war, fühlte sich erdrückend und kalt zugleich an. Sie schloss die Tür hinter sich und wanderte unruhig auf und ab, doch ihre Beine versagten ihr den Dienst. Sie sackte auf dem Sofa zusammen und vergrub weinend das Gesicht in den Händen. In ihrem Kopf drehte sich ein Gedankenkarussell, Momentaufnahmen der Dinge, die Gavin gesagt hatte, des Schmerzes in seinen Augen und der Laute. *Gott, diese Laute.* Das leise Schluchzen seiner Mutter, die angestrengte Stimme seines Vaters, Becketts Entschuldigungen und Gavins Stimme, die immer dünner wurde, während er seine Leidensgeschichte erzählte.

Sie ließ den Kopf nach hinten gegen das Polster sinken und starrte an die Decke, während sie daran zurückdachte, wie sie eine Krankheit vorgetäuscht hatte, um nicht auf das Blind Date gehen zu müssen. Sie lachte leise, als sie sich erinnerte, wie hartnäckig und doch zurückhaltend Gavin mit ihr umgegangen war. Er wusste immer genau, was sie brauchte.

Aber er hatte ihr seine Ehe verschwiegen.

Vielleicht war es das, was *er* brauchte.

Sie kam wieder auf die Beine und fühlte sich immer mehr wie eine Fremde in ihrem eigenen Haus. Sie war nicht mehr der Mensch, der aus L. A. nach Hause zurückgekommen war. Sie war besser, stärker, selbstsicherer in dem, was sie wollte.

Ich will Gavin.

Der Schmerz in ihrem Herzen wurde schlimmer.

Sie ging zum Schlafzimmer. Obwohl sie die Einrichtung ausgetauscht hatten, um es voll möbliert vermieten zu können, drängten sich ihr Bilder von ihrem gemeinsamen Liebesspiel auf. Hastig machte sie auf dem Absatz kehrt und verließ das Cottage.

Unter Tränen stieg sie zurück ins Auto und fuhr wieder los.

Ihr Lieblingsplatz zum Nachdenken war Gavins Steg geworden. *Unser Steg.* Sie schluchzte erneut. *Reiß dich zusammen und denk nach.* In ihrem Verstand mischten sich so viel Schmerz und Liebe und Verwirrung, dass sie froh war, nicht im Straßengraben zu landen. Sie fuhr wie auf Autopilot, schlängelte sich durch die dunklen Straßen von Wellfleet, vorbei an Galerien und Restaurants, in Richtung des Piers, wo sie früher immer zum Nachdenken hingegangen war. Vielleicht würde die Seeluft ihr helfen, ihre aufgewühlten Gefühle zu ordnen.

Sie war froh, nur eine Handvoll Autos auf dem Parkplatz zu sehen. Mac's Seafood und das Pearl waren geschlossen, ebenso wie das WHAT-Theater und die Geschäfte, sodass nur der Hafen als Anziehungspunkt blieb. Sie verließ das Auto und wünschte sich, sie hätte einen Pullover mitgenommen, sog dann aber tief die kühle Nachtluft ein. Am anderen Ende des Parkplatzes war eine Gruppe Jugendlicher mit ihren Skateboards beschäftigt und ihre Stimmen hallten zu Harper herüber. Die Brise frischte auf, als sie auf die abgenutzten Holzlatten des Piers trat. Sie kam an einem jungen Paar vorbei, das es sich auf einer Decke im Sand gemütlich gemacht hatte. Ein sehnsüchtiger Stich durchfuhr sie.

Als sie das Ende des Piers erreichte, hielt sie sich an einem der splittrigen Holzpfähle fest und lauschte den Geräuschen des Wassers, das gegen die Pfähle schwappte, dem Knarren der Fischerboote und dem Klirren ihrer Metallteile im Wind. In der salzigen Luft lag ein starker Geruch nach Fisch und Hafen. Harper schlang die Arme um sich selbst und hoffte, dass die kalte Luft den Schmerz aus ihrem Herzen vertrieb. Sie bekam eine Gänsehaut und der Stoff ihres Kleids wehte ihr um die Beine. Kalte Luft reichte nicht aus, um die gewünschte Wirkung zu erzielen. Ihr Schmerz saß zu tief. Das Problem war, dass sie mit ihrer Pein nicht allein war, und sie konnte Gavins nicht von ihrer eigenen trennen. Sie waren zu sehr miteinander verbunden, und sie hatte nicht die geringste Ahnung, wie sie das auseinandersortieren sollte.

Sie setzte sich auf den Rand des Piers. An der Bay war es so anders als am See. Hier peitschte der kalte Wind, gleichgültig gegenüber dem Chaos in ihrem Kopf, während die Brise am See sanft, liebkosend und beruhigend war. *Wie Gavin.* Er war kein Orkan mit Windstärke acht, wie er bei ihrem ersten Date behauptet hatte. Er war eine ständig wehende, entspannende Brise, die die Stimmung hob und die Nerven besänftigte. Dieser Gedanke löste erneut einen sehnsüchtigen, schmerzhaften Stich in ihr aus. Sie wünschte, wütender zu sein, richtig stocksauer. Das wäre so viel einfacher als verletzt und traurig.

Sie schloss die Augen und ließ sich von der kalten Luft bis auf die Knochen durchfrieren. Vielleicht konnte sie den Schmerz herauseisen. Lange saß sie so zitternd im Wind und erinnerte sich daran, wie sie früher zum Schreiben hierhergekommen war. Die Nähe zum Wasser hatte ihrer Kreativität immer auf die Sprünge geholfen, doch als sie aus L. A. nach Hause gekommen war, hatte sie mehr gebraucht.

Sie hatte Gavin gebraucht.

Er hatte ihr nicht nur geholfen, ihre Leidenschaft wiederzufinden. Er war zu einer ihrer Leidenschaften *geworden*. Ihrer größten Leidenschaft.

Meine beste Leidenschaft.

Sie wollte diesen Gedanken verdrängen, doch genauso gut hätte sie versuchen können, ein Stück von sich selbst abzureißen.

Sie wusste nicht, wie lange sie in der Kälte saß, aber es war lang genug, dass ihre Zehen taub wurden. Sie hörte schlurfende Schritte auf dem Pier und das Flüstern eines verliebten Paars. Ihr Magen krampfte sich zusammen, als die Schritte sich näherten.

»Harper?« Violet legte eine Hand auf Harpers Schulter und hockte sich neben sie. Ihre Haare waren genauso schwarz wie ihre Lederjacke und ihre Stiefel. »Alles in Ordnung? Du bist ja halb erfroren.«

Andres besorgtes Gesicht tauchte in ihrem Blickfeld auf und Harpers Emotionen gingen in den freien Fall über. Hatten sie wirklich gerade noch zusammen gefeiert?

»Mir geht's gut.« Sie versuchte, ihren Kummer zu verbergen, aber die Traurigkeit in ihrer Stimme war nicht zu überhören.

»Dann macht es dir sicher nichts aus, wenn wir uns zu dir

setzen.« Violet ließ sich neben ihr nieder.

Andre schlüpfte aus seiner Sweatshirtjacke und legte sie Harper um die Schultern. Dann setzte er sich auf Harpers andere Seite und schirmte sie mit seinem muskulösen Körper vor dem Wind ab.

»Danke.« Sie zog die Jacke fester um sich.

Die beiden sagten eine Weile nichts, aber Harper wusste, dass sie es gerne würden.

»Weißt du, Gavin hat auf mich immer ein bisschen entwurzelt gewirkt«, sagte Violet beiläufig. »Aber heute Abend sah er aus wie ein Mann, der endlich weiß, dass er genau da ist, wo er hingehört. Willst du mir sagen, warum du hier bist, anstatt ihm eine Geburtstagsfeier zu bereiten, die er nie vergessen wird?«

»Nicht unbedingt«, murmelte Harper.

»Okay, kein Problem. Er muss etwas ziemlich Schlimmes gemacht haben.« Violet knackte mit den Fingerknöcheln. »Soll ich ihn für dich um die Ecke bringen? Seine Leiche auf dem Ozean verschwinden lassen?«

Harper schüttelte den Kopf. »Nein.«

»Habt ihr euch gestritten?«, fragte Andre.

Harper zuckte mit den Schultern und hatte schon wieder Tränen in den Augen. »Es war eigentlich kein *Streit*.« Sie wusste nicht, wie sie es nennen sollte. Ein Massenaufkommen gebrochener Herzen?

»Was auch immer es war, ich bezweifle, dass es schlimmer ist, als in Ghana aufzuwachen und festzustellen, dass die Person, der man gerade noch gesagt hat, dass man sie liebt, weg ist, ohne sich zu verabschieden oder auch nur einen Zettel zu hinterlassen, und dann zwei Jahre lang nicht zu wissen, ob sie noch lebt oder tot ist«, meinte Andre.

Harper sah Violet an. »Das hast du ihm angetan?«

»Ja. Ich bin furchtbar«, sagte Violet.

»Oh mein Gott, ich kann mir nicht mal vorstellen ...« Das war schlimmer, als nichts von Gavins Ex-Frau zu wissen.

»Nein, sie ist nicht furchtbar«, entgegnete Andre. »Sie hat sich davor geschützt, verletzt zu werden, und letztendlich sind wir beide deshalb zu einem besseren Paar geworden. Haben dir die Mädels nicht haarklein erzählt, was letzten Sommer passiert ist?«

Harper schüttelte den Kopf. »Nur, dass ihr früher schon mal zusammen wart und dass du mit Violets Mom zu Desis Hochzeit gekommen bist. Ich habe auch gehört, dass Vi eine Art Geheimleben geführt hat, von dem keiner von uns wusste.«

»Ja. Stimmt alles und es war scheiße von mir. Alles.« Violet warf Andre einen entschuldigenden Blick zu, der ihr über Harpers Schoß hinweg über die Hand strich. »Ich will die unappetitlichen Einzelheiten nicht noch mal aufwärmen, aber vor drei Jahren waren wir aus unterschiedlichen Gründen in Ghana und haben uns ineinander verliebt. Das hat mir eine Heidenangst eingejagt, wofür wir meine durchgeknallte Mutter verantwortlich machen können. Andre hat mir sein Herz ausgeschüttet, kurz nachdem ich Lizzas Nachricht bekommen hatte, dass Desiree mich hier am Cape braucht. Erinnerst du dich daran?«

»Ja, aber du hast nie etwas über einen Mann gesagt, geschweige denn über *Liebe*.«

»Weil ich nicht an Andre denken konnte, ohne zusammenzubrechen«, sagte Violet. »Der Schmerz saß zu tief, also habe ich so getan, als würde er nicht existieren und als wäre nichts davon jemals passiert. Ich konnte es mir nicht leisten, die Fassung zu verlieren, weil ich gerade erst die Schwester näher kennengelernt hatte, von der ich so lange getrennt gewesen war. Aber glaub mir, ich war ein verdammtes Wrack.«

»Ich könnte nie so tun, als würde ich Gavin nicht lieben. Allein die Vorstellung will mir nicht in den Kopf. Aber ich kann mich nicht daran erinnern, dass du je wie ein Wrack gewirkt hast.«

Violet sah ins Wasser hinunter. »Ich war eins.«

»Bei Violet sieht das anders aus als bei vielen anderen Leuten«, erklärte Andre.

»Das Schlimmste war, dass ich nicht erkannt habe, wie sehr sich meine Lügen auf alle anderen auswirkten«, sagte Violet und in ihren Augen stand Reue. »Ich habe es nicht als Lüge angesehen, diesen Teil meines Lebens – oder die *neuen* Teile meines Lebens, meine neuen Freunde, meine Jobs – zu verheimlichen. Aber das war es. Ich habe Desiree, Serena, Emery verletzt … Ich habe unwissentlich alle verletzt, die mir vertraut haben und mich lieb haben. Der Verstand ist eine komplizierte Sache, Harper. Indem ich meine Vergangenheit hinter mir gelassen habe, habe ich allen, auch mir selbst, vorgemacht, dass ich überhaupt nichts zu verbergen hätte.«

Genau wie Gavin. »Wie habt ihr das überstanden? Andre, warst du nicht wütend? Verletzt?«

»Es war das Schwerste, was ich je durchgemacht habe«, antwortete Andre. »Es wäre einfacher gewesen, wenn ich sie gehasst hätte, doch das ist ja so eine Sache mit der Liebe. Man hat keine Wahl und die Auswirkungen empfindet jeder anders. Mit den Gefühlen, die Violet in Angst und Schrecken versetzten, habe ich mich vollständig gefühlt. Ich war am Boden zerstört, als sie mich verlassen hat, und ich war wütend, als ich sie wiederfand. Aber an unserer Liebe füreinander hatte sich nichts geändert, und als ich das Ganze mit genug Abstand betrachten konnte, um zu verstehen, *warum* sie so verschwunden ist …« Er zuckte mit den Schultern. »Wie kann ich auf die Frau wütend sein, die ich von ganzem Herzen liebe, wenn sie doch nur versucht hat zu überleben?«

War das nicht bei Gavin auch so? Sie dachte daran, wie Beckett gesagt hatte: *Harper ist tausendmal besser als deine durchgeknallte Ex-Frau.* Gavin hatte *Was?* gleichzeitig mit seinen Eltern gefragt. Er klang genauso schockiert und verblüfft über das, was Beckett von sich gegeben hatte, wie die anderen. Das war nicht die Reaktion von jemandem, der noch an seine Ex-Frau denkt.

Harpers Puls schoss in die Höhe, als sie diese ersten Sekunden noch einmal vor ihrem inneren Auge ablaufen ließ. Gavins Gesicht war kalkweiß geworden. Als er begriffen hatte, was er getan hatte, hatte er schockiert und entsetzt ausgesehen, völlig am Boden zerstört.

»Ich hatte Glück, dass Andre mich genug geliebt hat, um meine Altlasten in Kauf zu nehmen.« Tränen glitzerten in Violets Augen.

Zu wissen, was Violet Andre angetan hatte, änderte nichts an Harpers Freundschaft zu ihr, genauso wenig wie es etwas an ihren Gefühlen für Gavin änderte, dass er sich vor seiner Vergangenheit abgeschottet hatte.

»Wir alle haben Altlasten«, meinte Harper.

Und genau das ist Gavins Ex-Frau. Sie war ein Bleigewicht, das das Vertrauen und das Leben aus ihm herausgesaugt und ihn so tief in den Abgrund gerissen hatte, dass er fast nicht wieder aufgetaucht wäre. Auch Harper hatte Altlasten, doch Gavin hatte sie davor bewahrt, einen großen Fehler zu begehen und die Wahrheit vor den Menschen, die sie liebte, zu lange zu verheimlichen.

Ein schlimmer Gedanke drängte sich ihr auf. Was, wenn er

noch mehr verheimlichte? Nachdem sie ihn so verzweifelt gesehen hatte, als ihm klar wurde, was er getan hatte, ging sie nicht davon aus, dass er noch etwas verbarg. Tief in ihrem Herzen, in ihrer *Seele*, glaubte sie das nicht. Aber brachte sie ihm zu wenig Skepsis entgegen, indem sie auf ihr Bauchgefühl vertraute? Was, wenn sie sich irrte? Was dann?

Sie erinnerte sich daran, was Hunter ihr über die Liebe gesagt hatte. *Wenn deine andere Hälfte traurig ist, bist du es auch. Wenn sie glücklich ist, willst du alles in deiner Macht Stehende tun, damit das auch so bleibt. Das ist Liebe, Harper. Du bist vielleicht noch nicht ganz an dem Punkt, aber wenn du das alles fühlst, lohnt es sich auf jeden Fall, es festzuhalten, bis es so weit ist.*

Gavin hatte ihr von dem Baby erzählt. War das nicht ein schwierigeres Eingeständnis als die Heirat?

»Ich will daran festhalten«, sagte sie zusammenhangslos.

»Was?«, fragte Violet.

Gavins gequälte Erklärung traf sie wie ein Schlag. *Ich habe mich geschämt und ich war verletzt. Ich wurde auf die schlimmste Art und Weise manipuliert. Was für ein Mann lässt so was mit sich machen? Dad wäre das nie passiert.* Bei der Erinnerung daran stockte ihr der Atem.

»Du hast gesagt, der Verstand ist eine komplizierte Sache.« Harper rappelte sich schwer atmend auf. »Dass du, indem du deine Vergangenheit hinter dir gelassen hast, allen, auch dir selbst eingeredet hast, dass es überhaupt nichts zu verbergen gibt.«

»Ja. Das stimmt«, sagte Violet.

Sie schlang die Arme um Violet. Andres Sweatshirt rutschte von Harpers Schultern und er griff hastig danach.

»Hoppla, wofür war das denn?«, fragte Violet.

»Dafür, dass du mir die Wahrheit klargemacht hast. Ich

muss los!« Harper umklammerte ihren Schlüsselbund.

»Ist alles in Ordnung?«, fragte Andre.

»Das wird es wieder sein«, rief sie über die Schulter, während sie zu ihrem Auto rannte.

Vierundzwanzig

Gavin saß neben Beckett auf der Couch und versuchte, nicht durchzudrehen. Nachdem Harper gegangen war, wollte er ihr hinterherfahren, aber sein Vater hatte ihn überzeugt, ihr den Freiraum zu geben, um den sie gebeten hatte. Gavin hatte eingewilligt und sich auf zwei Stunden eingelassen. Das war vor *fast* zwei Stunden gewesen, und jede Sekunde, die verstrich, fühlte sich wie ein weiterer Nagel in seinem Sarg an.

»Ich kann hier nicht mehr herumsitzen. Ich gehe sie suchen.« Gavin schnappte sich seine Schlüssel und stand auf.

Beckett zerrte ihn wieder zurück. »Du hast doch gehört, was Dad gesagt hat, bevor sie ins Bett gegangen sind. Du hast gerade Harpers ganze verdammte Welt auf den Kopf gestellt. Lass ihr Luft zum Atmen, Mann. Am Ende wirkst du nur verzweifelt.«

Gavin starrte ihn an. »Ich *bin* verzweifelt, Sackgesicht. Ich liebe Harper. Ich würde mich vom Teufel persönlich windelweich prügeln lassen, wenn ich ihr damit den Schmerz nehmen könnte, den ich verursacht habe. Wie soll ich sie jemals zurückgewinnen?«

»Gavin, du bist der beste Mensch, den ich kenne. Harper ist klug und sie liebt dich. Sie weiß, wer du wirklich bist, genau wie Mom und Dad.«

Da war er sich nicht so sicher. Er hatte ein langes Gespräch mit seinen Eltern geführt, in dem er offen zu seinen Schuldgefühlen und der Scham stand. Seine Eltern hatten deutlich gemacht, dass sie nicht glücklich darüber waren, erst jetzt von der Heirat und der Schwangerschaft zu erfahren, doch sie hatten auch beteuert, dass sie ihn bedingungslos liebten. Seine Vergangenheit zu begraben, hatte nichts mit der Liebe seiner Eltern zu ihm zu tun gehabt, sondern nur damit, wie enttäuscht er von sich selbst gewesen war.

»Wie verkorkst muss ich sein, um diesen Mist so tief in mir zu verstecken, dass ich die Hochzeit buchstäblich vergessen habe?«

»Ungefähr so verkorkst wie ich, bevor ich die Fehler erkannt habe, die ich bei Morgyn gemacht habe. Im Nachhinein ist man angeblich immer schlauer, aber eigentlich sollte es heißen: Im Nachhinein ist man ein Dummkopf.«

Beckett war kurz mit ihrer gemeinsamen Freundin Morgyn Montgomery zusammen gewesen. Liebe war nicht im Spiel gewesen, aber sie war ihm als Freundin wichtig, und als sie ihn um geschäftlichen Rat gebeten hatte, war er zu kurzsichtig gewesen, um ihr volles Potenzial zu erkennen, und hatte ihr unabsichtlich schlechte Empfehlungen gegeben. Das alles war ihm erst nach der Trennung von ihr klar geworden.

Gavin warf einen Blick auf den Countdown auf seinem Handy. *Noch elf Minuten.*

Womöglich explodierte er vorher einfach.

»Es tut mir wirklich leid, Mann«, sagte Beckett zum x-ten Mal.

»Das ist allein meine Schuld. Ich kapiere es einfach nicht. Ich begrabe so was nie.«

»Ist ja nicht so, als hätte damals einer von uns Erfahrung mit so was gehabt. Es war eine schlechte Entscheidung und du warst total neben der Spur. Hättest du den Mist nicht begraben, hättest du ihn nie überwunden.«

Gavin schloss die Finger um seine Autoschlüssel und widerstand nur mit Mühe dem Drang, loszustürmen. »Erklär das mal Harper. Ich kann sie nicht verlieren, Beck. Sie ist alles für mich.«

Die Haustür öffnete sich und Gavin sprang auf, als Harper zögerlich den Raum betrat.

»Du bist wieder da.« Das Herz schlug ihm bis zum Hals, als er auf sie zuging und auf ihrem Gesicht nach Hinweisen suchte, ob sie ihre Beziehung beenden oder ihm verzeihen würde.

Sie blinzelte ein paarmal und schaute zwischen ihm und Beckett hin und her, der ebenfalls aufgestanden war und aussah, als würde ihm etwas quer im Magen liegen. »Es tut mir leid, dass ich abgehauen bin.«

»Schon gut«, sagte er und fühlte sich, als wäre er gerade einen Marathon gelaufen. »Möchtest du reden?«

Sie nickte.

»Tut mir wirklich leid, dass ich das ganze Chaos verursacht habe, Harper«, sagte Beckett. »Gavin ist der ehrlichste Kerl, den ich kenne, und er liebt dich mit jeder Faser seines Seins.«

Sie nickte erneut und signalisierte ihm wortlos mit einem weicheren, tränenerfüllten Blick, dass sie ihm verzieh.

Beckett stupste Gavin gegen die Schulter. »Ich fahre ein Runde, damit ihr ein bisschen Ruhe habt. Kriege ich deine Schlüssel?«

»Klar.« Als Beckett sich nicht rührte, warf Gavin ihm einen Blick zu, der besagte, dass er sich endlich vom Acker machen sollte.

»Du hältst immer noch deine Schlüssel in der Hand.« Beckett zeigte auf Gavins geballte Faust.

Er reichte seinem Bruder die Schlüssel, die er komplett vergessen hatte.

Beckett schaute ihm fest in die Augen. »Ich habe dich lieb.«

Sein stilles *»Du schaffst das«* kam laut und deutlich herüber, auch wenn Gavin da weniger Vertrauen hatte.

Nachdem Beckett gegangen war, hantierte Harper nervös mit ihren Schlüsseln und fragte: »Sind deine Eltern noch auf? Ich möchte mich bei ihnen entschuldigen, weil ich einfach so gegangen bin.«

»Sie sind vor einer Stunde ins Bett, aber, Harper, du brauchst dich nicht zu entschuldigen. Sie verstehen, dass du Luft gebraucht hast. Sie mögen dich unfassbar gern. Können wir uns setzen und reden?«

Er wollte eine Hand auf ihren Rücken legen, um sie zur Couch zu bringen, hielt sich jedoch davon ab, weil er nicht wusste, wie sie zu ihm stand. Zum ersten Mal seit ihrem Kennenlernen war es unangenehm zwischen ihnen. Er kam damit nicht klar und hatte nicht die geringste Ahnung, wie er es wieder in Ordnung bringen konnte oder wo er überhaupt anfangen sollte.

Sie setzte sich, spielte aber immer noch mit ihren Schlüsseln. Die Haare fielen ihr wie ein Vorhang vors Gesicht und machten es ihm schwer, ihren Gesichtsausdruck zu erkennen. Das Klimpern ihrer Schlüssel klang überlaut in der Stille.

Gavins Handywecker ging los, was Harper erschrocken zusammenfahren ließ. Er schnappte sich das Gerät vom Couchtisch und schaltete es aus. Anschließend nahm er ihr die Schlüssel aus der Hand und legte sie zu seinem Telefon auf den Tisch, bevor er ihre zitternden Finger mit einer Hand umschloss. Sie erwiderte die Geste. Seine Gefühle überwältigten ihn fast bei dieser kleinen Berührung.

»Was sollte der Wecker?«, fragte sie leise.

»Du hast um Zeit zum Nachdenken gebeten. Ich habe mir und meinem Vater versprochen, dass ich dir zwei Stunden gebe, bevor ich dich suche.«

Sie lehnte sich ein wenig an ihn und das gab ihm Hoffnung.

»Ich finde es furchtbar, dass ich diesen Bruch zwischen uns verursacht habe, und ich weiß, dass eine Entschuldigung nicht ausreicht, um den Schmerz, den ich dir zugefügt habe, wiedergutzumachen«, sagte er. »Mir ist klar, dass du Zeit brauchen wirst, um mir wieder zu vertrauen, aber wenn du mir noch eine Chance gibst …«

»Hör auf«, flüsterte sie. »Ich glaube, ich verstehe jetzt, warum du es vor allen geheim gehalten hast, auch vor dir selbst.«

»Wirklich?« *Oh, verdammt.* Seine Kehle fühlte sich schon wieder wie zugeschnürt an.

Sie nickte. »Als ich dachte, dass mein Leben den Bach runtergegangen ist, hatte ich einen Freund, mit dessen Hilfe ich erkannte, wie falsch ich damit lag. Den hattest du damals nicht. Jemanden, der dir erklärte, dass Corinnes Verhalten nicht deine Schuld war, oder dass du dich nicht von einer schlechten Erfahrung aus der Bahn werfen lassen solltest. So ein Freund hätte dich wahrscheinlich daran erinnert, dass du schon am Tag deiner Geburt etwas Großartiges für deine Eltern warst, bevor du überhaupt etwas anderes als ihr Sohn geworden bist. Und dass Beckett weiß, wie unglaublich toll du bist. Der Freund hätte dir erklärt, dass es keine Rolle spielt, ob du eine Frau deiner Familie für einen Tag oder einen Monat vorziehst, oder ob du sie sogar heiratest. Sondern, dass sie dich immer lieben werden.«

Seine Brust zog sich zusammen.

»Du hattest keinen Freund, der dich daran erinnert hat, wie wichtig es ist, ehrlich zu den Menschen zu sein, die dich lieben.« Sie drückte seine Hand fester. »Ich möchte mir nicht vorstellen, wie ich jetzt wohl wäre, wenn ich keinen Freund gehabt hätte, der mir half, meine schlechten Erfahrungen zu überwinden.«

Er schluckte schwer. »Harper …?«

Sie blinzelte die Feuchtigkeit in ihren Augen weg. »Du hast mir wehgetan, Gavin, und diese Art von Schmerz geht nicht so einfach weg.«

»Ich weiß, und es bringt mich um, dass ich dich verletzt habe. Ich werde den Rest meines Lebens damit verbringen, es wiedergutzumachen.«

»Das musst du nicht. Wir alle gehen unterschiedlich mit Liebe und Trauer um. Ich bin verletzt, aber ich liebe den Mann, der du *jetzt* bist. Ich muss nur wissen, ob es noch irgendetwas gibt, das du womöglich verheimlichst.«

»Nein. Abgesehen von der wahnwitzigen Sache mit Corinne bin ich ein ziemlich langweiliger Kerl.«

Sie lachte erleichtert auf, leise und wundervoll, wie Musik in seinen Ohren, obwohl ihr schon wieder Tränen über die Wangen rannen. »Du bist alles andere als langweilig.«

»Oh, Baby«, sagte er und zog sie in die Arme. Er vergrub sein Gesicht an ihrem Hals und in ihren Haaren und atmete tief ihren Duft ein. »Es tut mir so leid, und ich bin so froh, dass du zurückgekommen bist. Ich dachte, ich hätte dich verloren.«

»Du solltest dich übrigens bei Violet und Andre bedanken.«

»Violet und Andre?«

Sie nickte. »Ich habe ihnen nichts erzählt, keine Sorge.«

Er wischte sich die Tränen aus den Augen. »Ich werde es ihnen erzählen. Ich will keine Geheimnisse, Süße. Nicht vor dir und nicht als Leiche in unserem Keller, die uns irgendwann in den Hintern beißt. Ich dachte, ich hätte das mit Corinne alles längst verarbeitet, aber ich habe es wohl einfach nur unter den Teppich gekehrt.«

Ein kleines Lächeln umspielte ihre Lippen. »Es ist gut, dass ich ziemlich geschickt mit einem Besen umgehen kann.« Sie umfasste sein Gesicht mit ihren weichen Händen, und ihre schönen blauen Augen flehten ihn an, sie ganz und gar zu lieben. »Bitte tu mir nicht wieder weh, Gavin. Das schaffe ich nicht.«

»Nie wieder, Süße.«

Sie drückte die Lippen auf seine und küsste ihn sacht, wieder und wieder. Jede Berührung heilte ein weiteres zerbrochenes Stück seines Herzens. Er wollte sich mit ihr davonstehlen, sie lieben, bis sie sich nicht mehr erinnern konnte, jemals verletzt worden zu sein.

Harper sah Gavin tief in die Augen und erkannte dort Erleichterung und so viel Liebe, dass sie sich ihr unmöglich entziehen konnte. In ihren Augen spiegelten sich die gleichen Emotionen wider, das wusste sie, weil sie ihn mit jeder Zelle ihres Körpers liebte. Sie küsste ihn erneut, genoss die hungrige Leidenschaft, mit der er den Kuss erwiderte. Anschließend drückte sie die Lippen auf seine Wange und biss ihn sacht ins Ohrläppchen, was ihm ein Zischen entlockte. Er drehte das Gesicht zur Seite, um wieder an ihre Lippen heranzukommen. Ihr war klar, dass er den Drang verspürte, vorsichtig mit ihr umzugehen, aber sie wollte nicht vorsichtig angefasst werden. Sie wollte eine Bestätigung ihrer Liebe. Das wollte sie ihm schenken, weil es für ihn – trotz allem, was sie heute durchgemacht hatte – um ein Vielfaches schlimmer gewesen war. Er hatte die Pein und die Scham noch einmal durchlebt, die er mit so viel Anstrengung zu überwinden versucht hatte.

Sie streifte sich die Sandalen von den Füßen und stand auf, um nach seiner Hand zu greifen und ihn mitzuziehen. Sacht strich sie über sein Gesicht und holte ihn dicht zu sich heran. Dann leckte sie über seine Unterlippe und schwelgte darin, wie seine Augen sich verdunkelten. »Lindern wir den Schmerz mit Liebe«, flüsterte sie.

»Danke, Süße.« In seiner Stimme schwangen so viele Emotionen mit.

Er hob sie auf die Arme und sie schlang die Beine um seine Taille. Verlangen und Sehnsucht vibrierten durch ihren Körper, und ihre Lippen suchten einander wieder, während er sie ins Schlafzimmer trug und die Tür mit einer Hand hinter ihnen schloss, ohne den leidenschaftlichen Kuss zu unterbrechen. Er setzte sich mit ihr auf dem Schoß auf die Bettkante und eine Weile widmeten sie sich nur dem Mund des anderen. Gavin zwickte sie in die Unterlippe, küsste ihren Kiefer, ihren Hals und zog ihr den schmalen Träger ihres Kleids mit den Zähnen über die Schulter. *Oh*, was richtete er nur in ihr an! Sein Blick blieb an dem Spitzenbesatz ihres lachsfarbenen Demi-BHs hängen, in dem feine Goldstickerei glänzte. Er sog scharf Luft ein und wurde noch härter unter ihr. Die hübsche Unterwäsche hatte sie eigens für seinen Geburtstag gekauft.

Sie streifte sich den anderen Träger des Kleids über die Schulter und öffnete die Schleife an ihrer Taille, um das Wickelkleid zu öffnen und den zum BH passenden Slip zu enthüllen. Hitze flammte in Gavins Blick auf, als sie von seinem Schoß glitt und das Kleid zu Boden rutschen ließ. Sie drehte sich um und gewährte ihm so einen Blick auf die freche, herzförmige Stoffaussparung über ihrem Hintern. Das Feuer in seinen Augen sorgte dafür, dass ihr Puls sich beschleunigte, als sie ihn über die Schulter hinweg anschaute.

»Alles Gute zum Geburtstag, Gavin.«

In Nullkommanichts war er auf den Beinen, riss sich die Kleider vom Leib und dann schmiegte sich sein herrlich nackter Körper an ihren Rücken und seine Hände beschäftigten sich fleißig mit ihrer Vorderseite.

»Mein Gott, Harper.«

Er biss sie in die Schulter und sie drängte den Hintern gegen seine harte Länge, ließ das Becken dort langsam kreisen. Sein Schaft drückte sich heiß durch den Stoffausschnitt gegen ihre Pobacken. Sie stützte sich mit den Händen an der Wand ab, weil sie wusste, wie sehr er ihren Hintern liebte. Sein Mund zog eine glühende Spur ihre Wirbelsäule entlang nach unten bis zu dem Grübchen über ihrem Steißbein. Er streichelte mit beiden Händen besitzergreifend über ihren Oberkörper, ihren Bauch und – *oh Himmel* – zwischen ihre Beine. Als er die Finger unter ihr Höschen schob und über ihre Feuchtigkeit strich, entkamen ihm die kehligen, tiefen Laute, die sie jedes Mal um den Verstand brachten. Mit der Zunge zeichnete er den Umriss des Stoffausschnitts nach und das kitzelnde Gefühl ließ sie immer weiter in ihrer brennenden Lust versinken, je länger er sie neckte. Verschiedene Empfindungen trafen aufeinander, ließen sie aufstöhnen und die Hüften bewegen, und als er mit den Fingern in sie eindrang, suchte sie verzweifelt an der Wand nach Halt.

»Gavin«, keuchte sie.

Er zog ihr den Slip aus und sein Daumen landete auf ihrer Klitoris, die er mit sinnlichen Kreisen verwöhnte, während seine

Finger in ihr seine Magie wirkten, bis sie sich angespannt auf die Zehenspitzen stellte. Seine Zunge fand ihren Weg nach unten und neckte sie zusammen mit seinen Fingern, was Lust und Liebe in ihrem Körper widerhallen ließ. Er zog das Tempo an, bewegte die Finger schneller in ihr und drückte die Lippen auf die Innenseite ihres Oberschenkels, um hart an der Stelle zu saugen. Sie kniff die Lippen zusammen, um einen Aufschrei zu unterdrücken, als sie über die Klippe taumelte. Ihr Becken zuckte ihm hemmungslos entgegen und ihre inneren Muskeln pulsierten eng und hektisch um seine Finger. Doch er hörte nicht auf. Oh nein, Gavin wusste ganz genau, wie er sie an den Rand des Wahnsinns trieb. Er richtete sich zu voller Größe auf und schmiegte seine harte Brust an ihren Rücken, während er seine harte Länge zwischen ihre Beine schob, wo sie über ihr empfindliches Geschlecht rieb. Dann legte er die Hände über ihre und fixierte sie so an der Wand.

»Stell die Beine enger zusammen, Baby. Drück mich fest, als wäre ich in dir. Ich will, dass du so auf meinem Schwanz kommst.«

Der Dirty Talk ließ ihr die Knie weich werden, doch sie schaffte es, die Beine zusammenzukneifen.

»Genau so. Schön eng, Baby.«

Sie drückte die Beine so fest sie konnte zusammen, als er das Becken nach vorn stieß und damit herrlich über ihr Geschlecht glitt, ohne in sie einzudringen. Sie wollte mehr und drängte sich ihm nach hinten entgegen, doch sie wusste, dass er ihr nichts weiter geben würde, bevor sie kam, und oh Himmel, das gefiel ihr unglaublich.

Er gab eine ihrer Hände frei und fasste sie am Kinn, um ihren Kopf zur Seite zu drehen und ihren Mund mit einem hungrigen Kuss zu erobern. Seine Zunge stieß hart nach vorn und bewegte sich im gleichen Takt wie seine Hüften. Als seine Hand schließlich über ihren Bauch nach unten wanderte und die Stelle fand, die ein Feuer in ihrer Mitte entfachte, ließ sie den Kopf nach hinten gegen seine Brust sinken.

»Oh *Gott*«, entwich ihr in einem lang gezogenen, heißen Atemzug.

Er suchte sich eine Stelle an ihrer Halsbeuge, saugte daran und strich mit der Zunge darüber. Adrenalin rauschte durch ihre Adern und ließ ihr schwindelig vor Verlangen werden. Sein Daumen löste den Rest seiner Finger ab, die er nun unter seinen Schaft legte, um ihn fest gegen ihr Geschlecht zu schieben und den Druck auf die richtigen Stellen zu erhöhen. Sie schloss die Finger um seine und tat ihr Bestes, damit ihr kein Laut entkam, als er sie immer höher und höher hinauftrug, bis sie kurz vorm Durchdrehen stand.

»Ich will dich auf dem Bett, Baby«, brachte er gepresst hervor, während er ihr den BH auszog und ihre zittrigen Arme nach unten drückte, um ihr die Träger abzustreifen.

»Kein Kondom«, sagte sie. »Ich will *dich* spüren.«

Er drehte sie zu sich um und seine Augen waren so dunkel und lusterfüllt, dass ihre Knie direkt wieder unter ihr nachgaben. »Ich will dich auch spüren, Baby. Aber ich werde dich eines Tages heiraten und gehe auf keinen Fall das Risiko ein, dass du schwanger wirst und dann glaubst, dass ich aus irgendeinem anderen Grund als meiner unsterblichen Liebe die Ehe mit dir eingehen will.«

Ihr Herz sprang ihr beinahe aus der Brust, als er die Lippen auf ihre senkte und sie gemeinsam aufs Bett fielen. Nach ein paar kleinen Küssen machte er sich lang, um die Nachttischschublade zu öffnen, als könnte er es nicht ertragen, von ihr getrennt zu sein. Und nach allem, was vorhin passiert war, ging es ihr ganz genauso.

Er warf ein paar Kondome auf die Matratze und sie sagte: »Hol die Fesseln.« Die Erleichterung in seinen Augen ging ihr direkt ans Herz. »Ich vertraue dir, Gavin. Ich will alles, genau wie in unserer ersten Nacht.«

Nachdem er eine schwarze Seidenkrawatte aus der Schublade gefischt hatte, ließ er sich wieder auf sie sinken und küsste sie tief, bevor er sich hochstemmte und sich mit einem raubtierhaften Ausdruck in den Augen rittlings über ihre Beine kniete. Seine harte Länge zuckte in Richtung seines Bauchs und Harpers Puls schoss in die Höhe. Sie liebte diese Spiele. Er strich mit der weichen Seite neckend um ihre Brüste, über ihre Nippel und dann zu ihrer Körpermitte hinunter.

»Ich will dir eine Augenbinde anlegen, damit sich jede Berührung noch intensiver anfühlt.« Seine leise Stimme war so voller Verlangen, dass sie es beinahe auf der Zunge schmecken konnte.

»Ja, tu es.«

Als er ihr sanft mit der Seide die Augen verband, erinnerte sie sich an das erste Mal, als er das gemacht hatte. Angst und Erregung hatten sich damals die Waage gehalten. Er hatte ihre Furcht bemerkt und ihr deswegen alles angekündigt, bevor er es in die Tat umsetzte. Ihre Angst hatte sich schnell in Luft aufgelöst. Das Gleiche hatte er auch getan, nachdem sie am Cape ein Paar geworden waren, und jetzt empfand sie keine Angst mehr, mit der sie hätten umgehen müssen.

Sie lag mit verbundenen Augen auf dem Bett und seine Körperwärme tränkte ihre Haut, als sein Oberkörper über ihre Brüste strich. Ihre Nippel zogen sich zusammen, als er nach unten rutschte und eine der empfindlichen Spitzen mit der Zunge verwöhnte und daran saugte. Die andere Brust umfing er mit einer Hand und spielte mit dem Nippel. Gavin stöhnte auf und der kehlige, sexy Laut schickte einen heißen Blitz direkt in ihre Mitte. Er verlagerte erneut das Gewicht und sie spürte eine seiner Hände zwischen ihren Beinen.

»Ja«, hauchte sie. »Saug hart daran«, wies sie ihn an, als er den Mund wieder auf ihre Brüste senkte.

Er saugte so hart, dass das Gefühl bis zwischen ihre Beine reichte. Schließlich drangen seine Finger mit einer schnellen Bewegung in sie ein, die ein elektrisierendes Kribbeln durch sie hindurchschickte. Sie kniff die Lippen zusammen, um nicht aufzuschreien. Er schickte sie mit seinem Mund und den Fingern geradewegs über die Klippe, und als sie von ihrem Höhepunkt langsam wieder herunterkam, wiederholte er das Ganze und ließ sie direkt wieder in die Wolken fliegen. Sie presste die geballten Fäuste in die Matratze, und er glitt an ihrem Körper nach unten, ließ sie auf dem Weg immer wieder seine Zunge spüren, wenn er sich nahm, was er wollte. Er packte ihre Beine, drückte sie auseinander und hielt sie so fest. Sie hielt den Atem an und machte sich darauf gefasst, dass er sich jeden Moment hungrig auf sie stürzte, doch stattdessen huschte seine Zunge hauchzart über ihr Geschlecht, leichter als eine Feder. Die Luft wurde ihr aus der Lunge getrieben. Er wiederholte die Bewegung, und sie versuchte, ihr Stöhnen zu unterdrücken.

»Genau so, Baby. Weck meine Eltern nicht auf.«

Oh Gott! Das wäre so peinlich!

Er kitzelte ihre Klit mit der Zunge, ging aber gleich wieder zum federleichten Necken über, und daraus wurde ein Wechsel-spiel, das an Folter grenzte. Bei jedem Schlag seiner Zunge hielt sie die Luft an, keuchte, wenn er Druck ausübte, wo sie ihn am meisten brauchte, bis sie so erregt war, dass sie das nicht mehr voneinander unterscheiden konnte. Jede Berührung entflammte sie von innen heraus.

»So süß, Baby«, murmelte er, ohne seine Liebkosungen zu unterbrechen.

Sie stemmte die Fersen in die Matratze und klammerte sich an den kläglichen Rest ihres Verstands. Als einer seiner kräftigen Finger sich an ihrer Feuchtigkeit vorbeischob und ihren Hintern berührte, spreizte sie stöhnend die Beine weiter.

»Mach schon«, bettelte sie. »Ich halt's nicht mehr aus. Ich kann nicht denken. Ich kann kaum noch atmen.«

»Du kannst atmen, Baby, und du musst gerade nicht denken. Du weißt doch, dass ich mich um dich kümmere.«

Verlangen ballte sich in ihr zusammen, als er sie mit der Zunge verwöhnte und an ihr saugte. Sein Finger schob sich in ihren Hintern, während er mit der Zunge weiter vorn in sie eindrang, und die Welt drehte sich um sie.

Als sie auf die Matratze sackte, wechselte er erneut die Position. Kühlere Luft verursachte ihr eine Gänsehaut, doch dann war seine Körperwärme zurück, als er sich auf sie sinken ließ und sie leidenschaftlich küsste. Er schmeckte nach ihr, aber das war ihr egal. Jetzt wollte sie ihn nur noch mehr. Sie spürte seinen harten Schaft auf ihrer Haut. Sein Körpergewicht war herrlich, und er schob die Finger in ihre Haare, um sie festzuhalten, während er den Kuss vertiefte.

Kurz darauf nahm er ihr die Augenbinde ab und strich mit der Nase zärtlich über ihre. »Ich liebe deinen Mund«, flüsterte er heiser und küsste sie so intensiv, dass sich Hitze zwischen ihren Beinen sammelte und sie beinahe gekommen wäre.

Sie griff zwischen sie und er stemmte sich weit genug hoch, dass sie eine Hand um seinen Schaft legen konnte. Ächzend bewegte er das Becken nach vorn und stieß in ihre Hand.

»Ich brauche deinen Mund.« Und schon waren seine Lippen wieder auf ihren und seine Zunge nahm den Rhythmus seiner Hüften auf.

Sie liebte es, wenn er so war, so überwältigt vor Verlangen, dass er sie ganz und gar haben musste. Er machte weiter, bis ihr ganzer Körper lustvoll pochte und danach bettelte, ihn in sich zu spüren.

Er griff nach einem Kondom.

»Beeil dich«, trieb sie ihn an, als er auf die Knie kam und sich das Kondom überzog.

Er beugte sich mit diesem sexy Grinsen über sie, das sie so sehr liebte, und ein mutwilliges Funkeln trat in seine Augen. »Ich soll mich also beeilen, ja?« Er brachte ihre Körper in Position und drang nur mit der Spitze seines Schafts in sie ein. Ihre Enge entlockte ihm ein Zischen.

»*Gavin*«, flehte sie und drückte seine Hüften nach unten, während sie ihm gleichzeitig entgegenkam.

Er bewegte das Becken in kleinen Stößen, schob sich Zentimeter für Zentimeter in sie und zog sich dann quälend langsam aus ihr zurück, nur um anschließend tiefer in ihr zu versinken. Sie zog seine Lippen auf ihre, saugte fest an ihnen und krallte die Fingernägel in seinen Nacken, weil sie wusste, dass ihn das unglaublich anmachte. Er drängte das Becken nach vorn und war auf einmal ganz in ihr.

»Verdammt«, knurrte er.

Sie grinste ihn an und versetzte ihm einen Klaps auf den Hintern. »Du hattest deinen Spaß dabei, mich in den Wahnsinn zu treiben. Jetzt bin ich dran …«

Fünfundzwanzig

Am nächsten Morgen kuschelte sich Harper unter der Decke im Liegestuhl enger an Gavin, während die Sonne am Himmel immer höher stieg. Sie waren vor den anderen wach geworden und nach draußen gegangen, um den Sonnenaufgang zu beobachten. Harper war innerhalb weniger Minuten wieder eingeschlafen und das erinnerte ihn an die Nacht ihres ersten Dates.

Er hörte das Klappen der Haustür und küsste Harper auf die Wange. »Ich glaube, meine Eltern sind aufgestanden. Das war wahrscheinlich mein Vater, der sich die Zeitung holt.«

»Hm.« Sie schlang die Arme um seinen Hals und kuschelte sich an ihn. »Ich mag deine Eltern sehr. Es macht mich traurig, dass sie wieder fahren.«

»Mich auch. Danke, dass du den Kurztrip und die Party organisiert hast. Und, Süße, danke, dass du zurückgekommen bist, dass du mir vertraut hast. Es tut mir leid, dass ich dir wehgetan habe.«

Sie drückte die Lippen auf seine und brachte seinen Kummer zum Schweigen, dann zuckten ihre Mundwinkel nach oben. »Das ist Vergangenheit und ich freue mich auf unsere Zukunft.«

»Ich auch«, sagte er. »Die anderen fahren heute mit Ricks und Drakes Boot raus.«

»Ich weiß, hat Desiree mir erzählt. Willst du mit?«

»Nur wenn du es willst. Das könnte meinen Eltern gefallen.«

»Lass mich kurz nachdenken. Den Tag mit meinen Freundinnen in der Sonne verbringen, während mein Partner und seine wunderbare Familie sich gut amüsieren? Oder …«

Er kuschelte seine Wange an ihre. »Oder?«

»Es gibt kein *oder*. Es gibt nur uns. Das klingt perfekt.«

Die Terrassentür öffnete sich und seine Mutter streckte den Kopf heraus. »Oh«, machte sie überrascht. »Guten Morgen. Ich wusste nicht, dass ihr beide schon auf seid. Ich wollte nur etwas frische Luft schnappen.«

Harper und Gavin stiegen von der Liege, weil der Duft nach Bacon sie hungrig machte.

»Ist schon gut, Mom. Wir wollten sowieso gerade reingehen.« Er wickelte die Decke um Harper, die in ihren süßen Baumwollschlafshorts und einem seiner Sweatshirts einfach hinreißend aussah.

»Dein Vater durchforstet die Zeitung nach Harpers neuestem Artikel.« Sie musterte die beiden nachdenklich. »Ich bin froh, dass ihr euch ausgesprochen habt.«

Auf dem Weg ins Haus sagte Harper zu ihr: »Es tut mir leid, dass ich gestern Abend so verschwunden bin. Das war unhöflich, aber ich war nicht ganz klar im Kopf.«

»Du brauchst dich nicht zu entschuldigen, Liebes«, sagte seine Mutter.

Sein Vater stand in Jeans und Hemd am Herd und wachte über Bacon, Eier und Pancakes, die dort gerade brutzelten, was bei Gavin schöne Kindheitserinnerungen an die Wochenendfrühstücke seines Vaters weckte.

»Das gestern Abend mussten wir alle erst mal verdauen, auch Gavin. Aber das Leben ist weiß Gott nicht immer einfach.« Seine Mutter griff nach der Hand seines Vaters. »Ich weiß ein bisschen, wie es ist, wenn man mal von einem Wheeler-Mann Abstand braucht.«

»Das beruht auf Gegenseitigkeit, Liebling«, erwiderte sein Vater, während er Bacon auf einen Teller stapelte. »Meine Mutter hat immer gesagt, dass Ehen, in denen beide immer einfach mit dem Strom schwimmen, nicht für die Ewigkeit bestimmt sind. Menschen sind nicht perfekt, und wahre Liebe braucht starke Herzen, die vergeben können.« Er sah Harper und Gavin an. »Manchmal muss man gegen den Strom schwimmen, um in ruhigere Gewässer zu gelangen. Aber es sind diese schwierigen Zeiten, die Beziehungen stärker machen. Okay, wer ist mutig genug, um Beckett zu wecken?«

»Ich nicht«, entgegnete seine Mutter. »Der Junge ist ein Morgenmuffel.«

Gavin hob abwehrend die Hände. »Ich bin raus.«

Sein Vater zog eine Augenbraue hoch und warf Harper einen Blick zu. »Bist du mutig genug?«

»Nein, ist sie nicht.« Gavin zog Harper in die Arme. »Dad, Beckett schläft *nackt*.«

Sein Vater lachte leise.

Becketts Schlafzimmertür ging auf und er kam nur mit Jeans bekleidet herausgeschlurft. Seine Haare standen in alle Richtungen ab und er streckte sich ausgiebig. »Ich rieche Bacon.«

Alle lachten.

Beckett legte seinem Vater eine Hand auf die Schulter und stibitzte sich ein Stück.

Sein Vater schüttelte den Kopf. »Nimm den Teller mit zum Tisch, Junge, und versuch, uns anderen noch was übrig zu lassen.«

Harper faltete die Decke zusammen und legte sie auf die Couch, und alle halfen, das Frühstück auf den Tisch zu bringen, bevor sie sich zum Essen daran niederließen.

»Jetzt, wo Mama Harper gezeigt hat, wie man dein Lieblingsessen kocht, kannst du sie ja barfuß und schwanger in der Küche einsperren«, zog Beckett ihn auf.

»Ich habe einen viel besseren Raum für Harper, in dem sie zeigt, was sie draufhat.« Gavin drückte sanft Harpers Bein.

»Gavin!«, schimpfte sie und Beckett lachte laut auf.

»Ich meinte das *Büro*«, erwiderte Gavin grinsend mit einem Augenzwinkern. »Das Schlafzimmer hätte ich gemeint, wenn meine Eltern nicht da wären.«

Harper vergrub das Gesicht in den Händen. *»Omeingott!«*

Beckett lachte erneut.

»Schon gut, Liebes«, tröstete seine Mutter sie. »Wir wissen, dass alles, was Gavin sagt, von Herzen kommt.«

»Das glaubst du echt immer noch, Mom«, sagte Beckett leise.

Gavin boxte ihn gegen den Arm.

Sein Vater deutete mit der Gabel auf Beckett. »Wenn du dir einmal genug Zeit lässt, um auf dein Herz zu hören, wird es dich auch führen. Das steckt dir im Blut, Beckett. Mach dir nichts vor, der ganze andere Unsinn ist nur Ablenkung. Eine Vorstufe zum echten Ziel.«

»Hoffen kann man ja immer«, sagte seine Mutter.

»Kumpel, vertrau mir«, sagte Gavin. »Wenn dieses spezielle Organ sich zu Wort meldet, kannst du es nicht ignorieren.« Er drückte Harper an seine Seite und küsste ihre Schläfe. »Wahre

Liebe ist die mächtigste Sache der Welt.«

Harper formte mit den Lippen: »Ich liebe dich.«

Beckett schnaubte spöttisch und grummelte vor sich hin, während er sich das letzte Stück Bacon schnappte. »Ich bin mir ziemlich sicher, dass mein Magen und mein« – er warf seinen Eltern einen Seitenblick zu – »anderer interessierter Körperteil laut genug sind, um alles andere zu übertönen.«

Sie unterhielten sich und scherzten und beendeten das Frühstück schließlich in bester Laune. Gavin schätzte sich glücklich, eine so wunderbare Familie zu haben, und noch glücklicher, eine Frau gefunden zu haben, die die Gesellschaft seiner Familie ebenso genoss wie er selbst.

Als sie den Tisch abräumten, sagte Gavin: »Rick und Drake fahren heute mit ihrem Boot raus, um mit ein paar Freunden von uns zu angeln. Was haltet ihr davon? Wollen wir uns anschließen?«

»Frag lieber deine Mutter«, sagte sein Vater. »Angeln hört sich toll an, und es hat uns wirklich Spaß gemacht, deine Freunde kennenzulernen, aber wir wollen unseren Flug nicht verpassen.«

»Wir haben noch eine Menge Zeit«, sagte Beckett. »Stimmt's, Mom?«

»Ja, stimmt«, sagte sie. »Wir müssen nicht vor sechs los.«

»Dann räumen wir besser zügig auf und fahren los, damit wir sie nicht verpassen.« Gavin begann, das Geschirr einzusammeln.

Harper strich ihm über die Hand. »Zuerst möchte ich dir noch dein Geburtstagsgeschenk geben.«

Er beugte sich zu ihr hinunter und flüsterte: »Ich dachte, das hätte ich gestern Abend schon bekommen.«

Ihre Wangen färbten sich dunkelrot.

»Was auch immer du gerade gesagt hast, das hat gesessen«, sagte Beckett, während Harper das Gesicht an Gavins Brust versteckte.

Schließlich hob sie das Kinn und flüsterte: »Das war nicht dein Geschenk. Das war nur *Liebe*.«

Sie schlenderte zum Plattenspieler hinüber und einen Moment später ertönte »Use Somebody« von Kings of Leon. Es war der Song, den Inferno gespielt hatte, als sie auf dem Festival zum ersten Mal miteinander getanzt hatten. Sie formte mit den Lippen die Worte der Textzeilen und griff nach Gavins Hand, um sich mit einer Drehung in seine Arme zu begeben.

»Weißt du noch, wie wir dazu getanzt haben?«, fragte Harper.

Er schaute ihr in die schönen Augen. »Ich erinnere mich an alles von dem Tag, an dem ich die Liebe meines Lebens kennengelernt habe.«

Seine Mutter fasste sich ans Herz, und sein Vater zog sie in die Arme, um ebenfalls zu tanzen. Beckett schlitterte durch den Raum, sang aus voller Kehle und bewegte sich grauenvoll zur Musik.

Mit seiner Seelenverwandten in den Armen, umgeben von den Menschen, die ihm am meisten bedeuteten, verliebte sich Gavin erneut Hals über Kopf in Harper.

$$Epilog$$

Als Gavin und Harper durch die Tür der hübschen Pizzeria traten, in der sie gerade gegessen hatten, prickelte die stürmische Abendluft kalt auf ihren Wangen. Sie waren in Romance, Virginia, und trotz der ungewöhnlich eisigen Temperaturen war die charmante Kleinstadt beim zweiten Mal noch romantischer. Zu Harpers Familie waren sie zum Vor-Thanksgiving-Abendessen eingeladen worden und waren im Anschluss nach Oak Falls gefahren, um den Feiertag mit Gavins Familie zu verbringen. Während ihres Besuchs hatte Harper nicht nur Nana, sondern auch Gavins alten Freundeskreis kennengelernt. Sie hatten sogar an einer der berühmten Jamsessions der Jerichos teilgenommen, was genauso großartig war, wie Gavin es beschrieben hatte. Überhaupt war der ganze Besuch wundervoll gewesen und Harper wollte unbedingt wiederkommen und alle wiedersehen. Eigentlich hatten sie gestern ans Cape zurückkehren wollen, aber Gavin hatte sie mit einem Wochenende im Wysteria Inn überrascht, der malerischen Frühstückspension, in der sie ihre erste Nacht miteinander verbracht hatten. Er schaffte es sogar, dass sie dasselbe Zimmer bekamen.

Es war der perfekte Abschluss einer fantastischen Woche.

Harper drehte sich zu Gavins warmem Körper um und griff nach den Aufschlägen seines dicken Wintermantels. Er wollte sich im Brunnen etwas wünschen, wie sie es damals im Sommer getan hatten, und sie freute sich darauf, nur dass die Temperatur seit dem Sonnenuntergang um einige Grad gefallen war und Harper nun fror.

Mit klappernden Zähnen blickte sie zu dem romantischen Mann auf, den sie so sehr liebte. »Bist du sicher, dass wir es uns nicht lieber in unserem Schlafzimmer in der Pension gemütlich machen wollen und unsere Wünsche bei Tageslicht äußern, wenn es etwas wärmer ist? Es wird nicht einmal Wasser im Brunnen sein.«

»Das letzte Mal, als ich mir was von dem Brunnen gewünscht habe, ging es in Erfüllung. Ich gehe das Risiko nicht ein, dass es dieses Mal nicht klappt.«

Er legte den Arm um ihre Taille, als sie auf den Fußgängerüberweg zuhielten, vorbei an hübschen, altmodischen Geschäften mit verblassten Markisen und großen Schaufenstern, die die Hauptstraße säumten. Die Blumenkästen und Pflanzkübel vom Sommer waren verschwunden und durch Lichterketten und Weihnachtsschmuck ersetzt worden. Die kahlen Zweige der Bäume reckten sich wie mit winzigen weißen Lichtern geschmückte Tentakel über die Bürgersteige. Die Straßenlaternen trugen Kränze mit roten Bändern und die Fenster und Türen des großen alten Inns waren mit funkelnden bunten Lämpchen dekoriert.

Harper seufzte. »Es ist im Winter genauso schön wie im Sommer.«

Gavin drückte die Lippen auf ihre. »Du auch.« Er führte sie über die Straße in Richtung des Brunnens.

»Weißt du was? Ich liebe deine kitschigen Sprüche.« Sie

schmiegte sich fester an ihn, um sich etwas von seiner Wärme zu klauen.

Der Mond schien hell vom wintergrauen Himmel und beleuchtete den Marktplatz. Die Statue eines tanzenden Paars stand in der Mitte des Brunnens wie ein Wächter. Die Frau befand sich mitten in der Drehung, was durch den schwingenden Saum ihres Kleids verdeutlicht wurde, und der Mann blickte ihr glücklich in die Augen. Jemand hatte ihnen rote und grüne Schals um den Hals gewickelt und passende Mützen und Handschuhe aufgesetzt. Vor dem Hintergrund der Backsteingebäude mit ihren kunstvoll in den Stein gehauenen Zierelementen wirkte der Platz wie aus einem Norman-Rockwell-Gemälde.

»Die Statue erinnert mich an uns. An dem Tag, an dem wir uns kennengelernt haben, haben wir auf dem Festival getanzt, und jetzt sind wir wieder hier, dick eingemummelt für den Winter, genau wie die beiden.«

»Das ist ein Zeichen.« Gavin drückte ihr einen Kuss auf die Schläfe. »Wir sollten jede Saison wiederkommen und neue Wünsche äußern.«

»Das wäre toll. Können wir deine Eltern jedes Mal besuchen? Und bei Nana vorbeischauen?« Nana war die beliebteste, vor Energie nur so strotzende Großmutter in Oak Falls, und Harper hatte gern Zeit mit ihr verbracht und ihre Familie kennengelernt. »Wir müssen wahrscheinlich sowieso mehr als viermal im Jahr herkommen, ich habe deiner Mutter nämlich versprochen, dass wir alle Familiengeburtstage mitfeiern. Und Beckett wird es dir nie verzeihen, wenn du nächstes Jahr den Turkey-Trot-5K-Lauf auslässt.« Sie hatten Müdigkeit vorgeschoben, waren in ihrem Zimmer geblieben und hatten einander sehr ausführlich ihre Dankbarkeit demonstriert –

natürlich zu Ehren von Thanksgiving –, während alle anderen sich bei dem lustigen Truthahn-Marathonlauf einfanden.

Gavin umarmte sie fest. »Du hast keine Ahnung, wie glücklich ich bin, dass du meine Heimatstadt und meine Freunde magst.«

»Oak Falls hat seinen Charme. Es ist nicht so grau und düster, wie es am Cape im Winter sein kann, und deine Freunde sind bodenständig und unkompliziert. Was kann man daran nicht mögen?«

»Sie sind echt, Baby, genau wie du, nur nicht annähernd so sexy.« Gavin gab ihr einen Kuss. »Sie schmecken auch lange nicht so gut.« Er rieb seine Nase an ihrer und fügte noch hinzu. »Lass uns unsere Wünsche äußern, bevor du dich noch in einen Eiszapfen verwandelst.«

Harper stieg in den Brunnen und drehte sich mit Atemwölkchen vor dem Mund im Kreis. Sie nahm eine Tanzpose ein und fragte: »Was denkst du? Würde ich eine gute Statue abgeben?«

Er lachte und half ihr wieder aus dem Springbrunnen heraus. »Du machst bei allem eine gute Figur. Zieh deine Handschuhe aus, Süße. Es ist Wunschzeit.«

Sie zogen ihre Handschuhe aus und steckten sie in ihre Taschen. Kalt oder nicht, Harper freute sich wirklich, hier zu sein.

Gavin reichte ihr einen Vierteldollar und behielt den anderen für sich. »Weißt du schon, was du dir wünschen wirst?«

»Natürlich!«, sagte sie, obwohl sie sich mit der Formulierung noch nicht sicher war.

Der Wunsch nach mehr fühlte sich gierig an, denn sie hatte so viele Dinge, für die sie dankbar sein konnte. Gavin stand ganz oben auf dieser Liste, gefolgt von ihren beiden Familien und Freunden und ihren neuen beruflichen Zielen. Sie hatte ihr Drehbuch bei Trey eingereicht und letzten Monat eine Optionsvereinbarung erhalten. Mit dem Geld würde sie ihr Theaterprojekt finanzieren. Sie waren übereingekommen, sein Partnerschaftsangebot vorerst auf Eis zu legen und sich zu einem späteren Zeitpunkt noch mal zusammenzusetzen. Harper steckte gerade mitten im Skript für die dritte Episode des Theaterstücks. Tegan hatte letzte Woche angerufen und ihr bestätigt, dass sie auf jeden Fall dranbleiben und mit ihr zusammenarbeiten wollte. Jana war ebenfalls an Bord, und Jock hatte angeboten, sie zu beraten und sie so gut es ging bei ihrem Vorhaben zu begleiten. Die Pläne wurden sogar schon konkreter. Harper hatte immer noch Spaß daran, für die Zeitung zu schreiben, und überlegte, im Frühjahr vielleicht damit weiterzumachen. Sie hatte bereits mehr, als sie je zu träumen gewagt hätte. Was konnte sie sich noch wünschen, außer dem Offensichtlichen – für immer mit Gavin zusammen zu sein?

»Weißt du schon, was du dir wünschst?«, fragte sie.

»Oh ja«, sagte er frech. »Das geht mir schon lange im Kopf herum.«

»Wenn es das Pink-Floyd-Album ist, das haben Drake und ich vor deinem Geburtstag überall gesucht, aber wir konnten es nicht auftreiben.«

Er zuckte mit einer Schulter. »Das ist in Ordnung. Ich habe einen Ersatzwunsch, der genauso gut ist. Bist du wirklich so weit?«

»Ja!« Sie schloss die Hand um die Münze zur Faust.

Er sah ihr mit ernster Miene in die Augen. »Mein Gott, du bist so schön.«

Ihr Magen machte einen Hüpfer. Sie würde nie genug davon bekommen, wie sehr er sie liebte. »Du sagst das, als würdest du mich zum ersten Mal sehen.«

Er legte eine Hand auf ihren Nacken und zog sie näher an sich heran. »Das liegt daran, dass du jedes Mal, wenn ich dich sehe, noch schöner wirst.« Er küsste sie zärtlich und wärmte sie damit von innen heraus. »Ich liebe dich, Süße. Wünsch dir was Schönes.«

Sie stellte sich mit der Münze in der Hand vor den Brunnen. Gavin nahm ihre andere Hand und sagte: »Okay, meine Schöne, mach die Augen zu.«

Gavin beobachtete, wie Harper die Augen schloss, so wie er es getan hatte, als sie das erste Mal ihre Wünsche in den Brunnen geworfen hatten. Sie lächelte breit, ihre Wangen und ihre Nasenspitze waren vor Kälte gerötet. Er liebte es, ihr dabei zuzusehen, wie sie ihre Hoffnungen in das Universum hinausschickte, und er wurde nicht müde zu versuchen, diese Hoffnungen einzufangen und all ihre Träume wahr werden zu lassen.

Im Stillen sprach er rasch seinen Wunsch aus und warf den Vierteldollar im gleichen Moment wie Harper in den Brunnen.

Sie gab ein begeistertes Quietschen von sich, als die Münzen gegen den Beton klirrten, und drehte sich vergnügt zu ihm um, wobei sie in ihren pelzgefütterten Stiefeln auf den Zehen wippte. »Hast du dir was gewünscht?«

»Aber natürlich.«

»Glaubst du, es wird wieder wahr?«

»Das werden wir gleich herausfinden.« Er ließ sich auf ein Knie sinken und sein Herz schlug wie wild, als er ihrem überraschten Blick begegnete.

»*Gavin?* Was machst du da?«

»Hoffen, dass mein Wunsch in Erfüllung geht.« Er nahm ihre Hand und sagte: »Harper, mein Herz, schon als wir uns zum ersten Mal begegnet sind, wusste ich, dass mein Leben nie mehr wie vorher sein würde. Wir sind beide in dieser Nacht ein Risiko eingegangen, und ich dachte, nichts könnte diese Stunden, die wir zusammen verbracht haben, übertreffen. Aber die letzten Monate haben mir gezeigt, dass wir nicht nur zusammengehören, sondern dass wir mit jedem Tag besser werden, uns näherkommen und uns immer mehr ineinander verlieben. Du bist meine beste Freundin, meine Geliebte, und du bist die Magie in meinen Träumen.«

Tränen liefen ihr über die Wangen. »Gavin ...«, hauchte sie atemlos.

»Ich liebe dich, Harper, und ich möchte der Mann sein, der dich zum Lachen bringt, der dich so sehr liebt, dass du nie das Gefühl hast, an zweiter Stelle zu stehen. Ich werde für dich da sein, um dich zu stützen, und ich werde dein größter Fan sein, deine Erfolge feiern und dir helfen, wenn du deinen Weg aus den Augen verlierst.«

Er holte den Verlobungsring, den er hatte anfertigen lassen, aus seiner Tasche und hielt ihn ihr hin, damit sie ihn im Mondlicht funkeln sehen konnte. Der tropfenförmige rosafarbene Diamant war auf einem diamantbesetzten Ring gefasst und von winzigen weißen Diamanten umgeben.

Harper schnappte nach Luft und fasste sich ans Herz. Sie murmelte seinen Namen.

Er erhob sich und blickte ihr tief in die Augen, die ihn mit so viel Liebe anschauten. »Harper, ich möchte für immer der Mann sein, den du verdienst, und die Familie mit dir gründen, die wir uns beide wünschen. Willst du mich heiraten, Süße?«

»Ja!«, sagte sie unter Tränen.

Sie schlang die Arme um seinen Hals und er wirbelte sie im Kreis und besiegelte ihr Versprechen mit heißen Küssen. Als er sie schließlich wieder auf die eigenen Füße stellte, begann es zu schneien und die nassen Flocken landeten auf ihren lächelnden Gesichtern, während er ihr den Ring an den Finger steckte.

»Oh, Gavin! Ich liebe dich«, sagte sie unter Tränen, als sie sich umarmten. »Ich kann es nicht glauben. Wir werden heiraten!«

»Glaub es ruhig, Baby. Ich habe so lange auf diesen Moment gewartet.«

»Ach ja? Wie lange?«

»Wenn ich dich direkt gefragt hätte, als wir letztes Jahr im Sommer an genau dieser Stelle gestanden haben, hättest du mich für verrückt gehalten. Hätte ich es beim zweiten Mal getan, als der Wunsch in mir aufkam, am ersten Morgen, an dem du in meinen Armen auf der Terrasse aufgewacht bist, hättest du mich ausgelacht. Ich könnte jetzt sagen, dass ich es seit letztem Sommer will, aber die Wahrheit ist, dass ich mein ganzes Leben lang auf dich gewartet habe.«

Neu bei »Love in Bloom – Herzen im Aufbruch«?

Ich hoffe, Sie hatten genauso viel Spaß mit den Freunden aus Bayside wie ich! Falls dieser Band Ihr erstes Buch aus der Reihe »Love in Bloom – Herzen im Aufbruch« ist, warten noch jede Menge Geschichten über unsere sexy, selbstbewussten und loyalen Heldinnen und Helden auf Sie.

Bayside Summers ist nur eine der Serien aus meiner großen Sammlung von Liebesromanen mit Tiefgang, Humor und Happy-End-Garantie. In allen Büchern finden Sie eine abgeschlossene Geschichte, die auch für sich allein gelesen werden kann. Figuren aus den einzelnen Serien und Büchern der weitverzweigten »Love in Bloom – Herzen im Aufbruch«-Familien tauchen immer wieder auch in den anderen Bänden auf. So verpassen Sie nie eine Verlobung, eine Hochzeit oder eine Geburt. Wenn Sie mögen, lernen Sie doch auch die anderen Serien der Reihe kennen! Eine vollständige Liste aller auf Deutsch erschienenen und geplanten Bücher gibt es am Ende des Buches und unter dem folgenden Link finden Sie weitere Informationen:

www.MelissaFoster.com/Herzen-im-Aufbruch

Danksagung

Ich hatte so viel Spaß mit Gavin und Harper, und ich hoffe, Ihnen hat die Reise zur ganz großen Liebe der beiden ebenfalls gefallen. Schon jetzt freue ich mich darauf, die Geschichten unserer anderen Bayside-Freunde zu erzählen, auch derjenigen, die wir im Coffeeshop kennengelernt haben. Viele Leserinnen haben mich nach Rowan und seiner Tochter Joni gefragt, denen wir in *Neuanfang in Bayside* begegnet sind. In diesem Buch kommen sie zwar nicht vor, aber ich kann Ihnen versichern, dass auch die beiden ihr Happy End bekommen werden.

Nichts ist aufregender für mich, als von meinen Fans zu hören und zu erfahren, dass Sie meine Geschichten genauso gerne lesen, wie ich sie schreibe. Sollten Sie meinem Fanclub noch nicht beigetreten sein, finden Sie diesen auf Facebook. Wir sind eine lustige Truppe, unterhalten uns über Bücher und Mitglieder erhalten exklusive Vorab-Einblicke in anstehende Veröffentlichungen.
www.Facebook.com/groups/MelissaFosterFans

Ein riesengroßes Dankeschön geht an mein akribisches und talentiertes Redaktionsteam: Kristen Weber, Penina Lopez, Juliette Hill, Marlene Engel, Lynn Mullan, Justinn Harrison und Elaini Caruso sowie auf deutscher Seite Stefanie Kersten, Stephanie Schottenhamel und Judith Zimmer – danke für alles, was ihr für mich und unsere Leserinnen tut. Und wie immer bin ich meiner Familie unendlich dankbar dafür, dass sie mir ermöglicht, unsere wunderbaren Buchwelten zu erschaffen.

DIE VOLLSTÄNDIGE REIHE

Love in Bloom – Herzen im Aufbruch

Für noch mehr Vergnügen lesen Sie die Bücher der Reihe nach.
Sie werden in jedem Band bekannte Figuren wiederfinden!

Die Snow-Schwestern

Schwestern im Aufbruch
Schwestern im Glück
Schwestern in Weiß

Die Bradens (Weston, Colorado)

Im Herzen eins – neu erzählt
Für die Liebe bestimmt
Freundschaft in Flammen
Wogen der Liebe
Liebe voller Abenteuer
Verspielte Herzen
Ein Fest für die Liebe (Hochzeits-Geschichte)
Nachwuchs für die Liebe (Savannahs & Jacks Baby)
Happy End für die Liebe (Hochzeits-Geschichte)
Weihnachten mit den Bradens (Kurzgeschichte)
Liebe ungebremst (Kurzroman)

Die Bradens (Trusty, Colorado)

Bei Heimkehr Liebe
Bei Ankunft Liebe
Im Zweifel Liebe
Bei Rückkehr Liebe
Trotz allem Liebe
Bei Aufprall Liebe

Die Bradens (Peaceful Harbor)

Geheilte Herzen
Voller Einsatz für die Liebe
Liebe gegen den Strom
Vereinte Herzen
Melodie der Liebe
Sieg für die Liebe
Endlich Liebe – ein Braden-Flirt

Die Bradens & Montgomerys
(Pleasant Hill – Oak Falls)

Von der Liebe umarmt
Alles für die Liebe
Pfade der Liebe
Wilde Herzen
Schenk mir dein Herz
Der Liebe auf der Spur
Verrückt nach Liebe
Liebe süß und sündig
Und dann kam die Liebe
Eine unerwartete Liebe
Verliebt in Mr. Bad

Die Bradens (Ridgeport)

Gut gespielt, Mr. Perfect
Hochachtungsvoll, Mr. Braden

Die Remingtons

Spiel der Herzen
Im Dschungel der Liebe

Herzen in Flammen
Herzen im Schnee
Liebe zwischen den Zeilen
Von der Liebe berührt

Die Ryders

Von der Liebe bestimmt
Von der Liebe erobert
Von der Liebe verführt
Von der Liebe gerettet
Von der Liebe gefunden

Seaside Summers

Träume in Seaside
Herzen in Seaside
Hoffnung in Seaside
Geheimnisse in Seaside
Nächte in Seaside
Herzklopfen in Seaside
Sehnsucht in Seaside
Geflüster in Seaside
Sternenhimmel über Seaside

Bayside Summers

Sommernächte in Bayside
Verführung in Bayside
Sommerhitze in Bayside
Neuanfang in Bayside
Mondschein in Bayside
Versuchung in Bayside

Die Steeles auf Silver Island
Herzen in Versuchung
Meine wahre Liebe
Erobert von der Liebe

Die Whiskeys: Dark Knights aus
Peaceful Harbor
Tru Blue – Im Herzen stark
Truly, Madly, Whiskey – Für immer und ganz
Driving Whiskey Wild – Herz über Kopf
Wicked Whiskey Love – Ganz und gar Liebe
Mad About Moon – Verrückt nach dir
Taming My Whiskey – Im Herzen wild
The Gritty Truth – Kein Blick zurück
In For A Penny – Süßes Glück
Running on Diesel – Harte Zeiten für die Liebe

Die Whiskeys: Dark Knights von der
Redemption Ranch
Immer Ärger mit Whiskey
Sullys Befreiung
Um Whiskeys willen
Der Geschmack von Whiskey
Liebe, Lügen und Whiskey

…

Entdecken Sie Melissa Fosters Bücher auch auf:
www.MelissaFoster.com/Herzen-im-Aufbruch